计划中的局外人

Outsider or Insinder ?

上

天藏飞鱼

樊落　著

中国出版集团
中国民主法制出版社
全国百佳图书出版单位

图书在版编目（CIP）数据

计划中的局外人．上 / 樊落著．—北京：中国民主法制出版社，2018.2

ISBN 978-7-5162-1589-0

Ⅰ．①计… Ⅱ．①樊… Ⅲ．①长篇小说—中国—当代 Ⅳ．① I247.5

中国版本图书馆 CIP 数据核字（2017）第 219385 号

图书出品人： 刘海涛
图 书 策 划： 谭 军
文 案 统 筹： 高文鹏 崔 一
责 任 编 辑： 翟瑛萍 俞雪莲

书 名 / 计划中的局外人（上）
作 者 / 樊落 著

出 版 · 发 行 / 中国民主法制出版社
地 址 / 北京市丰台区玉林里 7 号（100069）
电 话 / 010-63055259（总编室） 010-63057714（发行部）
传 真 / 010-63055259
http: //www.npcpub.com
E-mail: mzfz@ npcpub.com
经 销 / 新华书店
开 本 / 16 开 710mm × 1000mm
印 张 / 22.75 **字数** / 323 千字
版 本 / 2018 年 2 月第 1 版 2018 年 2 月第 1 次印刷
印 刷 / 北京中兴印刷有限公司

书 号 / ISBN 978-7-5162-1589-0
定 价 / 39.80 元

案件一　飞天

佛教中把空中飞行的天神称为飞天，飞天图最早见于墓室石窟壁画中；飞仙则由飞天变化而来，寓意离世后，其灵魂可借壁画之灵气羽化成仙。

重浊之形，化为轻清之炁；纯阳之体，尽为神通万化。届时体变纯阳，阳神已成，具有神通万化之功能。飞行云中，神化轻举，以为天仙，亦云飞仙。

1.

H 市，晚上八点。

坐落在商业大楼负一层的涅槃酒吧跟平时一样冷清。今天是周末，街道上来来往往的情侣不少，却没有人去注意大楼拐角处那个不起眼的楼梯，墙壁上几盏灯寂寞地挂在那里，照亮了不甚平缓的阶梯。

沿着阶梯往下，便是涅槃酒吧，它内部空间不算小，但调酒的吧台占了大部分位置，仿佛比起考虑可容纳客人数量的问题，主人家更在意自己的享受。除此之外，这里跟大多数酒吧没什么不同，吧台后满墙的酒柜、叫不出名字的舒缓悠扬的爵士乐、暗色调的灯光，唯一让人意外的是调酒师的服饰——双排黑扣的纯白衬衣加长至裤管的白围裙，让他看起来更像是西餐厅的料理师。

“今天生意不错，有三个客人。”站在调酒师身旁的小魏很夸张地用手指比画了个数字“3”。

顺着他的目光看向在角落里闲聊的两位女性客人以及正中央对着吧台坐着的女生，调酒师微笑道：“工作轻松，不是很好吗？”

对于算时薪工作的工读生小魏来说，钱多客少没麻烦，的确很好，但他也担心长此以往下去，这家才开了没多久的酒吧迟早会关门大吉，到时要想再找份这么舒适的工作，可能就不容易了。不过他很快就抛开了脑中乱七八糟的想法，专心去关注对面那个女生，女生身材姣好，长得也漂亮，从她点的餐点来看，经济情况也不错，让他忍不住想入非非。

“以我敏锐的观察力和丰富的想象力，我判定她是失恋了。”他凑到调酒师身边，小声说，“老板，你要不要趁机去泡她？”

调酒师依旧低头仔细擦拭着酒杯，微笑道：“你可以试试。”

小魏不敢，因为理智告诉他这个女生现在的心情非常糟。放在面前的菜她一样都没动，香槟只喝了两口就放下了，还不时地看腕表，随着时间的推移，她看表的频率也越来越高，最后忍不住拿起手机，但想了想又放下了，看起来是跟她约定的朋友爽约了。

壁钟时针又转了大半圈，女生像是忍到了极限，点了杯红酒，但很快就站了起来，似乎要离开。

就在这时，挂在门上的铜铃叮叮当当地响起，有个男人从外面跑了进来。男人进来后先是转头看了一圈，很快就锁定了目标，奔到女生面前，嘿嘿笑道："菲菲，我来了。"

男人的衣着很简单，合体的白底暗格衬衣穿在身上，将他精干的身躯很好地衬托了出来，衬衣扎在低腰的牛仔裤里，腰带正中的名牌 LOGO 在灯光下泛出银辉色，一头黑而偏硬的短发，看起来有点不修边幅，他的出现将一直低头做事的调酒师的目光成功地吸引了过去。

"哦，老板，原来你是对帅哥感兴趣。"

小魏的吐槽被无视了，调酒师关注着对面的情况，顺便将红酒倒进酒杯里。

"你来了？请问现在几点了？"女生微笑着将腕表亮在男人面前。

"快……九点了，"男人露出心虚的表情，继续打着哈哈道，"你的表没坏掉吧？"

没理会他的插科打诨，女生继续问："我们定的是几点？"

"七点，不过我刚好接到案子……"

"这是第几次爽约？"

"这不算是爽约，最多是迟到，你也知道做我们这行的……"

"这是你第七次爽约，从我跟你交往开始，你就没一次准时出现过，总说忙忙忙，怎么不见你上班迟到，根本就是你不重视我！"女生越说越激动，把店里另外一对客人的视线也吸引了过来。被大家注视着，男人有些尴尬，手指比在嘴边做出嘘的动作，却换来一脚踹，还好他躲得快，女生的高跟鞋堪堪擦过他的裤腿。

"哪有不重视你？你看你提出交往我都答应了，今晚为了你我都拒绝了上司的邀请。"

"哈，说得我好像求着和你交往似的，那分手吧！"女生伸手指着男人的脸，叫道，"关琥，今后不要再出现在我面前！"

应该说女人发起火来，气势也是相当大的。被她用手指着，关琥乖乖做出举手投降的动作："是我错了，我道歉还不行，为一点小事就分手，是不是……"

"今天是我的生日。"

关琥心虚地微笑着，又慌忙伸手在口袋里乱翻。

冷眼看着他的动作，女生说："不用装了，你根本就不记得。"

"呵呵，你……怎么知道？"

"我是第一天认识你吗，关琥？"

"确切地说，今天是我们认识的第三个月零二十一天。"

"把相识时间记得这么清楚！"小魏在一旁咋舌了，小声劝道，"要不小姐你再给他一次机会好了。"

"他会记得清楚是因为那天他遭遇劫机事件，而不是因为我！"女生气愤地解释完后掉头就走，刚好迎面撞上端着托盘的调酒师，托盘上放着她刚才点的红酒，问："这酒……"

女生拿起酒杯，转身一把将杯中的酒泼到了关琥的脸上，看着狼狈擦脸的前男友，她微笑道："这个动作我想做很久了，谢谢你给我这个机会。"

"不谢，这是我的荣幸。"关琥嘟囔着，手忙脚乱地揉眼睛，酒水泼在了眼睛里，疼得他要死，也顾不得拦女友了。女生转头要走，被调酒师拦住，将账单及时递了过来。

"让这个混蛋付！"

关琥无奈地点头："混蛋付混蛋付……"

"谁付钱都不是问题，"调酒师微笑道，"我只是想提醒这位小姐，下次用啤酒泼，你知道的，这红酒价格可不菲啊。"

"谢谢提醒，希望下次还有这个机会。"

铜铃声再次响起，女生已经迈出了大门，关琥急忙问："菲菲……叶菲菲，你是不是真要分手？"

回应他的是重重的关门声，以及高跟鞋急促的嗒嗒声，看来完全没有回旋的余地了，关琥还在揉眼睛，泪水大把大把地流出来，看上去很伤心，但其实他只是眼睛痛。

"现在的女生真是太暴力了，靠。"他的嘴里嘟囔道。突然间关琥的手被拉住，一块温热的湿毛巾放进了他的手里，看不清是谁，他随口道了声谢，就赶紧把毛巾敷在了眼睛上，待缓过劲来又把脸擦干净，这才发现给自己毛巾的是调酒师。

“您要去追吗？”对方好心地提醒他，“现在去还来得及，难得这么漂亮的女朋友。”

“不去了，只要我改不了爽约的毛病，分手是迟早的事。”关琥自暴自弃地说完，又开始用毛巾擦衬衣上的酒渍，酒水有大半泼在了他的胸前，刚买的高档衬衣上溅满了酒渍，应该是洗不掉了，他郁闷地想。

店里的其他人都还饶有兴趣地观看着这段小插曲，关琥清清嗓子准备找机会赶紧走人，然而当目光掠过叶菲菲点的几盘西餐时，他的肚子开始叫，这才想起从中午开始他就未进餐了。

“她好像都没动？”他问调酒师。

“要我帮您热一下吗？”调酒师很体贴地说，“反正账单是您来付。”

是啊，反正要找地方吃饭，不如就地解决吧。关琥在叶菲菲刚才坐的位置坐下来，等热菜的间隙，转头把酒吧打量了一遍。

酒吧算中等大小，由于客人较少，所以没有普通酒吧那种嘈杂感，菜单却很丰富，与其说是酒吧，倒不如说更像是西餐厅。

“老板，再给我来瓶酒，”顿了顿，他追加道，“就刚才泼我的那种。”

调酒师很快将红酒送了上来，不一会儿，热好的菜也端给了他。关琥对饮食不讲究，不知道那是地道的法国菜，跟老板要了筷子，夹着扇贝跟鹅肝大口送进嘴里，又端起南瓜汤咕嘟咕嘟地喝起来。

这般牛嚼牡丹的吃法，小魏在旁边看得都震惊了，直觉断定能跟这样粗俗的男人相处三个月，叶菲菲已经很厉害了，调酒师也无奈地耸耸肩，转身回了吧台。

“老板,你这家酒吧什么时候开的？我每天都经过,居然没发现。”吃着饭，关琥跟调酒师搭讪，“刚才我在外面转悠了半个多小时才找到这里，要是你在门口挂个显眼的指示牌什么的，兴许我还不会迟到这么久。”

“早来半个小时，您就不会被甩了吗？”

关琥被噎住了，看着这位在灯下熟练摆弄着调酒器的男人，很难相信他就是刚才亲切地给自己递毛巾的那个人。

男人看上去年纪不大，但温和的气质让他比同龄人多了份稳重，淡棕色微长的直发，鼻梁上架了副轻巧的无框眼镜，身材纤瘦高挑，在灯光照射下，他的皮肤较之普通人要白皙很多，给人一种病态的美感，再加上调酒师这份职业，他一定很受女性青睐，前提是大家得知道这里有家酒吧。

“我们在这里开了半年多了，”小魏靠在吧台上代为回答，“属于知道的人自然会知道的地方。”

那他的女朋友……哦不，现在应该说是前女友了，是从哪儿知道的？抱着这个好奇心，关琥飞快地将餐点都吃下了肚，又掏出随身携带的香烟，正准备打火，抬头却看到了禁止吸烟的标志，他只好悻悻地把烟放了回去，端起了酒杯。好不容易周末比较清闲，他准备今晚好好休息一下，然后叫个出租车回家。

没多久那两位女客人也离开了，店里只剩下他外加老板跟伙计了。品着红酒，聆听悠扬的爵士乐，关琥觉得这里还是挺不错的，除了不能抽烟外，这家的料理做得很美味，环境也清静，老板也很养眼，最重要的是离他工作的地方很近，以后他可以在回家前顺便来这里消遣一下。

吃饱了饭，又喝完老板免费赠送的一杯威士忌，关琥心满意足地来到吧台前结账，小魏熟练地帮他结算好，说：“谢谢，两千三百元整。”

关琥将刚插在口中的香烟噗地喷到了地上：“多少？”

“两千三百元整。”

“……你黑店啊？”大脑回路在当机几秒后重启，关琥首先做的事就是抬头寻找营业执照，一边大叫，“一份中不中洋不洋的菜你要我两千块？还有那杯威士忌，你是不是强买强卖？”

“威士忌是免费赠送的，先生，”吧台另一边，调酒师解释说，“主要是查理曼波尔多红葡萄酒稍微贵一点。”

“那么贵的酒为什么你不在我点单的时候提醒我？”

“是您答应您的女友……不，前女友付钱的，所以就算您不点，钱也是照付的。”

关琥突然有种希望时间倒流的冲动，好让自己收回付钱那句浑话。

“看您一身名牌，应该不会付不起吧？”见他不说话，调酒师抬起头，笑吟吟地在他身上上下打量，“如果您是刚好身上没带那么多钱，拿东西抵押一下也是可以的。”

关琥摸摸鼻子，再次肯定自己陷入这种尴尬处境完全是被叶菲菲陷害的。

“那要不……就抵押东西好了。”他慢慢凑到吧台前，在高脚椅上坐下，将随身所带的东西一一掏了出来——香烟、打火机、身份证、略旧的钱包，掏到最后一样东西时他犹豫了一下，但还是拿出来亮到了调酒师面前。

“警察。”第一次在市民面前亮警证亮得这么没底气，关琥说，“我就在那边隔了一条街的警局工作。”

“刑警欸！”小魏兴奋地凑过来看他的警证，“你有配枪吗？”

“这位市民，警察只在出任务时才配枪的。”

调酒师没看他的警证，而是拿起他的钱包打开看了看，里面只有几百块钱和几张银行卡，钱包的另一侧折页里夹了张彩照。没等他看清，钱包就被抽了回去，关琥说：“就抵押身份证吧，明天我把钱送过来。”

“我比较喜欢现金。”调酒师一伸手,关琥只觉手上一空,钱包已经不见了，没等他再抢，调酒师将柜台下的抽屉打开，把钱包扔了进去。

关琥探身去拿，抽屉关得太快，差点夹到他的手，他趴在吧台上夸张地摇晃着手，叫道：“里面有我的信用卡，你不会偷偷用吧？”

“您说笑了，我怎么敢偷用警察的东西？”

“那至少把里面的钱给我。”

一张卡递到了关琥面前，却是他钱包里的借记卡，调酒师说：“这个给您，方便您提取现金。”

关琥愣了一下，从对方抢钱包到放进抽屉里的时间很短暂，以他的眼力，竟没看出对方是什么时候把卡抽出来的。

见他没反应，调酒师便直接把卡插到了他的衬衣口袋里。关琥回过神，保持继续趴在吧台上的姿势跟男人两两相望，然后两边嘴角往上翘，做出个很刻板的笑脸道：“谢谢这位市民的合作，我会尽快把钱送过来的。”

“不急，这不是高利贷，不会算您利息的。”

他不怕算利息，他怕再被坑到。

手机铃声响起，打断了两人的对话，来电显示是他的后辈兼搭档江开。

“关琥你在哪里？”对面传来江开急促的询问，没等关琥回答，就听他接着说，“请速到烟关路三十六号长圆小区第三栋住宅，这里刚发生命案，我正在赶往现场的路上，现场会合。”

“喂……”电话挂断了，关琥收回手机抬起头。

小魏见状很兴奋地问：“是不是要出任务了，是不是要去领配枪？”

关琥没理他，从吧台上跃下来，对调酒师认真地说：“我会尽快把钱还给你的。”

“只是一点小钱，不用着急。”

调酒师的话还没说完，关琥已经晃晃悠悠地跑了出去，走到门口时，他特意看了一下酒吧的营业执照，经营者姓名那一栏写着“张燕铎”三个字。

张燕铎是吗？好，记住了！

铜铃声响起，酒吧门打开又合上了，听着脚步声飞快地远去，小魏问：“警察喝了酒也可以执勤吗？”比起这个来，他想关琥更该担心的是，没钱该怎么去现场。

张燕铎笑了笑没说话，吩咐小魏去整理餐桌，小魏走后，他从抽屉里拿出关琥的钱包，拿出了刚才看到的那张照片。彩照有些褪色，看上去像是多年前拍的，为了塞进钱包里，四边被特意剪掉了，照片上是两个穿汗衫短裤的孩子，一个趴在另一个的后背上，导致前面那个只能勉强仰起头，后面的孩子则开口大笑，露出没有门牙的嘴。看着照片，太阳穴两侧突然开始胀痛，老毛病又发作了，张燕铎急忙按住太阳穴来回揉动，另一只手合上钱包，放进了自己的口袋里。

关琥出了酒吧，又一口气跑去附近的出租车招停点，被风吹到，他猛地想起了自己现在口袋里空空如也，别说搭出租车，就连坐电车的钱都没有，转身想再回酒吧要钱，考虑到时间不等人，只好放弃了。

“警察办案，请给予合作。”他亮出警证站在道中间喊道，在被无视了四五次后，终于有辆出租车在他奋不顾身的拦车行为下不得不停下了。一上车关琥就将警证特意往司机面前递了递，“烟关路三十六号长圆小区第三栋住宅，越快越好，车费到付。”

“可以超速吗？”司机大叔有点激动。

“请安全行驶，我不赶时间。”

因为是发生了命案，不是正在发生命案，他早到与否不会影响到整个案件的进度，为了不被人注意到自己喝过酒，在去往案发现场的途中，关琥将出租车的车窗都打开了，以便散酒气。

……

出租车在长圆小区附近停下，周遭围了一圈人，透过人群缝隙，隐约可以看到里面穿制服的警察。关琥下车时晃了一下，这让他发现红酒跟威士忌掺着喝是不对的，后劲大得超出了他的想象。

江开已经到了，看到关琥，他走过来，惊讶地问："你怎么坐出租车来了？"

"因为我破产了。"关琥给他做了个付钱的手势，"记得要发票。"

"破产还喝酒？"

关琥把头撇开，忽略了搭档的话，在他穿过人群走进现场时，身后传来江开的哀号声，让大家以为又出了第二桩命案，实际上是车费金额吓到他了。关琥无奈地摊摊手，这是没办法的事，谁让长圆小区在这么偏僻的郊外呢。

关琥抬起警戒线，负责收集情报的小警察将他带到现场，几名法医在对死者进行检查工作。看到关琥，他的上司、正在附近胡乱转悠的重案组组长萧白夜点点头，算是打了招呼。

萧白夜比关琥大个几岁，不管是身高、长相还是交际方面在警局里都是很出挑的，他唯一的问题是不太适合当警察，在一年前空降到重案组当领队后，关琥曾不止一次地怀疑他到底是走了什么后门才混进来的。

"萧组长说他有点晕血，不太舒服。"江开付了车费回来，一边解释着，一边将手套递给关琥。

"他不需要做事，他只要帮忙给报账就好。"关琥接了手套，来到死尸前，收起了一贯的嬉皮笑脸，先双掌合十对着死者拜了拜，这才蹲下来仔细勘查现场。

死者为女性，目测二十岁出头，身体蜷成一个很奇怪的姿势，呈仰卧状态，她是从租的房间阳台上跳楼身亡的，尚不排除他杀嫌疑。关琥仰头看了看公寓楼，是一个七层建筑，死者住在第六层，落地时面部朝上，撞击造成颅骨严重损伤，导致当场死亡。楼下是草坪，周围溅出的血液并不多，死者脸部也没有受伤，表情平静温和，嘴角微微翘起，似乎还带了几分笑意。

在负责刑事案件的这几年里，关琥遇到过不少怪异案例，但死得这么从容的表情他还是第一次见，仿佛死者不是死去，而是沉睡，再结合她的一身装束，甚至可以说她在做一个很甜美的梦。

“自杀就自杀，她为什么要穿汉服？”江开在旁边嘟囔。

关琥对汉服没什么研究，他只知道死者穿的是那种齐胸开襟的裙衫，长发在头顶用装饰的珍珠链子固定，右手反枕在颈后，左手放在头顶之上，胯部向右倾斜，双腿却扭向左边，长裙撩到脚踝上，露出底下的赤足，她的身躯扭曲成一个诡异的弧度，让关琥怀疑她生前有练过瑜伽。

一截纯白的薄纱覆盖在死者的身上，白纱绕过她的身躯被压在身下，边角沾了部分血，轻柔的白纱恰到好处地渲染出靡丽的美感，再配着翠绿草坪的背景跟她惨白而又安详的面貌，让人在无形中忘却了死亡带来的惊悚，只觉得这是一件用来欣赏的艺术品。

两边太阳穴开始突突突地跳，虽然关琥现在还不知道这是自杀还是他杀，但能肯定这绝对是个棘手的案件。

照平日的习惯，他掏出手机，从各个角度将现场拍摄下来，包括女人的表情、发式还有不显眼的纱裙衣袂边角。在拍到脚部时，他停了一下，女人的脚底部位有层厚厚的老茧，跟她其他地方的肌肤格格不入，不过关琥没说什么，又接着连拍数张。拍完现场，关琥又仰头看了看眼前的公寓，对着公寓又拍了几张。这时，各报社、电视台的记者闻讯赶来，挤在警戒线外拼命拍照，闪光灯亮起。关琥不悦地转头，刚好看到有人站在距离人群较远的地方，跟他一样仰头看公寓，随后也举起相机连拍几下，居然是专业的单反相机。察觉到关琥的注视，那人在拍完照后立刻混入了人群，关琥只隐约看到那是个很年轻的女人。

“人家也要拼业务啦。”江开在旁边嘟囔。

关琥没接话，交代江开在现场继续跟进，自己转身去了公寓里面。萧白夜可能也在周围转悠烦了，主动跟他一起走进公寓。

“你喝酒了？”乘电梯时，萧白夜问关琥。

“没想到会临时出任务。”揉着太阳穴，关琥心里对大家良好的嗅觉佩服得五体投地。

六楼死者的房间周围也拉上了警戒线，附近的房门打开一条缝，里面的住户探头偷偷往这边看，发现警察出现，立刻关上了门。

死者住的是个很简单的一室一厅小公寓。关琥进去时留意了一下房门，门锁有被撬开的痕迹，里面的防盗锁链也被夹断了，看来出事时房门是从里面反锁的。房门另一边是个自由组装的鞋架，关琥上下扫了一遍，上面几乎都是清一色的高档高跟鞋，鞋架一边挂了两把雨伞，也是名牌，看来这家主人很喜欢名牌的东西。

鉴证科的同事们正在里面收集情报，关琥一进门，就感觉到了里面的紧张气氛，假若忽略站在对面的妙龄女子的话。

女生穿了条大红色的连衣裙，裙摆很短，让修长的双腿显露在众人的视线中，一头微卷的长发用发夹随意束在脑后，不施粉黛，反而给人一种很健康的美感，往那里一站，轻易就成了大家目光的焦点。可是拥有着模特身材的她偏偏选择了法医这份工作。刚才没在楼下见到她，关琥还感觉奇怪，没想到她比自己早到得多。

“美女，你穿成这样会让同事们很难专心做事的。”开着玩笑，关琥戴好手套走过去。

“等我换了衣服再过来，应该是几小时后了，”舒清滟把目光从墙壁上转过来，在关琥身上上下打量了一番，冷静地说，“就像你没办法把喝进去的酒吐出来一样。”

联想到刚看到的死者身边的血迹，关琥感觉很不舒服，后悔去挑女法医的刺。

“这里有什么发现吗？”他聪明地换了话题。

“门窗我们都检查过了，基本可以排除入室行凶的可能。”

能进入房间的途径除了大门就只有卧室外窗跟阳台，出事时卧室的窗户也是锁着的，客厅开了空调。关琥看了下空调设定的温度，居然是十八摄氏度，被冷风吹着，他激灵灵地打了个寒战。不知道死者生前有没有嗑药。

“死者叫陈小萍，舞蹈学院应届生，她的成绩很优秀，最近在办理出国进修的手续。”

听着舒清滟的讲述，关琥跟萧白夜一起朝对面的墙壁看去，上面挂满了陈小萍的各种演出照片，不得不说她很适合古装扮相，跳起舞来更是长袖飘飘，有几个拿着古乐器起舞的造型更让她充满了灵气；书桌上也放了不少获奖证书跟奖杯，电脑还呈开机状态，关琥看了下浏览记录，大多是购物跟交友的普通网站，暂时看不出有什么问题。

“难怪她的脚掌上有不少茧子。”关琥弄懂了她脚掌老茧的问题，拿出手机将墙上一些照片拍了下来，就见鉴证人员把在卧室里找到的物品放进证物袋，交给舒清滟。关琥凑过去看，是张皱巴巴的打印纸，上面是一小块一小块扭曲的字形组成的拼图，像是花形又像是古代某种文字；同事说是从枕头下找到的，暂时无法判断是否与案件有关。

在好奇心的促使下,关琥将纸上的图画也拍了下来。舒清滟看了他一眼，不等她说话，关琥率先开口道：“美女，请睁只眼闭只眼，回头请你吃饭。”

舒清滟转头看萧白夜，见他跟平时一样呵呵笑着一副老好人的模样，他这个上司最大的优点就是在查案时，可以给手下人最大的放权。

在大家的默许中，关琥将照片拍好，又走进卧室，里面除了床跟衣柜外还有个很大的化妆镜，衣柜门大开，里面的各种名牌衣服跟皮包一览无余。关琥自己也用名牌，但基本上是固定的几个牌子，死者这种各类名牌掺杂的买法，给人一种感觉——她并非真喜欢品牌，而只是为了满足自己的虚荣心。

关琥把目光转向化妆镜，镜子两旁的灯还亮着，化妆品随意放置在桌上，像是出事前死者正坐在镜子前。从化妆品的使用情况来看，她是在对镜化妆，而非卸妆。

这么晚了，是要出门吗？那又是出于什么原因，她去了阳台？

思索着，关琥循着陈小萍的足迹来到阳台上。阳台上的指纹采集工作已经结束了，阳台下方放了个折叠式的小凳子，他踩在凳子上扒着栏杆往下看，死者的尸体已经被抬走了，除了还在现场忙碌的警察外，只剩下站在外围的一些记者。

比照陈小萍的身高，他探身往前做了个翻跃的动作，又用手机拍了楼下。从阳台高度跟死者坠地的位置来看，比起直接从阳台翻下，她更像是踩着凳子攀上了稍微有些宽度的阳台边缘，在站稳后往前纵身一跃……

在脑海中模仿着死者的动作，关琥撑住阳台正要踩上去，却被伸出来的一只手拦住了，萧白夜紧张地看着他：“你在干什么？”

“呵呵，想重演一下当时的情况。”

“那请在不喝酒的时候重演，”舒清滟很不赞同地说，“我不想在周末解剖两具尸体。”

为了不惹恼这位大美女，关琥乖乖放弃了冒险行为。谁知就在他要回房间时，对面闪过一道亮光，他顺着看过去，发现是从对面公寓射来的，那人应该是新手，忘了在偷拍时关掉闪光灯。

“现在的记者真是无所不用其极。”舒清滟吐槽道。

关琥却皱起眉，想起了刚才在楼下对着阳台拍照的女生，不过这个阳台的拉门里面挂了窗帘，以对面的角度，记者其实拍不到什么，最多是博个新闻噱头罢了。

房间里没有新发现，关琥在检查完后，跟萧白夜一起去了隔壁人家询问。那家主妇刚才还在偷窥，但真被警察询问时就怕了，连连摆手说自己跟陈小萍不熟，最多是在电梯里遇上打个招呼而已。

“我看她穿着打扮都挺时髦的，她家里很有钱吗？”关琥故意问。

这句话刺到了主妇的痛处，她撇撇嘴，不屑地说：“都是男人送的，虽说不该说死人的坏话，但她真的很会钓男人，三天两头换男朋友。年初刚分手一个，没几天就又找了新的，不过前阵子刚分手了，说要专心做学业什么的。”

这还说什么都不知道？

关琥跟萧白夜对望一眼，再问：“那你知道她男友的联系方式吗？”

“那就不知道了，就远远见过两次。”

关琥又问了一些其他问题，结果除了被迫听主妇讲有关羡慕跟嫉妒死者的主观印象外，再没问出特别有价值的消息。之后他跟萧白夜分工合作，去询问其他几家住户，回应也都大同小异。虽然死者在私生活上比较随便，但她坠楼时房间处于密室状态这一点毋庸置疑，如果没有更多线索的话，警方就会以自杀处理了。

但不知为什么，关琥心里总觉得有疙瘩，好像什么地方没厘清，云里雾里得让人很不舒服。

为了舒缓情绪，关琥独自下了楼，来到公寓的后方，谁知他刚掏出香烟，就看到对面人影一闪，接着黑影飞快跑进了后面的小区花园里。

发现情况，关琥也顾不得抽烟了，几步赶过去，将那人拦住。

“是你！”看到是在楼下拍阳台的那个女生，关琥一愣。

女生趁机甩开他的手，叫：“干吗？”

她中等个头，看上去岁数不大，穿着套头衫加七分裤，显得瘦瘦的，一头短发看起来也很精神，除了胸前挂着的单反相机外，还斜挎了一个大大的帆布包。对付这种泼辣的女生关琥很有心得，笑嘻嘻地说：“这话该我问你，你躲在案发地点的公寓后干吗？”

女生不答反问：“确定是被杀了？”

关琥没理她，伸出手道：“身份证。”

证件递了过来，是张记者证，而且是华兴报社的记者。关琥看看证件再看看女生，的确是同一个人，看岁数应该是刚工作不久的新人，名字叫谢凌云。

“搞消息是可以的，但不能妨碍警察办案知道吗？”他将记者证还给了谢凌云。

“你是警察？”

被她反问，关琥扑哧笑了：“小姐，装傻是没用的，刚才我在阳台检查现场时，你不是正在对面偷拍吗？”

“你有什么证据啊？”

“这就是证据。”关琥把手伸向了她的胸前，谢凌云急忙捂胸，不过关琥的目标是她的单反相机，抓住她颈上的照相机带子按开活扣，照相机便掉了下来，他伸手托住，打开电源检查里面的图片，“下次不要用这种活扣系带了，很容易被小偷盯上的。”

“没人比你更像强盗了！”谢凌云夺不回相机，双手叉腰冲他气呼呼地叫道。

关琥没在意，翻看着照片细加点评：“不过拍得挺有专业水准的，这么短时间内就拍了这么多！呵，看在把我拍得挺帅的分儿上，我就不跟你计较了。”

“哪个是你？”谢凌云探头来看。关琥把相机面向她递过去，屏幕显示的正是他在阳台检查线索时的影像，从拍摄角度来看，当时偷拍的人就在对面公寓同一层的住房里。

“其实我挺好奇你为什么对阳台那么感兴趣，你是不是发现了什么？”

谢凌云点点头，对关琥做了个靠近的手势，谁知就在关琥靠近时，她一把夺回相机，又顺手抄起帆布包冲他劈头盖脸地打来，边打边大声叫：“抢劫啊！非礼啊！来人啊！”

“喂，住手！我告你袭警……”

要说凭关琥这么个大男人，又是警界武状元出身，如果他真要动手，一个小姑娘的攻击在他看来根本就是花拳绣腿。可问题是他没有打女人的习惯，所以只能用手捂头捂脸躲避击打，等他第三次发出警告时，附近有人听到叫声赶过来，谢凌云趁机掉头跑走了。

萧白夜也闻讯赶了过来，及时亮出警证将人们劝走了，转过头，见关琥还在揉着被打痛的脑门直哼哼，他问：“出了什么事？”

“没事，就是今天跟美女们犯冲，几个小时内遭遇了两次暴力事件。”外加被一位美男讹诈事件，倒霉得都让他怀疑自己是否真的是警察。

“你要告她吗？”

关琥抬起头，有时他摸不太准这位上司到底是认真的还是在开玩笑，随口答：“可以啊，如果你不怕浪费纳税人的钱的话。”

一番现场勘查后，线索没找到多少，反而莫名其妙被人打，关琥只能自叹晦气。他急着追线索，没时间去问华兴报社新人记者的事，跟同事们回了警局，连夜将情报汇总完毕，熬了一个通宵总算大致有了眉目。陈小萍住在邻市的父母也联络上了，听到女儿出事，他们当夜就赶了过来。

凌晨关琥窝在警局的值班室里睡了一觉，死者父母的接待工作是由搭档负责的，他醒来看过笔录，发现收获不多。死者父母都是普通的公司职员，只有陈小萍一个女儿，虽然很疼爱，但能供给她的生活费有限，所以陈小萍所拥有的各种名牌皮包、时装都是通过其他渠道获得的。

到了中午，现场勘查结果出来了，是证据确凿的密室事件：陈小萍出事当晚，公寓摄像头没有拍到外来者进入的影像，死者坠楼时除了阳台门开着外，其他门窗也处于完全封闭状态，阳台与阳台之间的距离有一米五多，隔壁住的又是一对母子，攀到对方阳台杀人的可能性太低；楼上房间是空的，经调查也没有非法闯入的迹象；最重要的信息是阳台围栏上有死者的脚印，也就是说，当时死者是自己踩在阳台边缘上跳下去的。

“毫无疑问这是自杀案，”江开推断道，“如果我是凶手，会直接从下面掀起她的双腿把她丢下去，让一个大活人站在阳台边上自己往下跳的危险系数太大了。”

比起危险系数，关琥觉得这种操作根本不现实；但要说自杀，一个即将出国、前景一片大好的女生没有理由寻死啊。

“也许有我们没注意到的地方吧，”萧白夜说，“再查查细节，看有没有什么漏掉的地方。”

关琥把调查的重点放在了鉴证科上。他拿着尸检报告来到鉴证科，科员都在吃午饭。舒清滟已经换了普通西装，外面套着白大褂，头发也盘在脑后，她这身打扮比较符合法医的工作形象，但看到她正在喝的红通通一片的番茄鸡蛋汤，再看看对面平躺在解剖台上的尸体，关琥感觉自己成功地失去了食欲。

“所以说这是一起自杀案了？”他拍拍手里的报告书问。

“判断是否是自杀是你们的事，我只是把检查得到的结果如实列出来。”喝着鸡蛋汤，舒清滟说，“死者生前没有发生过性行为，没有喝酒、嗑药，身体健康，也没有跟人搏斗过的任何迹象，出事时房间门窗紧锁，当晚没有跟他人通电话的记录。”

“当时空调温度设定很低，是不是出于什么目的，比如她被谁催眠控制自杀，通过电脑网络什么的？”

“你侦探小说看多了吧，据我了解，迄今为止没有过一起以催眠控制对方思维达到犯罪的实例。至于空调设定，暂时我们还没有发现与案件有直接关联。”

关琥本来想说那就是通过某种电磁波控制死者的行为，但看看舒清滟的脸色，他闭上了嘴。

“不过有两点我比较在意。”舒清滟推开碗，走进里面的鉴定室。关琥跟了进去。

死者面部完整，面带微笑，要不是身上盖了白布，会让人以为她只是在沉睡，原本搭在头顶的手臂已经放下了，但由于无法完整平放，有一半耷拉在床外。

“她为什么要笑？这是一点；另外就是从高处坠落，她只有颅骨损伤，其他地方几乎没有因震荡而形成的创伤，这种现象无法用医学来解释。”

“正常情况下内脏跟骨骼也会被影响到？”关琥问。

“对，不过这些现象也是受环境影响的，也许她坠落的地方刚好缓冲了其他部位的冲击力。”

对舒清滟的专业讲解，关琥不懂，也没在意。对警察来说，死亡就是死亡，就算死者其他地方一点伤都没有，她还是死了。比起这个，他更搞不懂陈小萍当时的死状。

“她身躯扭曲又是什么造成的？”

舒清滟歪了下头，给他做了个无法解释的表情。

“那你们有没有在她家里发现什么奇怪的物体？”

“看来你无法认可这是起自杀案啊。”舒清滟双手插在白大褂的口袋里，用下巴指指在外面科室边吃饭边盯着电脑的同事，“小柯还在分析那张拼图，他怀疑那是什么密码生成的。目前我们搜集到的资料显示，死者是个很爱玩的人，她上过不少聊天网站，这是她比较常去的几家。”

关琥随舒清滟来到外面，接过她递来的数据分析材料，有些交友网站的内容处于灰色地带，让他忍不住怀疑陈小萍的那些名牌物品是通过类似的交易得到的。他翻了几页，目光在几个字上停了下来：“神仙乐陶陶？听起来像是嗑药的。”

“我本来也这样认为，后来发现是有关怎么赚钱的网站。”

听着舒清滟的讲述，关琥大致梳理了一遍，里面都是一群年轻人在提供自己赚钱的经验，比如帮新开发的商品或饭店做宣传，不仅可以收取佣金，还可以得到免费提供的系列服务，说白了就是“托儿”的性质。

“这工作挺不错的，我想试一下这个美容沙龙。”关琥颇感兴趣地指着材料，边说边掏出手机。舒清滟会意地转身闪开，给了他充分拍摄的空间。

“我对免费旅游很感兴趣，可惜他们没有提到具体的内容。”小柯在旁边噼里啪啦地敲着键盘搭腔。

关琥也看到了这个话题，说话的ID叫莫高，他的留言底下有不少人在询问，陈小萍也是其中一个。不过莫高随口说了几句就撤了，不知道是不是在钓鱼。

他将这部分也拍了下来，抬起头，刚好看到拿着化学试剂杯走过来的舒清滟，玻璃杯里盛着浓稠的红色液体，看得他皱起了眉。

“是番茄汁，很养颜的，冰箱里还有，要试试吗？绝对比你去美容沙龙的效果显著。”

“不用了。”面对她的盛情邀请，关琥挤出微笑，做了个敬谢不敏的手势，“美女，我要去查案了，有事再联络。”

“别忘记欠我的那顿饭啊。”

听到身后的叫声，关琥随口应了一声，走出一大段路他才想起了一件很重要的事："靠，我的钱包！"

昨晚从出了酒吧，他就一直被案子追着跑，完全忘记了取钱还债这回事。他忙不迭地叫上搭档出门，在途中买了两个面包当午餐，顺便在取款机取了钱，然后一路朝舞蹈学院赶去。

"看来舒大美女提供了不少线索给你。"

"她也提高了我对女性的恐惧感。"翻看着手机里的照片，关琥随口说。

从昨晚到现在他就一直在经历身体跟精神上的双重创伤，希望舞蹈学院的女生可以为他治愈一下。

"这个世界上还有男人，所以你的选择有很多。"江开信口开河道。

不过这话却换来一记锅贴，关琥甩手拍在了他的额头上："就算有也不会是你，给我好好开车。"

江开捂着脑袋不敢再说话。关琥又继续低下头看手机，手指在屏幕上一下下滑动着，最后定在草坪上的女尸表情上。

"她在学天外飞仙吧？"等红灯时江开也凑过来看，吐槽说，"如果不是知道她死了，还真会以为她在跳舞。"

她其实真的是在跳舞吧，一支旋转在空中的死亡舞曲。

来到舞蹈学院，在跟保安说明来意后，他们很快找到了陈小萍的闺蜜。闺蜜昨夜为了排练舞蹈熬了通宵，刚刚在起床后才听说了陈小萍的事情。比起伤感，她的反应更多的是不敢相信，愣了好久才开始回应关琥的询问。

"小萍不会自杀的，绝对不会！"她很神经质地不断重复，"她出国的手续都办好了，钱也凑齐了，昨天还跟我们聊过出国后的计划，她怎么会想不开？她一定是被杀的，说不定就是陈立勇，也可能是王可，或者……"

"凑钱？她很缺钱吗？"打断她的推断，关琥说，"看她的物品，她的家庭背景还不错。"

"你知道圣彼得堡学院一年的学费是多少吗？"看看他的打扮，女生不屑地用眼角瞥他。

关琥揉揉鼻子不说话了，他发现妄想被美貌温柔的舞蹈学院女学生治愈的自己很愚蠢。

“她的那些东西都是用出场费买的或是男朋友送的，其实没多少积蓄，现在好不容易赚到钱了，她怎么会自杀？”

“那这笔钱她是从哪里赚的？”

“这我就不知道了。”

回想有关陈小萍的存折储蓄资料，关琥相信她应该还没有拿到那笔钱，不知道这个赚钱方式跟“神仙乐陶陶”有没有关系，又问：“刚才你说的陈立勇还有那个……什么王可是她的男朋友？”

“都是前男友，在恋爱方面小萍眼光比较高，男友也换得比较频繁。陈立勇是年初分的，后来跟王可谈，还一起去旅游，可前不久也分了。”

除了他俩外，女生还提供了其他一些跟陈小萍有来往的男性。看到列了一大堆的名单，关琥开始头痛，接着又问了些私人方面的问题。女生也知道“神仙乐陶陶”，但她不喜欢网聊，所以不太了解，只知道陈小萍对莫高这个人很感兴趣，常常提起他，至于对方是男是女，是否见过面，她就不清楚了。

接下来关琥又问了其他同学相关的问题，答案都大同小异。

从舞蹈学院出来，他趁热打铁，照地址去找陈立勇跟王可。江开开着车听从他的指挥四处转，抱怨道：“你是不是把事情考虑得太复杂了，这明明就是一起原因未明的自杀案嘛。”

“因为它让我不舒服，”关琥难得地收起了一贯的嬉皮笑脸，“让我不舒服的事，我一定要找到原因。”

有点不太适应他的正经，江开干笑着问：“你是不是以前遇到过这类事情，所以才对查案这么执着？”

“你想多了，我只是想早日把萧白夜踹掉，好让自己在重案组一手遮天而已。”关琥只一秒就恢复了吊儿郎当的样子，把椅背往后调，找了个舒服的姿势躺好，继续翻看那些照片。

透过后视镜，江开偷看他，他感觉关琥没说实话，但如果这不是实话，那他真正的奋斗目标又是什么？

之后的询问进展得不是很顺利，王可住在一间很破旧的单人公寓里，手机联络不到，按门铃也没人理，问房东，才知道他可能是去旅游了。王可很喜欢旅游，一年中有大半年不在，要是进了深山老林里，手机接不通是常事。

还好他们顺利找到了陈立勇，不过他正跟新女友在一起。为了不被误会，陈立勇回答得简单快捷，还主动提供了自己不在场的证明，又反复说分手后就再没见过了，他甚至不知道陈小萍已经死了。当问到分手原因时，他悻悻地说："当然是为钱，那种拜金女人怎么死都不稀奇，但绝对不会是自杀。"

这好像是第N个坚持说陈小萍并非自杀的人了，不过关琥不相信这些感情用事的说法，相比之下，他更倾向于舒清滟的判断，虽然他很想否定这个判断。

之后两人又去陈小萍的人际圈里做了调查，跑了整整一下午，名单上的人还没查到一半，有用的消息更是没有。傍晚，突然下起雨来，两人只好打道回府。江开回了警局，关琥半路下车，冒雨冲进了商业大楼的负一层。

在进酒吧之前，关琥仔细打量了酒吧的门面。店面跟酒吧里面的装潢一样，都属于简约型的，近似于黑色的古铜大门带了某种复古的神秘感，四角上嵌着铜钉作为装饰，上方还绘制了意识流的图形，要不是看到正中的"涅槃"二字，他根本看不出那是叫凤凰的鸟。关琥对画师的绘法崇拜地啧啧嘴，最后把目光落在了门上挂着的"OPEN"牌子上。

可能是因为下雨的关系，酒吧比昨天更冷清，一个客人都没有。酒吧里还是飘着悠扬的乐曲，调酒师站在吧台后擦拭酒杯，小魏趴在收银台前玩手机，看到关琥，大声说："欢迎光临，关警官。"

关琥觉得他直接说"欢迎光临，冤大头"更贴切。

"我把钱送来了。"他走到吧台前，将两千三百块钱放到张燕铎的面前。

张燕铎的服装跟昨天一样，不过今天他换了一副紫框的眼镜。他闻声抬头时，不知道是不是灯光折射的原因，关琥觉得他镜片后的眼眸带了种异样的色彩，但没等看清，张燕铎已经将目光移开了，微笑道："你今天很早。"

"我只是怕你利用我的信用卡做坏事。"

"我做坏事的话，就不只是用信用卡了。"

关琥似真似假的玩笑换来同样的回应，不过张燕铎没有为难他，收下钱后将钱包还给了他。一拿到钱包，关琥首先翻到夹层处，确认照片完好后，他才去检查现金和银行卡，注意到他的动作，张燕铎说："看来你重视一张照片胜过钱。"

“回见。”

关琥没正面回应他，将钱包收好转身要走，身后传来张燕铎的询问：“你还没吃晚饭吧，要不要来份当日套餐？”

关琥冷笑，转头问：“再吃一份套餐，再欠你两千块，你是准备把整晚的业绩都拼在我一个人身上啊！”

“没想到今天下雨，食材准备得多了，半价提供给你。”张燕铎将当日套餐的菜单举起来。

看到上面华丽的海鲜意大利面跟配套的蛋糕、饮料，关琥咽了口口水。这份晚餐看上去不错，就算不打折也挺合算的，他做人一向只要享受到就行，钱不是问题。

“你们这不是酒吧吗，怎么会有这么多选项？”鉴于被坑过一次，他不无怀疑地问。

“酒吧兼餐厅，为了赚钱，我们会尽力投客人所好的，”张燕铎微笑应对，“只要客人付钱，饺子、面条我也会做。”

比路边摊贵上十倍的饺子、面条吗？那还是算了吧。精美的餐点图片成功地激起了关琥的食欲，他坐到了跟昨天相同的座位上：“那就来一份套餐好了，不过先说好，超过两百我不会付账的。”

“您放心，我们这里是正经餐厅，不会做讹诈客人的事。”张燕铎说完，便去后厨准备。

小魏也及时送来一壶热热的香茶跟干毛巾，看到关琥脸上的疑惑，他解释说：“老板说这个季节淋雨很容易着凉的，让您擦擦，茶也是我们老板请的，上等的龙井呢。”

“这位小哥，我已经有十年没感冒了。”

不过不管怎么说，对于张燕铎的细心，关琥还是领情的。他道了谢，拿过干毛巾把被雨水打湿的头发擦干，又顺便擦衬衣，这才注意到自己穿的还是昨天那身衣服，衬衣上的红酒渍还在，难怪今天一整天都被大家以各种奇怪的眼神盯着！

“今天果然是我的本命日。”他揪着头发说。

“本命年我常听说，本命日是什么？”小魏好学不倦。

“看我现在这样子，你就充分理解了。”

感觉到了关琥身上的怨念，小魏没敢再继续问，转身走了。关琥给自己倒了杯茶，茶香扑鼻而来，是不是上等龙井不敢说，但茶的等级绝对不低。他正好口渴了，几口灌了进去，等再倒第二杯时，餐点端了上来，除了海鲜意大利面套餐外，还有一杯加冰威士忌。

“这杯我请。”像是猜到关琥要说什么，老板笑眯眯地提前做了解释。

张燕铎长得不难看，甚至可以说是很出色的那种，但笑容太完美，完美到关琥觉得做作的地步。这其实是个很会做生意的人，自己才来一次，就被他看出自己喜欢喝威士忌了，这种被轻易看穿的感觉让关琥很不舒服，直觉不喜欢这个人，但面对色香味俱全的饭菜加自己中意的美酒，他又对张燕铎讨厌不起来。

“今晚应该不会再有案子发生了吧？”看着摆放在眼前的美酒，关琥发出轻吟。

张燕铎附和着笑道：“应该……不会那么倒霉吧？”

应该不会吧？

照以往的经验来看，关琥做出了喝的决定，拿起酒杯咕嘟喝了一大口。

“请慢慢享用。”

2.

今晚的套餐也同样很美味，美味到关琥几乎要感激前女友为他介绍的这家酒吧了。他以飞快的速度吃完饭，小魏过来将餐碟收拾了，又添酒，并换了新的热茶。没人打扰，关琥慢慢品着酒，靠在椅背上开始翻看那些照片，他总觉得有什么地方被忽略了。

翻到死者坠落草坪的那张照片时，关琥停了下来，他感觉这与其说是舞姿，倒不如说是死者想挣扎着拿东西，但偏偏她的姿势很优美，让人无法体会她在死亡前挣扎时的恐惧感。

“她不是自杀。”声音在身后突兀地响起，关琥没有防备，刚喝进口中的威士忌咕嘟一声咽了下去，那声音换作笑声，“不好意思，吓到你了？”

“大哥，你不要像背后灵似的一声不响站在别人身后，”关琥不悦地转过头，就见张燕铎脸上的微笑僵住，有一瞬间的愣神。少了那种服务性质的笑容，关琥反而有点不太适应，打着哈哈继续说道，“你应该从前面来看我，才能发现我的帅气。”

张燕铎回过神，像是被关琥的玩笑感染了，也笑了起来，这次他笑得没那么刻意，伸手托住眼镜框，将手中的盘子放到了关琥面前。

“今天的糕点做得有点多，要试吃吗？”

做工精致的杏仁芝士小蛋糕成功地勾起了关琥的食欲，他毫不客气地拿起一块放进嘴里：“只要你不另算钱，我可以帮你包圆。”

平心而论，张燕铎的厨艺不错。关琥吃完一块，不过瘾，又拿了第二块，顺便转头看周围，发现小魏不知什么时候已经消失了，店里的音乐也关掉了，难怪会这么安静。

张燕铎重新去倒了两杯威士忌，又将凿的圆冰放进酒杯，走过来在关琥面前坐下，将其中一杯递给他，说：“请你，算是刚才的赔礼。”

“有这么好的事？那你要不要再多看我一会儿？”开着玩笑，关琥故作随意地摁灭手机屏幕，又看看挂钟，时间不早了，他想早点回去洗个澡，好好休息一下。

像是看出了他的想法，张燕铎说："外面大雨加冰雹，如果你不想被砸成筛子，最好还是等会儿。"

"我靠！"关琥掏出烟想缓解下情绪，张燕铎没说话，伸手指指墙壁上面禁止吸烟的牌子，关琥只好把烟又收了回去，"你这是什么酒吧啊，连抽烟都不行。"

"看得出你有点烦躁。"没理会他的抱怨，张燕铎拿起酒杯，用手指转了下浮在酒上的冰球。这个优雅而自然的动作，带给人一种享受的美感，虽然他没有多说什么，但沉静的气息成功地缓解了关琥烦躁的情绪，关琥拿起酒杯仰头喝了一大口。

微笑地看着他的动作，张燕铎又起身去取了几碟小零食过来，算是下酒菜。关琥嚼着酱花生，问："昨晚的事件你知道了？"

"看电视了，说是自杀。"

"那为什么你认为是他杀？"

"我没说是他杀，而是说她不是自杀。"

"这世上除了自杀跟他杀外还有其他死法吗？"

"也许她不是死亡。"

关琥开始揉额头，他好像酒喝多了，听不太懂……不，是完全听不懂张燕铎在说什么。

张燕铎笑了，似乎把看他的反应当作一种乐趣："这世上不是非黑即白，至少还有灰色，比如在正常人眼中她是自杀，但从死者的角度来看，她只是达成一种……也许该说是进入梦想的愿望。"

关琥收起了散漫的态度，虽然张燕铎的话他还没有完全理解，但直觉告诉他张燕铎说对了，死者面带微笑的表情的确可以解释为实现梦想后的满足感。

"如果我没猜错，她当时的精神状态非常兴奋欢愉，就像是天人合一的境界。如果你觉得这种形容太抽象，也可以把它看作是吸毒，吸毒者无法戒掉的不是毒品，而是那种飘飘欲仙的感觉，死者就是这样的——换上自己最喜欢的衣服，将自己打扮成最满意的状态，站在自认为最高的地方，然后纵身一跳……”

张燕铎略带嘶哑的嗓音别具一番味道，仿佛在讲述一段小说，在静夜里娓娓道来。

关琥听得出了神，脑海里浮现出陈小萍的影子，她把阳台窄小的边缘当作是自己的舞台，在上面尽情起舞，从昨晚到现在他所见到的画面在眼前一一闪过。瞬间，他弄懂了，为什么死者房间的空调温度设定会那么低，原来是为了降低亢奋的热量啊！他急忙拿起手机来回地检查，在仔细看过陈小萍获奖作品的照片后，又转回到她死亡的画面上，调出绘图工具，在她扬起的手臂之间飞快地画了几笔，然后点头道：“原来是这样。”

张燕铎探头看去，就见关琥画的是个类似琵琶的长形乐器，有这个乐器配合，死者的动作便变得很正常了——她只是在跳舞，一曲她曾经获过奖的飞天舞。

“可是，尸检报告说她并没有吸毒。”

“那要看是什么毒，恋爱、追梦、幻想都是一种毒，都是可以杀人的。”张燕铎冷冷道，“尸检检查的是身体，检查不到人心。”

“但总得有什么东西刺激她吧，如果单靠自己幻想就能达到吸毒的快感，那毒贩就要失业了。”关琥吐完槽，眼前突然掠过那张不知道是什么密码的纸张，他收起了笑容，急忙打电话给鉴证科，可那边没人接。

放下电话，关琥抬起头，见张燕铎的酒杯空了，他起身去倒酒，问：“你是怎么看出来的？”

“只是种感觉，她住在六楼，运气好的话，也许不会死的。”

“这也能感觉？”

“不，这是有医学论据的，一个人在身心彻底放松的情况下，全身的柔韧性提高，可缓解相撞时带来的冲击力，力的作用是相互的，越挣扎，受创面也就越大。国外也曾有过类似报道，跳伞员在千米以上的高空中没能顺利打开伞包，当发现没有任何解决措施后，他放弃了挣扎，听任自己落地，结果反而捡回了一条命。”

所以死者才会除了颅骨损伤外，全身没有其他受创吗？假如不是着陆点太糟糕，或许她不会死呢。关琥在心里认可了张燕铎的观点，同时也对他更好奇了。这家伙侃侃而谈，仿佛对他人的死毫不在意。关琥感觉那其中也包括了他自己，也许曾经经历过，所以才这么冷漠？

“你好像对吸毒很了解，你也吸过？”关琥半开玩笑地问。

“我只知道戒掉是件痛苦得想要自残的事。”

“所以你在这里开酒吧是为了证明自己的价值吗？”

“也许只是为了在你想不通的时候及时给予提示。”

面对关琥婉转的询问，张燕铎微笑着回答，笑容灿烂，让他分不清其中的真假。关琥没有继续纠结下去，伸了个懒腰，叹道：“那谢谢了，至少我现在知道她自杀的原因了。”

“那要为此干杯吗？”

关琥举起了酒杯：“请保佑我明天没有案子处理。”

或许是因为累了，关琥比平时更轻松地进入醉酒状态，等张燕铎端走空盘，再回来时，就看到他趴在桌上睡着了，头歪在一边，露出头顶的两个旋。

人家说头顶有两个旋的人都很犟，他应该也是吧？

张燕铎推推他，换来一连串意味不明的呓语，手里还握着手机。张燕铎轻轻将手机抽出来，想打开看，却发现上面设了密码。

还挺警惕的！瞅了一眼熟睡的人，张燕铎把关琥的生日输了进去，系统提示错误，他又试着输了另一组数字，出乎意料的是，这次顺利进去了。

“看起来是个很有趣的案子。”翻看着里面的一张张照片，他颇感兴趣地说。

关琥是被一阵急促的铃声惊醒的，他第一反应是伸手去关闹钟，但摸了半天没摸到。他睁开眼睛，借着角落里橘黄的灯光，看到了枕边的手机，这才真正从梦中醒过来——是手机铃声在响。

“喂……”宿醉未醒，他趴在枕头上随口应道。

电话那边是江开急促的叫声：“立江桥下发生命案，我正在赶过去，你赶紧来！”

“命案？”

“据说是从桥上摔下导致死亡的。”

不会吧，又是高空坠落案？在江开的吵嚷下，关琥终于醒了过来，掀开盖在身上的毛毯坐起，自嘲道：“这两天跳楼案还真的……阿嚏！”

“跳楼案以外的案子也有，你要不要……”

“不必了，谢谢，就这桩吧。”打断江开的话，关琥问了具体地址，挂了电话正要下床，动作进行到一半时停了下来。等等，这好像不是自己的家吧？

摇摇昏沉的脑袋，关琥重新环视房间，他家没有这种玩情调的小脚灯，没有榻榻米，没有黄色的毛巾被，最重要的是他的房间没有这么小这么冷。

关琥探身准备拉窗帘，却发现房间里没窗户，只有对面使劲吹着冷气的空调，难怪他会打喷嚏了。他摸摸鼻子，很快又发现自己只穿了条短裤在被窝里，他的外衣都不见了！

“昨晚我在哪里来着？对，酒吧，聊天喝酒……然后……阿嚏！”他抱着脑袋呻吟了没多久，鼻子又开始不舒服，仰头打起喷嚏来。

被他的声音惊动，门被推开了，张燕铎站在门口，问：“你醒了？”

“嗯……”习惯了张燕铎的制服形象，这蓝格衬衣加西裤的装束，关琥一瞬间没认出来，傻傻地问，“你怎么在这里？”

“因为这是我的酒吧。昨晚你喝醉了，雨又一直不停，我就让你睡这了。”

“那谢谢，我的衣服呢？”

“在洗衣机里，穿了两天又是被泼酒又是淋雨的衣服，你确定还要继续穿吗？”

不想，但他更不想穿一条短裤去现场查案。

看出了他的踌躇，张燕铎一笑，转身出去，很快拿来一套外衣，道：“这套衣服我买小了，如果你不在意的话，送你。”

关琥正要接过来准备道谢，一张嘴，先打出一个大大的喷嚏，等他擦了鼻涕，张燕铎已经出去了，只把衣服放在他身旁，包括新内裤跟袜子。

不愧是生意人，看不出这个笑眼狐狸样的家伙还挺贴心的。关琥在心里嘟囔着，将衣服匆忙换上，居然不大不小正合身，至于换下来的袜子跟内裤被他一边塞一个，硬是塞进了裤子的口袋里。

关琥出了房间，发现隔壁就是厨房，看来房间是老板平时小憩的地方，昨晚被鸠占鹊巢了。去洗手间时被张燕铎叫住，将一次性牙刷递给他。关琥道了谢，飞快地洗漱完毕，又顺便用水简单冲了下头，胡子也顾不得刮，头发随便擦了擦就跑了出去。

张燕铎坐在餐桌前，正在享用热气腾腾的早餐。

“要来一份吗？”他问。

“下次吧。”关琥赶时间，随口应了一声，快走几步好像突然想到了什么，停下转头问，“对了，昨晚我没妨碍到你休息吧？”

张燕铎停下吃饭动作，嘴角上调十五度，做了个在他看来很刻意的微笑：“没有，我经常不睡，习惯了。”

“没有发酒疯？”

“你的酒品比你想象得要好。”

“衣裤都是你帮忙脱的？”

“这点请放心，我不会因此额外收你小费的。”

谁在乎这个了，他只想知道自己昨晚到底喝了多少酒，为什么被人脱光了竟一点知觉都没有。“呵呵，那谢谢你的慷慨。”打着哈哈，关琥结束了对话，顺着楼梯跑到街道上。

外面一辆车都没有，他看看腕表，发现才早上五点多。大雨过后，天空阴沉沉的，明明不冷，他却打了个哆嗦，揉揉鼻子，想打喷嚏的感觉更强烈了。

太阳穴开始跳痛，关琥懊悔昨晚不该喝那么多酒，还好警局就在附近，他正打算赶回警局调车，身后传来脚步声，原来是张燕铎跟了上来。

“我的车就在附近，要我送你吗？”张燕铎说完，不等关琥回应，就转过了身。看看空无一人的街道，关琥只好跟上，在他快打第二个喷嚏时，张燕铎已来到大楼旁边的露天停车场，打开一辆黑色奔驰的车门，示意他进去。

“看上去你挺有钱的。”干警察这行，往往是从对方的衣着气质来判定身份的，看得出张燕铎手头相当宽裕，绝对是个有钱人。

“我有依法交税的，警官。”开着玩笑，张燕铎上了车，顺手从顶棚上拿出一副墨镜，将眼镜摘下，换上了墨镜。

看着他的动作，关琥很想问：这么阴的天还戴墨镜，你确定不会翻车？可惜在他要开口之前，先打了个喷嚏。

张燕铎没看他，随口问：“你感冒了？”

“你搞错了，我有十年没感冒了，不会因为一点小雨就中招的。”关琥揉着不舒服的鼻子，不肯承认自己有那么弱。

“那也许是我的耳朵有问题，听你说话都带鼻音。”

这绝对是在说反话。

“吃这个，”一个纸包递了过来，“它不治感冒，不过可以治疗饥饿。”

关琥把纸包打开一看，是昨晚吃的芝士饼。为了赶时间去现场，他没打算吃早饭，本来做好了饿一天的准备，没想到张燕铎会注意到这个细节，关琥没跟他客气，嚼着糕点，说：“谢了。”

“不谢，隔夜的东西，本来是准备丢掉的，也算是资源再利用吧。”张燕铎的语气平静正经，像是解释一件很平常的事。

关琥却被噎着了，很想说这敢情是把他当垃圾桶了吗？装作没听懂，他故意问：“你这么体贴，一定很受女生欢迎吧？”

“还好，至少没被泼过酒。”

再次有种自己无故躺枪的不适感，关琥打着哈哈，自嘲道：“被泼酒我也是第一次，不过被甩我有过很多次。”

“为什么？你看上去不像是很讨人厌的那种。”张燕铎转头打量他，像是在认真探讨这个问题，但他的询问在关琥听来很刺耳，几乎怀疑这是不是昨晚好心留他住宿的那个人。

“你知道干我们警察这行的，忙起来没个准数，就像那天你看到的，被爽约很多次，神仙也会发火的。”

“既然如此，为什么不换份其他工作？”

“因为没得选择，”关琥往椅背上一靠，找了个舒服的姿势坐好，懒洋洋地说，“可能……我喜欢这份工作更胜过喜欢女人。”

两人很快赶到了现场，时间还早，附近除了报案的目击者外只有勘查现场的几名警员，尸体侧卧在碎石间。

关琥下了车，仰头看向上面的桥，桥只有三层楼那么高，但由于桥下碎石块很多，死者坠落时头部受到重创。四周遍布飞溅的血迹，死者脖子折成九十度的样子，做出偏头的姿势，双手一上一下搭在胸前，手指呈不同角度的弯曲状态，岁数目测在二十岁上下。当看到他眯起的眼睛跟微微上翘的嘴角时，关琥不由心头一紧。

尸体的面部表情也许是受重击导致的扭曲，但才出了一起坠楼事件，关琥不免将二者联系到一起，越看越觉得死者是笑着摔下来的，他不是走向死亡，而是在完成梦想。想到这，他急忙摇摇头，将张燕铎灌输给自己的诡异言论抛开。

江开早已经到了，看到关琥便迎上前，将手套递给他，看到跟随而来的张燕铎，先是一愣，然后眉头挑了挑，道：“情侣衫？”

关琥一开始没反应过来，直到看到江开暧昧的表情，他才注意到自己跟张燕铎穿了同款衬衣，只不过张燕铎下面配的是西裤，而他穿的是牛仔裤。听到江开的话，张燕铎耸耸肩。

关琥一巴掌拍在江开的脑门上：“你不知道这是今年最流行的搭配吗？不撞衫才奇怪。”

“还流行大阴天戴墨镜吗？”江开接着问道，“你朋友？”

“如果你能把打听八卦的热情放一半在查案上，现在该做督察了。”关琥将江开推开，转身对张燕铎道了谢，“我们要忙很久，你先回去吧，哦对，小心脚下。”他指指脚下的碎石块，又指指张燕铎的墨镜。

张燕铎点点头，表示自己知道了，却没有离开，而是站在原地注视着关琥走向命案现场。

“报案的是来晨练的居民，除了附近的住户，这里很少有人经过，车流量也较少，初步推断死者的死亡时间在凌晨两点至五点之间，昨晚大雨给勘查工作带来一定的难度，现在我们只知道死者的姓名。”

今天舒清滟不在，负责现场勘查的是另一位鉴证人员，他将从死者身上找到的东西交给关琥，除了身份证跟月票外，还有一个瘪瘪的钱包。关琥打开一看，里面只有些硬币跟少许纸钞。

死者名叫许英杰，刚过完十九岁生日，看他的身高、长相，生前该是很受欢迎的清秀男生，可是他原本要迎接的灿烂人生在这个雨夜里悄悄画上了句号，他的表情像是在发笑，但这种笑容只会衬托出他的死亡越发悲伤。

关琥做了个双手合十的手势，然后蹲下来仔细观察死者。他的衣着很普通，一块尖锐的石块扎进了脑壳里，导致半边脸变了形，凹凸不平的地面也让他的全身处于扭曲状态中，一条腿向前弓起做出奔跑状。关琥看向死者搭在胸前的双手，问：“他十指弯曲是挣扎造成的吗？”

“不，他在高空坠落后当场死亡，不存在挣扎的可能，他这样子倒更像是紧握了什么东西，”鉴证人员说，“不过我们暂时没发现周围有可疑物品。”

关琥将死者及周围的状况用手机拍下来，在靠近死者手掌时，他注意到死者手上的老茧，十九岁还是上学的年纪，而死者的手却让他联想到常年做重活的人。

关琥站起来看向桥上的栏杆，栏杆高度齐腰，若说深夜大雨路滑导致失足坠落的可能性不大，再看死者坠落的地点跟桥上的距离，他有种不好的预感——这个人不会也是自己主动攀上栏杆，然后向前纵身跃下的吧？

“不要是系列案，拜托……”喷嚏打断了嘟囔声，嗅着空气里怪异的气味，关琥觉得身体的不适感更强烈了。

张燕铎在远处默默注视着关琥的举动，此前他已经把墨镜摘了，换上另一副无框眼镜。暴雨之后，附近的景物处于朦胧色调中，关琥也成功地融入了景物中，看着他的举动，张燕铎扶了扶眼镜。

此时的关琥多了份认真，表情绷紧，让他显得冷漠而难以接近，不同于他最初进酒吧被女友泼酒时的狼狈，也不同于面对被自己讹诈时表现出的散漫——很会伪装的一个人——张燕铎饶有兴趣地看着关琥，很想看到他面具之后的模样。

咔嚓！附近传来按动快门的响声。张燕铎循声看去，是一个穿着工作服戴着宽檐帽的女性鉴证员正在对着脚下的石块拍照，他挑挑眉，发现有趣的事情来了。

她拍完后弯下腰准备将刚才拍的一张小纸片捡起来，一双擦得锃亮的皮鞋映入眼帘，那只脚刚好把纸片踩住，如此充满恶意的行为，让她忍不住气愤地仰头瞪过去。

“小姐，冒充司法人员可是违法的。”带着无框眼镜看似温雅的男人向她微笑道。

被戳破伪装，女生本能地站起来向后退了两步，本来想发火，但看看周围，只好压低声音色厉内荏地反驳道：“谁说我是假的？”

“不是假的，为什么你不敢大声说话？”

“我喉咙痛，不行吗？”

“行，不过我建议你，如果想获得第一手资料，去桥上拍会更方便，看你的相机性能，这点距离不成问题。”

女生往桥上看了看，觉得他的提议不错，抬腿要走，又转头看他脚下：“让开，那东西是我的。”

“现在是我的了。”张燕铎将小纸片捡起来，见上面画了些毫无规则的图画，跟关琥手机里的图画很相似。原来以为女生只是来抢最新情报的普通记者，现在看来她对纸片的兴趣远多过现场报道。

“把它还我！”发现张燕铎盯着纸片出了神，女生冲过来想抢，就见他手指转了转，纸片便不见了，快得就像变魔术。

“快把它还我！”她焦急地叫道，“带着它会死人的！”

“是那种死法吗？”张燕铎用头往现场那边偏了偏，“既然你知道内情，为什么不去提供消息？”

女生脸上露出鄙夷的表情：“那些警察，哼……”她还要再说，见对面有人看过来，怕被发现，只好掉头匆忙离开，又再三交代张燕铎，“如果你不是警察，那就不要多管闲事，别看那张纸，早点把它丢掉。”说完，她一溜小跑奔远了。

张燕铎盯着她的背影，见她顺小路拐到了去大桥的台阶上，想来她是听从自己的建议，准备从桥上拍照了。看来她不仅对案件感兴趣，而且明白这张纸跟案件的联系，可惜昨晚大雨，桥下积水，余下的纸片多半都被水冲走了，张燕铎在附近仔细找了一遍，却什么都没发现。

女生刚走，关琥就过来了，他在现场看了一圈，收集完情报后，发现张燕铎还在原地站着，便摘了手套跑过来。

“那人是谁？”他看向女生离开的方向。

“你同事吧。”

“不是，我没见过这个人，奇怪……”

张燕铎发现关琥的眼睛很毒，那女生特意穿了鉴证科的制服，但关琥随便看一眼就看出不妥了，为了避免再被追问，他做出低头寻找的样子。

这个动作吸引了关琥的注意：“你有东西掉了吗？”

“嗯，我的金手链刚才不小心掉了，怎么都找不到。”张燕铎随口杜撰了个理由，“它又小又细，能请你的同事帮忙找一下吗？”

关琥狐疑地看向张燕铎的手腕，金手链？他怎么不记得这男人手上有戴链子？

“大哥，我们是在查案找线索，不是来寻宝的。”他粗声粗气地说完，看到张燕铎一脸无辜的表情，转头交代江开，“让同事再仔细找一下这附近，有特殊东西出现记得通知我。”

张燕铎扶了扶眼镜框，嘴角上扬，很满意关琥对自己的顺从，脸上充满真诚道：“谢谢。”

“谢就不用了，就当是你载我的回礼。你先回去吧，这里是凶案现场，普通人不要接触太多。”

“哦，确定是凶杀案了？”

关琥没有回答，而是像老熟人似的一把揽过张燕铎的肩膀，带着他往车那边走，笑嘻嘻地劝道：“别管这么多了，凶杀案也好，自杀案也好，都跟你没关系哈，走吧走吧。”

张燕铎握紧了拳头，如果不是强行克制住自己，他可能早在关琥的手伸过来的一瞬间将拳头挥过去了。事实上，他不习惯跟他人有太近的接触，甚至讨厌这种靠近的感觉，究其原因，不是出于什么洁癖的心理，而是身体的本能反应。

许久不曾想起的记忆在眼前飞速闪过，周围雾蒙蒙的什么都看不清，只隐约看到惨白的墙壁、惨白的床单被褥，还有插在他身上的针管，输液管里面深红的液体一滴滴输入他的身体里，可是他不知道那是药还是血浆。周围的景物晃得更厉害了，他挣扎着想坐起来，一个苍白的东西猛地闯入了他的视线里，他看不清那是什么，或者说他怕看清那东西的真面目，本能地向后一退……

在张燕铎摔倒之前，关琥扶住了他：“你没事吧？”

耳畔的声音拉回了张燕铎的神智，那剧烈摇晃的白晃晃的画面逐渐从眼前褪去了。张燕铎站稳后，看到关琥投来的惊讶眼神，才惊觉自己不小心记起了那些不开心的过往，急忙摇摇头，表示自己没事。

“你的脸都白了，还说没事……阿嚏！”对此关琥表示十分怀疑，但接下来的喷嚏声打断了他的追问。

张燕铎很快恢复了过来，看着关琥这模样，说：“现在有事的好像是你，警官。”

“你……阿嚏！阿嚏！”紧接着又是两个喷嚏，关琥匆忙掏口袋找纸巾，掏出来的却是自己的小内裤，听到张燕铎的忍笑声，他尴尬地将内裤又塞回去，最后还是张燕铎帮他解了围，回车上拿了纸巾递给他。

“看来你真的感冒了。”

“没有的事，只是这里太冷，阿嚏！阿嚏！”关琥边反驳边擦鼻涕，正手忙脚乱时，他的手机响了起来，来电的是舒清滟。

“关琥，你现在在哪里？”

“凶案现场。”

“我也在凶案现场，但是没见到你。”

关琥转头看了眼桥下：“这是正常的，因为我也没看到你，请问美女你是在二次元做事吗？”

“我在烟河里长亭街三十二弄长亭公寓二楼 203 号房，请你三十分钟内赶到。”

“等等！”察觉到舒清滟要挂电话，关琥急忙叫住她，“你说的不会是另一起案子吧？”

“江开没有跟你讲吗？”

好像提过还有其他案子，但被他打断了，关琥揉着鼻子：“可是这边也是凶杀案，我怕江开一个人应付不过来。”

“如果你再啰唆下去，我就要验两具尸体了，你的上司看起来很糟糕。”

萧白夜一向以晕血名震整个警察局，舒清滟这样说就等于说那边是实打实的杀人案了，关琥本来还奇怪一贯第一时间出现在现场的女法医今天怎么不见人，原来是这个原因。

电话挂断后，关琥哈哈了两声，自嘲道：“比发生命案更糟糕的是同时发生两起。”

“又有案子？”张燕铎担忧地看过来。

“没事没事。”关琥看了他一眼，张燕铎的脸色依旧苍白，纤瘦的身形让他看起来多了几分病态，这人不会是有心脏病或是哮喘什么的吧？还是昨晚自己占了他的床，导致他没睡好而引发旧疾，总之看上去状况不太好。

“我先送你回去，然后……”关琥话没说完，张燕铎已经快步走向车前，坐上了车，等关琥把这边的事情都跟江开交代好返回时，他已发动了引擎，说，“把地址告诉我。”

“不用了，我……”

“别担心，我不会突发疾病死在路上耽误你做事的。”张燕铎看上去已经完全恢复了过来，重新换上了墨镜，微笑着对他说。

人家都说到这份儿上了，关琥也不好再坚持，耸耸肩坐上车，等车开了出去，才说："比起突发疾病，我更担心墨镜会妨碍你开车。"

张燕铎不说话，听着旁边不时传来的喷嚏声，默默地将纸巾盒递了过去。

舒清滟提供的地址离立江桥很远，关琥老远就看到小公寓外的走廊上围了不少人，里面还夹杂了不少记者。难怪立江桥那边的案子没人追踪了，原来大家发现了更为轰动的案件。

公寓二楼最边上靠近安全楼梯的地方围了警戒带，外面还有几名探头探脑的记者，警察在疏散围在楼梯附近的人群。从应对措施来看，关琥猜测这里的状况也不容乐观。

关琥让张燕铎将车停在路边，下车时看看张燕铎的脸色，见他精神好多了，便问："你能一个人开回家吗？"

"比起这个，你更应该担心你自己。"张燕铎又抽了两张纸巾给关琥，关琥冲他摇摇手，转身跑开了。

看着关琥顺着楼梯一口气跑上楼，张燕铎发动车辆，却没有开走，而是将车转到对面的空车位停好，熄了火，将刚才在桥下捡到的纸片拿出来。那个女生说它会带来不幸，可是从被撕碎的小纸片来看，上面只是些看不出是什么意思的符号而已。

张燕铎将纸片来回转了几圈，仍旧看不出它在表达什么，想到关琥手机里的图片，他闭上眼睛，凭着当时的记忆在脑子里开始一笔一笔描画那幅图片上的符号。

头两侧隐隐传来疼痛，而后越来越强烈。记忆复杂的东西对张燕铎来说是件简单但又很痛苦的事情，曾经看过的画面可以根据他的意念清楚地浮现在他的脑海里，但同时也会导致他的不适，现在疼痛让他的额头瞬间冒出了汗珠，睫毛飞快颤动着，他很想马上睁眼，结束痛苦，但最终好胜心占了上风，他按下想要停止的念头，直到那幅图画完最后一笔，完整地出现在他的脑海中。

"早知道有用，昨晚就该拍下来才对。"图形全部想完，张燕铎觉得自己也虚脱了，懒得去抹额上的冷汗，靠在椅背上大口喘气，忍不住自嘲这种自虐行为。

休息了一会儿，他慢慢恢复了过来，探身拿出纸笔，将那幅图迅速画出来。图案烦琐复杂，完全看不出正确的排列方式，看起来像是古文字，但换个角度看，又像是某种图案。就是这种东西可以让人自杀吗？张燕铎皱眉看了很久，不仅没有看出门道，反而开始犯困，索性将图折好，跟捡到的碎纸片一起放进口袋，然后靠在椅背上昏睡了过去。

关琥来到出事的楼层，就看到他的上司萧白夜在走廊附近给居民做笔录，又不时探头看看楼下，像是在寻找线索。但以他的经验来看，萧白夜避开那么远只说明了一个问题——现场挺吓人。看到关琥，萧白夜的眼睛亮了，朝他做了个赶紧进去的动作。

关琥无奈地点头，在外人面前，他要给上司留点面子。

案发现场比想象得还要糟糕，关琥一进去就知道萧白夜退缩的原因了，他鼻子堵塞都能闻到房间里浓烈的血腥气，更别说是其他人了。除了这个，房间里还弥漫着其他呛鼻的气味。关琥揉揉鼻子，打了个喷嚏后，感觉又要流鼻涕，为了方便做事，他将纸巾撕成小片揉成团，塞进两个鼻孔，然后环视四周。

死者是一位衣着、发型都很时髦的女人，她头朝玄关趴在客厅地上，貌似属于她的名牌小皮包丢在离她头顶不远处，颈部冒出的血溢满了周围的地板，皮包也难以幸免，一大半都染成了红色。里面的钱包、化妆品等物品摔出来，散落在地，死者张开的双手也在血泊里，随着闪光灯闪烁，她无名指上的钻戒不时发出亮光。

离死者不远的地上有把菜刀，从菜刀的样式跟死者脖颈上的伤口可以推测，她是被砍中了颈动脉大量失血而死的。凶手力气很大，又十分残忍，砍到动脉后又在死者头部和两边的肩头以及胳膊连砍数刀，导致刀刃都翻卷了。死者偏头趴在地上，眼睛瞪得大大的，却没有太多恐惧的感觉，关琥想可能在她还没感到恐惧时，死亡就已经降临了。

照着伤口的形状，关琥模拟了几下凶手的动作后，有些疑惑：从刀口来看，凶手的用力方向很奇怪，难以想象凶手为何单手持刀却做出左右砍人的费劲动作。正疑惑间，他突然打了个寒战，不是因为别的，而是室温——

客厅里的空调还开着，冷风呼呼地吹。他过去看了一下，温度设置在十五摄氏度。

“最近大家都喜欢在冷气下自杀或杀人吗？”他嘟囔道。

旁边的鉴证人员回他：“幸好发现及时，否则就不是冷气，而是爆炸了。”

“什么爆炸？”

“凶手杀人后打开瓦斯气自杀，还是同一楼的居民发现不对报了警。”

难怪他会闻到怪味了，原来是残留的瓦斯气。听着同事的讲述，关琥把现场一一拍了下来，在拍到血泊边缘时，他看到地板上有些用粉笔画的字，可惜字迹都被血盖过去了，只留下些意味不明的边角。关琥停了停，还是把那里拍了下来，又转去拍其他地方。从房间摆设来看，户主过得并不宽裕，沙发皮磨得几乎看不到原有的颜色了，电视也是很旧的那种大脑壳样式的，电视机上面放了张合照，看上去应该是夫妻，两人互相依偎，显得很恩爱，不过死者比她老公要年轻很多。此时再看她的衣着跟名牌包，有种跟这个家格格不入之感。

关琥在客厅环视一遍后，转去隔壁的书房，那里的警员也很忙碌，看到关琥，给他让开路，让他的视线直接落到了书房正中扭曲得很诡异的尸体上。

今天是什么日子，一个小时不到，看到了三具尸体。

关琥冲尸首合了下掌，舒清滟的眼神从尸体转到他身上，问：“你感冒了吗？”

“感冒是什么？长这么大我都不知道。”关琥继续往鼻子里塞纸巾，面不改色地说，“我只是花粉症犯了，阿嚏！”

舒清滟没再理他，低下头继续做事。关琥拿出手机拍摄着现场，就见死者穿着一身普通的居家服，衣服和脚上的人字拖都沾满了血迹，他的头发几乎都白了，面容苍老，乍看上去很难跟客厅照片里的男人联想到一起。不过他的表情很安详，肤色红润，嘴巴微微咧开，做出类似发笑的表情，身体弓起，以半跪的方式蜷缩在地上，双手扭在左腰附近。这个异常扭曲的动作让人感觉到不适。

“他好像是想拿什么。”关琥根据他的姿势分析道。

“粉笔吧。”舒清滟将证物袋递给他，里面放了支几乎被染成红色的白粉笔。关琥看向死者的手，他的手沾满血迹，但隐约能看到指甲上残留的细微的白色粉末，再看他身下的地板，上面像是幼儿涂鸦似的画满了各种毫无规则的波浪线，有些地方还勉强看得出是化学元素符号跟方程式，但更多的是曲线，绕在一起，看上去杂乱无章，让人不免怀疑他是临死前痛苦挣扎下乱画的。

“死者王焕成，曾是菁英大学化学系教授，这些化学方程式应该都是出自他之手。”

听着舒清滟的讲述，关琥的眼神掠过那些对他来说算是神符的方程式，问：“外面的女人是他杀的？”

“从目前的勘查结果来看，是这样的。”舒清滟看着关琥，继续说道，“女性死者叫陈云珠，是王焕成的第二任妻子。这对老夫少妻目前正在办理离婚手续，关系相当紧张，不排除夫妻发生口角导致丈夫杀人，然后自杀的可能。”

“消息来得很快嘛。”关琥意外地看着她。

“虽然萧警官在现场勘查方面表现不佳，不过他很擅长挖掘消息。”

“那谁能告诉我，为什么室温设定这么低？”

“死者可以告诉你，”看到关琥表情一僵，舒清滟冲他笑笑，“我会做份详细的尸检报告给你，看尸体怎么说。”

3.

为了不妨碍鉴证人员做事，关琥没再多问，拍好照后退出了现场，又将所有房间看了一遍。他发现王焕成是个工作狂，到处都摆着学术方面的书籍，地板上许多地方都写了与化学有关的符号。不知道死者研究的是什么课题，关琥直觉自己这辈子也不会搞懂的。

等现场勘查暂时告一段落，关琥再出来，外面的人大部分都散了，只有几名记者还坚持守在附近。他的出现没有引起注意，可能没人会把这个打扮怪异的家伙跟负责重案的警察联系到一起。

关琥没找到萧白夜，便打算回警局，换了新的纸巾塞进鼻子里，打着喷嚏下了楼，谁知一抬头，就看到了停在不远处的奔驰。走过去，果然就见张燕铎靠在椅背上，他没戴眼镜，像是睡着了，头微微垂下，或许是光线的关系，脸色看起来比之前更糟糕了。关琥屈起手指敲敲车窗。

听到声音，张燕铎睁开眼，一开始像是没弄清这是哪里，眼神有些蒙眬，但看到关琥后，他马上坐直了身子，同时拿起握在手里的眼镜戴上了。

眼镜除了是工具外，还是一种很好的装饰品，至少关琥觉得在戴上眼镜后，张燕铎的气质更倾向于冷静精明。关琥靠在门上看着他，无奈地说："大哥，我跟你说过你可以回去了，命案现场不好玩的。"

"本来是想走，不过贫血症犯了，就躺了一会儿。"

一个大男人要不要这么弱不禁风啊，这会让他很内疚昨晚醉酒给张燕铎造成的不便。

看看张燕铎苍白的脸色加上纤瘦的身躯，不贫血才怪！关琥没办法，跑去附近的贩卖机前买了瓶热可可，一边丢给他一边说："你该多锻炼锻炼，看，瘦得像竹竿，等我忙完这个案子，带你去健身房……怎么了？"

张燕铎接了饮料，却不说话，只是默默盯着他看，嘴角微微上翘，心情很好的样子。

“拜托别这样笑，”关琥捂着头呻吟，“这几天我看到的尸体都这副笑容，饶了我吧。”

“如果是这样，那就只有一种原因，所有死者死前心情都非常好。”

“不可能，一个老男人杀了老婆又自杀，怎么可能心情好？”

“是这起案子？”

关琥懊恼地发现自己说漏了嘴，之前舒清滟曾说过催眠这种东西没那么神奇，他对此持保留态度。但眼前这个男人身上就有种神秘的力量，让他在不自觉中放松心情，把该说的不该说的都说了出来。

“别问这么多了，喝了饮料，赶紧回去好好休息……还是我开车送你回去，反正是顺路，看你这样子，别半路晕倒。”

“不会的，我没看上去那么弱，至少比你现在的样子要好。”

目光掠过关琥鼻孔插纸巾的形象，张燕铎忍着笑拒绝了，又抽了几张纸巾递给他。关琥接的时候，张燕铎趁机将在桥下捡到的纸片塞进了他衬衣上边的口袋里，然后开车离开。

“小心开车！”关琥冲着车屁股吼了一声，不知道张燕铎是否有听到，却把萧白夜吼了过来，他看向远去的车辆，问：“是谁？”

“刚认识的酒吧老板，他家酒吧就开在我们警局附近。”

“看你刚才唠唠叨叨那样子我还以为你们很熟呢，”萧白夜说，“原来你也会对案子之外的人和事这么在意啊。”

关琥挠挠头，被上司一说，他也发现了，他没什么朋友，他认识的除了同事外就是与案件有关的人。叶菲菲能忍他三个多月已经很厉害了，通常他的恋爱时长不会超过一个月，不是他不关心女友，而是比起恋爱，他更愿意把案子放在心上。可不知道为什么，张燕铎是个意外，让他不自觉地开始在意这个人——明明才认识了不到两天。

萧白夜还在看着他，像是在等待他的回答。关琥回过神，将困扰自己的思绪撇开，用手指做了个暧昧的手势，嘿嘿笑道：“头儿，别误会，我不是那个的，我还是很爱长腿又可爱的美眉的。”

“我更希望你最爱的是工作，立江桥那边的情况怎么样？”

“要回警局吗？路上说。”

路上两人将各自收集的情报沟通完，回到警局时，江开已经回来了。他那边的案子比较好解决，死者身上带的证件给调查提供了很多便利，江开很快就查到了死者在附近的住处，再根据房东跟邻居提供的情况，初步判断死者为自杀。

“死者许英杰，因家人反对他与女友的恋爱关系，在高中毕业后便离家出走，与女友在这里合租了房子，开始了半工半读的生活，但不到半年女友就受不了艰辛的生活，跟他分手回了家。或许是碍于面子，许英杰仍旧在这里住了下来。我检查过他的家，几乎可以说是家徒四壁，除了身份证和仅有的一点零钱外，一贫如洗。死者每天来往于学校跟打工的餐厅，社交圈很窄，目前还在跟他的同学取证，但基本可以排除情杀、仇杀的可能性。”

作为新人，江开在收集情报方面还是很细致的。关琥看了有关死者的资料，正如江开所说，死者被杀的可能性很低，最大的原因应该是这孩子过不下去了，却又抹不下面子跟家人低头，索性一死了之。

至于证物袋，里面瘪瘪的很寒酸，只有身份证、学生证、一部很旧的手机和一张应该没有存多少钱的借记卡，除此之外还有一张几个月前的飞机票。

“没钱还出去玩？”关琥不可思议地问。

“哦，”江开凑过来看了一眼，然后满不在乎地说，“他去的地方物价不高，应该花不了几个钱吧，你也知道这世上有种叫穷游的旅游方式，年轻人嘛，心血来潮就出去转转。”

萧白夜打断他们的对话说：“等尸检报告出来，如果没新的发现，就按自杀处理。”

上头这么说了，关琥也不好多说什么，但总觉得哪里不太对劲，将江开拉到一边，小声问：“现场有其他发现吗？”

“没有，我照你交代的仔细找过，除了垃圾还是垃圾，鉴证科的同事把垃圾都带回去了，希望不会被舒大美女骂。”

关琥的眼前闪过死者的笑脸，相同的死法、相同的诡异造型、相同的表情，让他不由自主地把许英杰跟陈小萍两起自杀案联想到了一起，但是再多的联系他就找不出来了。这会儿头有点发晕，两边太阳穴不断跳痛，他揉着鼻子，怀疑自己开始发烧了。

“听说教授杀妻案也很惨，接下来媒体又要热闹一阵子了。”江开看了王焕成夫妻的初步鉴定资料，叹道，“好在他畏罪自杀，否则我们又要通宵查案了。”

从目前的资料来看，还不敢确定凶手就是王焕成，换了平时，关琥一定趁热打铁，去死者所在的大学询问线索，但今天他实在是精神不济。看出关琥的不适，萧白夜说：“跳桥自杀案告一段落，王教授那边的情况让江开去处理，你回去休息吧。”

“我没事，只是花粉症。”浓浓的鼻音显得关琥的辩解很无力。

“花粉症还会发烧吗？”江开放肆地把手伸过来摸他的头。

关琥把他的手拍开：“少啰唆，做事去。”

关琥转身去了鉴证科，里面冷得让他直打寒战，一进去先仰头打了个喷嚏，瞅着呼呼直吹的空调叫道：“温度设定那么低，大家好像都完全没有环保意识。”

“确实没有你环保，把各种垃圾都往鉴证科里带，”房间里只有小柯一人，说话不耽误他做事，手指飞快地敲着键盘回道，“刚才为了散味，我们把所有窗户都打开了，所以现在在急速降温中，你将就一下吧。”

“垃圾应该没有腐尸的味道大。”

“那是正常人的想法，可这里没有正常人。”

这话倒是没说错，鉴于罪魁祸首是自己，关琥有些心虚，环顾四周道：“舒法医不在？”

“在隔壁验尸，你要去看吗？”

“我还是看垃圾吧，我是正常人。”

小柯一指对面，透过玻璃窗，关琥看到了桌上摆放的一堆东西，由于太零碎，没有放进证物袋，只是搁置在几个托盘里，一名戴着口罩的鉴证人员正在用镊子一点点翻检。关琥走进去，隐约闻到了异味，还好他现在鼻子不通气，不至于太虐待自己的嗅觉。

听到脚步声，鉴证人员抬起头扫了他一眼。关琥觉得对方现在一定很想用手里的镊子捏死自己，明明就是很明显的跳桥自杀案，他却让人弄了一大堆垃圾来检查。

“有没有什么有价值的东西？”他凑过去搭讪，“比如那个……金手链什么的？”

“想要金手链，你去金店找比较快。”

关琥讪讪地摸了摸脑袋，站在一旁看了一会儿，没发现应有的东西后，心里更虚。如果被同事知道找垃圾是他的私心作祟的话，更不会给他好脸色看了，所以悄悄退了出来。

“看来没什么发现了。”小柯还坐在自己的位子上敲键盘，随口说道。

“哦，呵呵，”关琥尴尬地笑笑，问，“陈小萍的那张密码图有线索了吗？”

“没有，里面有些字体像梵文，有些类似于象形文或是道教符箓，但要具体说是哪一种，又都不像。这两天我还在把它跟各种密码对照解析，都毫无头绪，所以我只敢说它不是密码。”

“会不会是跳舞人形，福尔摩斯里曾出现过的那种？”

“那种也是密码，凡是密码，不管它怎么错综复杂，变化繁多，都会有一定规律，但那份图案完全没规律。”

“也许只是你没找到？”

“不要小看我的小电，它的大脑相当于一万个你的智商。”小柯凉凉地说完，又附加一句，“不过也许还有个原因，这只是密码的一部分，它的内容太少，没有重复的文字，小电无法汇总分析。这也许是死者自己设计的舞蹈动作，你看许多地方很像在跳舞吧？”

小柯将图片放大给关琥看。的确有几张乍看上去像是婀娜舞姿，陈小萍要出国进修，把自己设计的舞蹈当作提交的课题也是可以说得通的，但关琥仍旧对这个解释无法完全信服。

正说着话，舒清滟从外面走了进来，看到关琥，她将手里的文件递过来。

“你来得正好，这是尸检结果。”

“美女，你的速度越来越快了。”

“不快点，我怕我赶不上死亡的速度。”舒清滟转去冰箱那边拿她钟爱的番茄饮料。

关琥心一跳，他有种预感，舒清滟这句话很可能一语成谶，但很快他觉得自己可能想多了，继续打开文件大致看了一遍。王焕成夫妻生前均无服药表现，死因很简单，陈云珠死于失血过多，王焕成则是瓦斯中毒。出事时王家门窗反锁，排除了外来人作案的可能性，杀害陈云珠的凶器菜刀上有王焕成的指纹，初步断定是王焕成行凶杀人，事后开瓦斯畏罪自杀。

“尸检有没有说明室温过低是怎么回事？”

“如果当事人不是畏热体质的话，那特意降低室温只有两种情况——伪造现场或是死者当时的精神处于极度亢奋状态。”

想起张燕铎提到的说法，关琥觉得后者的可能性很大，问：“是出于恐惧还是开心？”

“两者都有，甚至妄想也能导致体温快速升高，从而产生暂时的畏热反应，比如嗑药就属于被动性妄想。”舒清滟解释完，见关琥沉默不语，她喝着饮料，问道，“你好像对室温很在意，是不是你觉得这三起案子彼此之间有关联？”

“不是两起吗？”小柯插嘴，“跳桥不算吧？外面又没有空调。”

关琥认为算，难道许英杰不会是因为暴躁过热才会在深夜冲进雨中的吗？不过除此之外三位死者之间就再没有其他关联了，一个是即将出国深造的舞者，一个是大学教授，一个是迫于生计的穷学生，他们彼此之间应该没有任何接触的机会。

从鉴证科出来，关琥抱着资料混混沌沌地想着。高烧越来越厉害了，他感觉脚下都在发飘，伸手掏纸巾时，一张小纸片顺着他的手从口袋里掉了出来。

以为是垃圾，关琥伸手要捡，却在触到纸片时愣住了。那是片大约四厘米的斜长碎纸，纸张普通，上面印的字迹像是被水浸过，墨渍向四周晕开，有些模糊，但原有的字形还是可以看到的，居然跟陈小萍枕下的密码图纸有七八分相似。

关琥将纸屑捡起，又将手机里的图案调出来对照，虽然没找到相同的字符，但是从笔画勾勒中可以判断出它们应该出自一处。

这张纸是从哪里来的？为什么他一点印象都没有？

换了平时，关琥也许会有所觉察，但他今天的状态实在太差了。他将纸翻来覆去看了几遍，纸上还沾了类似沙土的污渍，再想到刚才在鉴证科看到的那些垃圾，他立刻返身跑回去，直接推门而入，直接冲到舒清滟面前：“给我副手套。”

关琥的眼神有点虚飘，他的精神状态看上去很糟糕，但语调却是无比郑重其事，舒清滟什么都没问，取了新的塑胶手套递给他。

关琥道了声谢，就跑到里屋那堆垃圾前。鉴证科的同事被他的突然出现弄蒙了，没等问他，就见关琥迅速戴上塑胶手套，在垃圾里翻找。很快，他从黏糊糊的杂物里找到了几片纸，跟手里那张对比，从纸质跟上面的纹路来看，是出自同一张纸。

假如许英杰也有一份类似密码图纸的话，那他跟陈小萍两人的高处坠落死亡就不是巧合了！

关琥将收集到的碎纸放在实验台上拼凑，碎纸只有六张，完全凑不成形状，但至少看得出上面的轮廓。

调查有新发现，舒清滟跟小柯也好奇地凑过来一起看，看到那几张沾满泥沙的碎纸，小柯点头说："看来这两起案子要重新查了。"

"有没有其他办法找出字符的意思？"

"再给我点时间，我跟同行交流一下。"顿了顿，小柯又说，"要是你等不及，可以先去找这个人问问看。"他回到座位上，拿起笔写了一串联络地址，递给关琥，上面写着"尚永清"的名字。

关琥问："这是谁？"

"是鉴证科的老前辈，也是小柯最崇拜的对象。"舒清滟指指摆在小柯电脑上方的相框，站在照片正中间的是个头发花白的男人，身穿白大褂，戴着眼镜，一副学者的儒雅风范。

"尚老师是这一行的大师，别看他的专业是计算机编程，但他最擅长的是解码，他在密码理论研究上有许多独特的见解，"小柯无限崇拜地说完，又叹了口气，"可惜三年前他在外出旅游时出车祸受了重伤，虽然最后保住了一条命，但只能靠轮椅生活，再加上其他一些原因，他变得意志消沉，没多久就辞去了工作，闭门谢客，不再与外界来往。他会不会见你，我也没把握。"

听小柯这么一说，关琥想起来了。那还是他刚调来总警局前不久的事，据说尚永清的事在局里轰动了很久，不过跟他无关，他也没太在意，没想到有一天会再听到这个人的名字。

"要不是我太忙，一定陪你一起去，"小柯看着关琥，"如果你能见到他，代我问好。"

"我会的。"关琥将地址仔细放进口袋，对那位传说中的传奇人物会不会见自己不太抱希望。

等所有资料都汇集全，时间已经很晚了，关琥全身发冷，他不得不放弃了去拜访尚永清的计划，听从上司的建议，拖着轻飘飘的双腿回家休息。还好他家跟警局就隔了两条街，步行没几分钟就到了。

在进公寓之前，关琥先去楼下的药店转了一圈，随手将看着管用的那几种全都买了下来。回到家，他泡了碗泡面，吃了两口没胃口，只好放下，用温水将药灌进去，然后昏昏沉沉地爬到床上。应该洗个澡的，还要把这套衣服还给人家，睡着之前他这样想着，但没几秒钟意识就腾空了，将应该做的事抛到了脑后。

睡了没多久，药性发作了，关琥感觉全身燥热，意识有些放空，像是感应到了几名死者的濒死状态，他的嘴角抽搐着向上翘起，做出微笑的表情——陈小萍是为了寻找梦想，许英杰是为了寻求解脱，那王教授在笑什么，他手上是否也有那张密码图？

王焕成应该是没有的，否则舒清滟第一时间就会告诉他了，但不排除他们还没发现。不对！其实那些密码都被血掩盖了，只留下字符的边角，余下那些也因为王焕成死前挣扎乱画而被覆盖在了下面，分不清哪些是真正的化学公式，哪些是密码。

眼前恍惚闪过地面上粉笔画下的杂乱无章的字符，假若将上面那些方程式去掉，也许就能看到下方的密码了，但不管怎么试，最终都以失败而告终……关琥感觉心头像是被什么压住了，令他无法顺畅呼吸。反复思索了很久，关琥恍然大悟，那些化学符号不是王焕成乱画的，而是他刻意写上去的，是为了避免被人看到真正的密码而作的掩饰！心思重到临死还要算计的人，却因为一时气愤杀了自己的妻子，是人急无智？还是像掩饰密码那样也是刻意为之？

关琥不知道自己想了多久，只觉得呼吸越来越困难，冷汗爬满额头，忽然想到一幅诡异的画面：手持琵琶的舞者逐渐转换了身形，改为双手持笛吹奏，在乐曲下继续歌舞，体态轻盈，而后又变成手敲腰鼓的动作……这些画面都曾出现在陈小萍获奖歌舞的照片中，在舞台上不管她做什么都是美妙的，可是相同的动作出现在不同的死者身上，就会让人不寒而栗。

陈小萍死时做的动作是弹奏琵琶，许英杰是握笛吹奏，而王焕成则是敲打腰鼓，他们想表达什么意思？还是只是单纯在舞动一曲死亡之舞？

心跳因为呼吸不畅而不断加速，终于到了极限，关琥发出一声闷叫，从睡梦中猛地睁开双眼……一个大枕头严严实实地盖在他的脸上，难怪会呼吸不畅了。

关琥将枕头扯开，大口喘着气，只觉得全身都被汗水浸湿了，身体轻松了很多，不再像昨晚那么难受。

天早已大亮，关琥昨晚没拉窗帘，阳光直射进来，使得他不得不将被子拉过来遮住眼睛，一个人平躺在黑暗的被子里喘着气，回想梦中闪过的画面，他发出呻吟："想到原因比想不到更让人头痛！"

洗完澡后关琥精神多了，摸摸自己的额头，虽然没有完全康复，但烧应该退了。他将脏衣服扔进洗衣机，在客厅边做着运动边考虑今天自己要做的事。

身体在不知不觉中做出了起舞调乐的动作，关琥的眼神无意中投向对面的镜子，被自己怪异的姿势吓到了，急忙停下，眼前闪过那些奇怪的符号，他忍不住想那会不会是某种催眠术，能在无形中影响人的思维。这时，洗衣机的提示音传来，打断了关琥的胡思乱想。他将衣服拿去阳台，今天天气很好，光是看看当空高照的太阳就知道接下来的温度将会非常高。

关琥晾好衣服，在阳台上刷着牙哼着小曲，猛然听到旁边隐约传来音乐声，他转头一看，一个男人正在他家隔壁的阳台上打太极。

男人穿着银色的软缎功夫服，随着他的动作，衣服不时反光。关琥眯起眼睛，虽说他在这栋公寓住了几年，但整天早出晚归，跟邻居也不熟，他转身准备回去。

"关王虎。"对面传来叫声，还是挺耳熟的声音。

关琥循声看过去，刚好男人做了记手挥琵琶的招式，转身面向他，当看到那人居然是张燕铎时，关琥刷着牙的手停在了那里。

"我应该没烧到眼睛出毛病的程度吧？"他吐着牙膏沫嘟囔。

见他发呆，男人又叫了一声："关王虎。"

这一声较高，关琥打了个激灵回过神，立刻纠正道："关琥，谢谢。"

"关王虎听着更有气势。"张燕铎收了拳，微笑地看过来，他没戴眼镜，一身银色软缎衬着瘦削的身材，倒有几分道骨仙风的气质。阳光下，关琥感觉他的眼瞳好像不太一样，但由于离得较远，无法看清，只看到他气色很好，不复昨天的苍白。

“你的病好了？”

张燕铎微微歪头，表示没听清，关琥这才注意到自己嘴里的泡沫，冲对面做了个稍等的手势，迅速跑回房间，洗漱完毕后又跑回去。张燕铎已经关了音乐，拿着小喷壶在浇阳台上的花草。

要不是认识，看他又打太极又养花，关琥会以为隔壁住了位老人家呢。

“你的病好了？”关琥再问。

“只是贫血而已，休息一下就没事了，你呢？”

“我？我本来就没事。”

“那昨天你往鼻孔里塞纸团是COS死者吗？”

关琥不说话了，他发现比起爆粗口，这种笑眯眯的毒舌更坏。

没听到回应，张燕铎放下小喷壶，将收在一边的眼镜戴上，走到靠近关琥家阳台的一边，趴在阳台上问：“说起来很奇怪，这几天一直看到你，你就好像阴魂不散似的跟着我，还跑去我隔壁住，这是我的错觉吗？”

关琥再次被噎住了，他算看出来了，张燕铎这个人外表长得有多白净，心里就有多阴暗。

“不好意思带给你这种感觉，不过大哥，我在这里住了三年了，你应该没有这么久吧。”

“半年，不过半年我都没看到你，这两天却变成了抬头不见低头见了，你是在偷偷调查我什么吗？”

“我整天在外面跑，看不见一点不奇怪，再说我为什么要调查你？”

“如果我知道，就不会问你了，总之迄今为止我被很多人追踪过，也许你也是其中之一。”

“原来你这么受欢迎啊，大哥。”

不知哪句话对了张燕铎的胃口，他嘴角向上翘起一个漂亮的弧度：“至少没有被泼过酒。”

关琥翻了个白眼，准备结束这个无聊的话题——虽然两人做邻居过于巧合，但他们都在附近上班，就近选择住所是件很平常的事，转身想回房间，张燕铎叫住他，正色道：“看来案子办得不顺利。”

“还好。”有关工作的事关琥不想多谈。

张燕铎很识趣地没再问下去，而是招招手，关琥还以为他要说什么，谁知他下一个动作竟是转身回房。

这人也太我行我素了吧！此时的张燕铎跟在酒吧里礼貌体贴的形象反差太大，关琥一时间没顺利消化——这种个性居然没被泼过酒，还真是不公平啊！

关琥没吃早饭，换好衣服就出门了。忙碌的工作让他养成了三餐不定的生活方式，仗着年轻身体好，他没把这些小事当回事，准备到楼下的便利商店里随便买点早餐将就一下。

出门刚走几步，就看到不远处的电梯门要关上，关琥急忙大叫着跑过去。电梯里的人及时帮他按住了电梯门，关琥一个箭步冲进去，没等他道谢，就被呛到了，站在电梯里的不是别人，正是他的邻居兼酒吧老板张先生。

张燕铎松开了按键，冲他摊摊手，略带无奈的表情明显在说——还说不是跟踪我，连坐电梯都跟我一起。

“真是邪了门了，”关琥嘟囔完，送给张燕铎一个大大的微笑，“这么巧，你应该不会自恋到认为我是在追你吧？”

“不会，我想就算你刚失恋，也还没自暴自弃到随便追求男人的程度。”

关琥被顶得没话说了，靠在电梯壁上把头撇开，却透过玻璃墙壁观察张燕铎——对于住在自己隔壁的邻居，说没有一点好奇那是假的。

张燕铎穿了件纯白T恤加黑牛仔裤，发丝打了发蜡，看起来很顺，他今天戴了副浅蓝边框的眼镜，看似随意，其实经过特意打扮，比起酒吧老板，关琥觉得他的气质更偏向模特。反观自己，关琥有点自惭形秽，同样穿着T恤和牛仔裤，他的形象差多了，刚才出来得太匆忙，连胡子都忘了刮。

“还没吃早饭吧？”张燕铎将手里的纸袋递给他，“我早上做的甜点。”

关琥探头一看，炸得香脆金黄的蛋糕小甜球成功地将他的食欲勾上来了，伸手拿了一颗丢进了嘴里。

“看不出你会做这么多料理。”他嚼着蛋糕球嘟囔。

“平时没事做，研究一下而已。”张燕铎将整包甜点都塞给了他。

关琥犹豫再三，最后还是没狠得下心来拒绝。昨晚就没怎么吃饭，他早饿得前胸贴后背了，一颗颗往嘴里丢着，说："那我给你钱，还有那天在你店里吃的饭钱。对了，还要还你衣服。"

"看在邻居的分儿上，那点小钱算了，衣服也送你了，反正我拿回去也穿不了。"

看着关琥吃得狼吞虎咽，张燕铎抬手扶了下眼镜框，精光在眼中一闪而过，说："只是不知道我昨天拜托你找的金链子有没有下落？"

"没有。"关琥抬头，狐疑地看他。警察掘地三尺，连那些不显眼的纸片都找到了，要是有金链子怎么可能找不到？还是说那条金链子从一开始就不存在？

"你真的掉了金链子吗？"

"是啊，我为什么要骗你？"

有没有骗人只有他自己最清楚，关琥想到那片莫名其妙出现在自己口袋里的纸屑。如果没有它，他到现在还不会把两起死亡事件联系到一起，想到这，他故意说："虽然我没找到金链子，不过托你的福，我找到了其他重要的线索。"

"既然找不到就算了，有帮到你就好。"

对方的反应越发让关琥疑惑，但知道就算自己多问他也不会讲，索性当不知道。一楼到了，两人依旧同路——都去停车场。

"我约了小魏去打网球，就是酒吧那个工读生。"察觉到关琥投来的视线，张燕铎微笑着解释，又问，"你呢？"

"我？没你们那么好命，我当然是去查案啦。"

到了车前，张燕铎跟关琥告辞上了车。关琥点点头朝自己的车走去，当他走近后却发现，一条车胎瘪了，这让他忍不住骂了句脏话。

身后传来引擎声，张燕铎的车开了过来，他已经将眼镜换成了墨镜。看到关琥，他停下车探头打量，叹了口气："看得出你最近不太走运。"

"情场失意也就算了，怎么什么都不顺！"

"都说你不走运了，不过我也不走运，小魏有事爽约了，不如送送你吧，你去哪里？"

"不用，我去搭出租车。"

被关琥婉言回绝，张燕铎笑了："司机的工作我也可以胜任，但我能做的，出租车司机未必做得到。"

“比如？”

张燕铎没回答，反问：“如果我说我有特异功能，你信吗？”

关琥想了想，拉开他的车门上了副驾驶座。

车开出去，张燕铎说：“谢谢你的信任。”

“我不是信你，我只是好奇你要怎样自圆其说。”

“请拭目以待。”眼角余光掠过坐在身旁的人，张燕铎的眼里浮出一丝笑意——如果关琥知道那条瘪了的轮胎是自己捣的鬼，不知会作何反应。

关琥将尚永清的地址报给了张燕铎后，开始反复翻看现场照片，顺便掏出一支烟想点火。

身旁传来轻微的咳嗽声，张燕铎用手掩在嘴上，做出克制的动作。这动作在关琥看来更像是暗示，他只好将烟放了回去，忍不住道：“我有点明白为什么你的酒吧会那么冷清了。”

在酒吧里禁烟，相信是任何一个喜欢泡吧的客人都无法容忍的吧。

张燕铎没回答，而是关了空调，打开车窗，外面的热风猛地灌进来。看着关琥皱起的眉头，张燕铎微笑道：“为了让你不用再COS尸体，这样的降温方式比较好。”

“哈，就冲这份体贴，你的酒吧一定会生意兴隆的，老板。”

4.

尚永清的家坐落在很冷清的山麓下，周围没一户人家，附近能看到的只有零零散散的田地，所以这座三层小洋楼的存在异常显眼，洋楼的后面是片很大的人工草坪。

来之前关琥特意打听过尚永清的事。尚永清的家境很富裕，但因为一心放在工作上，所以婚姻最后还是以破裂告终，妻子带着两个孩子去了别的城市，而尚永清也没有其他来往密切的朋友，他出车祸致残后就离职了，买下这栋旧别墅闭门不出，过着离群索居的生活。

张燕铎照关琥的吩咐将车停在了院门外，抬头看去，楼房外壁颜色有点旧，越发增添了萧索感，也让他对这家主人多了份好奇。路上关琥跟他讲了尚永清的身份，既然是破解密码的高手，或许真能解开那些奇怪的字符吧，所以关琥下车时，他也下来了。

“你……也要进去？”像是没想到张燕铎会跟随，关琥试探性地用手指指楼房。

“难不成大热天的，你要我在车里等吗？”张燕铎给了他一个很无辜的微笑。关琥没办法，有点后悔让一个严重贫血的家伙为自己开车，要是他中暑晕倒的话，还要送他去医院。

“好好好，你要跟就跟吧，不过不要带嘴巴跟耳朵。”

“机密嘛，我懂的。”张燕铎跟关琥说话时，眼神瞟过楼房，二楼某个窗户的帘子后似乎有人在看他们，但马上就退开了。

“还有，把墨镜摘了。”关琥没注意上面的情况，伸手去摘张燕铎的墨镜，张燕铎急忙闪身避开，自己把墨镜摘下，换成先前的眼镜。

“我说你到底有没有近视？眼镜整天换来换去的。”往大门走的时候，关琥问道。

“其实我是远视的，”张燕铎微笑回道，“所以我可以看到许多你看不到的东西。”

两人来到门前，关琥按了门铃。开门的是个五十多岁的瘦弱女人，像是佣人，身上穿了围裙，不等关琥开口，她便说：“对不起，先生身体不好，不见客。”

“我们不是来闲聊的，是为工作上的事。”关琥将警证拿出来亮给女人看，“我叫关琥，想就最近一些案子向尚先生请教。”

“警察也不见。”女人说完就要关门，却被关琥及时挡住。

关琥将陈小萍留下的那张纸递过去：“是关于破解图形密码的事情，现在整个警局的人都束手无策了，否则我也不会跑来请教尚先生。希望他能看一下，如果他也解不了，那我回去也好对大家有个交代。”

“这……”女佣看上去有点为难，她不敢自作主张，接过纸条回了屋，不久就跑出来，说先生请他们进去。

激将成功，关琥笑嘻嘻地跟随佣人进去。房子空间很大，因为拉着窗帘显得有些阴暗，四周静悄悄的，不像有其他人的样子。女佣带着他们顺着螺旋形的楼梯一路来到三楼。

“听说尚先生腿脚不太方便，这么高的楼他怎么爬上去？”关琥一边观赏着房间内部的摆设和构造，一边问。

“家里有电梯，”女佣指指对面装饰成整幅油画的大门，对关琥说，“不过你应该用不到吧？”

听到身旁传来低笑，关琥掩饰般指着那幅油画中在云中翩翩起舞的古装女子，含糊道：“呵，这挺漂亮的。”画面色彩斑斓，女子婀娜多姿，随着电梯门开启，应该可以欣赏到她的翩跹舞姿，设计挺巧妙的。张燕铎也忍不住多看了两眼。

尚永清的书房在三楼的最里间。女佣敲敲门，听到里面回应后，做了个请他们进去的动作。

随着房门打开，光线强烈地射过来，让两人误以为这个房间朝阳，但很快发现那是荧光灯的光芒。房子的主人好像很喜欢灯光，在房间里安了四五盏大灯，而窗帘则拉得紧紧的。被灯光晃到眼，关琥的视力有短暂的失明，等他缓过来后发现对面是整面的书墙，一排排的书籍根据不同分类依次排列着，书墙正中是张大书桌，一位满头华发的老人坐在桌前。

看到他们，老人滑动轮椅迎了过来。

仔细看去，他的岁数并不大，五十岁上下的年纪，与关琥想象中的形象不同，尚永清没有因重伤致残而导致的颓废感，相反他的精神很好，身体也很壮实，面色红润，再加上戴着金边眼镜，更像是做研究的学者。关琥不禁歪头瞄了张燕铎一眼，同样属于戴眼镜一族，张燕铎给人的感觉是精明圆滑，而尚永清则是温文尔雅。一副眼镜可以瞬间改变一个人的气质，真是厉害。

“尚先生您好。”关琥走上前打招呼。

尚永清点头回应：“你叫关琥？几年没出门，重案组那边大换血了，以前我记得组长是陈……”他歪头想了想，似乎没想起来，抬手扶了扶眼镜框，叹气道，“你看我这记性，才没几年的事就都想不起来了。”

“现在我们组长姓萧，其实我们大家平时一遇到案子就会提起您，您可是警局里的英雄，可惜上头不让我们来拜访，说是会打扰到您休息。”

“大家真这么说？”

“当然，要不我怎么会特意来请教您呢！现在看您的气色这么好，您的离开真是警界的一大损失啊。”关琥面不改色地恭维着。

他的话恰到好处地迎合了尚永清，对方哈哈笑起来，指指旁边的沙发，请他们坐下。

“不是我不想帮你们，真是人老不中用了。那次车祸不但让我双腿残废，还伤到了脑子，想多了复杂的事就会头痛，不得已只好闭门谢客。”尚永清解释着自己目前的状况，随后女佣敲门进来，将茶点放在沙发前的茶几上。

沙发对面是纯白的墙壁，张燕铎转头向后看，就见后面的架子上摆放着放映机，看来尚永清喜欢用大荧幕看录像；再看另一边的书架上面有很多关于考古跟医学的藏书，跟鉴证学术研究等书籍放在一起，显得有些格格不入。

“我对考古没什么兴趣，只是好友喜欢，这些都是为他购买的，”见张燕铎对自己的藏书感兴趣，尚永清解释道，又叹了口气，转动轮椅来到另一边，“可惜那场车祸后，我们就失联了，收藏这些书也是为了纪念他。”

“他也是在三年前那场车祸中出事的吗？”虽然急于询问密码的事，但架不住内心对这位警界传奇人物的好奇，关琥问道。

“不，我是在去跟他约定地点的途中，因为车速过快出了车祸，还好当时车里只有我一个人，没连累到别人；但也正因为我出了车祸，没能如期见到朋友，后来才听说他在考古中发生了意外，从此人间蒸发，生死不明。”说到往事，尚永清的表情充满了遗憾，低下头，又扶了扶眼镜，像是在抹泪。

关琥忍不住想当年他会从警界毅然离职，或许也有出于对老友的歉意吧。

“您好像对敦煌跟道经很感兴趣。”在关琥感叹于尚永清的经历时，张燕铎突然来了这么一句，顺着他的目光看过去，关琥看到了书架上有不少敦煌、涅槃、古墓、道经等专业书籍。

“那也是老友的藏书，他主要的学术课题是关于敦煌莫高窟的研究。”

莫高窟？关琥皱皱眉，感觉这两天似乎有听到过这个词，但是从哪里听到的，一时间他想不起来。

张燕铎继续赞道：“羽化飞仙、涅槃重生，这些话题从古至今都从来没变过，不管是出于它们的神秘色彩还是人类对于它们的向往。”

“哦，你也对这些传说有研究？”

“算不上研究，只是有点好奇罢了。”

话题越扯越远了，关琥清清嗓子，及时将他这次来拜访的目的提出来，“尚先生，那份图形密码……”

“抱歉抱歉，我果然是记性不够用了。”一经提醒，尚永清这才注意到他放在桌上的那张纸，将纸拿起来，反复看着，问，“这是在哪里找到的？”

“是我们在自杀的舞蹈学生家里发现的……您有注意最近的新闻吗？”

尚永清摇头：“我没太关心，你们也知道，新闻总是夸大事实，看那个很浪费时间，你说下案情吧，也有助于我解码。”

讲述案情在关琥的意料之外，别忘了房间里还有个外人。关琥给张燕铎使了个眼色，他相信以张燕铎的机灵劲儿，这时候不需要自己说，也会主动避嫌。谁知张燕铎好像没发现当前的尴尬，继续坦然自若地品着茶。

关琥气得又朝他连连眨眼，张燕铎终于注意到了，奇怪地问：“你眼睛不舒服？”

你才眼睛不舒服！关琥气得在心里翻白眼，皮笑肉不笑地对他说：“你看你是不是回避一下？”

“为什么？”

这声无辜的反问反而把关琥噎住了，正当他站起来想过去跟张燕铎暗地里“交流”感情时，一旁的尚永清问：“有什么问题吗？”

“……没。”关琥临时把探身的动作改为拿点心，人都来了，现在才来解释跟自己一起的这位先生不是警察，反而可能会给尚永清留下不好的印象，考虑再三，他选择了妥协，重新坐定后，正要开始讲案情，兜里的手机却响了起来。

关琥拿出手机，发现来电人居然是叶菲菲。他有些惊讶，不过这会儿没心思理会前女友的纠缠，为了不妨碍正事，他直接将手机关机，然后从陈小萍自杀讲起。

由于他只讲要点，长话短说，很快就将事件说完了。其间，尚永清像是没特意去听关琥的讲述，只是低着头，拿着笔不时在画着图形的纸上划动，倒是张燕铎听得聚精会神，以至于让关琥觉得自己是在专为张燕铎讲述案情的。

“王教授会连续砍上数刀，不是因为痛恨，而是因为太爱，所以才想把妻子留在身边。”听完关琥的讲述，尚永清也停下了笔，可他首先谈的不是图形密码，而是他对凶手杀人的看法。

听了他的解释，张燕铎眉峰微挑，关琥也忍不住问道：“以这种残忍的方式留住喜欢的人？”

“从你的描述可以看出他妻子是一刀致命，她死得不痛苦，后面的几刀只是王焕成为防止她活过来而追加的，可见他对把妻子留在身边有多执着。”

尚永清这番理论让关琥有点惊讶，张燕铎却点头道：“可以理解，因为王焕成本人对死亡并不畏惧。”

“那个……”关琥抬起手，打断两人的对话，“我们还是讨论下密码怎么样？”

“这不是密码，只是些古代象形符号而已，我想这可能是那位女同学根据某些资料设计的舞蹈动作。”尚永清将自己用红笔描出来的图形给关琥和张燕铎看，乍看上去，那些符号的确是类似跳舞的人形，他又说，“但是任何一种符号都有其意义，所以现在要知道的是陈小萍是从哪里得到这些符号的，如果是网上流传的，那其他人知道的可能性也很大。”

“那……这些符号究竟代表了什么？”

“这个我无法马上回答你，给我点时间。”

关琥有时间等，但就怕下一名受害者没时间等。

“古文字是很美妙的创造，”尚永清没有注意到关琥的焦躁，看着那些图形，自顾自地往下说，“你可以从字意来理解它，也可以用字形来模拟它，比如这个字符，它代表了财富，而这个，则是向往。”

尚永清用笔头在几个字符上虚画，指给他们看，他所谓的代表财富的符号实际上更像是云朵，下方则类似于人形昂首高举双手。云朵也罢了，那人形却扭曲得不像话，就勉强算它是人体吧，但这些是在表达什么，关琥完全想象不出。

“会不会是某种影响人的思维的咒语？”张燕铎在旁边插嘴问。

尚永清抬头看他，眼神有些惊讶：“你说那些人是被咒语影响自杀的？那你低估人的理性思维了，这世上没有任何一种催眠术可以让人自杀，除非他们潜意识中就想放弃生命，催眠只是唤醒他的自杀意识而已。”

关琥离张燕铎比较近，清楚地看到张燕铎眼中光亮一闪，他应该是想到了什么，可没有再说下去。

“不过这些只是我暂时的推想，要证明是否正确还需要更精确的分析。”尚永清笑着对他们说，“你们给我找了份不轻松的工作啊。”

“那是不是需要很久？”

“要看运气了，不是密码的密码才是最难解的，就看我能不能幸运地及时找到相关的字形，如果你有新的图形密码，也请尽快给我，图形构成越多，解码的精确度也就越高，也能相对缩短分析的时间。”

关琥听得一头雾水，不过这份所谓的密码总算有点眉目了，他留下自己的联络方式，又向尚永清道了谢，告辞离开。尚永清没跟他们客套，低着头拿笔不断地在纸上写写画画，看似完全沉浸在了破解密码的世界里。

两人出了房间，女佣站在外面，跟来时一样，在前面为他们引路。不知是不是光线的问题，走廊显得有点长。走到楼梯口时，张燕铎转头向后看去，就见电梯门关着，油画中的古装女子倾身在祥云之间，长袖凌风舞动，缥缈若仙，栩栩如生。

“怎么了？”关琥问他。

张燕铎回过神，摇摇头表示没事，关琥笑道：“看美女看傻了？”

“我只是觉得尚先生很喜欢飞天。”

“飞天？”

张燕铎没答，反而是女佣搭了话：“喜欢飞天的不是尚先生，是凌先生。凌先生过世后，尚先生伤心得不得了，连工作也没心思做了，每天把自己闷在家里，疯了似的画了好多这类图画来纪念凌先生，最近一年才慢慢好起来。”

从女佣的描述中两人猜到，所谓的凌先生大概就是三年前考古途中失踪的尚永清的那位好友，没想到他们关系这么好。

“我听我女儿说这种友情很难得，叫什么伯牙种子……”

“是俞伯牙与钟子期。”关琥帮女佣纠正。

“啊对对对，就像你们俩。”

被点名的两人对视，张燕铎扑哧笑出了声，关琥也耸耸肩道：“那真是荣幸之至。”

“你也住在这里吗？附近没有超市，采购做饭很不方便吧？”张燕铎问女佣。

“还好，食品公司会定期送货来，或是我来的时候顺便买菜。我不住这里的，尚先生习惯了清静，我在他反而不方便。”

“这里这么偏僻，万一有什么事怎么办？”

“我也是这样说的，不过尚先生不在意，他说他死过一次了，什么都不怕。”说到这里，女佣自己先笑了。

到了门口，关琥跟她告辞，她很热情地摆手，跟最初的冷待判若两人，看来每天在这种寂静的房子里做事，她也很无聊。

两人上了车，由于车停在烈日下，这会儿里面闷得像蒸笼。关琥没跟张燕铎客气，第一时间将车窗降下来，同时又打开了空调。

车开了出去，关琥一边趴在车窗上呼呼喘气，一边扭头看着后面的洋楼说：“真是个怪人，离婚没觉得怎样，朋友失踪却这么难受。”

“这世上任何一种感情都是有原因的，也许他并非真的思念好友，只是想找个寄托而已。”

“为什么？”

“因为他潜意识中不想承认自己的颓废是残废导致的，所以把原因归结于失友之痛上。”

“也可能人家真的是怀念好友呢。”

张燕铎没跟他继续争辩，但表情明显是不赞同的。关琥忍不住转回身子，关上车窗，问：“你刚才在尚永清家里到底想说什么？”

“哦，没什么，尚永清说催眠术无法促使人自杀，最多只是起到催化剂的作用，但我也并未明确说他们是自杀的，所以我们的观点其实是一样的，那就是——催眠术有它成功的可能性，就比如它可以催发死者的潜意识，让他们的梦想达成所愿。”

“比如？”

“难道你没注意到死者之间的相同点吗？他们都缺钱。正如尚永清所说的，如果图里的一些字符代表财富的话，那死者会将它随身携带并编成舞蹈也不无可能。”

“难道那些奇怪的文字真是金钱的意思？”

“我只是说有这个可能性。”

“王焕成是大学教授，怎么可能没钱？”

“教授就一定有钱吗？也许王妻就是因为他有钱跟他结婚，又因为他没钱而离婚。”

关琥低头不语，认真想了一会儿，掏出手机开机，看到叶菲菲之后又打过两次电话，关琥猜想她的目的无非是想让自己道歉，跟一个家世好工作好又漂亮的女人谈恋爱也是件很麻烦的事，他直接将其无视，把电话打给了江开。

照计划江开今天继续调查王焕成夫妻的资料，相比自己，江开那边进行得比较顺利。电话接通后，听了关琥的询问，江开将自己刚收集到的情报一一报上来，关琥一边听着一边不时转头看向旁边开车的张燕铎，没想到一切都被他说中了。

“其实你是兼职做侦探的吧？”电话挂断后，关琥发出感叹。

张燕铎没回答他的提问，而是问：“怎么了？”

“都被你这乌鸦嘴说中了，大哥。”

根据江开查到的资料，王焕成家境富裕，早年在大学就相当有人气，但后来因行事乖张受到排挤，再加上他负责的化学实验项目在操作中发生事故，被同行借机打压；雪上加霜的是，他炒股也赔得很厉害，最后一气之下辞职在家里专心玩股票。王妻小他很多,又花钱大手大脚惯了,为此夫妻经常吵架,最终导致离婚。这次王妻将小孩寄放在娘家，单独去跟王焕成沟通离婚手续等问题，却没想到会引发惨案。

“这样就说通了，需要钱的共同目标让完全没有交集的三个人走到了一起。”

“需要钱为什么还要自杀？”

“我从没说过他们是自杀，而是……”

“而是在达成梦想，对吧？可是这梦想不就是死亡吗？为什么有人要引诱他们自杀,还是说那张密码图有诱发人自杀的玄机？”关琥摸着下巴自言自语,又翻看手机里的照片，不屑地说，“我就不信了，光是看图就能死亡。”

手机在下一秒被夺了过去，张燕铎说：“不要冒险，也许真会出事。”

“不需要这么紧张吧？要出事小柯早出事了。”

关琥对张燕铎的过度反应有些不解，探身把手机又拿了回来，不过没有再继续看照片。比起花心思解码，他更想知道这三人是在哪里联系上的，除了他们三个，是否还有其他人被这图形影响——那些人也许会是下一个受害者。

“我觉得他们的死亡像是一种宗教仪式。”开着车，张燕铎说。

“为什么这么说？”

“不知道，只是种直觉，那些图形很像某些宗教给人洗脑用的东西，你知道这世上大多数人都希望有钱，用钱当诱饵是最好的方式。”

“那你说古文字真的那么神奇吗，连电脑都破解不了？”

“虽然现今社会越来越依赖电脑，但我认为其实人脑才是最神秘复杂的东西，别忘了你所信赖的电脑本身就是人脑创造出来的。”

关琥耸耸肩，虽然张燕铎说话有点神神叨叨，但不得不说他一语中的，想起自己高烧做梦时联想到的画面，关琥说：“去王焕成家。”

王家门上贴了封条，关琥跟房东要来钥匙进去，张燕铎跟在后面，闻到里面怪异的血腥味，他脸色不太好看，又转身出去了。

关琥还以为张燕铎是对杀人现场有忌讳，并未在意，一个人在房间里转悠打量。客厅的血迹已经擦掉了，所以粉笔的痕迹也没有了。他又去书房，好在地板上的涂鸦还在，王焕成之前躺过的地方由于他的挣扎被涂抹掉了许多，其他部分还算完整。

“他很聪明。”声音从身后响起，张燕铎回来了，手里拿了两个大口罩，将其中一个递给关琥。

关琥惊讶地接过，见他皱着眉头，脸色看上去不太好，问：“你特意去买口罩？”

“顺便还买了这个。”张燕铎亮出手里一小盒粉笔，掏出一根红色的，蹲下身沿着那些杂乱无章的曲线描起来，等关琥反应过来他在做什么时，他已经画了几条线出来。

“等一下，不要破坏重案现场。”私自带外人进现场已经违反警察操守了，现场再被破坏的话，他就等着挨处分吧。

关琥伸手去阻拦张燕铎，反被制住，只见张燕铎一手迅速画动，说：“我也不想这样做，不过这种方式最快。”或许是现场的气息刺激了他的灵感，他清楚地看到了想看的东西。他讨厌血腥气味，但不得不说在许多时候这种气息可以提高他对外界的敏锐度，关琥所说的那些跟化学方程式混杂在一起的符号，此时已经清晰地自动浮现在他脑海里了，他所要做的就是将自己看到的描绘下来而已。

关琥听出张燕铎话中的郑重其事，便没有再阻拦，而是悄悄退到一边观看。

就见张燕铎笔走如飞，没多久，一幅完整的由符号组成的图案就出现在了他的眼前，跟陈小萍的那份不尽相同，但许多地方又透着相似。

等张燕铎全部画完，那根粉笔也差不多用完了，他随手丢到一边。关琥急忙跟过去把粉笔头捡起来，以免现场被破坏得更糟糕。

“这究竟是什么意思？”关琥转回来，双手交叉在胸前，打量着地上用红粉笔画的偌大字符问道。

“那是你们警察要查的事，我只负责画图。”画完后张燕铎才感觉到不适，身体有种用力过度后的虚脱感，他随意往旁边一坐，将事先准备好的口罩戴上了。

“你不舒服？”看着他的脸色，关琥问。

“贫血。”张燕铎再次把原因推到了贫血上。

“贫血贫到站起来就晕的程度，你也太弱了。”关琥嘟囔着，拿出手机将图形拍了下来，除了王焕成身体下方的部分被蹭模糊外，其他地方还算完整，他指着类似云层的图形说，“照尚永清的解释，这该代表财富吧。”

“不无可能，所以他拼死也要抹掉，抹不掉的则写上化学公式来混淆，至于客厅那里，”说着话，张燕铎转头看向客厅，“尚永清说王焕成连砍妻子数刀是为了防止她逃走，我倒觉得他只是想要更多的血而已，用血来抹掉地上曾经存在的符号。”

“大动脉喷血量已经很多了，他只要随便一抹就行了，为什么要费力再砍？”

“抹的话就不自然了，反而会让人注意到地板上的图形，你看一下照片，他是不是在妻子身上乱砍的就明白了。”

关琥不需要看也记得很清楚，当时王妻身上毫无章法的砍伤给他留下很深的印象。

关琥惊异地看向张燕铎，就见张燕铎平静地点点头，道：“他是个到死前都很冷静并充满快乐的人，这种人又怎么会选择自杀呢？”

“不可能，一个老男人杀了老婆又自杀，怎么可能心情好？”

“心情好不好尸检是看不出来的，谁又能说死亡只代表了悲伤？凤凰涅槃也许得到的是重生。”

关琥无言以对，尚永清的说法就够令人震撼了，而张燕铎的见解更是诡异，他忍不住问：“为什么你这么肯定？”

“我研究过几年心理学，所以才说可以帮到你，”张燕铎的脸色已经恢复了过来，也学着关琥，拿出手机拍下图片，笑吟吟地解释道，“我对这种奇怪的事件跟变态的人还是很了解的。”

“喂，这是警方内部机密，不能拍！”

关琥想阻止，张燕铎已经拍完了，随口道：“你说得太晚了，我已经用眼睛拍下来了，你也很想早点破案吧？也许我可以帮你找到这些图的真正意义。”

“我并不想为了破案丢掉饭碗。”

“不会的，我保证。”

就冲着这家伙随性的行事作风，关琥就对他的保证完全不放心，他抓着头发不止一次地问自己，为什么会被这么奇怪的人缠上，明明拒绝一个陌生人对他来说是件很简单的事。

“谁？”外面传来轻微响声，张燕铎厉声喝道。

关琥的身体反应比他的大脑快，在张燕铎话声落下的同时就蹿了出去，就见门口人影一闪，顺着走廊跑了出去，速度太快，又戴了帽子，看不清是男是女。等关琥跑到走廊上，那人已经下了楼，冲向小区的路口，眼看快跑远了。

关琥一把扯下口罩，对紧跟着跑来的张燕铎说：“我去追，你在这里等我，要是有情况赶紧报警。”以张燕铎的体质，他乖乖不动最保险。

交代完，关琥双手搭在走廊的栏杆上向外一跃，直接从二楼跳了下去。张燕铎趴在走廊上，冲他的背影喊道：“你还在发烧，别逞强。”看着他的背影，张燕铎自言自语道，“身手还不错。”

关琥一口气追到路边，那人的速度很快，关琥已被落下了好长一段距离，他只好大声喝道：“站住，否则我开枪了！”

听到他的警告，那人越发加快了脚步。不过那人没想到的是，关琥半路抄近道，直接从草坪上折过去，然后从上面跳下，双手刚好搭住那人的肩膀上，向后一扳，便将他掀翻在地，接着顺势双手撑地跃起，想去揪那人的衣领，却在听到惊叫声后停了下来。

由于被迫摔倒，那人的帽子滚到了一边，露出下方的齐耳短发，再往下看，纤瘦的身材以及精致的五官，怎么看都是个女生，而且有点面熟。关琥跟她的视线对上，突然想起她就是在陈小萍坠楼案中玩偷拍的那个女记者，叫谢……

迎面狠狠地甩过来一个背包，关琥下意识地一躲。趁此机会，女生飞快地爬起来，向前继续跑。等关琥再追时，就见她已经冲到了丁字路口中央，可能想跑去对面，但没想到原本空无一人的街道上突然冲出来一辆轿车，女生慌忙刹住脚步，却仍然被车头刮到，身体顺着冲击力滚向了路边，趴在那里不动了。

撞到人后，那辆车不仅没停下，反而加快了车速向前开。关琥顾着查看女生的伤势，不得不放弃了追赶，反正附近有电子眼，要查肇事车辆不是难事。

女生晕过去了，她的额头撞在路边的石块上，血渗了出来，关琥不敢乱动她，当即打电话叫救护车。等他电话打完，张燕铎也赶了过来，看到晕倒的女生，他愕然发现正是那天伪装鉴证人员并警告自己注意纸片的人。

“你认识？”关琥敏锐地捕捉到张燕铎短暂的诧异反应。

为了不节外生枝，张燕铎坦言：“她曾在许英杰坠桥的现场出现过。”

“哦，果然是她！”想到当时的状况，关琥恍然大悟，要不是他那时不舒服,不然发现有奇怪的人,一定会跟过去查看的。不过现在他也不好再说什么，索性将自己知道的信息告诉张燕铎，“她叫谢凌云，是报社记者。”

张燕铎将女生的背包捡起翻了翻，找到了她的工作证、钱包、笔记本等一些琐碎物品，单反相机挂在她的胸前，在摔倒时由于被她紧抱着而没有受损，看来她珍惜相机胜过自己的生命。

关琥本来想摘下她的相机检查，但她抱得太紧，碍于男女有别，再加上担心因此牵扯到她的伤口，他只好放弃了。谁知张燕铎蹲下来，扯过挂在她颈上的带子，又用力一拽，硬是将相机从谢凌云的手中拽了出来。由于用力过大，女生的头往后一磕，再次发出砰的一声。

一连串的动作做得既迅速又粗暴，完全没顾忌女生是伤员的情况。没想到看似温雅体贴的男人会有这么暴力的一面，关琥在旁边看傻了眼，等他想到要阻止时，相机已经到了张燕铎的手里。

“我有点后悔提醒她不要用活扣系绳了。”关琥嘟囔道。或许是听从了他的警告，这次谢凌云特意用了打了死结的照相机套绳，如果是活扣的，张燕铎的行为可能用不着这么粗暴。

关琥好心提醒张燕铎：“她已经受伤了，架不住这么折腾。”

“我不认识她。”

关琥翻了个白眼，他突然觉得自己看错人了：“这不是认不认识的问题，对女生，尤其是受伤的女生，你至少要温柔一点。”

“不是我撞的。”张燕铎依旧低头看相机，对于关琥的提醒置若罔闻，认真做事时他收敛了一贯的服务性微笑，加上冷清带有磁性的嗓音，让他跟夜晚出现在酒吧里的老板判若两人。

对于他这种漠视生命的态度，关琥有些看不下去，伸手一把夺过相机，正色道：“你有没有在听我说话？”

这次张燕铎总算捧场地抬起了头："这个女人跟三起案件都有关，要注意她。"

话题切到重点问题上，关琥脸色一变，本能地低头看相机，里面全都是与三起案件有关的照片，不过没等他细看，急促的鸣笛声便遥遥传来——救护车很快就到了。为了协助救护人员，他暂时停止了查看，帮忙将谢凌云送上救护车，然后由张燕铎开车，跟随救护车来到医院急救中心。

接下来的事情比较烦琐，关琥跟医生讲述了当时的情况，又联络交警备案，等一切都忙完，急救也结束了。还好谢凌云只是因为受了外伤暂时昏厥，医生说她有轻微脑震荡，可以先留院观察一下，但基本上没有大问题。

"还好没事，否则都是我害的。"医生的话让关琥一直悬着的心放了下来，坐在病房外的长椅上叹气，"早知道就不追她了，可我就是改不了这急性子。"

"如果她不跑，一切悲剧都不会发生。"张燕铎坐在他身旁，很冷淡地说。

关琥转头看他，张燕铎还在看相机，似乎比起谢凌云的死活，他更关心相机里的内容，嘴角微微上翘，像是发现了什么，表情透着喜悦和紧张。这样的表现加剧了关琥的反感，他突然发现张燕铎的温柔跟体贴只表现在酒吧里。换言之，那都是为了招揽生意而做出的假象，除此之外，哪怕一个人的生死都无法引起他的注意。

"看来即使有人因你而受伤害，你也不会内疚。"

"不会，我没有那种感情。"张燕铎说得很平淡，这样的平淡态度激怒了关琥，他一把夺过对方手里的相机。

张燕铎看向他的眼神里充满惊讶，像是不明白他为什么发怒。

"我以为我们可以做朋友的。"直视着张燕铎，关琥悻悻地说。至少在不算长的几次交往中张燕铎给他的印象都很好，人的直觉是很主观的感情，可以没有缘由地对一个人产生好感，也可以因为某件事而骤然生分。精明如张燕铎，很快便明白了问题的症结所在，他垂下了眼帘，他似乎想说什么，但最终却只是把目光移开，微笑道："看看最后几张，会有大收获。"

气氛有些尴尬，发现自己说得过火了，关琥挠挠头，觉得苛求一个陌生人道德品质的行为有点蠢。他照张燕铎所说的将画面调到最后，果然就看到类似密码的图片显示出来，且图片的内容均有不同。

"她是从哪里弄来的？"他陷入沉思。

“我只知道她也在追这条线，”张燕铎提点他，“而且她了解得比我们多，知道这些图将带来危险。”

“你从哪里听说图会带来危险？”

“因为手里有图的人都死了，”张燕铎避重就轻地说，“下一个死者不知道会是怎样的姿势。”

这句话提醒了关琥，他当即拿出手机，将谢凌云相机里的图形都拍了下来，又倒回去看。不知谢凌云用了什么办法，前三位死者的案发现场都被她拍到了。三个不同职业的人，三种怪异的死亡姿势，他闭上眼，想起陈小萍的舞蹈照片，这些姿势都有重合。

“难道凶手是以模拟舞蹈杀人的？”他喃喃自语道。

“我想只是陈小萍的舞蹈照片刚好对应了死亡姿势而已，下次也许是芦笙或是箜篌……”

关琥没有理会张燕铎后面的话，他只注意到一件事，抬头问张燕铎：“你怎么知道陈小萍的舞蹈照？”

“是听你跟尚永清讲的。”

“不，我没提过照片。”这一点关琥记得很清楚，他主要是希望尚永清解析图形，所以有关现场勘查的细节讲述得不多，更别说是照片了，张燕铎知道舞蹈照只有一种可能，那就是他看过自己的手机，趁自己醉酒的时候。想到这里，他上前一把抓住张燕铎的衣领，质问道，“你怎么知道我的手机密码？”

“你在说什么？我听不懂。”

“你最好现在就坦白，别逼我抓你去警局审问！”

手机被擅自翻动，关琥火了，心里除了对张燕铎这种过分行为的震惊外，还有隐私被偷窥的愤怒；相比之下，张燕铎依旧是那副淡定面孔，无辜地反问：“为什么抓我去警局，警官，我有做什么吗？”

“偷窥我的隐私。”

“那一定是你的错觉，如果我是解码高手的话，你就不用去请教尚永清了。”

关琥被他淡定的反驳噎得说不出话，气得推开他，又去看那架相机。事情越来越古怪了，他放弃了跟张燕铎的拉锯战，转身冲进病房，想直接询问谢凌云。谁知走到床边，拉开隔离帘，就见病床上空空如也，被子被掀到一边，人已经不见了，再看床头，谢凌云的背包也消失了。

张燕铎快步走到窗前，窗户跟纱窗都半开着，他探头向外看，两层楼的高度说矮不矮，说高也不高，再看看窗户旁的下水管道，他猜到了谢凌云的逃跑路径，她还顺便带走了背包，只是相机没法拿走。

“医生说她有轻微脑震荡，”关琥气极反笑，趴在窗台上哼道，“你见过这么有精神的脑震荡患者吗？”有没有脑震荡尚待别论，但谢凌云被车撞受了伤是毋庸置疑的，那究竟是出于什么原因让她即使受伤还要逃跑？

张燕铎沉吟着问：“现在怎么办？”

关琥沉着脸不说话，又去翻找谢凌云躺过的床褥，一张纸条随着枕头的拿开掉到了地上，他捡起来，发现上面是一串网址，见张燕铎也探头来看，他直接将纸条攥进了拳头里，掉头就往外走。张燕铎跟在后面，在走到门口时被他制住：“如果你不想马上被关去警局，就别跟着我。”

“我也是要回家的。”后者一脸无辜地笑。

“换别的路。”

面对不讲理的人，张燕铎无奈地摊摊手，表示他认输，看着关琥大踏步走远，他忍不住说：“如果你要去找尚永清，记得问他飞天的事。”

什么飞天？

关琥没听懂，脚步微顿，不过马上又加快了速度，心想他为什么要听张燕铎的话去找尚永清？至于飞天，鬼知道那是什么。可是即使不爽，关琥也不得不承认张燕铎看出了自己的心思，他的确是准备去找尚永清的，有了新的图形，对解码会有帮助。

来到路边，关琥先打电话给江开，让他去调查谢凌云的资料，紧接着又联络尚永清，说自己找到了新的图形，想请他再看一下。对于他这么快找到新资料，尚永清表现得很惊讶，让他先把资料传给自己，以便等他来后可以马上提供自己的想法。

关琥将拍到的照片传给尚永清，又招手叫了出租车。坐车去尚永清家的路上，他展开谢凌云留下的纸条，把纸条上的网址输进手机，就见页面跳到了一个交友网站的聊天室里，名字他曾见过：神仙乐陶陶。

关琥本能地坐直了身子，他突然想起自己是在哪里看到“莫高”这个词了。这个聊天室里的某个ID就叫莫高，他还给大家提供赚钱玩乐的消息，而陈小萍等人不正是很缺钱的那种人吗？看来这条线他没查错，这些人虽然身份各异，但他们在网络上都认识。

关琥随便注册了个ID进去，顺着聊天记录迅速往下翻，发现对话还在继续，但大多是新人，署名“莫高”的ID在聊完赚钱经后就消失了。关琥试着和他说话，可惜过了很久都不见有反应。

如果他们真想谈什么赚钱经的话，应该会私聊，那就不是他这个外行能查到的了。关琥打电话给鉴证科的小柯，让他马上追踪这个聊天室，在最短的时间内锁定所有人的IP，然后不听小柯呼天抢地的哀号，直接挂断了电话。

出租车在寂静中向前疾驰着。关琥将该交代的都交代完后，想起了张燕铎的话，撇开对他不爽的私心，认真琢磨他的提醒，又将三起案件的照片调出来仔细翻看，没多久，他的目光在陈小萍的某张舞蹈照片上定住了，迅速放大屏幕，将画面移到右下方的题字上——陈小萍最佳设计奖“飞天”。其他照片也有关于舞蹈名称跟奖章的题字，然而最初关琥没有留意到这里，顶多是发现三名死者的死状与陈小萍照片里的舞姿类似，但张燕铎的提醒让他发现了飞天不仅是莫高窟的最大象征，它还有着另一个含义——羽化飞仙，那不就是死亡吗？

“下次也许是芦笙或是箜篌……”张燕铎的声音在脑海里响起。

关琥忍不住开始想飞天跟芦笙和箜篌的关系，想了半天没头绪，气得他伸脚踹了椅背一下，嘟囔道：“靠，还说自己没偷看手机，没偷看怎么知道照片上的飞天题字！”

到尚永清家时已是傍晚，女佣已经离开了，开门的是尚永清本人。他可能等急了，关琥刚按门铃，他就开了门。关琥连客套话都没来得及说，尚永清就说有新发现，带他去书房，不过这次不是走楼梯，而是坐电梯。

进去后关琥发现电梯内部也画着色彩斑斓的祥云跟仙女绘图，古装女子手托金莲浮于云端，衣袂翩翩飞扬，正如飞天一般。关琥不禁问道：“尚先生您好像很喜欢敦煌和飞天？”

“不是我喜欢，是我的好友是这方面的专家，我一直都认为他没死，这是为他设计的，希望他能早日归来。”

“可是三年都没有音讯，可能凶多吉少了吧。”关琥说完就看到尚永清凌厉的目光射来，像是不满他的直率，急忙补救道，“不好意思，我说话比较直，请不要介意。”

“大部分人的确都会这样想，但你知道吗，飞天是人类历史上的奇迹，他是研究奇迹的人，所以我相信一定会有奇迹发生。”

“我也希望有奇迹发生。”关琥心有戚戚道。

许是关琥话里透出的落寞触动了尚永清的心结，出了电梯，在去书房的路上他问：“你是不是也有在等待的人？”

“算是吧，不过很多年过去了，早就放弃了。”

“任何时候都不该说放弃这个词，”尚永清严肃地对他说，“奇迹不会降临在没有期待的人头上。”

关琥不想提以前的事，笑嘻嘻地把话题转到图形上：“是不是您现在就能让我看到奇迹发生？”

“我还没有那么大的神通，我只是发现了一些巧合的字码安排。”

来到书房，尚永清将关琥先后给他的图形打印下来并摆放在书桌上，又将自己解读出的字符排列在下面示意他看。书桌上还放了其他不少书籍，上面画了类似的象形符号，单看那一摞摞线装本以及纸张的泛黄程度，也不知道是多少年前的书了。看到中间某本书卷有残缺，关琥有些好奇，伸手要拿，被尚永清拦住，微笑道：“这是老友的遗物，请不要乱碰。”

“抱歉，我只是有些好奇。”关琥有些讪讪地将手缩了回去。

尚永清没在意，用笔指指那些书籍，又指向图形虚描的部分，说：“这也是奇迹，虽然老朋友不在，可是他的考古书籍总能帮到我。”

关琥发现尚永清画的跟自己之前发给他的图形相似度在八成以上，一个个对比下来，倒是可以看出其中几个字符的意思。

“这是乾达婆和紧那罗所做的歌舞，从这两位飞天的任务来看，他们供奉给众佛的是各种金玉珠宝，永开不败的仙花以及佛界仙乐。传说听完飞天的一曲奏乐，可得永生，接受飞天的供宝，可享永福。”

“……对不起，能不能用我听得懂的语言来解释？”

“也就是说，这些字符是从婆罗门教演变而成，后又与佛教、道教结合生成的属于莫高窟特有的文字，这里代表了财富跟永生，但其中多数字符是错误的，应该是拿到这些文字的人不懂其真正的含义，自以为是地加以注解，然后随意乱传，蛊惑无知的人。”

“那是不是听完整首曲子，真能得到财富跟永生？”

“有关这点我的朋友还在研究中，可惜还没等研究成果出来，他就失踪了，我想也许他获得永生了吧。”说到这里，尚永清镜片后的眼神有些迷惘，但很快就回过了神，笑道，“不过我是不信的，千百年前流传的符文尚未可知，更何况是这胡乱杜撰的东西，真是误人子弟。”说着话，他脸上露出很不屑的表情。

关琥点头表示附和，又问：“那您觉得这个人在网上传播这种东西的目的是什么？”

“可能想引起关注吧！你知道这世上很多人都是寂寞的，却不知道这样做会害人……哦，对了，这两张纸你是从哪里拿到的？是又出命案了吗？”

“天天出命案，最后法医解剖的就该是我了。”关琥自嘲地说完，将谢凌云的事说给尚永清听。

尚永清点头沉吟道：“或许她也是聊天室的一员，甚至就是那个叫莫高的人，否则她不会对整个事件这么关心和了解，而且她利用自己记者的身份很容易联络到各阶层的人。你要尽快找到她，以免下一个受害者出现。”

“谢谢，我会马上联络总部的。”听了尚永清的讲述，关琥越发感觉到事情的严重性，他道了谢，又婉转地提到想借有关飞天传说的书籍，可惜放在桌上的几本被尚永清拒绝了，说那是老友的藏书，自己无法擅作主张外借，只给了关琥自己购买的几本书，又留关琥吃晚饭。

关琥本来想拒绝，但他从早上到现在只吃了几颗蛋糕球，这会儿早就饿了，看到女佣事先准备好的晚餐，一个没忍住就点头应下了。席间尚永清又取出藏酒请他喝，想到前天喝酒误事，被张燕铎算计，关琥婉拒了，手放进口袋里想掏烟，但看看尚永清的身体，只好作罢。

等吃完饭告辞离开，天已经完全黑了下来。

关琥去附近的车站等车。那是个很小的站点，他等了半个多小时才等到一辆巴士。车里很空，零散地坐着四五个人，关琥上了车随便找了个空位坐了下来。

跑了整整一天，两条腿早就软了。等车启动后，关琥将腿伸到过道上，以便让自己坐得舒服点，顺便查看手机里的内容，他发现叶菲菲之后又来过几次电话跟短信，时间刚好是谢凌云撞车前后。

关琥打开短信，就见上面写着：关王虎，我有急事相谈，马上回电话！

不知道那位姑奶奶所谓的急事是什么，关琥没有理会。他累了，一想到要应付前女友，他就觉得头大，这种事等他闲下来再说吧，现在没那个心情。

路灯的光隐约从窗外闪过，让车里变得忽明忽暗，更增添了关琥的疲乏感，不知什么时候他停止流鼻涕了，只有脑袋还有点晕，不知道是不是高烧造成的不适。

巴士在坑坑洼洼的路面跑了一阵子。途中断断续续有人下车，到最后车里包括关琥在内只剩下两名乘客了。他靠在椅背上打盹，听到巴士的停车声，却懒得睁眼，只将伸在过道上的腿缩回来，以免妨碍到别人走路。

这次没人下车，而是有两人上来，其中一个去了后面的车座，另一个在经过关琥时突然绊了一跤，向他摔来。关琥本能地往旁边躲闪，没承想肩膀却是一痛，那人指缝中的某个尖锐物体划过他的肩头，却因为他的及时闪开而没能完全刺入。

发现失手，那人马上抬起另一只手直接向关琥的肚子袭去。他的动作快而狠辣，又有座椅的遮挡，司机在前面什么都没发现，踩下油门将巴士开了出去。

看到对方手里的匕首，关琥急忙闪身躲避，幸好座椅空间够大，让他勉强躲了过去。却不料才刚避开，脖颈处突然一紧，却是先上车的那个人从后面勒住了他的脖子。关琥被勒得无法呼吸，上半身不由自主地向后倾倒，眼看着另一个人的匕首再次向自己刺来，他只好握住那人的手腕，同时抬腿向他的小腿猛踹。

那人被他踹得失去了平衡，关琥趁机抓住他的手腕向外反拧，匕首掉了，同时他脚上不停，抬腿踹在那人的胸前，借着将他踢开的力道跃上座位，又顺着后面那个人的臂力凌空翻了个身，反将扼住他脖颈的家伙摔到地上。

司机这才注意到后面出了事，吓得方向盘都握不稳，巴士左右摇摆起来，关琥也随着向前踉跄，随即他就感到来自身体的不对劲，眼前的敌人变成了重影，紧接着地面也变得不平。关琥瞬间察觉到，这不是车辆摇摆造成的后果，而是他的意识出了问题。

联想到之前划伤自己的针头，关琥直觉不好，当即不敢松懈，又飞起一脚，直接踹在对面那人的下巴上，同时大叫："停车！开门！"

司机惊慌之下本能地听从了他的指令，在刺耳的刹车声中巴士猛地停下了。这一停，导致后面的两人一齐向前扑去，关琥趁机将手肘向后撞，借着车辆的冲力正撞在扑过来的那人的胸口上。那人怪叫一声向后跌倒，疼得在地上翻滚，不知是不是那一击把他撞得骨折了。

"活该！"关琥啐了一声，趁着另一个还没爬起来，他抓住车椅扶手向前快奔，还好车门开了。他跳下车，往左右匆忙扫了一眼，只见周围异常冷清，只有远处幽幽的路灯光闪过，根本无法辨别这是哪里。

眼前又是一阵晕眩，药液在体内发作了。关琥赶忙加快速度向前跑，只要跑到有人的地方就安全了，他料想那些人还没明目张胆到见人就砍的地步。但可惜的是街道附近很荒凉，别说人，就连住户都没有。

关琥向前踉踉跄跄地没跑多久，就听到身后传来车辆刺耳的引擎声，同时前方也突然间亮了起来，那是车的远光灯灯光。他回过头，模糊的视线中看到身后有辆车以飞快的速度向自己撞过来。

刺眼的灯光下，车辆似乎变成了两辆。他知道那是重影，但是在药力的作用下，无法辨明哪辆是虚像，只能咬牙跌跌撞撞地向前跑，但没多久体力就被耗尽，双腿一软跌倒在地。

光芒更耀眼了。关琥回过头，发现车辆即将冲到眼前，他想滚开，身体却软软得使不上力，瞳孔在极度紧张之下飞快地收缩，只能眼睁睁地看着那辆车逼近，一瞬间他感到了死亡带来的恐惧。

"砰！"剧烈的响声在耳边响起，关琥本能地闭上眼，但下一秒却并没有感到疼痛，他只听到撞击声跟车轮摩擦地面的声音。他努力睁开眼，就看到他身后有辆车直挺挺地撞在原本冲向自己的车上，将后者撞得偏到一边。而且那辆车并没有就此罢休，在稍微倒退后，又紧踩油门，再次撞了过去……在剧烈的冲力下，先前那辆车被撞得几乎报废。

这人疯了！这是最后闯入关琥脑海里的想法。虽然不知道开车的人是谁，但至少明白他的命暂时保住了，眼皮不听使唤地耷拉下来，沉重的困意袭向他。

前方隐约响起开门声，在把车辆撞飞后，开车的人从车上跳了下来，飞奔到他面前。关琥感觉到胳膊传来痛感，他被那人抓住，很粗鲁地提了起来。

“关王虎！”有点陌生的嗓音，至少跟他之前听到的冷清笑谑的男声不同，也许是因为里面掺杂了焦急的情绪。

关琥强迫自己再次睁开眼，眼神迷离中，他看到了重影的张燕铎的脸庞，对方一反平时的从容优雅，表情因为焦急绷得紧紧的，眼神里充满了杀机。

一瞬间，关琥的眼前晃过谢凌云被撞时张燕铎的反应，截然不同的表现让他觉得这个人更陌生。

“关王虎！”听不到他的回应，张燕铎再次大声叫道。

耳朵被震得作痛，关琥很怀疑这个男人是故意在吼他，嘴唇动了动，在完全陷入昏迷前，他很想说：叫我声关琥会死啊，大哥……

5.

再次醒来时，关琥的意识有短暂的空白。阳光从窗外斜照进来，让他清楚地看到自己当下的状态——他身下躺着的是当初他特别定制的双人床，壁纸是他喜欢的花纹。眼前熟悉的一切都表明现在他是在自己家中，可为什么对面会有个不该出现的生物体？呃……关琥再往身上瞅，发现跟那晚一样，他全身上下只穿了条短裤，这会儿四仰八叉地躺在床上。

梳理了一下混沌的思维，很快想起了昏迷前的经历，关琥立刻坐起来，却在下一秒抱住了头，脑袋还晕乎乎的，不知是高烧后遗症还是药物产生的副作用。

“醒了？”听到动静，张燕铎把目光从电脑屏幕转向他，表情跟平时一样满是微笑。

“为什么你在我家？”关琥揉着两边太阳穴，呻吟道。

“因为你有带钥匙。”

这根本算不上回答吧？关琥感觉头更痛了，这次他敢确定不是药物造成的。

“为什么你坐在我的椅子上玩我的电脑，用我的马克杯？”

“我的洁癖症不是很厉害，所以勉强 OK。”

“是我不 OK，”关琥气极反笑，“你懂不懂得什么叫个人隐私，你看我的手机那事我还没跟你算账……”

“关王虎，这是你对救命恩人应该有的态度吗？”轻飘飘的一句话打断了关琥的抱怨，张燕铎似乎早忘了昨天不愉快的争执，对他微笑道，“正常情况下你在醒来后，该说的是谢谢，你可知道为了救你，我损失了一辆奔驰。”

关琥翻了个白眼，可不管怎么说，张燕铎是他的救命恩人这点没错。

“谢谢。”

“是电脑声音太响了吗，为什么我听不到？”张燕铎碰了下鼠标，将音乐关掉，再次问他。

关琥无语了，同时开始怀疑自己最早在酒吧认识的那个温和有礼的老板是假象，昨晚自己出事时表现出暴怒的朋友也是假象——眼前这人其实是个毒舌加腹黑、无视个人隐私外加小心眼的家伙！

“谢谢，谢谢你救了小的一命，将小的送回家，还把小的衣服剥光送上床，”他提高声量道，“我会付你辛苦费的。”

“辛苦费就算了，看在邻居的分儿上，你只付奔驰的修理费就行。”嘴上这样说着，张燕铎却完全没有不好意思的表示，拿起马克杯慢慢喝着。

关琥闻到了红茶的清香，奇怪，他家里好像没有红茶吧？好像一切的一切从昨晚开始就乱套了，关琥抓着头发将自己蜷起来，努力思索他从尚永清家出来后的经历，可是想来想去，除了让大脑更混乱外什么都想不通。

“那帮人到底是什么人？”他捂着头呻吟完，又想到更重要的问题，抬头问，“我晕倒后发生了什么事？你是怎么把我从他们手中救出来的？”

“没什么，他们看到有人来了，就驾车跑了。”

“就这么简单？”

“难不成你认为我以一敌十，杀他们个落花流水吗？”

关琥没说话，但眉宇间露出明显的怀疑。昨晚那些人不是普通的小混混，从他们周密的行动和狠辣的出手可以看出他们是经过特别训练的，突然出现攻击他，难道是跟他正在处理的案子有关联？可又感觉不太像，两者的行事风格相差太大，让他很难将两件事联系到一起。也有可能是那些人跟以前他经手的案子有关，只是碰巧在这时出现了？实在想不通，关琥索性把这些疑点先放一边，揪住张燕铎继续问：“那你又是怎么巧合地出现在那里的？”

张燕铎只是默默地品着杯中的红茶，眼帘微微垂下，像是在思索什么，过了一会儿他抬起头，就在关琥以为他会回答时，他伸手拿了块放在盘子里的点心吃了起来。

最后还是关琥沉不住气，苦笑道：“我被华丽丽地无视了吗？”

“不是，我在想要找个怎样的借口才能让你相信那不是谎言。”

“OK，OK，大哥，你不用特意挑战警察的智商了，我问一个你可以回答的问题好了，昨晚你有没有带我去医院？”

“为什么要带你去医院？”

“我被人注射毒素晕倒了，正常情况下，你不该报警、叫救护车吗？”

“哦，原来被注射毒素会打呼噜啊！我没想那么多，以为你是吓晕了，就直接送你回来了。至于报警，我想你就是警察，回头跟你讲就行了，身为普通市民，我也不想惹麻烦上身的。”

关琥再次无语了，摊摊手，在检讨自己打呼的同时决定结束这个浪费时间的话题，他转身开始在床上翻找，张燕铎适时地将手机递过去。

看了眼黑屏的手机，关琥一愣，就听张燕铎说：“为了不打扰你休息，我关机了。”

“我要被你害死了大哥，没请假还关机，无故旷工。”关琥一边嘟囔着一边赶忙开机。

张燕铎站在一边，笑吟吟地听完他的抱怨，转身出了卧室。他不会告诉关琥昨晚那些人在行动受阻后，一股脑儿地围攻他，发现不敌后才迅速撤离，为了照顾关琥，他没有紧追，他不关心那些人的身份，只要知道关琥没事就好。至于关琥担心的毒素，其实只是药性猛烈的镇静剂而已，根本不需要就医，在医学方面，他相信自己比普通医生要有经验多了。

看来这起案子还有得查！听到房间里不时传出关琥的大嗓门，他不由这样想到。

关琥开机后吓了一跳，在他昏迷……呃，也可以说是在沉睡这段时间，他的手机几乎被打爆了，各位同事以各种方式来轰炸他，光是看着屏幕上不断往外跳的短信和未接来电，他的额头就冷汗直冒，直觉告诉他又出事了。

斟酌再三后，关琥无视了舒清滟跟小柯还有萧白夜的来电，而是打给了江开。

电话第一时间被接通，江开焦急的声音传来：“你去哪了？我们大家都找不到你。”

“我昨晚被暗算了，差点挂了。”

“啊……”

“这些事回头再说，这么急着找我，是出了什么事？”

“一件好事，一件坏事，你想先听哪个？”

看来事情不急，否则江开也没心情卖关子了。

“先说好事。”

“好事就是你让小柯查的有关神仙乐陶陶聊天室的名单，小柯追到了不少线索，还查到了谢凌云在里面的ID……”

谢凌云居然也在里面！这个消息让关琥立刻有了精神，问：“她是什么人？是不是冒牌记者？”

“冒牌记者倒不是，她是去年进报社的新人，不过她一直都在玩聊天室，ID叫小云，跟死者陈小萍、许英杰都有直接交流。小柯查到了他们的私聊记录，她邀请他们去旅游，说可以赚大钱，不过细节没说，可能是面谈的；小柯还追踪到了王可的记录，就是陈小萍的前男友，他跟谢凌云应该也见过面。”

“不是追踪到玩聊天室那帮人的IP地址了吗，你没去查？”

“能追踪到的都死了，其他的小柯说暂时查不到。”

“为什么？”

“这些技术方面的东西你别问我，问了我也答不上来，总之就是我们查到小云跟莫高的ID都是从谢凌云的IP那里登录的，所以我们有理由怀疑一系列的自杀案是她在幕后操纵，现已申请了逮捕令拘捕她。”

案情居然在他睡了一觉后峰回路转了，关琥不知道是该喜还是该忧，问：“那抓到她了吗？”

“没有，那女人很狡猾，早就逃之夭夭了，我们只搜查了她的家。真是个疯子，她的房间里全都是有关几名死者的照片跟新闻，而且都被放大贴在墙上。哦，对了，她家里还贴了不少密码图形，就是你让小柯查的那种。”

关琥心里一动：“把她家的地址给我。”江开报了地址，关琥记下后，又问，“案子查得差不多了，这是好消息啊，那还有什么坏消息？”

“王可死了，他是在跟谢凌云通了电话之后被杀的。”

张燕铎在厨房刚把早餐准备好，就听到外面传来拖沓的脚步声，他端着碗碟走出去，看到已穿戴整齐的关琥从洗手间里跑出来，边用手梳理着匆忙洗过的头发边往外走。张燕铎想，如果忽略他嘴角淤青的话，这人长得还是挺帅的，在警局应该很有女人缘。

关琥不知道张燕铎心里对自己的评价，两人打了个照面，看到张燕铎围着围裙，手里拿着他家的碗碟，他哈了一声：“我发现你已经成功地把这里当自己家了。”

“你去哪里？不吃早饭了？”

“不吃了，又发生命案了，我要去现场。”关琥说到一半，看看张燕铎端的盘子里的夹肉面包，他临时改了主意，伸手取了一块塞进嘴里，走到门边，随口道，“走的时候记得帮我锁门。”

“是什么命案？”张燕铎放下盘子，刚想把围裙解下来，就听砰的一声，关琥一脸惊慌地从外面冲了回来。

“我的纸袋呢？昨晚你救我时有没有看到我的纸袋？”

关琥去尚永清家时只带了谢凌云的单反相机，后来他借了书，尚永清送了他个大纸袋，他就将相机跟书放到一起了。在车上被歹徒攻击时他腹背受敌，哪有余力去顾及别的事，这会儿再想起估计也是凶多吉少了。

关琥原本没抱太大期待，谁知听了他的话，张燕铎转身走向客厅，将放在沙发上的纸袋递给他，问：“是这个吗？”

“是，你怎么找到的？”关琥大感意外。

“它就在路边，不知是谁丢在那里的。”张燕铎没说实话，真相是他将关琥扶上自己的车后，又去追巴士。那司机被突发事件吓蒙了，巴士开得像老牛车，他轻轻松松就追上了。找到关琥的纸袋后，又警告司机少管闲事，司机忙不迭地点头表示自己绝对会守口如瓶。

关琥对张燕铎的解释不是很信服，但没有时间多问，道了谢后拿着相机又跑了出去，张燕铎急忙跟上，在电梯快关门前冲了进去。

过了上班高峰期，电梯里就他俩，看看张燕铎，关琥狐疑地问：“你不会又跟我同路吧？”

“我跟小魏约了打棒球，不过他爽约了。”

“听你的意思是要开车送我？”

“你那个爆了的车胎好像还没修理吧？”

“你的车应该还开不了吧。”

“我还有其他的车，你呢？”

“摩托。”

“中毒后骑摩托很危险，为了广大市民的安全，我想还是我送你比较好。”

“谢谢你还记得我中毒。”关琥反唇相讥的同时，打量着电梯壁上的自己，被打了不知道是什么的药物，他的脸色有点差，但发烧却神奇地好了，所以那药应该没什么副作用吧。不过不管有没有副作用，张燕铎的关注点都错了，这家伙首先该在意的难道不是他的安危吗？

到了停车场，关琥犹豫几秒后还是选择了坐张燕铎的车。这次张燕铎开的是辆白色奔驰，跟之前一样，他为关琥开了车门，换墨镜，踩油门开出去。

“你还有几辆奔驰？”

“就这两辆，希望你不要再被车撞了，否则我不知道下次还救不救得了你。”

“是我的错觉吗？”关琥报了目的地后，转头看向张燕铎，“为什么原本是善意的话，从你嘴里说出来就充满了恶意？”

“可能是中毒后遗症，”张燕铎微笑回答，“所以等看完现场，你还是去医院检查一下吧。”

关琥抚额，他也觉得自己的大脑神经被毒素腐蚀了，否则怎么会在明知道这个家伙有问题的情况下，却还是忍不住跟他走这么近呢。

江开说的命案现场位于郊外山麓的入口处，离市里相当远，山上有雾，山林里除了警察外再没有其他人，关琥很庆幸自己没选择骑摩托。

关琥到达时，舒清滟正在检查尸体，其他同事在附近做勘查取证工作。看到他后，江开迎上前，照例将备用手套递给他，又瞅瞅跟在后面的张燕铎，小声问：“你什么时候换口味了？虽说享齐人之福是好事，但要是被空姐女友知道的话……”

“我们分手了。”关琥不耐烦地打断江开的玩笑，把视线转向现场。

江开在后面捂嘴轻呼：“分手也不能自暴自弃啊！这是人品问题，你嘴上的伤不会是她揍的吧？”

“少废话！”关琥一巴掌扇了过去，查案中脾气可没那么好。他又转身给张燕铎做了个手势，示意对方可以离开，可惜被无视了，只好放弃，转而问江开，“现在是什么情况？”

前辈发火了，江开不敢再乱说话，乖乖带关琥来到不远处的一棵树前，认真汇报工作：“尸体被发现时就吊在这里，平时来爬山的人不多，尸体又挂在偏离路口的地方，所以一直没被发现，加上天气炎热，尸体腐烂得很厉害，舒法医说至少死亡有三个星期了。死者的背包丢在附近，根据证件暂时判断是王可。”

周围充满尸臭气，关琥很后悔没带个口罩来。他憋着气仰头看去，树杈不高，但以粗细来推断确实可以承受住成年男子的体重，下方歪倒着两块大石头，一个小型背包放在旁边。从装备来看，王可不像是来登山的。

“怎么判断出他是被杀？”

“绳索结扣上系了根头发，可能是凶手在打结时没注意，留下了证据。”舒清滟做完眼前的工作，站起来将证物袋递给关琥，袋子里是一根棕色短发。

关琥看了看一旁的死者，尽管尸身腐烂严重，但看得出是黑发平头，虽然也有可能是死者在其他地方打好结扣，再带到山里，不过从心理学角度分析很牵强。

“死者在背包里留了遗书。”舒清滟给他看另一个证物袋。里面是张不大的纸，从纸张边缘呈锯齿状这点来看是随手撕下来的，上面只有一句话——我对这个世界绝望了，算了，不玩了。

“这看起来更像是抱怨吧？”

“要先做笔迹鉴定，不过就算是出自死者之手，也不能证明什么，”舒清滟说，“凶手想伪造自杀现场，不过他太外行，留下了太多破绽，不要以为尸体腐烂就无法查到血液里的药物反应。”

关琥想起昨晚自己也栽在了药物上，要不是张燕铎及时出现，难保他不会跟王可一样被吊到树上。这样想着，他转头看向张燕铎，只见对方靠在远处的车上，双手抱胸眺望远方，像是在欣赏风景。

关琥不太理解对方这种即使在凶案现场还能表现出的优雅，转过头对舒清滟说：“也有可能是凶手把死者敲晕，然后吊上树的。”

“晕厥状态下上吊跟清醒时上吊的反应不一样，虽然尸体的腐烂状态会对鉴证工作造成一定的难度，但并非不能查，具体结果等我做完详细的尸检报告……那个人是谁？”

见舒清滟注意到了张燕铎，关琥一激灵，一时间找不到合适的借口，含糊道：“我……哥。”

“你有哥？”

“堂……哥。”

还好舒清滟没多问，把注意力转向了现场，关琥趁机溜去给尸体拍照。

时隔多日，尸体已腐烂见骨，关琥看得头皮发麻。他可以笑对枪林弹雨，但面对腐尸，他远没有舒清滟心理强大，只好捂着嘴，极力让自己忍住呕吐的冲动。

关琥拍完照，看着屏幕上的画面突然想到，如果死者没做类似其他三个死者那样的手势或是被伪装成自杀的他杀，那就跟前几桩自杀案的性质不一样了。为什么凶手的作案手法前后不一致？是凶手另有其人，还是中途发生了什么事，迫使凶手改变了计划？可是从这四起案件的受害人的死亡时间来看，王可是第一个受害的，所以跟昨晚自己被袭击的事件对应不上。

一旁江开的手机铃声突然响了，他接通后说了几句，又转给关琥，小声道："是头儿的。"

"有什么好消息？"关琥接过电话问头儿。

"我刚从王可住的公寓出来。王可在这里没有亲人，主要靠打临时工为生，他平时爱好登山、攀岩等探险运动，房租交足了半年的，所以没人注意他的失踪。最后一次有人看到他是三个多星期前，他的通话记录也截止在那个时间段上，他出事前两天跟谢凌云通过电话，此外还接到过两通公用电话的来电。"

这些跟关琥之前从王可的房东那里听到的消息一样，看来在他们怀疑陈小萍的死亡跟王可有关时，王可就已经死了。

"谢凌云那边怎么样？"

"不顺利，我刚得到消息，谢凌云昨晚已经离开了。那女生不简单，看起来瘦瘦小小的，却练过空手道，还在大学得过射箭冠军，在登山、攀岩上也都很有心得，我推测会不会是她利用探险的话题将王可约到山上杀害的……"

有时关琥很怀疑萧白夜是怎么坐到重案组组长的位子的，身为警察，在没有拿到任何证据之前，这样的怀疑不仅主观而且很危险。

"她去了哪里？"他直接问了当下更重要的问题。

"目的地是敦煌，如果你早点把得到的消息报上来就好了，可惜就差一步，没抓到她。"

他昨天哪知道谢凌云跟几桩案子牵扯这么大？不过谢凌云此去敦煌之举让他感觉有些蹊跷，如果只是想躲避追捕的话，她要去的该是其他容易藏身的地方。

灵感一闪，关琥突然想起了许英杰的飞机票，忙问：“你现在能查一下这四名死者的出行记录吗，看他们最近是否去过敦煌？”

“你想做什么？”

“自然是有用处，总之查完马上通知我。啊，对了，昨晚我被几名歹徒袭击，差点挂了，不知道是不是跟这件案子有关。”

关琥不准备现在就把自己的猜想告诉萧白夜，果断选择了转移话题，果然就听电话那头问道：“怎么回事？”

关琥将自己昨天跟尚永清见面的过程以及晚上的遭遇简单地说了一遍，最后总结道：“也不知道那药有没有毒，我为了查案，到现在都没去医院。”

“要挂早挂了，听你的声音就知道没事，别多想了，我马上去调查，回头联系你。唉，几件自杀案搞得这么复杂，我的大假又泡汤了，买凶杀人，不知会不会跟黑社会有关……”

预料到接下来会是没完没了的抱怨，关琥直接把电话挂断，跟江开交代了几句后，就准备去谢凌云的住所——虽然现在所有疑点都指向谢凌云，但是到目前为止他还没找到谢凌云这样做的原因。那个女生是剽悍了些，但不像混黑道的，跟她接触过两次，关琥对自己的直觉还是很有自信的。

看到关琥返回，张燕铎不用吩咐就自行上了车，等车开出去后，他问：“下一站去哪里？”

“你晚上还要做事吧？不用一直陪着我，我可以另找车的。”

“晚上休息好了，没关系的。”张燕铎说，“其实我从小的愿望就是当警察，现在警察没当上，当当警察的助手也是好的，算是满足了自己的愿望。”

张燕铎的话，关琥是一个字都不信，冷漠的人是做不了警察的，而张燕铎正是习惯了用温雅伪装冷漠的那种人。不过他没点破，只是说：“那先去警局吧，我去取点东西。”

“非常时期，是该配枪了。”

关琥看了一眼专心开车的某人，虽然张燕铎不适合当警察，但以这个人的头脑，也许可以帮到自己。

到了警局，关琥填写了申请配枪的表格，出于特殊情况的考量，萧白夜在申请表上提前盖了章，这给关琥的行动提供了许多方便。

取了枪，关琥回到车里，张燕铎买了两罐奶茶，自己一罐，另一罐放在关琥那边。关琥拿起来，发现是热的，又默默放回到张燕铎面前。

“身体是本钱，整天抽烟喝酒对你没好处。”

“这口气真不像酒吧老板说的，倒像是我老爸。”

“你父亲？”张燕铎转头看他，“他没跟你住一起吗？”

关琥避开了目光，示意张燕铎开车，然后低头翻看自己刚才拍的现场照片，说：“你推断错误，尸体这次没有做与飞天有关的手势。”

“腐烂成那样，你还能看得出来？”

“至少身体没有各种扭曲。”关琥反驳道。

张燕铎沉吟片刻，然后说：“那就是说这起案子可能与前三起没关系，这是他杀，不是自杀，除了凶手是同一人外。”

“你听到我们的交谈了？”

“我还没有那么厉害的顺风耳，只是靠推断得出的结论——喜欢玩同样手法的人都有偏执倾向，除非是有什么突发事件，迫使凶手改变初衷。”

“可是王可的死发生在其他三件案子之前。”

“我的意思是，王可的出现打乱了凶手的计划，于是他采取了另外的方式，要知道连续三起谋杀案要比自杀案引人注目得多。”

听完张燕铎的推断，关琥陷入沉思，直到到达谢凌云的住处。

谢凌云住在公寓里，物业帮他们开了门，是个两室一厅的房子。昨天警方已经来搜查过了，将电脑等一些重要物品都搬走了，但看到墙壁上贴得满满的各种照片跟图纸后，关琥确定电脑只是情报的冰山一角而已，由于这些贴纸太多太乱，为了不破坏现场，警察才没有取下拿走。

墙上的照片都是充满异国风情的外景，多数与洞窟佛像有关，另外还有些旅行团的合照，数量实在太多了，关琥只好选择了一些洞窟的照片拍下来。张燕铎不说话，默默地站在他身后，目光从墙壁最上面的照片开始，一张张地往下看。

关琥拍完后又转去另一面墙壁。那面墙上贴着放大后的密码图形，看上去跟他拿到的那些类似，但图的形状更为复杂，B3 的纸张根本放不下，而是由许多纸贴在一起，图层弯弯曲曲地连接起来，图形上方则是密集竖排的文字，像是古书里的文典。这让关琥想起了在尚永清家里看到的有关敦煌飞天的记录。

那些扭扭曲曲的古文字关琥看不懂，他只看到文字旁附着的飞天图像，飞天体态优雅、衣袂翩跹，手中或拿长笛或拿箜篌或是手抚琵琶，正如那些死者的状态；再往上看，墙上还贴着一大串名单，他将神仙乐陶陶聊天室里的 ID 对照看去，发现名字完全一致。ID 的另一侧则标注着真实姓名，除了陈小萍、许英杰、王焕成等人外，还有几个人的名字上画了红线，旁边还贴有与之相关的事件报道的报纸剪贴。关琥大致看了下报道，发现那几人是在近几年里陆续自杀身亡的。

现代社会压力大，自杀事件层出不穷，所以虽然死者死亡时的姿势有些诡异，但由于案件之间相隔时间较长，并没有引起警方关注，要不是这次连续出现三起自杀案，关琥也不会特别注意。

“这里面没有王可，”关琥说，“不知道是不是因为王可的死因跟其他人不同，所以谢凌云才没有记录下来。”

“也可能是谢凌云根本不知道他已经死了，凶手可能另有其人，一个一米六五左右的女生把一个大男人拖住吊到树上不是件容易的事。”

“未必，你不知道那女人有多厉害，又会空手道又会射箭，外加脑子有问题，你看她贴这么多新闻跟照片，不是在炫耀她的丰功伟绩吗？”

看完一室的照片，关琥最初对谢凌云的推测开始产生动摇，毕竟变态杀人是不需要动机跟目的的，他们只要能在死亡中得到快感就行。

“不，她很正常，她的眼神不是精神错乱的人会有的。”张燕铎走到书桌前，将放在桌上的相框拿起来。照片里是一对母女，女生穿着校服对着镜头做出 V 的手势，眼睛亮亮的笑得很开心。看得出她很重视这张照片，把它放在随时能看到的地方。张燕铎拿出手机，将照片拍了下来。

对张燕铎的判断，关琥持保留态度，问：“为什么你这么确定？”

“如果你接触过变态的人，也会一眼分清他们跟正常人的不同。”张燕铎的语气异常冷静又非常肯定。

联想到前几次张燕铎都有提到类似的话题，关琥很想问张燕铎难道接触过变态人，但想想这个话题过于敏感，只好忍住了好奇心。

张燕铎放下相框，转而盯着墙上那些怪异的图形细看，然后伸出手说：“笔。”

“哦。”不知是不是身份的服从属性起了作用，关琥的身体本能地听从了指挥，在书桌上找了支红色油性笔递过去。

张燕铎接过笔，走到墙壁前，拿起笔在那些字符上迅速画起来，等关琥反应过来要阻拦时，他已经在纸上画出了将近一尺长的红线。

“我觉得自己的刑警生涯前途惨淡。”关琥抚额叹气。

连续两次带外人来破坏现场，就算他的上司再怎么好说话，只怕也不会轻易饶过他，但画也画了，现在阻止毫无意义，他只好一边叹气一边仔细看张燕铎画的内容。

张燕铎没像昨天那样直接描出图形，而是顺着曲线将红色向前伸展，画过一张纸后，继续第二张纸，这样连续画下去，一直将线画到最后一张纸的边缘。

“大哥，请告诉我这一条弯弯曲曲的线是河流吗，还自西向东地流淌？”等张燕铎画完，关琥终于忍不住了，在后面发问。

张燕铎转过了头，跟画图时的严肃表情不同，他嘴角微微向上勾起，然后嘴唇微启，就在关琥以为他要解答疑问时，却听到他说：“我也不知道。”

“不知道你就乱画？你想逼我辞职怎么不再直接点？”关琥简直不敢相信自己的耳朵。

无视他的愤怒，张燕铎将笔帽合上，轻松应对：“虽然不知道这个代表了什么，但它一定有其用意。这些图案都是之前我们接触过的，现在将它们以特定的规律组合到一起，从而显露出这条长线。”

张燕铎用笔在长线周围的图形上虚画了几下，但关琥完全不记得这图形在哪张图里出现过，狐疑地问：“你是怎么记得的？”

“用脑子记的。”

“在这么短的时间里？”说到这里，关琥不免怀疑张燕铎一早就跟图形有过接触，这么复杂的图，除非是早就知道它们所代表的含义，否则在短短两天里如何记得住？

听出了他言语下的质疑，张燕铎四两拨千斤：“是不是做警察的疑心病都这么大？”

“是不是你无法解答？”

“是的，毕竟智商问题无法用正常的思维来解释。”

面对这么狡猾的回答，关琥气极反笑，正要再问，手机铃声响了起来，他拿出手机，没看来电显示就接听了。还以为是萧白夜，谁知那头传来叶菲菲的声音。

不好的预感瞬间充斥大脑，关琥很想挂断，可惜已经来不及了。

“关王虎，你为什么不接我电话？你还是不是警察？在市民遭受伤害要报案时你居然不接听！”

听着这么中气十足的声音，关琥想这位姑奶奶不去伤害别人已是万幸，为了不耽误时间，他赔笑道：“这位市民您好，如果您受到了伤害，请立即去就近警局报案，我们重案组负责的是重大刑事案件……”

“我要报的就是重大刑事案！啊对，最近出的那几起自杀案，就是你负责的吧？我学姐也是受害人，她说神来召唤她了，她也会飞天的，让我陪她。”

关琥脸上的假笑消失了，正色道：“你怎么知道飞天的？”

“不是我知道，是我的学姐说的，我刚被她打晕了，总之事情很麻烦。你赶紧过来，我学姐家的地址是清苑路富苑小区 A 栋 19 楼 2 号房。”

关琥迅速将地址记下来，一旁的张燕铎全程都在，这会儿不用关琥吩咐，就抢先走了出去。离开前关琥又看了一眼那条长长的红线，拿起手机拍了下来。

叶菲菲报的地址是有名的豪宅区，附近高楼鳞次栉比，据说进出的人非富即贵。停下车后，关琥仰头看着眼前造型奢华的高楼，判定她的这位学姐相当有钱。

两人照叶菲菲所说的来到 A 栋 19 楼 2 号房门前，按了门铃后，门被拉开一条缝，隔着安全链，叶菲菲在里面打量他们，确认无误后才把门打开。

关琥进去首先看到的是握在叶菲菲手里的棒球棍，再看她充满戒备的表情，忍不住问：“你不会是准备拿它当武器对付坏人吧？”

“是啊，我就是被它打晕的！你摸摸这里，起了好大一个包，痛死了，也不知道有没有被打成脑震荡。”跟上次见面时端庄优雅的形象完全不同，叶菲菲今天穿了套粉红色居家运动衫，卷曲的长发用发夹随意别在脑后，没有上妆，还是很漂亮。被关琥问及，她将棒球棍丢开，背对他指着后头某一处给他看，话声轻柔，带了点撒娇般的嗲音。

关琥看了眼站在一旁的张燕铎，不仅没去碰她，反而后退两步，他跟叶菲菲现在的关系比较微妙，干笑道："男女授受不亲，这样不太好吧？"

"你是刚从哪个朝代穿越回来的吗？我让你验伤记录案情，你在琢磨什么呢？"

关琥被骂得没话说了，还是张燕铎走上前说："我来吧。"

"你……好像在哪里见过？"叶菲菲看着他，表情有些疑惑。

"我叫张燕铎，上次有幸帮您提供酒泼人。"

"啊，我想起来了，你是那家酒吧的老板，你也是警察吗？兼职在那里开酒吧？"

见是熟人，叶菲菲放下了戒心，让张燕铎检查头部的伤口。她的脑后鼓起了一个大包，并不是很严重，再看她生龙活虎的样子，要说会有脑震荡什么的，还真让人难以信服。

"晕了多久？"关琥问。

"没看时间，不过应该没多久，我看的电视剧还没演完。"

"连看的电视剧都还记得，那你没事。"

听到关琥的判断，叶菲菲冲他嘟起了嘴巴："关王虎，你要是用这种态度做笔录，小心我投诉你。"

"是是是，姑奶奶，是我的错，那既然没事，能不能麻烦你把有关飞天的事情详细讲一下？"说着话，关琥在房间四周打量，这是栋三室一厅的房子，房间的摆设很女性化，墙上挂了几幅主人的艺术照，相比叶菲菲，房主更具成熟美，从面相来看她应该很会耍手腕，是个懂得如何善于利用自身价值的女人。

从日常用品的数量可以确定主人是独居，房间很干净，除了沙发前落了一地的爆米花。阳台的落地窗大开，窗外这会儿烈日炎炎，连带着室内也很闷热。阳台很宽敞，如果从这里跳下去的话，嗯……绝对救不活。

"好热。"叶菲菲也发现了打开的窗户，她调低了空调温度，又拿起手帕不住抹汗。

"窗户不是你开的？"张燕铎问。

"不是，这么热的天谁会开窗啊。"

"那你为什么不关上？"关琥表示不解。

“为了保护现场，我被打晕了啊！要是随意动这里的东西，破坏了现场怎么办？”叶菲菲看着关琥，眼神中透露出鄙夷，像是在说亏你还是警察呢，连这点常识都不知道。

关琥很想告诉她如果真要保护现场，就不该动那根棒球棍，但考虑到目前的状况，他忍住了。

“好，现在你可以详细讲述经过了。”关琥在叶菲菲对面坐下，切入正题。

“我学姐，也是我的前辈，她比我早两年进公司，跑国际线，是个很受欢迎的空乘。”

见张燕铎面露疑惑，关琥解释：“她是我女友……”

“前女友！”

“是，我的前女友在航空公司工作，她也是位很受欢迎的空乘。”

听到被称赞，叶菲菲很高兴地挺挺胸膛，主动继续往下说：“我的闺蜜学姐叫栾青，她很漂亮，工作态度也好，据说还交了个非常有钱的男友，这房子就是她男友买给她的。不过她男友经常出国，没办法陪她，所以学姐休息时觉得寂寞，就常常上网聊天……”

关琥本来想打断她那些啰唆的开场白，但听到“上网聊天”四个字时，他顿住了，就听叶菲菲继续说：“不知什么时候学姐开始迷上一个叫神仙乐陶陶的聊天室，里面有个叫小云跟莫高的人提到可以赚大钱以及免费旅游的话题，我学姐不缺钱，但她是个好奇心很强的人，所以就参加了。”

“是私聊吗？”

“好像是，不过学姐没具体说，她只说自己要飞天了，很期待，但看到那些人的死亡，又很害怕，怕真的死了就回不来了。”

栾青说的死亡的那些人是指陈小萍等人，他们因为一起参加过抽奖活动获得了免费敦煌旅行的机会，所以都有见过。小云邀请他们时说飞天可以帮忙转运、开福，甚至得道成仙，反正是免费的，又刚好是栾青所在的飞行航线，她就顺便也参加了。参观的景点倒是没什么出奇的，不过小云给了他们很多纸，说是只要照着纸上的做，就能帮他们达成所愿，她就照做了。

“她不是很有钱吗？为什么还要照做？”

“人的欲望是没有止境的，有了钱还想要美貌，有了美貌还想要永远年轻，所以要让他们上钩，随便提个说法就行了。”张燕铎说。

“老板你说得真棒！”叶菲菲冲张燕铎连连点头，又将鄙视的目光转向关琥，“四肢发达头脑简单的警察果然是没法比的。”

关琥坦然接受了前女友的鄙视，问：“然后呢？”

“一开始都挺好的，她还说她真的看到飞天了，但没多久就有人跳楼自杀了，接着又有人杀妻，学姐就怕了，又没人可以商量，所以把我叫来，以为可以通过我跟警察男友报案，谁知不管我怎么打电话都打不通。”

“我昨晚被袭击，就……”

“你被袭击了一天吗，关王虎？”

“你又不说是跟案子有关，我本想先等案子办完再去找你聊。”

“聊什么？你不会是以为我打连环电话是想跟你和好吧？这么复杂的事你让我怎么在短信里说，如果回头发现跟案子没关系，我那样说，一定会被你认为我是在夸大事实。”

关琥被她反驳得无言以对，更不敢承认自己正是那样想的。

见他不说话，叶菲菲冷笑道：“没关系，我已经习惯了被你无视。”

场面一度尴尬，好在张燕铎及时将关琥从窘境中解救了出来，他把谢凌云的照片调出来给叶菲菲看：“小云是她吗？”

“不知道，学姐没有给我看照片。”

“他们去旅游，难道没有拍照吗？”

“学姐没提到，要不找找看好了。”叶菲菲边说边起身跑去书桌柜里翻找，很快她找到了相册。关琥跟她一起翻，里面旅游的照片倒是不少，但没一张有关莫高窟的合影。

张燕铎在一旁皱起了眉，旅行不拍照很奇怪，如果不是本人的原因，那就是组织者禁止他们拍照，所谓的抽奖免费旅游根本就是假的，那些人一早就是被选中的目标。

“没联络到关琥后又发生了什么事？”张燕铎问。

“学姐从昨天开始就一直神神叨叨的，说是可以听到飞天在叫她，看上去像是鬼附身。我怕她出事，就在这里陪她，今早她突然说要去洞窟找飞天，趁我不注意把我打晕了，等我醒来时她已经不见了，不知道是不是去敦煌了。”

“她在聊天室里的 ID 是哪个？”关琥问。

“青青。”

照叶菲菲说的，关琥很快就在之前拍下的名单上找到了“青青”这个名字，看着墙上妩媚的照片，他有种不太好的预感，这女人说不定真去敦煌自杀了。他转身走到电脑前，开机，电脑被加了密。

关琥回头看叶菲菲，叶菲菲摊摊手，表示她也不知道。

“那对于她的男友跟交友状况，你也不了解？”关琥继续问道。

“嗯，我们不是跑一个航线的，接触其实不多。”

“那她的生日或是喜欢的数字你总知道吧？”见叶菲菲连连摇头，关琥无语了，“一问三不知，你这算什么闺蜜啊？”

叶菲菲被关琥呛得不高兴了，反问：“那你跟老板还这么熟呢，他生日你知道吗？”

谁说他跟张燕铎熟了？他们前后认识才不过几天！本着好男不跟女斗的作风，关琥把反驳咽了回去，冲张燕铎勾了勾手，示意他过来：“帮我研究下开机密码。”

“这活我做不了，我不是黑客。”

“不是黑客你开我的手机开得那么顺溜？”

“那是你误会了，”张燕铎说完，转而对叶菲菲解释，“他昨天受了伤，中毒后遗症，状态不佳，你就不要跟他计较了。”

“看得出来，他比平日的智商更低。”

关琥被这两人的一应一答堵得说不出话，转头盯着屏幕，想着实在不行就打电话叫小柯来帮忙，谁知手机还没拿出来，就听叶菲菲一拍掌：“啊，我想起来我有录像，也许可以帮到你们。”

“什么录像？”两人同时问道，反倒把叶菲菲弄得一愣。她的眼神在他们之间转了转，似乎想说什么，但最后还是闭上了嘴，乖乖跑去书架前，将放在上面的扁平花瓶移开，露出后面的摄像机。

“昨天学姐叫我过来时情绪很激动，我以为她见鬼了，就想用摄像机录下来好了，回头找人帮忙也有依据，为了不让她担心，就没对她说，后来……呵呵，我也忘记了。”折腾了半天现在才想起来，叶菲菲有点心虚。

关琥没跟她计较，找到数据线，将摄像机跟电视连到一起，按下播放键，说：“看看录了什么。”

内容很简单，开头是栾青在和叶菲菲讲述有关飞天的对话，叶菲菲将镜头调得恰到好处，把栾青的脸拍得很清晰。她没化妆，看上去有些憔悴，在客厅里走来走去，还不断地擦汗，又大口喝冷水。有关飞天的内容，她只是重复着相同的话题，叶菲菲难得好脾气地在一边点头，表示自己在听。

晚上休息时栾青也没关灯，让叶菲菲自己去卧室睡觉。独自一人时她反而没那么焦躁了，去洗了澡换了性感睡衣，然后又去了阳台——要不是她拿着手机，关琥会误以为她跟前几个人一样是去跳楼。

栾青打了很久的电话才回屋，开始给手机充电，随后将一个小旅行箱拖出来，往里塞了几件衣服，等都收拾好后才回房睡觉。

“难道学姐昨晚就打算去敦煌了？她去没关系啊，我又不会死拦着她不放，为什么要打晕我？”看到这里，叶菲菲忍不住发问。两位男士没有回答，注意力都放在屏幕上，叶菲菲觉得无趣，但只好跟着往下看。

后面的镜头被关琥直接快进到早上，栾青起床后又开始喋喋不休地聊飞天的梦想，叶菲菲边吃饭边回应。栾青说完，又开始看手表。到快中午时，她突然拿起放在门后的棒球棍，冲正在边吃爆米花边看电视的叶菲菲打去，叶菲菲身体向前一扑跌倒在地。

关琥跟张燕铎同时看向沙发前散了一地的爆米花，原来现场是这样造成的。

栾青打晕叶菲菲后，似乎很害怕，把棒球棍丢开，又跑过去摸摸叶菲菲的头，并探她的呼吸，在确认没事后才站起来，向前走了两步又返身回来，将原本关上的阳台落地窗打开，这才锁门离开。

“学姐为什么要特意开窗？”

“为了造成她也有跳楼飞天的假象。”关琥说。

“假象？”

关琥没回答她，快速将摄像机收好，站起来往外走。叶菲菲在后面追问：“你去哪里？”

“有事回警局。”关琥说完，见张燕铎跟上来，“张先……”

“大哥。”张燕铎笑眯眯地提醒。

关琥耸耸肩，“大哥”只是他对所有人套近乎时的称呼，没想到有人听上瘾了，不过有求于人，只好从善如流：“大哥，我这边你不用送了，你送菲菲回家，她一个人留在这里可能有危险。”

“为什么有危险？”叶菲菲问。

关琥没回答她，只是拍拍张燕铎的肩膀：“谢谢你，等办完事，我再去你的酒吧喝酒。”说完他就转身快步离开。

叶菲菲被弄得一头雾水，她不敢妨碍关琥做事，只好把询问的目光转向张燕铎：“这到底是怎么回事啊？关琥是不是看出什么问题了？”

“这你要问他，我对查案不在行，我的工作是护送你回家。”

“我不走，我要等关琥回来给我解释。”

那你得等上几天了，张燕铎心想。他不动声色地起身准备离开，走到门口时又问了一遍：“你确定要留下吗？你学姐那个样子很像鬼附身，你也想体会一下那种感受吗？”

“不要！等等我，我跟你走！”叶菲菲害怕了，迅速把东西收拾好追了出去。她提的是空乘工作用的小旅行箱，张燕铎帮她接过来，做了个女士优先的手势。

“谢谢，”叶菲菲大踏步往电梯那边走，“全天下的男人都比关王虎有眼色。”

“那当初你为什么会选择他？”

电梯到了，叶菲菲走进去，道：“要听吗？反正路上没事，可以说给你听。”

6.

关琥搭车赶回警局，一口气跑上二楼，就见走廊上站了几个人在讨论最近的案子，看到他，有人阴阳怪气地说：“几起自杀案搞了这么久都搞不定，还要让我叔叔来帮忙。”

“是啊是啊，据说有人连血都怕，真不知道怎么当上重案组组长的。”

说话的是隔壁侦查科的警员，好像叫李什么来着，关琥跟他不熟，只知道他是警界二世祖，帮腔的是他的同事。作为重案组组长，萧白夜是不够合格，但平心而论，他是个好上司，关琥最讨厌这种背后道人是非的做法。他走过去，故意装作被绊住，将那个只会说大话却瘦得像竹竿似的警员撞到一边。见状，大家马上停下闲聊，七手八脚地去扶同事。

“对不起对不起，没撞坏你吧？”关琥皮笑肉不笑地说完，不等对方回应，他已经进了办公室，砰地将门关上，任由那帮家伙在外面气得直跳脚。

江开正在门边复印文件，看到这一幕，忍着笑冲关琥直竖大拇指。

关琥问：“怎么回事？一帮人不做事，在外面唧唧歪歪的。”

“上面下来命令，让咱们结束对自杀案的调查，具体的你去问组长吧，他开了一天的会，就为这事。”说着江开往里间指了指。

关琥探头去看，只见萧白夜正在低头看资料，他跑去敲玻璃门，不等回应，就直接冲了进去。

“我刚开会回来，”见是关琥，不等他发问，萧白夜先开了口，“上头的原话是近来基层办案浮夸，人浮于事，为了立功，硬是把简单的自杀案定性成连环杀人案，还弄出什么密码混淆视听，让马上结案。还说重案组如果实在没事干，不如去档案室查旧案。”

关琥一听就火了：“奶奶的这是哪个孙子说的？我昨晚差点被撞死，现在好不容易有点眉目了却不让我去查！”

“那个‘孙子’按辈分来算的话，我该叫他声叔叔。”没被关琥的火气影响，萧白夜依旧慢悠悠地往下说，“不过这也不是他的意思，而是更上面的。你也知道上面一些关系错综复杂，很有可能有人玩过神仙乐陶陶，继续下去的话，会对他们的地位产生不利影响。”

“那他们的消息也太快了吧！知道这些资料的人一个巴掌就数得过来。”

“所以是谁说的呢？”萧白夜摆弄着手头上的文件，叹道，“警界内部的关系可比外面的案子更复杂啊！”

“我还打算来汇报刚找到的消息呢，得，现在什么都不用做了。”关琥双手叉腰，兀自生闷气。

“你可以说，我又没说我不听。”

听出萧白夜的话里有松动，关琥来了精神，马上关好门，拉下百叶窗，将叶菲菲的摄像机打开给萧白夜看，同时将自己从昨天被歹徒袭击再到今天的各种发现仔细地说了一遍。听完后，萧白夜没说话，将手上的文件袋递给他，关琥打开一看，是那几名自杀者的出行记录和谢凌云的相关资料。

“欸，头儿你不是一直被拉去开会吗，怎么搞到的资料？”

“我就不能一边开会一边搞吗？”萧白夜一脸平静，像在说一件多么普通的事似的。

关琥忽然觉得他这位怕血又有洁癖的上司还是很英明的。

简要捋了一遍手上的文件，关琥发现一切正如自己所猜测的那样，陈小萍、王可、许英杰、王焕成都在半年前去过敦煌，前后时间也只是相差几天。再看谢凌云，她往来敦煌的次数就更多了，尤其是三年前在她上大学期间，竟然请假在那边待了一个多月，原因不详。至于她的家庭，档案上也写得很详细——谢父凌展鹏是大学教授，母亲是中学教师，但在谢凌云幼年时两人就离异了，父亲辞职去了外地，谢凌云则一直跟随母亲生活，母女二人没有常联络的亲戚。此外，高中时谢凌云曾有过一次记过处分，因为她将同班男生推下楼导致对方小腿骨折；大学时期她积极参加各种探险活动，但没有较亲密的朋友；现在她的父母都已过世，她自己也因为工作原因很少在家，所以熟悉她的人不多。

“有点暴力倾向的女生，虽然从她的外表一点都看不出来。”萧白夜指着她的照片说。

“张燕铎也这样说。”关琥嘟囔。

“谁？”

关琥回过神，把话含糊过去，转而看向小柯送来的报告，说：“看来小云跟莫高两个ID都是她在操纵了。”

“的确都是出自她的IP地址，但这只是初步判断的结果，还有待进一步的调查，不过聊天室里提到的有关旅行社提供免费旅游的话题，经证实并无此事。”

“所以她怂恿大家参加旅游的目的是什么？用活人来做飞天试验吗？”关琥说完，见上司目光炯炯地看向自己，他心里打了个突突，“不会真是这样吧？”

“这事可说不准。”萧白夜拿起放在手边的红茶慢慢品着，动作优雅得让关琥有种张燕铎的即视感，“从昨晚歹徒有目的地攻击你这点可以看出，幕后凶手不是一个人，而是颇具规模的团伙。谢凌云父母双亡，不排除她为了赚钱读书而答应与犯罪团伙合作的可能。”

对于那个犯罪团伙的性质，关琥心里隐隐有了些猜测，不过光靠手头上这些资料还远远不够，他需要更为确凿的证据。现在谢凌云去敦煌了，栾青也去了，看来要解开飞天的秘密，自己也得去一趟才行。

“头儿，”心里做好打算，他抬起头对萧白夜说，“我打算去趟敦煌。”

“好啊，最近你也没放大假，几起案子也快结案了，你去旅游放松一下心情也不错。”

看来迫于上边的压力，只能以这种方式查案了，好处是他很自由，坏处是他得把刚到手的枪再交回去，所以关琥的打算是：“头儿，我想再申请一把配枪。”

像是早料到他要说什么，萧白夜完全没表现出吃惊，往椅背上一靠，沉吟道：“这样啊，休假是要缴枪的，我的属下也不能享受特权，不过刚好我才接到一个跨省杀人的案子，要是你借旅游之便过去帮我查案的话，我也比较好说话。”

“是！”接过萧白夜递过来的配枪申请单，关琥认真地向他行了礼，又问，“那能再拜托您一件事吗？”

“什么事？”

“查一下她的资料。”关琥将栾青的照片递过去。

萧白夜冲他摆摆手，表示这点小事算不了什么。

关珧领命离开，走到门口时，又被上司叫住："听说那边的李广杏脯跟鸣山大枣很出名，记得多带些回来。"

关珧收好所需文件，又去领了配枪后，回家简单收拾了行李就出门了。在赶去机场的途中，他突然想到一个重要的问题——他忘了问这次的差旅费给不给报销。

由于暑假是旅游旺季，经济舱的机票已经销售一空，关珧只好忍痛咬牙买了头等舱机票。在柜台办理完行李托运，手里拿着登机牌，他感到了那张小小纸片的重量，这次押宝押这么大，要是什么问题都没解决，他连个报销的借口都没有，恐怕连下个月的饭钱也要没着落了。

尽管心里滴着血，关珧还是有条不紊地经专门通道上了飞机。乘客还在陆续登机，他坐着没事，将手机拿出来翻看在谢凌云家里拍的照片。谢家的墙壁上画了不少图形，他本想传给尚永清，但一直没时间跟尚永清联络，此刻看着这些形态诡异的图形转念一想，既然张燕铎说这些图都曾经出现过，那给不给尚永清应该不会影响到什么吧。

闭上眼思忖这几天发生的种种，每次想到最后，关珧的思绪都会归于一点——什么是飞天？什么是永生永福？花那么多钱将各行业、阶层的人骗过去，只有一种可能……

身后传来脚步声，紧跟着有人坐到了他身旁，关珧本能地换了个姿势坐直身子，谁知当他转头看那人时，顿时呆住了。旁边的男人上身穿着收腰的浅蓝色衬衣，底下是条灰色休闲裤，腰间是条银色宽腰带——几个小时不见，虽然换了身衣服，但瘦削身形配上标志性的微笑，不是张燕铎那家伙还是谁？

"我的眼睛应该没出问题吧？"关珧喃喃道。

张燕铎回了他一个浅浅的笑："不是，就算是有药物中毒后遗症，过了这么久，也该消失了。"

"不是我眼睛的问题，那请解释下为什么你会在飞机上，还坐在我的邻座？"

"因为跟小魏约的篮球赛他爽约了，我一气之下就决定出去旅游，没想到会这么巧跟你遇上。"

"看来从体育竞技项目的数量来算，今后你被爽约的次数还会有很多。"

“对此我深有同感。”

见张燕铎一脸诚恳地接受了自己的吐槽，关琥忍不住了，侧过身说：“那张先生，能不能拜托你想个好一点的借口来解释你的行为，你现在纯粹是在欺负警察的智商吧？”

张燕铎不说话，只是盯着关琥看。关琥被他看得莫名其妙：“看什么？看人长得帅吗？”

“不，观察细致、思路清晰，证明你身上的毒素真的解了。”

面对这不知是担心还是吐槽的表达方式，关琥无话可说，把头转回去往椅背上一靠，将毛毯蒙到自己脸上。

“你还好吧？”

关琥有气无力地答：“如果你的目的地不是敦煌的话，我就还好。”

“原来你也去敦煌啊，那真是巧得不能再巧了。”

为了避免被噎死，关琥停止了追问。要不是有任务在身，他真想问张燕铎为什么紧跟着自己不放，他到底有什么目的？是单纯对案子好奇还是根本就跟犯罪集团是一伙的？

飞机就这样在关琥的满腹疑问中起飞了。中途餐车过来，关琥随便点了一份，闷头狼吞虎咽地吃着；与之形成鲜明对比的是，张燕铎熟练地用着刀叉，品着红酒，优雅得像是正坐在高级餐厅里享用晚餐的贵公子。

“有人通风报信，上头不让查自杀案了。”嚼着面包，关琥说。

对方会主动跟自己说案情，张燕铎有点意外，他惊讶地转过了头。关琥又灌了口饮料，将自己在警局的经历简单说了一遍。不管张燕铎是什么身份，接近自己的目的是什么，反正他已经跟来了，这些事迟早都会知道，瞒着没意思，倒不如借用下他的推理能力，说不定还会有所收获。

“是谁？”

“如果我知道是谁，就不会坐在这里了，大哥。”

没得到答案，张燕铎轻轻晃着手中的酒杯，沉吟道：“会是谁呢？”

关琥往里缩了缩：“少装酷，要是把酒晃到我身上，你要赔的。”

“是是是，”张燕铎乖乖放下酒杯，又说，“有人等不及先跳出来了，这样反而比较好查，至少我们知道突破口在哪里。”

关琥看了他一眼，还想问他怎么知道自己会临时离开，难道他一直在暗中跟踪自己？但想想即使问了，对方也不会说，只好作罢，低头继续往嘴里扒饭。

晚餐过后，空乘很快将饮料送了过来。张燕铎换了热咖啡，关琥也点了杯橙汁，把吸管拨开直接对嘴喝，但当他看到过来帮他们续杯的空乘时，一下子被呛到，饮料也洒到了身上。

“幸好不是我搞脏的。”张燕铎在旁边品着咖啡慢悠悠地说。

“不，我是……咳咳……”

一块湿毛巾不客气地摔到了关琥身上，他手忙脚乱地擦着衣服，就听一旁甜甜的声音传来：“老板这么巧？”

“是啊，”张燕铎回道，“没想到你在这里做空乘，菲菲。”

“其实我是代班啦，你要陪这个笨蛋去旅游吗？”

“是去旅游，不过笨蛋……”张燕铎转头看关琥，“你说他？”

“是啊，这周围好像没其他人了。”

他们周围的确都是空位，虽说是旅游旺季，但花高价坐头等舱的人还是不多。关琥伸手打住他们的对话：“停停停，叶菲菲你告诉我，为什么你会在这架班机上？”

“看制服就知道了，我在工作。”叶菲菲一身灰色空乘制服，动作熟练地帮张燕铎倒着咖啡，笑吟吟地说，“关笨蛋，你要来一杯吗？”

关琥没好气地说：“你是不是动了什么手脚？你根本不飞这个航班的。”

“呵，原来你还关心你女友……前女友的工作啊。”

“我是好心，小姐，你……”话没说完，关琥手里的毛巾就被扯走了，叶菲菲白了他一眼，又对张燕铎温柔地笑了笑，这才转身离开。

等她走远，关琥伸手抓住张燕铎的衣领，低声吼道：“是不是你搞的鬼，你知不知道这件事很危险，为什么要拉她下水？”

“不知道你在说什么。”张燕铎不动如山。

“如果不是你透露消息，她根本不可能知道我坐这趟班机，你是想利用她把她的学姐引出来！”

“我没这样说过。”

“你不需要直接说，你只要稍微提一下，那个好奇心旺盛的笨蛋就会乖乖上钩，你可以利用我、对付我，但不要把无辜的人扯进来！”

“关警官，我觉得你不该把一个人的自主行为怪到别人身上。”张燕铎伸手扶了扶因为关琥的粗暴动作而滑落下来的镜框，然后指指他的手，冷静地说，“她是成年人，知道什么是该做的，什么是不该做的。”

“可是……”

“而且你从哪里认定我在利用你、对付你？如果不是我出手，你现在待的地方该是太平间。如果你的智商这么低的话，我看也不需要去查案了，请尽早打道回府，省得浪费我们纳税人的钱。”

关琥被张燕铎义正词严的一番话堵得说不出话来，气得手往外一推，松开对方的衣领，坐回座位上：“总之，不要扯上无辜的人。”

见关琥老实了，张燕铎满意地笑笑，拿起咖啡继续喝。关琥这种天真善良的个性真不知道是怎么养成的，这让他想起了存在于自己童年记忆里的弟弟。打第一眼见到关琥，直觉就告诉他，他跟关琥之间有着某种亲密的联系，或许关琥正是他一直在寻找的弟弟，可是现在他又不敢确定了，因为他们俩并不是很像。

不过不管怎么说，这是个残酷而现实的世界，想要得到一些，势必就要丢下一些，否则就不要奢谈什么梦想——这还是那个训练他的人教给他的。他很痛恨那个混蛋，但也不得不承认在许多时候，那个老家伙说得都很对。

“我也不想那么做，所以我并不希望她跟来。”扶正眼镜，张燕铎轻声说。

“不跟来她就不是叶菲菲了，我是第一天认识她吗！”关琥气愤地回道。

胆大、心细、好奇心强，叶菲菲要是排第二，就没人认第一了。当初在劫机事件里她就是凭借机智制伏歹徒的，他们也是因此而开始交往的，但那时是迫不得已，跟这次完全不同。

希望在接下来的时间里她能改变想法，关琥不太抱希望地想。

几个小时后，飞机停在了转机的机场。距离下一趟航班起飞还有很长时间，关琥坐在候机室的椅子上，靠着椅背打盹；张燕铎坐在他对面打游戏，不知道玩的是什么，不时有啾啾叽叽的怪声传来。

关琥太累了，连提醒对方静音的气力都没有，耳畔听着电子音正昏昏欲睡着，急促的脚步声传来，然后他听到属于叶菲菲的大嗓门响起。

“这只猪，他居然还能睡着！”

奇怪，他怎么会找这么粗鲁的人当女朋友？刚想完，关琥的脑门上就挨了一下，他捂着头皱眉抬起眼皮，就见叶菲菲扬起的手被张燕铎拦住了，镜片后的目光有些凌厉，说：“他累了，有什么事跟我说。”

叶菲菲好像被张燕铎的凌厉吓到了，乖乖收起了大小姐脾气，将手机递给张燕铎，说：“学姐又给我来信息了，她现在很危险。”

她已经换下了制服，穿了套休闲运动服，卷发在脑后扎了个马尾，肩上背着小包，外加旅行箱，看上去就像普通旅行者，也让关琥明白他的担心终于变成了现实。

关琥站起来，凑到张燕铎身旁一起看。栾青在短信上说她已经到了敦煌，现在正在去小云给她预订的旅馆的路上，接下来小云会告诉她怎么飞天，让叶菲菲不用担心。

“学姐可能是怕我因为她的不辞而别生气，给我发了好几封邮件，其实比起生气，我更好奇飞天是怎么回事。”叶菲菲翻动着手机页面，给关琥看栾青给自己的邮件。邮件一共有三封，里面没有提她为什么要敲晕叶菲菲，只是解释了自己离开的原因，又大篇幅地提到飞天的梦想，以及她将要入住的旅馆名称，详细得像是她很期待大家观看自己的飞天壮举。

看完邮件，关琥尴尬地看向张燕铎，他一直以为是张燕铎将叶菲菲骗出来的，原来……

一眼看透关琥的内心想法，张燕铎扶了扶眼镜：“你不用道歉，我不会跟头脑简单的人计较的。”

“对不起……不过，你……怎么不解释？”

“这样不是更有趣吗？”饶有兴趣地看着关琥的尴尬反应，张燕铎微笑道，“让你可以看清楚你看到的事实并不一定是事实，你认为的真相也未必是真相。”

“是……”关琥老老实实地低头认错。

“你们在说什么啊？”叶菲菲不解地看他们。

“我们在说，现在着急也没用，只能慢慢等飞机，希望栾青别想不开学什么飞天。”

“飞天到底是什么？”

“你脸色看起来不太好，”张燕铎打断叶菲菲的追问，抬起手看看表，“时间还很充裕，所以小姐你要不要去补下妆顺便休息一下？”

一听自己脸色差，叶菲菲没心思多问了，把东西一放就跑去了洗手间。

等她走远，张燕铎看向关琥，道：“谢凌云终于出现了。”

关琥低声却很郑重地说道：“我一定要在下一名死者出现之前抓住她！”

翌日中午，一行三人终于下了飞机，踏在了敦煌的土地上。

在转机机场登机前，关琥试着劝叶菲菲不要再管这件事，都被她严词拒绝了，说她跟栾青最熟，有她在便于劝阻栾青做傻事。关琥知道她的脾气，再加上她说得不无道理，只好由着她了。

七月的敦煌已经非常炎热，三人从机场大厅一出来，热浪就迎面扑来，太阳高高悬在头顶，仰头只见碧空万里，让人有种被高温压迫得喘不上气来的感觉。

叶菲菲迅速掏出防晒手套跟帽子，接着是墨镜跟太阳伞。关琥转头看另一边，果然不出意料，张燕铎也戴上了宽檐帽，换上了墨镜。他叹了口气：“我觉得我们像是来旅游的。”

“四十摄氏度的高温下如果没点措施的话，就算是警察也会中暑的。”张燕铎说着从随身的背包里掏出备用的帽子跟墨镜递给关琥，出于不想遭罪的心理，关琥犹豫了一下还是接受了。

“我去叫车。”叶菲菲跑去找扬招点，看看被扔在自己脚边的旅行箱，关琥认为她只是不想花力气提东西而已。

两人跟在后面，车站附近围了不少人，让他们不得不拖着旅行箱穿梭在人群里，一路上不时被堵住，有人操着带有当地方言的普通话跟他们搭讪，内容无非是询问是否需要向导或是特价包车一日游。关琥瞅瞅张燕铎那瘦弱的身板，干脆两只手拖着三个人的箱子冲在前面，看他长得魁梧剽悍，还戴着墨镜，一副很不好惹的样子，大家都主动给他让路；而张燕铎只拿了个轻便的小背包，悠闲地跟在关琥后面。

快到路口时，遇到几个扎堆的旅行团，有些导游拿着小麦克风正在跟大家讲述注意事项，里面不乏特意穿了类似民族服饰的年轻人。见此情景，叶菲菲早忘了叫车的事，拿出相机开始东拍拍西拍拍。

“老板，来拍照。”她转身冲张燕铎说。

见张燕铎要过去，关琥不满道："这位先生，请不要对朋友的女人出手。"

"吃醋啊，"张燕铎收回了脚步，笑吟吟地说，"她好像是你的前女友。"

"少废话，叫车去。"

关琥用下巴一指，示意张燕铎做事。张燕铎却没动，而是看着他身后，笑容微敛。关琥转过头去，就见不远处站着几个人，站在最前面的是个身材瘦小肌肤黝黑的女子，这么热的天，她却任一头长发披在脑后，胸前则挂着一串很大的绿宝石项链。

只是一个很平常的女人，她正在跟身边的男人聊天，关琥见张燕铎一直盯着她看，故意打趣："一见钟情？"

"我见过她。"无视关琥的玩笑，张燕铎快步走了过去。什么情况？关琥只好拖着箱子跟在后面，但当他们刚走上人行道，旁边突然冲出来一大堆旅行团的人，将整条路都挡住了，等这些人走过去，对面早已经没有人了。

"是谁？"察觉出张燕铎神情里的不寻常，关琥收起了笑脸，正色道。

张燕铎皱眉不答，反而突然伸手摸向关琥的胸口，等关琥反应过来对方是找东西时，张燕铎的手已经伸进了自己的裤子口袋将他的手机掏出来，然后当着他这个主人的面按下密码，接着调出里面的照片。

"我说……大庭广众之下乱摸别人的行为不太雅观吧？"其实关琥更想说，当着自己的面擅自解码窥视隐私的做法太嚣张了。

可惜没等关琥说出口，张燕铎就把手机递到了他面前，指着里面的图道："右上第三排第五张照片里，右数第三个人。"

那是关琥在谢凌云家的墙壁上拍下的图像，由于贴在墙上的照片实在太多了，导致画面很模糊。他照张燕铎说的看去，只能看出那是些合照，至于里面的人的容貌，很难分辨清楚。

"你确定是刚才那个女人？"

"百分之九十八。"

"好吧，那回头我要去配副老花镜。"自嘲完毕，关琥又抬起头，奇怪地打量张燕铎，"这么多照片，你是怎么记住的？"

"是啊是啊，老板你好厉害！"叶菲菲也凑了过来，然后不屑地对关琥说，"其实你该配的是智商。"

被称赞，张燕铎唯有苦笑。有些能力是天生的，他可以清楚记得哪怕是只见过一次的东西，可许多对于普通人而言轻而易举的事情，他却要考虑很久才能理解，那样的生活他过了很多年，然后战战兢兢地步入这个社会，担心被别人看出自己的怪异。这些大家羡慕的能力在他看来只是累赘，如果可以，他宁可跟普通人一样，在普通的家庭里平凡地长大。

“老板？”不见他回应，叶菲菲又叫道。

张燕铎回过神，用手指划动着手机屏幕，说：“谢凌云给她拍了几张，看来她们彼此认识。”

虽然那些照片看上去都是旅行团的合照，但只有那个女人重复出现过，关琥摸着下巴沉吟：“也许她们是合伙人，谢凌云要在这里做事，没有当地人的协助是不行的。”

“做什么事？”

关琥无视叶菲菲的询问，自顾自地拖着三个行李箱往出租车那边走：“先找个地方休息下，顺便吃饭。”

叶菲菲紧赶几步跟上关琥。张燕铎落在后面，他总有种被偷窥的感觉，放慢脚步转头看，身后人潮拥挤，根本无法分辨窥视的目光来自哪里，只好当是自己多疑，掉头跟上关琥二人。

下飞机后，叶菲菲曾试着给栾青打电话，但栾青的手机一直都是关机状态，三人只好照栾青提供的信息去了敦煌车站附近的一家五星级酒店，但进去后跟前台打听，却被告知根本没有叫栾青的客人入住。叶菲菲不死心，又提供了谢凌云的名字，得到的依旧是否定的答复。

“也许是用了假名，怎么办？”叶菲菲转头问两位男士。

张燕铎将目光转向关琥，示意由他定夺。关琥抬头看看大堂前方足以抵达天花板的飞天壁画，选择入住。

为安全起见，关琥要了两间相邻的低层客房。三人将行李放下，叶菲菲说要洗澡休息，要去属于自己的单间。关琥让她再打电话给栾青，她直接将手机给了关琥，让他自己打。

关琥摆弄着手机，试着拨通电话，对方依然关机。正郁闷间，自己手机的提示音响了，竟是萧白夜发来的邮件。关琥打开来看，里面是有关栾青的全部资料，内容跟关琥怀疑的一样，看完后，他立刻回信过去，让萧白夜继续调查栾青的关系网。

发完邮件，关琥来到窗前，看着外面的异域风光，又开始拨打栾青的电话。

张燕铎把行李收拾好，取了换洗的衣服正准备去浴室，见关琥还在折腾手机，便说："不用急，她一定会联络叶菲菲的。"

"我知道，但那样的话，我们就处于被动状态了。"

"你想主动也可以，警局的情报部门不是摆设吧？"

一句话提醒了关琥，走得太匆忙，忘了跟小柯打招呼了。他马上一个电话打过去，小柯接了，不等关琥发话，先说："自杀案不用问了，我们已经收到上头的通知，那三起案子停止调查。"

"不是，我想拜托你另一件事，我给你一个电话号码，你帮我锁定它的位置。"

张燕铎本来要去浴室的脚步顿住了，就听关琥说："不是市里，是敦煌……对，就是有着飞天遗址的敦煌，她的手机关机了，我想尽快找到她。"

"你死心吧，你当我是黑客啊，就算我是黑客，就凭咱们局里的这些破机器，你觉得我能用 GPS 搜寻到吗？"

"你想想办法，我很急，要是不及时找到她，说不定又会有一起自杀案出现了。"

"我不是不帮忙，是真的爱莫能助……啊，舒大美女要跟你说话，你等一下。"

关琥知道局里的情况，没有特批，就算小柯有能力，也不敢乱来，这时舒清滟的声音从电话那头传来："上头都勒令结案了，你还敢查？"

"我怀疑这个连环自杀案后面跟着其他的案子，不查清楚的话，之后一定会有更多的人死亡。"

"有什么证据？"

关琥不说话了，要说疑点，他手头上有很多，但若说确凿证据，他一样都没有，就算他被偷袭，但又有谁能证明这与自杀案有直接关联？没心思再跟舒清滟闲聊，关琥正想找个借口挂掉，就听那头说："把手机号报给我。"

"难道你除了解剖尸体外还可以搞追踪吗？"他不抱期待地问。

舒清滟不去理会他的玩笑，说："要想查案就少废话，号码报过来，三十分钟内会有人跟你联络，你照指示做就行了。”

听她不像是随便说说，关琥收起了轻视之心，将号码说了，又问：“精确度怎么样？我们有两个人，可以分开找。”

“误差不会超过五米。”

不超过五米？那是军方高层才能拥有的搜索设备吧？关琥的大脑有短暂的停顿，等他反应过来，只听舒清滟说了一句：“记得你欠我两顿饭。”

电话被挂断了。关琥想了想，去了床头，将张燕铎刚整理好的东西拿出来，把必备物品塞进背包，谢凌云的照相机他也带来了，犹豫了一下，也一起放了进去。

“有希望？”看他的反应，张燕铎问。

“我一位法医同事说可以帮忙，误差在五米内。”峰回路转，关琥有点兴奋，“如果真是这样，那很快就能找到栾青了。”

“她军方有人吧？”

“应该还是很高阶的那种。”

舒清滟是空降过来的，关琥除了知道她对工作很着迷外，对她本人不很了解，对她的身份背景更是无从谈起。换作平时一定会好好打听一番，但现在他的心思都在追踪栾青上。

半小时后，果然有人打来电话，对方没报身份，而是直接切入正题。关琥也没多问，照他说的记下了地址。张燕铎在旁边拿出手机，输入地址迅速查找，很快就找到位于郊区的那个地点。粗略计算，从他们现在的位置出发最多三十分钟就可以到达目的地。

对方说了句“再联络”就挂了电话，关琥拿起背包往外走，张燕铎也收拾好自己的东西跟上。叶菲菲刚洗完澡，换上了T恤加长裤，听到外面有动静，她头发都没顾得吹，在头上搭了条毛巾就跑了出来。

“出了什么事？”看到关琥跟张燕铎一前一后往外走，她赶忙问。

关琥头都没回，丢下句“待在房间里不要乱走”就要走。叶菲菲二话不说跟了上来，见状，张燕铎叹了口气。某个笨蛋一点都不了解自己的女朋友，他那样说，依着叶菲菲的个性不追来才怪。

三人一前一后出了旅馆，关琥叫了车，见叶菲菲也挤进来，他忍不住道：“小姐，你回去化下妆可以吗？我们在这里等你。”

“这种话也信，那我的智商得有多低啊，”叶菲菲摆手让司机开车，冷笑，“什么等我？别以为我不知道，我一下车你就跑了。”

被叶菲菲说中了心思，关琥翻了个白眼。为了不在路上耽搁，他把地址报给了司机，等车开出去后，他不无埋怨地瞅瞅一旁含笑不语的某人。

张燕铎会意，小声道：“下次我来说。”

希望没下次，他关琥可不想跟不熟悉的人搭档办案，更不想身边还有个叽叽喳喳的女人。

7.

按照地址，他们很快来到了郊区一家旅馆前。关琥下了车，仰头看去，旅馆有五六层高，看外观有些陈旧，外壁上的画漆掉落了，原本漂亮的壁画透出岁月流逝的痕迹，旅馆楼顶还竖着飞天古装道具，类似绸缎的布条穿过道具随风翻飞，看起来有些土气。

关琥随意扫了一眼就进了旅馆，就在这时，手机响了起来，关琥无视前台服务人员的询问，接着电话跑去了楼上，保安想要阻拦，结果被叶菲菲抢先挡住，张口说了一连串流利的英语。趁此机会，张燕铎快步追上关琥。

关琥照电话里的指示往楼上跑，但是在拐到三楼走廊时，突然有布条似的东西从一旁的窗外掉下，没等他看清，那物体已经落了下去，沉闷的声响从楼底传来，随后是接连不断的尖叫声。

坏了，出事了！

关琥扑到窗前，但那只是扇装饰窗，打不开。关琥快步下楼，就见有人陆陆续续往一个方向跑去，他飞快跟上。旅馆外的地上铺着灰色石砖，为了吸引游客，石砖上也都刻了类似佛洞壁上的花纹。他转过头，刚好和跟过来的张燕铎的眼神对上，两人都从对方的目光里读出了事情的不寻常。

原本庄严朴实的纹路，此刻却因为溅上的血点而染上诡异的色彩。

“呕！”围观者有人受不了，纷纷掩嘴。关琥刚靠近，就见叶菲菲返身回来，眼圈发红，嘴唇颤动着像是要说话，却发不出声音来。

关琥走近后，就见一位一袭白裙、身材修长的年轻女子趴在地上，她的头歪在一边，露出化了淡妆的清秀脸庞，有几滴血溅在她的脸上，血从嘴边流下来，眼睛睁得大大的，眼神发直，已经没了生命迹象。

远处的地上落了一段白纱披风，跟死者衣服上的花纹一样，那应该是刚刚关琥看到的飘过窗口的布条。他仰头向上看去，高处的楼层带着小阳台，如果有人推死者下楼，刚好是那个角度。

“是……是学姐……”叶菲菲已经泣不成声。关琥转过头，见她躲在张燕铎身后，依旧不敢往这边多看。

“救人！快救人！”叫喊声在人群中响起，大家这才反应过来，有人打电话叫救护车，旅馆里的保安也跑过去试着碰触栾青的身体。栾青的手随着翻动牵拉到一边，却依旧握得很紧，关琥靠过去，做出救护的样子，不露痕迹地展开她的手。

一颗纽扣从她手心里掉出来，关琥飞快收好。他不是当地警察，这样做是违法的，但他还是做了，说不上什么原因，或许只是直觉促使他这样去做。

现场还处于混乱状态，没人注意到关琥的小动作，他正准备接下来仔细检查尸首，手机那边传来说话声，他这才想起自己一直没挂断电话。

“出了点意外，”听到救护车的鸣笛声由远及近地传来，他改了主意，起身退出人群，对着手机说，“请你帮忙追踪的那个人坠楼身亡了。”

稍稍停顿后，对方说：“信号没移动，手机还在原地。”

这不奇怪，没人跳楼还会特意拿手机……关琥刚想完，突然察觉不对，再度转身看向栾青。透过人群缝隙，栾青完整的那部分脸盘正对着他，跟前几次自杀案不同，她脸上没有微笑，更没有做出扭曲的姿势，也就是说……

“帮我继续追踪手机方位！”他边说边朝旅馆里跑。

张燕铎见状也急忙跟上，叶菲菲被丢在后面，转头看向人群围着的尸体，她犹豫了一下，选择了进旅馆。

旅馆门前出了重大事故，前台大厅的服务生跟保安都跑了出去，这给关琥的顺利进入提供了方便，他没乘电梯，而是顺着楼梯一口气跑上楼，问电话那头：“信号就在这附近吗？”

“往前走。”指挥很简洁。关琥照指示继续往上跑，来到五楼时那人让他拐弯，他快步向左侧长廊跑，如预料中的，在快到尽头时电话那头让他停下，说，“这里。”

“谢谢。”关琥挂了电话，看着眼前古铜色的房门，又向左右打量。从房门的设计来看，这是个大套间，也是靠近五楼左侧的最后一间房，有人在这里将栾青推了下去，因为他们已经厌烦了玩自杀的游戏，索性直接动手杀人！

一想到那些无视生命的残忍行径，关琥心头怒火翻腾，这么短的时间，也许那人还没来得及离开，这样想着，他从腰后掏出枪，打开保险栓，同时一脚踹在门上。却不料门是虚掩的，在他的大力一踹下，门板向里弹开，发出沉闷的声响，与此同时里面也有了动静。

关琥冲进去，将枪口对准发出声响的地方，却不由一愣，只见一个短发女生站在客厅正中，正是跟关琥打过两次交道的谢凌云，她正注视着对面的墙壁，像是还没反应过来是怎么回事，只是呆呆地转过来看着指向自己的枪口，没有半点反抗的意思。

“这……这是怎么回事？”随即跟进来的叶菲菲叫道。

张燕铎也跟进来，当看到眼前的状况时，他冷静地将门关上了。

关琥没理会叶菲菲的叫声，枪口依旧对准谢凌云，厉声喝道：“把手举起来！”

“出了什么事？”谢凌云的声音有点飘忽，对自己的状态不太理解，忽然身子晃了晃，跌坐在后面的沙发上。

看到她的手伸向旁边的背包，张燕铎提醒道：“如果我是你，作为杀人嫌疑犯，在这种情况下一定不会乱动。”

冰冷的声音轻易带给人震慑的力量，谢凌云放弃了无谓的反抗，却问：“什么嫌疑犯？你们怎么会来这里？栾青呢？”

“你不要再装傻了，明明是你杀了我学姐！”

叶菲菲的叫声让谢凌云本就苍白的脸色越发难看了，此时外面除了嘈杂的人声跟救护车的鸣笛声外，还夹杂着警笛声。她恍然回神，竟然无视关琥的手枪冲向阳台，落地窗大开，她直接扑到了阳台边往下探身。

关琥以为她要畏罪自杀，急忙上前去拉她。谢凌云没反抗，在看到底下的惨景后，呆呆地任由他拽回来。关琥又伸手准备掏手铐，摸了半天才想起自己现在不是在执行任务，所以没有带。好在谢凌云再没有任何过激反应，只是坐在沙发上，头微微垂下，喃喃道：“她也死了，又一个飞天……”

“这些都是你弄的吗？你自己着迷升天就算了，为什么要害别人？”

叶菲菲看向刚才谢凌云注视过的墙壁，上面挂满了各种有关飞天的图片，或举臂腾飞，或倚云歌舞，万千姿态夺人眼目，原本赏心夺目的图画，却因为贴得过于密集，而带给人压抑的感觉。此外，栾青的手机被随意地放在桌上，小旅行箱摆在沙发旁，保持收纳的状态。

谢凌云不回答，仍旧低着头，看她肩膀颤抖的样子像是很害怕。被骗过两次，关琥不会再上当了，这个女人可是空手道高手，王可被杀案说不定也是她做的。关琥将枪口对准她，同时给张燕铎使眼色，示意他打电话报警。

张燕铎掏出手机，谢凌云突然回过了神，扑过去按住他的手："不要报警！"

手被掐住，张燕铎本能地一翻手腕，反手扣住了谢凌云的手，将她制住。关琥挺挺枪管，叹道："给点面子，小姐，你当我这枪是假的啊！"

"人不是我杀的，是她自己跳下去的……她跟那些人一样……"

"是不是你杀的，到了警局跟警察说去。"

"呵呵……"

得到这种回复，关琥耸耸肩，扫了张燕铎一眼："她好像在嘲笑我，我比较想知道嘲笑的理由。"

"我不信警察！"谢凌云把话接过来，愤愤不平地说，"你们跟那些人根本是一伙的，帮的是有钱有势的人，不是我这种小老百姓！"

想起自杀案被勒令停止追查，关琥没办法解释，说："那你为什么会在栾青的房间里？"

"是她打电话约我来的，她说知道了神仙乐陶陶背后的主使，约我一起想办法。谁知我来以后她趁我不备用电击棒把我电晕了，等我醒来，你们就来了。"

"你说我学姐电你？"看到随意丢在地板上的小型电击器，叶菲菲气愤地叫，"她既然有那种东西，为什么要用棒球棍敲我？"

关琥为他这位前女友神奇的脑回路感到头痛，看着叶菲菲掏出手绢，上前将电击器捡起来，他忍不住吐槽道："不用那么麻烦了，谢凌云完全可以将栾青电晕后，再将栾青的指纹按在上面。"

张燕铎松开抓着谢凌云的手，拿起栾青的手机看了一下，冲关琥点点头，证明栾青的确有打电话给谢凌云。关琥不置可否，说："也许那是她电晕栾青后自己打的。"

被接连反驳，谢凌云气得直瞪他："警察里就是有你这种笨蛋，你说要我怎么相信警察？"

"我只是提出各种可能性。"

"如果我真有问题，就不会特意将神仙乐陶陶的网址留给你，要不是那个便条，你根本追不到这里来吧？"

这句话戳到了重点上，关琥无法否定她的说法，不过她这样做是出于什么目的就不得而知了。但不管怎样，栾青出了事，而房间里只有谢凌云，她仍是头号犯罪嫌疑人，虽然在这里自己做不了主，但总不能放任她走掉。他收起枪，说：“这件案子我一定会查清楚，我陪你去警局，如果事情真与你没关系，我会帮你解释。”

“不行，你根本就什么都不知道！”

“至少我知道这是从你的衣服上扯下来的。”关琥将先前从栾青手里拿到的纽扣拿了出来。看到谢凌云的领口果然被拽开了，叶菲菲啊地叫了一声，立刻举起电击器对准她。

看到他们的反应，谢凌云莫名其妙地低头去看，发现衬衣最上面的纽扣掉了，她吃惊地看向关琥手里的那颗扣子，问：“你从哪里找到的？”

“当然是死者手里，在你将她推下楼时不小心被她拽掉的。”关琥说话的时候，特别注意谢凌云的反应。

可谢凌云的表情更为震惊，连连摇头道：“不是！不是这样！”

“事实怎样，不能听你的一面之词，还是等法医来做鉴定吧。”

谢凌云张张嘴，似乎想再辩解，但一时没找到合理的解释，只懊恼地伸出双手抱住头，喃喃自语：“这是怎么回事？哪里不对……”

她的情绪有些混乱，看起来倒有几分像是刚苏醒后的反应。关琥看向张燕铎，张燕铎正要提出自己的见解时，房门突然砰地被撞开，三名身着制服的警察冲了进来，先是将手里的枪一齐对准他们，又在发现谢凌云后将枪口指向她。

站在最前面的警察低声说：“就是她。”

谢凌云还处于神志恍惚的状态，冲他们茫然地点了下头，其中一名警察走到她面前，直接拿出手铐，将其中一边铐在了谢凌云的手腕上。

“这是怎么回事？”事出突然，关琥抢在谢凌云之前问。

那警察不耐烦地瞅了他一眼，说：“我们刚看过监控录像，在出事客人坠楼之前只有这女人进来过，她是最大嫌疑人……你们又是谁？”

在这点上关琥持相同的看法，但嫌疑人不是罪犯，现在就戴手铐有些奇怪。被问及身份，他急忙掏出警证，说：“自己人自己人，我也是来办案的。”

看到关琥证件上的警徽，那警察皱眉准备要拿时，谢凌云突然回过了神，抬手向他抡过去。那名警察没防备，被手铐空的那边击在眼眶上，疼得惨叫一声，捂着眼睛蹲了下来。谢凌云紧接着又是一脚，向他踹过去。另两名警察见势不妙，同时举枪向谢凌云射击，被站在门旁的张燕铎及时推了一把，枪口失去准头，子弹射到了贴满图片的墙壁上。

“不要开枪，大家自己人。”

“什么自己人？这些都是冒牌货，笨蛋！”

谢凌云骂完，趁乱拿起自己的背包向外跑去，之前被她打倒的冒牌警察向她后背举起枪，关琥急忙抬脚踹在那人的手腕上，将枪踢飞了。

此举成功地将导火索引到了他自己身上，另外两个人除了对付谢凌云外，还同时向他射击，关琥只好抱住叶菲菲闪身避开。

接着又是连续的枪响，谢凌云已经跑出了走廊，但局势却因她陷入更大的混乱，一个冒牌警察跑出去追谢凌云，另一个掏出对讲机呼叫支援，被张燕铎抢过来丢到一边。

那个家伙被张燕铎一系列的阻挠气得跳脚，又将枪对准他，然而下一秒自个儿却被飞来的一脚给踢出了走廊，关琥气呼呼地叫道：“都说了别动粗，怎么没人听！”

这里最粗鲁的好像是阁下吧？看到被踢得贴在走廊墙上动不了的家伙，张燕铎默默地将握紧的拳头放下了。

这时关琥身后传来响声，先前被打倒在地的假警察翻了个身，摸到地上的手枪站起来，却没想到叶菲菲就在旁边，看他举枪，直接将手里的电击器顶了上去，强大的电击下他的身体一阵筛糠后又重新跌倒在地。

“快走！”听到门外传来响声，关琥伸手去拉她。叶菲菲被拉得一个趔趄，低头看到落在地上的手枪，灵机一动，顺手将枪抄起放进了背包。

关琥刚带她跑到走廊上，就迎面撞上闻讯赶来的对方同伙，此时张燕铎已经奔到了走廊左侧的尽头，冲他俩叫道：“到这边来！”

关琥推了一把叶菲菲，让她跟上，自己则转身想跟这些人进行沟通，谁知先前被他踹在墙上的那位这会儿刚好醒来，抬手指向他，说：“快干掉他……”

看到那帮人一齐冲他举起枪，关琥没办法了，揪起那个多话的家伙，把他当盾牌挡在自己面前，然后迅速往后撤。鉴于栾青选的是最靠边的房间，尽头即是安全通道，在退到通道口后，关琥将人肉盾牌向前用力一推，顺着楼梯快步向下奔去。

他三两下就跑到了四楼，谁知四楼走廊上也有那帮假警察的同伙，看到他，迅速围了上来。他们个个手上有枪，紧急关头，关琥一个箭步撑住扶手，顺着拐弯的楼梯口凌空一个腾越，将冲在最前面的两个人踢翻在地，正要顺势再攻击时，下面传来叶菲菲的惊叫声。

担心叶菲菲的安危，关琥抓住扶手，直接跃到下面的阶梯上，就见叶菲菲正在整理有些褶皱的衣服，面前趴着个大汉，张燕铎的一只脚正踩在那人的肩上，看来不用自己出手了。

张燕铎脸色阴沉，看到从走廊对面赶来的追兵，他对关琥说："你们先走，我来引开他们。"

"等……"没等关琥反驳，手已被叶菲菲拉住往楼下跑去。这时也容不得他犹豫，跟随叶菲菲顺着安全通道一口气跑到二楼拐角时，他听到下方也传来嘈杂的脚步声，多半那帮人的同伙接到消息，从下面开始包抄，他及时刹住脚，看到楼梯尽头的小门，上前扭住把手用力一推。

门推开后，外面是一个在火灾等险情发生时用于紧急逃生的铁梯，但可能因为很少用到，梯子被收了起来。

关琥将叶菲菲拉进勉强容纳下两人的小铁格子里，然后将门关上，又去拧动梯子的升降开关。可惜，由于长时间没人使用，开关按钮都失效了。他探头往下看，下方空间不大，靠近窗户的位置堆了不少垃圾袋，他对叶菲菲说："跳下去。"

"我……不行不行……"两层楼的高度对关琥来说根本不算什么，但对于叶菲菲可谓是蹦极的水准，她向下瞅了一眼就连连摇头，"为什么要跳？人又不是我们杀的，大不了……"

话没说完，关琥已经跳了下去，落地后翻了个身轻松站住了，仰头对她说："跳不跳？不跳我走了！"

"不要！"

"那就赶紧跳，我接着你！"

"关王虎你说没事时，十有八九都有事！"生怕关琥真的走掉，叶菲菲牙关一咬，跳了下来。有下面的垃圾垫着加上关琥护住，她安全落地，却顺势冲关琥腿上踹了一脚，叫道，“我是空姐，又不是空中飞人，为什么要陪你冒险？”

砰！头顶突然传来的响声盖过了她的抱怨，两人仰头看去，就见三楼另一边的玻璃窗被撞得粉碎，张燕铎从里面跳了下来……楼下刚好停着一辆厢型车，他先是落到车顶，又顺势向前翻了个身缓冲力道后，落到了地上。

这一系列动作做下来如行云流水，既惊险又洒脱，与此同时，紧跟其后的追兵从被撞碎的玻璃缺口处探身出来，将枪口指向张燕铎。关琥来不及细想，举枪扣下扳机，只听一声枪响，那个家伙被击中手腕，枪也脱手落了下来。

循着枪声来源，张燕铎发现了关琥二人的方位，快步向他们跑来。他的眼镜一只镜片碎了，额头被玻璃划伤，流下血来，衬衣前襟也被撕破。关琥忙迎上前，扶住他问：“伤到哪里了？”

张燕铎眉头微挑，笑着说：“伤到他们了。”

关琥一呆，弄不清他是在开玩笑还是说真的。此时头顶的嘈杂声越来越大，他急忙一手扶一个，向前面的路口飞奔。身后，紧急出口的门已被打开，一大群人冲了出来，个别剽悍的直接从上面跳下，紧追不舍。

追兵迫近，三人奋力前冲。没想到眼前突然冲出一辆警车，弩箭从车窗射出，钉在紧跟在他们身后的那人肩上，与此同时车辆横在他们面前，只见后车门打开，里面的人喝道：“上车！”

出于本能，关琥一把将叶菲菲推上了车，接着是张燕铎，最后才是自己。刚上车，车就直冲出去，将后面的追兵远远地甩开了。

警车在路上熟练地转了几个弯，顺利汇入了拥挤的车流里。看到谢凌云丢在副驾驶座上的弩箭，关琥想起了她曾是射箭冠军。

“这不会是警车吧？”他打着哈哈问。

“在这么短的时间里，要把普通车漆成警车，比杀一个人更难。”

“所以你就劫车了？”

“借车而已，要感谢警察叔叔一听到有人报案就马上过来了。”

“有没有顺便借枪？”

“没时间，要不那帮家伙也不会幸运地吃弩箭了。”

听着谢凌云的吐槽，关琥耸耸肩，叶菲菲好奇地问：“你为什么要救我们？”

“为了证明我的清白。”

“想证明自己的清白，你就不该跑。现在好了，不仅你成了逃犯，连带着我们也被盯上了。”

“刚才你也看到了，那些歹徒什么都不问就拿枪对着我，那种情况下我还没跟着你到警局，就被他们干掉了。”

“小姐，我觉得你的想法太偏激，”张燕铎接口道，“但不无道理。”

“我也觉得这样不错，挺刺激的。”叶菲菲附和道。

关琥没话说了，半晌干笑道：“原来这里有问题的是我，那现在我们要去哪里？”

稍许沉默后，谢凌云说：“先离开这里。”

车在疾驰。后面空间有些挤，关琥活动了一下，感到旁边的身躯在轻微颤抖，他转头看去，只见张燕铎脸色苍白，额头还流着血，像是还没从刚才的惊险中脱离出来，极力克制身体的抖动。看到他紧握的拳头，关琥伸过手去轻轻拍打，安慰道：“没事了，都过去了。”

“是，都过去了……”张燕铎靠着车座椅背，长长吐出一口气。他跟关琥靠得很近，对方的触碰让他从亢奋中慢慢缓了过来，在搏斗中要克制杀人的冲动对他来说是件很难的事，但他刚才忍住了，只是打断了对方几根肋骨，这是个很大的进步。他想也许自己可以慢慢变回普通人，毕竟那场噩梦真的都过去了……

叶菲菲从随身背包里翻了翻，找到了创可贴，关琥见状直接接了过来，并捏住张燕铎的下巴让他转向自己：“让我看看你的伤。”

张燕铎没反抗，微微低下头由对方看。由于镜片碎了，关琥随手把眼镜取了下来，张燕铎本能地想阻止，但在发现来不及后慌张地垂下了眼帘。谢凌云透过后视镜看到他的反应，眉头挑了挑。关琥没注意到这些细节，他仔细检查了张燕铎额上的伤口，叶菲菲又递过来一瓶矿泉水，他用手绢蘸着水将血擦净，见伤口上没有沾上玻璃碴，这才贴了两个创可贴上去。

自始至终张燕铎的眼睛都半闭着，长长的睫毛因为紧张颤抖得厉害，像是在害怕关琥的靠近，但恐惧中他又有种享受其中的感觉，乖乖的样子，让他一点都不像平时那个毒舌又冷漠的酒吧老板。

“谢谢。”张燕铎轻声说，声音中带着嘶哑。

关琥摸不清他复杂的想法，只好拍拍他的手，示意他镇定。

车里有短暂的寂静，暧昧的气息弥漫在狭小的空间里，最后还是谢凌云忍不住咳了一声，问：“你们是……情侣？”

关琥拿着矿泉水瓶正要喝，这一声让他差点喷出来：“当然不是！”

“那是兄弟？”

“不是！”关琥不悦地瞪向前面开车的女生，“小姐，我说你真的要去看看精神科了，这么容易陷入妄想是很严重的病。”

谢凌云不说话，透过后视镜看向张燕铎。出于女人的直觉，她感觉得出这两人之间有关系，而且是那种血溶于水的关系。

张燕铎已经恢复了平静，从背包里取出一副备用的金边眼镜戴上，那副坏掉的眼镜则被他随手扔出了车窗，察觉到谢凌云的注视，他抬眼看去，冷漠的目光看得谢凌云一抖，下意识地避开了跟他的对视。张燕铎当没看到，问：“警车会不会太引人注目了？”

“还好，这又不是什么大城市，我都挑监控不多的路段跑的，等歹徒追过来，可能都要几个小时后了。”谢凌云已从栾青死亡的震惊中恢复过来，她熟练地开着车回道。

“看来你对这里比对自己的家乡更熟悉。”

“这几年我大半时间都是在这边度过的，对我来说，这里更像是故乡。”

“因为飞天的关系？”

“还有我的梦想，”谢凌云说，“没想到你们会跟过来，本想说这次有警察帮忙，也许可以解开飞天的谜题，没想到我被栾青阴了。”

“没关系，我们也被她阴了，”关琥摊摊手，“可惜算计到最后，她自己也逃不出死亡的控制。”

“你的意思是学姐故意把我们引来的？”叶菲菲问，“你们早就知道她有问题？”

“我知道，不过不知道他知不知道。”关琥看向张燕铎。

张燕铎扶了下镜框，平静地回应：“我也知道，但没想到以你的智商也会知道。”

谢凌云在前面耸耸肩，两个人还说没关系，这么默契的对话一看就知道是搭档很久了。

叶菲菲伸手打断他们：“行了，两位不要在这里说绕口令了，我只知道现在只有我一个人不知道，麻烦谁告诉我一下是怎么回事？难道学姐说的飞天故事是假的吗？她为什么要这么做？”

“她从一开始就在撒谎，迄今为止参与飞天的几个人在死前都是处于美好梦境状态的，而不是紧张害怕的样子，她那样做只是想利用你找上我——她的同伙袭击我未遂，担心我再查下去对他们不利，就将我引到敦煌来。在这里我人生地不熟，比较好对付，却没想到你会暗中录像，而有关她用棒球棍敲晕你的事她在后面的邮件中只字未提，多半是以为你不知道，想让你为她担心，逼我来敦煌。”见车里各位都在认真聆听，关琥继续说道，“出发前我让人调查了栾青的资料，那栋高级公寓是一次性全额付清的，她家境还不错，工资待遇也好，但即便如此也是无法买下豪宅的。从她的存款记录来看，她的资金来源不明，多半跟她跑敦煌的航班有关系，所以别人命令她当诱饵时，她不得不做。可惜背后的人太狠，在她失去了利用价值后，直接将她除掉了。”

谢凌云静静听着关琥的讲述，放缓了车速。

叶菲菲问：“那些人是怎么通过飞天祈福或是永葆青春那些传说来骗钱的呢？”

“那种鬼话固然可以骗到钱，但也需要长期撒饵，我想他们没那个耐心，他们应该有更好更快的赚钱渠道。”

“是什么？”

“这里最有名的是什么？”

叶菲菲摇头，关琥继续说：“这里有闻名于世的古老遗址，有着无数珍贵的文物，对某些人来说，这就像是源源不断的宝库，他们怎么忍得住不出手？”

“倒卖文物？这么简单吗？被抓住要判死刑吧？学姐怎么为这种事冒险……”叶菲菲瞪大眼睛。

“贩毒也是死刑呢，你看这世上贩毒组织有减少吗？空乘的待遇是不错，但人是很奇怪的动物，有些东西多了以后还希望更多，比如永远用不完的钱，永远不会衰老的容貌。照之前那些警察的反应来看，他们中间应该也有类似栾青的人。”

叶菲菲恍然大悟：“所以你才再三阻止我来？那你明知有危险为什么还要来？”

“不危险还要警察干什么？”

“我看错你了，”听到这里，谢凌云说，“要是知道你还有点头脑，我会选择跟你合作，那样也许还不至于这么糟糕。”

“我看上去很不值得信任吗？”

“你觉得一个喝得醉醺醺的去现场查案的警察值得信任吗？”

想起跟谢凌云第一次见面的经过，关琥看向叶菲菲和张燕铎，伸手一指：“我可以把责任推到他俩身上吗？”这句话换来两记拳头，痛得关琥抱头叫起来。

谢凌云在前面忍不住喷笑，车内轻松的氛围缓解了她的戒备心理。

这时铃声响起，她拿起手机接听，用当地方言跟对方说了几句后挂了电话。沉吟片刻，她开口道：“去阳关还有一大段路，在这几个小时里，我可以将整件事原原本本地说给你们听，证明我不是疯子。”

“你只要证明你没杀人就行，治疗疯子是精神科医生的事。”关琥道。

接着关琥的话尾，张燕铎说：“先买点吃的东西，顺便换辆车。”

透过后视镜，谢凌云看向张燕铎：“你是个很小心的人。”

“小心永远都没有坏处。”

“说得也是。”谢凌云将车开到偏僻的路边停下。

附近有个小卖部，几个人进去买了些饮料食品，回来时就见谢凌云手里拿着粗油性笔站在车尾，将车牌上的数字“1”变成了“4”，“3”变成了“8”，乍看上去还真分辨不出来。

“资源有限，我只能做到这样了。”谢凌云冲他们三人摊摊手，“不过我朋友会跟我在阳关会合，只要再坚持几个小时就安全了。”

“你的备用物资挺齐全的。”

“一个人独身在外，多点装备总是好的。”

谢凌云上了车，叶菲菲跟在后面，问：“去阳关可以顺便拍下照吗？据说那边风景很美。”

“你不如顺便再参观下莫高窟、月牙泉什么的，敦煌一日游就圆满了。”被关琥吐槽，叶菲菲气得冲他嘟嘴。

不过关琥并没在意，他跳到副驾驶座上坐好，那柄原本放在座位上的弩箭则被他拿在手里看，啧啧称赞道：“看起来跟真的一样。”

“那是真的，不想被伤到，就少碰它。”谢凌云重新启动车子，又对叶菲菲解释说，“我们不是去阳关遗址，而是出关，去我们要去的地方。”

张燕铎打开手机，找出曾在谢凌云家里拍的照片，墙壁上一条长线蜿蜒曲折，延绵伸展向远方，他说：“劝君更尽一杯酒，西出阳关无故人。”

“阳关之外没有故人，有的只是无数古迹遗址，还有大家梦想中的飞天。”

车子一路向西，谢凌云对这条路很熟悉，她一边熟练地开着车，一边讲述自己的经历：“在我很小的时候，父母就因为性格不合离异了，父亲将所有财产都给了我母亲，只带走了一大堆书。在我的记忆里，父亲一直就跟那些厚厚的书籍待在一起，那时我还不懂为什么他喜欢母亲口中说的‘废纸’，当我知道那不是废纸，而是有关敦煌古迹的研究资料时，我已经上高中了。出于对父亲研究内容的好奇，我尝试着去读相关的书，才知道原来他在学术界是很著名的学者，他写过很多有关敦煌的论文专著，登载在权威的报纸杂志上。”

关琥开口想打断谢凌云的讲述——他们现在最想知道的是飞天的秘密，不是关于一位研究学者的生平。可他的肩头感到触碰，原来张燕铎敏锐地捕捉到了他的不耐烦，示意他静下心去听。

“出于对父亲的崇拜，我瞒着母亲跟他联络上了。父亲也很高兴看到我，就这样我跟父亲的接触越来越多，慢慢地，我也希望从事父亲那样的职业，将历史上最美好的东西从湮没的尘沙中取出来，展示给世人，也是从那时开始，我接触到了飞天，从而发现了一个完全不属于我们的神秘世界。我并非喜欢登山探险，那些只是为了锻炼自己的生存能力，要知道考察研究古迹是件相当辛苦而危险的工作，必须要有相应的体力去支撑。”

听到这里，关琥心底隐隐有了某个线索，但为了不打断谢凌云的讲述，他选择了缄默。

“三年前的某一天，父亲去了敦煌，离开时他很开心地给我打电话，说发现了新的石窟，而且那座石窟的壁画很神奇，明显不同于其他莫高石窟里的景观，如果可以进一步发掘，一定可以发现新的敦煌古迹。那时我母亲正病危住院，我没心思关注这些东西，听他说是跟朋友同去的，便叮嘱了几句后就挂了电话，却没想到那是我们父女的最后一次通话……”

谢凌云慢慢讲述着，三人慢慢厘清了脉络。

之后没多久谢凌云的母亲就过世了，所有身后事都是她一个人操办的。等所有事情忙完，时间也过了半个多月，她再打电话给父亲想询问他那边的状况，却没想到，不管怎么打父亲的电话都无法接通，她又打给跟父亲一起做研究的朋友，也都毫无结果。

至此谢凌云心里隐隐有了不祥的预感，她把家里的事安顿好后，来到了敦煌，照着父亲留给自己的联络地址一一找过去，才知道半个月前父亲独自去了罗布泊，此后就没了音讯，父亲在当地的朋友不是没有报警寻人，但都一无所获。谢凌云不死心，又跑去警局请求帮助，却屡次被拒，这也成为她对警察不信任的原因之一。后来她又打电话联络曾跟父亲一起考察新石窟的朋友，谁知那个朋友在赴约当天出了严重的车祸，导致双腿瘫痪，到此为止所有线索就都断了。她遍寻无果，加上学业的压力，只能选择回去。

"就这样，我在短时间内同时失去了两位最亲的亲人，而我却什么都做不了，我很后悔当初没有详细询问父亲的出行状况，更不知道他到底在研究什么。后来我想到可以从他正在研究的学术资料上查线索，就去他家里和学校询问，却被告知所有研究资料都被他的朋友拿走了，一点不剩，而他的朋友也搬了家。我找了很久，又委托私家侦探帮忙，终于找到了那个人，可是对方却不承认拿走了资料，还说我是冒牌的，说从来没从我父亲那里听说过有关我的事情。我被他赶了出来后，越想越觉得他的行为很反常，所以怀疑是不是他为了拿走某些东西杀害了我父亲，但因为没有证据只能作罢。后来我就正式开始研究敦煌文化，有一次我在网上查找飞天资料时注意到了'莫高'这个人，又追踪他来到神仙乐陶陶。"

车子在飞驰，三个人都不说话，听谢凌云继续讲下去。

在几次聊天中，谢凌云注意到了莫高的古怪。她尝试着私下跟莫高交流，但那个人警惕性很高，不知道他从哪里发现了谢凌云的不对劲，很快就拒绝跟她再联络，她只能用小云这个 ID 跟大家交流。后来在一次私聊中王可不小心说漏了嘴，提到去敦煌旅游的事，没等她细问，王可已把话岔开了，但没多久她就在去敦煌的时候遇到了王可等人。

为了查清父亲死亡的真相，这三年来谢凌云大半时间都往来于学校跟敦煌两地，也在这一过程中认识了一些热心维护遗产的当地人，通过他们的帮助，谢凌云找到了王可所在的旅行团。旅行团的人都是以聊天室的 ID 相互称呼的，所以很容易确定对方的身份，可惜的是并没有发现什么怪异的地方，她还以为是自己想多了，便听从朋友的建议，在敦煌小住了一阵子。直到后来她在采集新闻资料时无意中看到陈小萍自杀，并且是以飞天的模样，才发现事件的反常。接下来是许英杰，再后来是王教授，她感到害怕，想联系王可，却无法联络上。那时她就猜到王可或许也不在了，而所有人自杀的源头一定来自敦煌，便赶了过来。

“你好像跟王可联系比较多？”听到这里，关琥问。

“他那人比较好色，看到女生就会多聊几句。我为了了解他们去敦煌的事，曾约他出来，他好像对我有意思，主动给我看了导游给他们的所谓的飞天图，我一眼就认出了那是我父亲曾经研究过的图形密码。我父亲曾提到过一些有关密码的事，说那是印度佛教跟我们的道家文化沟通的产物，与羽化飞仙有关，但具体的我就不清楚了。我不明白为什么导游会有这种东西，所以就警告了王可，又问他拿到图形的经过，但他支吾着离开了，后来再也联络不上。时隔不久，就出现了一系列所谓的自杀案，我想他们的遇害可能跟我有关。”

“为什么呢？”叶菲菲不太懂。

“可能是王可从谢凌云的警告中发现了一些秘密，去跟那些人交涉，或许他只是想弄点甜头，却没想到对方心狠手辣，直接干掉了他，那些人又怕王可的女友，也就是陈小萍发觉，索性一不做二不休，将其他的人也一起干掉。”关琥的解释除了让叶菲菲释疑外，还厘清了整个事件的脉络。如果谢凌云说的全是真的，那就不难猜出背后主使的手段——有人利用谢凌云的ID迷惑聊天室的人，同时让他们误以为“小云”跟“莫高”是整件事的主使者，而了解敦煌文化并且精通电脑网络的人关琥只认识一个。

“所以你就借撞车装晕，偷偷跑来敦煌？”

“我没有装，是真被撞晕了，我怀疑那辆车根本就是故意撞我的，因为我发现了他们的秘密。”

“什么秘密？”

“就是飞天的秘密啊。”谢凌云一手握住方向盘，另一只手在背包里摸了摸，拿出一大叠纸给关琥，“这是这几年我在父亲以前和同事的书信来往中收集来的资料，都是关于飞天的。我推测父亲在考察遗址时发现了新洞窟，那里的飞天图有着可以令人羽化飞仙的神力，有人也想要这些资料，以达成飞天的梦想，但因为父亲的失踪使他们找不到洞窟的地址，所以才会利用那些无辜的游客去探险。”

“可关王虎说的是他们可能倒卖文物啊！”

被叶菲菲提醒，谢凌云摇摇头说：“我没想过这一点，这几年我都扎在遗址研究中了。不过关琥说的也很有可能，毕竟为了寻求一个缥缈的梦想，投入这么多财力，实在是说不过去。”

“这就是去遗址的地图吗？”关琥展开纸，上面画的跟谢凌云家里墙上贴的地形图一样，他给张燕铎跟叶菲菲看，又问，“说了这么久，你父亲的那位朋友我大概也有想法了，他应该叫尚永清吧？”

“你怎么知道？”谢凌云吃惊地看向他。

“因为我们曾向他询问过图形的事，他提到了一位姓凌的考古学家，并对他相当怀念、推崇。”

“他怀念的应该是跟父亲一起消失的研究文件吧！”

“听他对飞天的见解，似乎对敦煌文化也有一定的研究，他常跟你父亲一起去探险吗？”

“是的，但父亲应该把他当成是对古文化有好奇心的朋友，而不是研究的搭档，因为父亲从来没有跟我提过他。可是在父亲过世后，他居然将父亲的所有研究资料都带走了，根本是别有用心！”说到尚永清，谢凌云的表情阴沉下来，显然对于尚永清的拒绝耿耿于怀。

“尚永清出车祸的时候是在去敦煌的路上还是归程？”张燕铎突然问道。

“当然是归程，因为他的车胎上沾了很多只有当地才有的黄沙，但他狡辩说是出门后发现有东西没拿，所以临时赶回去，结果中途遭遇车祸。”

“那他的瘫痪是真的吗？要是假的就证明他在说谎了。”叶菲菲说。

“瘫痪是真的，我在事后调查过，这方面他做不了假，”谢凌云很不情愿地点点头，但马上又说，“但出事故就能证明他没进过沙漠吗？很可能是他害死了我父亲，在回程时心慌意乱才导致了车祸。”

“有证据吗？”

“没有，我曾跟警察提出疑问，但他们说这只是我的猜测，没有真凭实据，警方无法立案调查。”说到这里，她气愤地用力一拍方向盘，叫道，“所以说我最讨厌的就是警察了！”

“你的心情可以理解，但你要知道，许多时候警察跟军人一样，身不由己。”

听了关琥的解释，谢凌云看看他，然后把眼神撇开，小声说：“对不起。”

“所以就算你发现了几起自杀案有蹊跷，也没有报警，而是选择自行调查。难道你不知道这样做会给罪犯提供陷害你的机会？”

“我知道，萨拉有警告过我，但没办法，栾青联络我说发现了飞天的秘密，为了得到更准确的消息，我只能赶过来。”

“萨拉是谁？”

“是我在这里的朋友，父亲以前来这里做研究时，受过她很多照顾，父亲曾不止一次地跟我提到过她。在请当地警察寻找父亲，还有调查尚永清的事上她也都帮过我，否则我一个外地人想在这里寻人跟搜集证据实在是太难了。这次进沙漠也是由萨拉带路，她对这一带很熟悉，没有她帮忙，我们会迷路的。”

“也就是说我们很快就能跟她见面了？”张燕铎问。

谢凌云笑了：“是啊，难不成你以为就凭这种警车，我们可以穿越沙漠吗？”

“沙漠？”叶菲菲大叫起来，“你不会是想横穿罗布泊吧？”

“不知道，我也是第一次尝试。总之陈小萍等人的死因也许跟我有关，但我没有杀人，没有杀王可，更没有杀栾青……”

关琥不置可否：“你跟栾青见面后，她有提到什么吗？”

谢凌云不明所以，奇怪地看了他一眼。

关琥又问：“比如说有关飞天的传说，她为什么特意跑来这里？”

“没有，可能她怕说太多会引起我的怀疑，所以我们只是寒暄了几句，她就电晕了我，再之后的事你们都知道了。我真没想到她会算计我，明明当初聊天室的人一起来游玩时，大家热情得就像是好朋友。”

关琥拿出那颗纽扣来回转着。这是栾青死时攥在手里的，但由于她手劲不足，看上去更像是被人硬塞进去的，而且谢凌云的衣领也没有裂开。如果是在她推栾青下楼时被拽下的，出于力度的关系，衣领不可能完好无损，也许凶手是为了将所有罪名都栽赃到谢凌云身上，但这样做却有些画蛇添足了。如果没有这颗纽扣，说不定他现在还在怀疑谢凌云。

“可是有一点很奇怪，学姐坠楼后，我因为害怕，一直面朝旅馆门口，却没有看到有人离开。那凶手杀了人后，是怎么逃脱的？”叶菲菲充满疑惑。

“他不需要出来，他只要回到旅馆的某个房间就行了。也许在我们被警察围攻时，他就在跟我们同一层的某个房间里。”张燕铎扶了扶眼镜，冷静地说。

“那监控录像呢？只要我们调取出来，就可以找到在谢凌云之后进入学姐房间的人。”

“你知不知道有些地方为了压缩开支，会设置假的摄像头，乍看镜头有运转，其实根本没跟监视器连在一起，”关琥说，“逃跑时我有特别注意，至少栾青所在的那一层不是真的。”

假如不是看到假监控，他还不会怀疑警察有问题。没有监控录像，单凭死者一身普通的白裙，警察凭什么确定她住在哪个房间里，并指证谢凌云就是凶手？说到底，那很可能就是一个早就做好的局。

听完关琥的解释，叶菲菲吃惊地叫起来：“不是吧，摄像头才几个钱啊，干吗在这种小地方抠门？”

“人就是这样奇怪，在不该浪费的地方大手大脚，却在该用钱的时候小气。”

关琥从背包里取出谢凌云的相机，跟纽扣一起还给了她。面对关琥的举动，谢凌云面露惊讶，随即又转为感激，用力抓住相机，说：“谢谢，这是我父亲的相机，也是他留给我的唯一的东西。”

“不谢，反正这么大的相机我拿着也没什么用。”

“所以你不怀疑我了？”

“我只是举出所有的可能，在案情不明前，任何人都有嫌疑。”

车子继续向前开，路上越发荒凉，晴天碧空下只有他们这一辆车在行驶。

放眼望去，前方是一片荒芜的土地，偶尔可以看到些建筑物遗址，那尊“阳关故址”的石碑就立在青石黄沙之间，叶菲菲很想提议顺道过去拍个照留念，但看看其他三人的表情，她只好将话咽了回去。

石碑很快就被甩到了后方。过了阳关，谢凌云放慢了车速，没多久她在路边停下车，转头对他们说：“该说的我都说了，我这次是准备按照父亲留下的线索找寻洞窟遗址的，也许到了那里，我会找到自己想要的答案，也许什么都找不到，但不管怎样，这都是趟很危险的旅程，我不想你们陪我冒险，大家就在此别过吧。如果我找到了答案，会回警局配合你们工作的。”

到现在她仍把张燕铎当成是警察。张燕铎没说话，目光转向关琥。关琥则看向叶菲菲，用手往后一指："你回去。"

"关帅哥，你不觉得现在这种状况下，让我一个人回去更危险吗？"

"是两个人，我让张燕铎送你。"

"关王虎，什么时候我变成你手下了？"张燕铎似笑非笑地看着关琥。

"不是手下，是我拜托你可以吗，大哥？你送这位姑奶奶回家，顺便也把你自己也送回家，这里的案子有我一个人跟就行了，"关琥说完，见谢凌云奇怪地看自己，他只好解释，"这里只有我是警察，不相关的人就不要把他们牵扯进来了。"

谢凌云点点头，还没来得及说好，叶菲菲先举手反对："我也要跟着，凭什么摆脱那些警察时拉着我，现在半路要把我丢下？"

"不是丢下你，而是太危险，沙漠不是风景区，我们也不是去旅游……"

"我要做的是送你回家，不是送她。"打断关琥的解释，张燕铎对他说。

"送……送我？"

"你看你看，老板不送我，所以比起单飞，跟着你们更安全吧？"叶菲菲嚷道。

"等等，大家都冷静些，我再说一遍，接下来很危险……"关琥还想继续解释。

"一起去！"两个人的声音成功地盖过了关琥的话。

关琥左右看看张燕铎跟叶菲菲，问："你们什么时候这么熟了？"

"在一致对外时。"

"那还有没有回旋的余地？"

"有，"张燕铎往椅背上一靠，双腿交叠，淡声道，"你也回去。"

面对这样的回应，关琥张口结舌。谢凌云在旁边看得笑出了声，拍拍手，说："那要不就一起吧，有萨拉做向导，除非我们太倒霉，否则应该不会有生命危险的。"

关琥确信一切已成定局后，只好退一步："那接下来做任何事，你们都要听我的。"

张燕铎眼镜片后厉光一闪，然后回复了关琥一个字："哼！"

看看，这什么态度？这气派这排场根本就是锦衣出行的贵公子；而他，运气好的话，被排个小跟班什么的。

远处传来汽车喇叭声，关琥抬头看去，就见一辆普拉多朝他们冲来，然后精准地停在了他们的车旁。一个肌肤黝黑的长发女子从车上跳下，向谢凌云伸出手。谢凌云下车，跟来人热情回抱，从她们的互动中能看出是相识已久的朋友。

关琥与张燕铎对视一眼，两人都认出了眼前这人正是他们在机场附近见到的那个女子——原来她就是谢凌云提到的萨拉。

“这就是你说的那几个人？”跟谢凌云打完招呼，萨拉把目光转向车里的人。她看上去三十岁上下的年纪，声音有些粗粝，跟瘦小的身形格格不入，但也透露出了当地人的粗犷，率性自然的外形很容易让人放下戒心。

“都是朋友。”谢凌云将萨拉带到他们面前，将三人一一介绍了。

关琥摇摇手，算是打了招呼，又笑嘻嘻地对谢凌云说：“原来做朋友这么简单。”

谢凌云误会了他的玩笑，认真回道：“是啊，萨拉是罗布人的后裔，也是我父亲的好友，在考察工作中帮过他很多忙，这次去寻找洞窟，没有萨拉的帮助可不行。”

“你们全都要去？”萨拉来回打量车里的三个人，表情凝重，“地点我们都不清楚，很可能会遭遇危险。”

“应该不会比被警方通缉的危险更大。”

听了关琥的话，萨拉耸耸肩，下巴朝自己的车指指，示意他们上车。

四人上了萨拉的车，谢凌云坐副驾驶，萨拉熟练地启动普拉多，将被他们遗弃的警车甩到了后面。

这辆越野车经过改造，里面相当宽敞，车上除了导航仪外还配有无线电通信设备。萨拉让谢凌云将自己准备的提包打开，把里面的东西依次发给他们，说：“现在不是个适合考察的季节，正午时温度可能高达五十摄氏度，在这里，手机是不管用的，为了防止走失，大家人手一个通信器。”

叶菲菲摆弄着手里的黑色微型通信器，觉得很好玩，按着开关说：“地瓜地瓜，我是番茄，听到请回答。”

关琥给她的回应是将一条透明的围巾扔给她。萨拉继续解释：“这是用来防沙的，风沙大的时候，连人都能被吹走。”

“听说罗布泊有很多诡异的传说，是真的吗？你有没有见过那些灵异事件？”

“没有，我想所谓的灵异多半是人在极度衰弱之下引起的幻觉，不过死人骨头倒是见过不少，幸运的话，你们还能捡到汉唐时代的陶片。当然，它们有没有商业价值另当别论。”

萨拉对地形很熟悉，她熟练地驾驶着车辆，又说：“后车厢里有发电机跟简易帐篷，还有必需的饮食用水，我准备了两天的量，希望两天内可以有所收获。”

“两天的话，我们可以到达塔里木盆地了。”

“如果我们不迷路的话。”

配合萨拉的话，谢凌云将指南针分发给大家。叶菲菲则将自己准备的名牌墨镜、帽子、防晒霜一一拿出来，兴致勃勃地像是去旅游。关琥担心地看看张燕铎，张燕铎有严重的贫血症，怕他会受不了。

“五十摄氏度，你能撑得住吗？”

面对关琥的忧虑，张燕铎莞尔一笑：“许多时候，人的潜力是无限的。”

越野车向着他们未知的目的地飞快地行驶着，最初还有一些绿色植物群跟稀稀疏疏的游人，但没多久就消失在他们的视线中。

此时已是傍晚，远处彩霞染红了半边天空。谢凌云坐在萨拉身旁翻看着收藏的地址，又不时抬头看向前方。萨拉拍拍她的手，安慰道：“也许不用深入沙漠，从路线跟地质来看，石窟如果建在库木塔格沙漠某一处的话，很可能早被风沙腐蚀了。”

张燕铎想事情应该不会这么简单——如果只是在库木塔格沙漠，遗址应该早就被发现了，他问谢凌云：“这条路线你是怎么找到的？”

“根据我父亲留下的手稿拼拼凑凑，再将这些图案安在相应的地方，这样连接下去，路线就出来了。不过看似简单，我却研究了整整三年。”

“三年已经很快了，尚永清现在说不定还在研究这些祈福飞天代表了什么意思，其实它们只是指引人进入石窟的钥匙罢了。”

“不过我不敢肯定自己的推测是否正确。”谢凌云手抚图纸，看上去底气不足。

张燕铎扶了下眼镜，没有说正因为大家都对这个推测抱观望态度，所以她的图纸才没被偷走，犯罪团伙需要一个引路人，而谢凌云就是最好的棋子。

再往前开，道路的颠簸程度加剧。叶菲菲用安全带将自己固定在座位上，头靠在椅背上睡了过去；关琥还在研究谢凌云的弩弓；张燕铎则摆弄着手机，发现上面一格信号都没有，别说上网，连打电话都成问题。

刚说信号弱，这也太快了点吧！他伸手将关琥上衣口袋的手机掏出来看了一下，手机显示跟他的相同。关琥貌似对他的过分行为已经习惯了，注意力依旧放在弩弓上。

“别担心，这车上有通信设备，万一出问题，我们可以随时求救，”萨拉说完，又笑道，“放松点，也许没那么糟糕，看路线，我们应该不会进入危险区。”

能看懂这种路线图，关琥觉得那一定是神人，他翻来覆去地把地图看了几遍，最后看到的仍是弯弯曲曲的几条长线而已。

8.

又往前跑了十几公里，谢凌云看着地图给萨拉提示方向。放眼望去，他们此时已置身于沙漠当中了，即使车里开着空调，依然可以从周边风景中感到外界的燥热。眼前是一片片干燥荒芜的黄沙，偶尔可以看到芦苇红柳以及稀少的绿色植物，远处是飞速奔跑的黄羊群，注意到了他们这些外来者，它们停下奔跑，好奇地打量他们。

直到现在关琥还有种不真实感，真不敢相信他们这些新手居然有勇气进沙漠。

这里面会有价值等同莫高窟的遗址？他在心里半信半疑地琢磨，迄今为止这片沙漠不知被多少探险家踏足过，如果真有遗址，早该被发现了，又怎么会等到今天？

像是觉察到了关琥的疑惑，张燕铎放大了手机里的地形图递给他，并在某处画了个圈。

关琥随即向外望去，果然看到路边有块奇形怪状的石块，历经千百年的风蚀，石块表面蒙着一层层叶脉似的纹路。他再对照下手机里的图形，居然有七八分相似。

看来谢凌云指的路没错，古人正是用这种方式来做图标的，毕竟这么大的石块就算再过百年千年，也不会从原地移开半分。前座传来轻微的吐气声，看来谢凌云也在为自己的推测正确而松了口气。

最初关琥还看表来计算距离跟时间，但是在夕阳坠下之前他发现自己的电波手表停了。

车子在一片孤寂中默默向前行驶着，叶菲菲在沉睡，张燕铎也在闭目养神，谢凌云心事重重，除了指路外一句话都不说。整个车上只有关琥最精神，一直看着车子跑过远方红霞，进入夜幕之中。

这里昼夜温差很大，半路上萨拉将空调关了，大家居然也不觉得很热。

见天色渐暗，她把车停到一片空地前，跳下车从后车厢里拿出简易帐篷，准备在这里过夜。

别看萨拉个子瘦小，做起事来却非常利索。她将长发卷在脑后，很熟练地将帐篷撑开，弯腰时关琥看到她的后腰上别了一柄半尺多长的弯刀，刀鞘上刻着弯曲复杂的纹路，刀柄上还挂了几串绿石头。

“这是我们用来辟邪的。”见关琥注意自己的刀，萨拉解释说，“在遭遇困难时，真主会现身保佑我们的。”

“那遇险也不用怕了。”关琥附和得毫无诚意，他没有什么信仰，对他来说信上帝真主还不如信自己。他跟张燕铎一起帮忙将两个帐篷搭好，谢凌云和叶菲菲则在旁边准备晚餐。

夜晚风沙更大，大家躲在帐篷里简单吃了晚餐，便分开休息。萨拉在帐篷四周撒了防止蝎子毒虫的药粉，又提醒他们夜间听到响动不要乱看乱跑，那都是风声导致的幻觉。

关琥跟张燕铎睡在一个帐篷里，他翻来覆去睡不着，好不容易眯了一会儿，很快就被惊醒了，侧耳听去，外面狂风大作，中间夹杂着类似人语跟脚步声，甚至还有繁华街市的喧闹声。他看向张燕铎，均匀的呼吸声证明张燕铎睡得正香，完全没被外界困扰。

关琥忍不住伸脚踹了他小腿一下：“外面好像有人，你有没有听到？”

“这里出现鬼会比较合理。”张燕铎翻了个身，让关琥无法再碰到他，嘟囔完后又沉进了梦乡。

关琥却怎么都睡不着，探身趴在帐篷口往外看，只见外面一片寂寥，苍穹上只有几颗星星点缀着夜色，天地间除了黄沙还是黄沙。他看得无聊，正要返身回去，看到远方天空突然明亮起来，一道道白练自夜色中腾起，衣带当风，或飘舞或凝滞，接着颜色逐渐鲜明，化成各种人形，其间宝冠顶戴、璎珞缤纷，腰间肩头环绕着五彩丝带，在半空中若隐若现，有些手捧莲花，做扬手撒花状，四周曼舞轻歌，犹如天界仙乐。淡光闪烁着，隐约透出各式手持琵琶、横笛的女子身姿，在这短暂的时间里，天地间仿佛筑起了一座偌大的舞台，身着轻纱羽缎的女子们在台上尽情歌舞，演绎着千万年来曾经令人心动的美景。

来到敦煌，这会儿看到如此美景要还不知道这就是飞天，那他一定是傻子！

关琥震惊极了，急忙转头去叫张燕铎，张燕铎直接用后背回复他。关琥这会儿也顾不上张燕铎了，返回去摸到自己的手机，又跑出帐篷外对着天空一阵猛拍，但那奇景来得快去得也疾，很快就消失在夜色中，只留关琥一个人站在孤寂的苍穹下，面对着荒漠。

黄沙翻飞，关琥没防备，被风吹了一嘴沙。他在外面坚持了几分钟，直到确定飞天神迹不会再出现后，才快快不乐地回到帐篷里，打开手机看自己的拍摄成果，可令人懊恼的是，别说飞天奇观了，他连星星都没拍到，画面里只有黑黢黢的沙土跟停在旁边的越野车。他有些沮丧，听着张燕铎沉稳的呼吸声，更觉得不忿，扑过去按住对方的肩膀叫道："靠！"

张燕铎被他吵醒了，睁开眼茫然地看过来，但随即就明白了眼下的状况，立刻慌张地去摸眼镜。

关琥松开手，回到原处，嘟囔道："没事，我就是睡不着，想拉个垫背的。"

张燕铎的动作定住了，沉默三秒后，一罐防虫蚁药膏的铝盒飞到了关琥的脑门上。关琥被砸得嗷的一声捂着头躺倒，就听张燕铎清亮亮的声音传来："没事，我就是手痒，想找个练手的。"

天不亮关琥就被叶菲菲踹醒了，他睁开眼，发现张燕铎早已起来了，叶菲菲则叉腰站在自己身旁，他的脑门还在隐隐作痛。

"快起来吃饭，马上要赶路了。"叶菲菲催了他几句就出去了。

"哦？"关琥揉着脑袋坐起来，想起昨晚的经历，他拿起手机重新翻看，看到一半，外面又传来叫声，大家在催他去吃饭。

"马上来。"关琥随口应道，又将昨晚的照片看了一遍，毫无意外地发现画面全都是空拍，他正郁闷着，忽然注意到了照片里奇怪的地方，再迅速回放其他几张，果然发现了相同的怪异之处。

又过了一会儿，张燕铎拿着香肠和饼干走了进来，他本来想塞给关琥，谁料关琥看手机看得出神，直接转过头，就着他的手，张嘴将剥好的香肠咬掉了一半。

张燕铎一愣，无奈地笑了，问："你在看什么？"

"这个。"关琥将手机递给他看。

看到关琥指的地方，张燕铎皱起眉头，正想问怎么回事，被关琥制止了，低声说："回头车上说。"

由于正午气温太高，萨拉选择在凌晨出发，大家简单吃了早餐就整装上路了。车开动后，关琥开始讲自己昨晚见到的奇景，听他提到飞天，萨拉的脸色微变，张嘴想细问，却被其他人的嘲笑声盖过去了，叶菲菲说："你做梦睡迷糊了吧？一定是最近考虑飞天的事考虑得太多，所以夜有所梦。"

"是我亲眼看见的，我还拖张燕铎……"看到张燕铎瞟过来的目光，关琥临时改口，"拖大哥一起看。"

"不过我睡得正香，什么都不知道，所以我只看到关琥拍的照片，里面只有一片荒漠。"

"而且晚上也不可能有海市蜃楼，"谢凌云说，"所以菲菲说得对，你是想事情想多了。"

"是啊是啊，应该只是看花眼了，昼夜温差太大，会导致不适从而出现幻视幻听是很正常的。"萨拉解释完，又问，"能给我看下你拍的照片吗？"

像是没听到她的请求，关琥说："但也可能是神明给我们的指引呢？"

数道鄙视的目光一同射来，叶菲菲说："关王虎你的智商还可以再低点吗？"

"哈，你们都说去寻找飞天，却没一人相信吗？"

"我们要寻找的是古文化遗址，不是神话，OK？"

"是是是，大家说得有道理，我删掉还不行！"

萨拉还想阻止，关琥已经抢先一步将照片删掉了，她有点失望，目光在车窗外逡巡，不知在想些什么。

关琥还要继续玩手机，被张燕铎将手机夺过去："为了不再出现幻视，你要不要睡一觉？"

"不要，怎么说我也是见过飞天的人，如果你们走迷了路，至少我可以帮你们找到出口。"

此时关琥没想到，在数小时后他随口说的玩笑话真的应验了。

沙漠的天气就跟大海一样变幻无常，前一秒还晴空万里，下一秒就飞沙走石，狂风卷起黄沙，在他们面前形成了一道土黄色的墙壁，别说辨别方向，就是前行都极度困难。受风力的影响，萨拉手中的方向盘脱离了控制，导致越野车开得摇摇晃晃，挡风玻璃外像是在下土雨，天昏地暗的，能见度极低。

紧接着倾斜的沙土在风中开始流动，缓慢如潮汐起伏，若不赶紧逃离，沙粒会将物体整个覆盖，所以萨拉勉强转动方向盘，尽量随着风向移动，这样的状况一直持续了近半个小时，他们才从黄沙风暴的中心逃出去。等地势稍微平缓后，萨拉将车停下，大家回头看去，只见几道柱形物体在空中盘旋移动，地形在风势的影响下变了模样，天地间被龙卷风似的物体连接到一起，黄沙还在半空中飘荡，遮住了上方的天空。

“幸好我们在车里。”看到这一震撼人心的壮景，叶菲菲忍不住咂舌。

“夏季起风很常见，但这么大的就较少遇到了，不知你们是幸还是不幸。”萨拉看着远处逐渐远去的黄沙风暴，又将目光转向车里的人，“拜它所赐，我们迷路了。”

“有 GPS 吧？看怎么走。”

“GPS 好像也出问题了。”谢凌云伸手拍打车上的仪器，屏幕上出现“ERROR”的字样。导航仪出了问题，萨拉表现得比谢凌云更急躁，直接重启导航仪，结果还是不好使，她不死心，又重复了几次，在发现毫无好转后，忍不住骂道：“真该死。”

“糟糕的是指南针也失灵了，我们现在在哪里都不知道。”叶菲菲摆弄着手里的指南针，又看手机，一格信号都没有，“我们的饮用水跟汽油还够吧？”

“这个暂时不用担心，我们现在只是在沙漠外沿。”萨拉戴上防风围巾，跳下车，先用湿毛巾将挡风玻璃上厚厚的一层沙土抹掉，又仰头看天空，可惜黄沙翻滚，将整个上空遮盖住，根本看不清太阳的位置。她又转动手表，想靠指针分辨方向。

关琥探身趴到车窗上往外看，就见风沙过后，连仅有的少数绿色植物也消失了，四个方向看上去完全一样，这种状况下想要再返回地形图指示的区域，简直如同痴人说梦。

“你很重。”耳边传来不悦声，张燕铎坐在车门旁，原本正看地图，被关琥压住，他的图纸也被压得变了形。

关琥讪讪地退回自己的座位上，小声嘟囔：“这不是后窗什么都看不到嘛。”

谢凌云跟随萨拉下了车，两人在车外交谈了一会儿后，萨拉又在附近蹲下拨沙，找到了一小株植物，她绕着车辆转了一圈返回，说："现在有两条路，我带大家出去，或是继续去寻遗址。"

"可以出去吗？"叶菲菲问。

"照我的经验，应该没问题，但如果大家要寻找遗址的话，之后我们会在这里徘徊多久就不知道了。"

谢凌云的眼神有些飘忽，看表情她是决意继续前进的，但顾及其他人的安危，便没把想法说出来。叶菲菲看出了她的顾虑，故作轻松地说："都走到这里了，就算想退缩也不一定退得出去，我赞成前进。"

关琥跟叶菲菲的想法一样，所以直接看向张燕铎，张燕铎表情冷淡："我不会持跟你相反的意见。"

话说得暧昧，被其他三个人用古怪的目光盯着，关琥呵呵干笑："这种话如果用在付钱上，那我就太感动了。"

"所以现在的问题是怎么走？"

"那里，"关琥随手指了个方位，"如果我的直觉没错，那边是我昨晚看到飞天的方向，也许冥冥中神明在指引我们过去。"

谢凌云跟叶菲菲都没意见——反正现在毫无线索，往哪里走都一样。萨拉却稍有犹豫，没有马上启动车辆。张燕铎没有忽视她脸上一闪而过的不安，拿起地图拍在了关琥的脑门上："神明？你改行当神棍得了。"

"我明明昨晚看到了……"

张燕铎打断关琥："往右走。"

"为什么？"

"直觉。"

这次萨拉没犹豫，照张燕铎说的，往右打方向盘将车开了出去。看着车冲向相反的方向，关琥很无语——为什么同样是出于直觉的提议，他的却被驳回呢？

车笔直地往前开了很久，沿途出现了类似雅丹地貌的山丘，这些山丘耸立在风沙当中，截面嶙峋纵横，遗留着岁月刻刀在上面雕琢后的痕迹。越往前开，这类石头越多起来，有的足有十几米那么高，萨拉放慢了车速，眼神惊疑不定地游离着，喃喃地说：“我们到魔鬼城了吗？可是从距离来算，不可能跑到这么远……”

张燕铎无视了她的自语，闭着眼，脑海里浮现出整幅的地图。谢凌云的地图其实画得很笼统，许多地方还加了自己的想象，他将那些不必要的图形去掉，把自己到目前为止看到的字符图片一块块提出来，再将那些字符依次嵌入地图当中，就像拼图那样，把空白部位一点点填满，于是一张完整的路线图就完全呈现在了他的脑海中。

尚永清跟谢凌云说得都不对，那些图形既不是什么祈福咒语，也不是飞天图，而是指引他们去往遗址的路线图。只要他们有耐心将字块嵌进相应的地方，全部拼凑出来，路线就明晰了，而那些字符构成的模样跟雅丹土丘的形状相对应，也就是说那些形状各异的石块其实就是路标！

张燕铎睁开眼睛，耸立在右方的小山落入他的眼底，受风蚀的影响，那石块像是回首的人像，山壁上布满了没有规则的横纹垄脊，山形跟他脑海中已有的图像成功地叠合到了一起。

“往左拐。”张燕铎冷静地说，声音冰冷淡漠，还带着一丝隐忍的痛楚。

大家都发现了张燕铎的不对劲，关琥担忧地看着他，见他脸色苍白，虽然极力克制情绪，但蹙起的眉峰暴露了他的不适，这种情况跟之前他们去王教授家时很像，当时他说是贫血症犯了，现在看来不是那么回事……

叶菲菲张嘴想询问张燕铎的状况，被关琥用眼神制止了。虽然他还不清楚张燕铎的状况，但看得出他的不适跟指点路线有关，眼眸扫过外面各种奇形怪状的山丘，心底不由充满疑问。

萨拉脸色古怪，她观察着张燕铎的反应，却什么都没说，照他的指示将车一路开下去。

关琥掐着时间，在午后时分，他们的车终于停下了——眼前耸立的高峰挡住了他们的去路。

黄沙随风在半空飞旋，夕阳余晖从众人身后射来，照亮了他们眼前的山壁，山壁从上至下连绵着形态各异的图形，随着流光翩跹拂动，似是岁月洗礼后的风光，又似人工雕琢刻下的图腾，谢凌云看呆了，喃喃道：“这到底是哪里？怎么会这么美……”

“这是哪里不知道，我只知道这应该就是我们的目的地了。”

关琥话音刚落，谢凌云就跳下了车，随即又返回来，抄起脚下的背包，掏出里面的照相机朝山洞跑去。

萨拉紧跟在后面，接下来是叶菲菲，关琥不像她们那样性急，而是转头看张燕铎。此时张燕铎的脸色更难看了，头靠在椅背上双目微闭，光线斜照过来，可以清楚地看到他额上因为不适渗出的汗珠。

“你不要去了，留在这里休息。”

听了关琥的话，张燕铎没睁眼，只是微微点点头。这反而让关琥更担心了，到目前为止张燕铎的态度一直是跟自己共进退的，他选择留下，表示他现在一定相当不舒服。

关琥在背包里胡乱翻了一通，找到备餐的巧克力豆，可惜在高温下巧克力豆化成一团，关琥把盒子递给张燕铎，说：“你可以喝点它。”

“这一定是我吃过的最难吃的巧克力。”张燕铎皱起眉，一副厌恶的表情，不过还是接了过来，“记得多拍些照片。”

“放心，我会很快回来的。”关琥拍拍张燕铎的肩膀，以示安慰。

关琥下车后看到叶菲菲没像谢凌云跟萨拉那样靠近山壁，而是站在前方眺望，关琥走过去，小声对她说：“你不要进去了，在车里照顾张燕铎。”

“走到门口不进门，你当我是大禹吗？”叶菲菲冲他翻了个白眼。

见谢凌云跟萨拉已经进了前面的山洞，关琥没时间多解释，继续说：“这里会有危险，你要是想进去，等事情解决了，随你逛。”

叶菲菲虽然有点大小姐脾气，但很机灵，听了他的话，目光转向洞窟，又瞄向车里，给他做了个 OK 的手势。

关琥小声交代：“把车开远一点。”

等叶菲菲回去后，关琥背着背包快步跟进山洞里。谢凌云跟萨拉站在离他不远的地方仰头观望，他也被带动着抬起头，就见山洞里的高度远远高出洞口，石壁上朱红、靛青、土黄等颜色相互勾勒，构成一幅幅神奇的画卷，自山壁上倾泻而下，画中人物或起舞或弹奏，姿态曼妙生辉，神情庄严瑰丽，长袖衣袂当风，飘飘然如跃云端。

关琥不懂壁画的神奇，更不知道这样的壁画作于何种年代，但置身于其中，也不由得被这巧夺天工的杰作吸引住，只看得心荡神摇，顿觉昨晚见到的幻象固然绚丽，却不如眼前美景来得震撼。他一个外行尚且如此，更何况是研究敦煌文化已久的谢凌云跟萨拉呢。

确实如此，在她俩看来，这里犹如尚未开发的宝藏，谢凌云激动得双手颤抖，拿着相机面对壁画准备拍照，但犹豫再三又忍住，喃喃道："这应该是西魏时的遗址，你看这飞天戴着道冠，这是道教羽化飞仙时最常见的形象……不能拍，不能损害这么古老的文化……"

关琥完全不知道她在说什么，他对遗址的震撼没有谢凌云强烈，因此很快就调整好心情，把目光转向洞窟的其他地方。

洞窟很深，随着光线的迁移变化，原本延伸至内部的壁画浮出影像，仿佛路标，指引着他们前进的方向。关琥往里走去，随着逐渐深入，洞窟里面的光线逐渐减弱，他从背包里掏出手电筒照亮了前路。

谢凌云回过神，也紧跟了上来，看到洞窟两侧山壁跟头顶上方的飞天壁画，又是一阵赞叹。不知从哪里折射进来的光点在山壁间跳跃着，狂风穿过山洞罅隙，化作类似野兽的吼叫跟诡异的大笑声。炎夏天气，洞里却透着冷意，关琥走着走着，突然打了个寒战，本能地仰头四下张望，总感觉有无数双眼睛在黑暗中注视着他们这些外来者。

谢凌云似有同感，小声问："这里是不是还有其他人？"

"就算有，也是死人。"萨拉冷静地将手电筒照到地上，除了沙土碎块外还散落了一些打火机、水笔等现代社会的物品，甚至不乏人骨，"看来有很多人在我们之前来过这里了。"

"但这座遗址的消息一直没有流到外界，也就是说来的人没一个能活着走出去。"谢凌云说得很淡然，关琥却听得背后发凉，他想以谢凌云对敦煌飞天的执着跟热爱，她根本不介意留下，相反她很期待留下，跟这些神奇的历史传说一起归于尘土。可是作为普通人，关琥来这里只是想找到他需要的情报，历史再神奇也只是历史，比起这个，他更在意凌展鹏的失踪是否也跟这个有关。

"看这里！"

前方豁然开朗起来，微光从上方晃过，使得壁画影像透出立体的层次感，在重获光明后，大家首先被圆顶洞窟的存在吸引住了，再看到遍布在山石上的壁画，三人同时倒吸了口冷气，谢凌云更是大叫出声："十二身飞天！"

相比外间石窟上的壁画，这里的飞天神韵更为饱满，四处祥云笼罩，天花飘旋，围绕在众位飞天身边，众仙眉骨清秀端庄，容颜含笑，发髻高绾，璎珞环镯点缀在项间腕上，穿梭于云海之间，或持腰鼓，或握长笛，或竖箜篌，整个墙壁之上共有十二位神态各异的飞仙，这就是所谓的十二身飞天。

“说起十二身飞天，当属莫高第282窟最为著名，为什么这里也有？”谢凌云喃喃说着向前走去，却被萨拉及时拉住，并指着面前落满一地的书籍跟竹简给她看。

看到古书，谢凌云很惊讶，从背包里翻出手套戴上，小心翼翼地将书拿起来，看她郑重其事的样子，关琥放弃了翻书的念头。

书籍纸张破碎泛黄，上面的字迹更是模糊不清，看不出是什么年代的物品，但绝不可能是西魏时期的。随着翻阅，破碎的纸片整个脱落下来，谢凌云不敢再乱动，轻轻放了回去，又转去看附近的竹简，上面刻满了文字。她看了一会儿，激动得手发颤，叫道：“这是经文啊，跟王圆箓发现的经卷一样！”

关琥不知道王圆箓就是当年发现了藏经洞让敦煌文化闻名世界的人物，不过看谢凌云的反应就知道这个洞窟的存在有多令人震撼了，光是堆放在地上的经卷就多达几百册，旁边还不乏佛幡铜像，以及不少斑驳腐蚀的木箱，他开玩笑说：“里面不会有金条元宝吧？真有的话，那就发大财了。”

三人合力将其中一个木箱盖子打开，里面半空，既没有所谓的金条元宝，也没有古玩字画，只放了些泛黄的古书绢本，上面压着些刻刀跟墨块。关琥伸手想取出来看，却发现墨块之间还有一截白骨，像是人类的手骨，骨头泛黑，不知在这木箱里待了多少年。

“看来大家都很想来这里寻宝，可惜宝没寻到，却把命丢下了。”关琥对翻动尸体没兴趣，所以将手缩了回来，又向前走，发现前面书籍堆砌得更为混乱，看上去很像是被推倒的状态，他感到奇怪，用手电筒来回照了照，不由地倒吸了口凉气——透过书籍缝隙，他隐约看到了歪倒在里面的尸骨。

谢凌云也在同一时间看到了，发出轻呼。萨拉闻声赶来，这时也顾不得书籍了，三人一齐动手将古书拿开，露出了藏在书后的尸首——或许称它干尸更为恰当。由于气候极度炎热干燥，尸身已经萎缩成干瘪的状态，骨骼被包裹在皱巴巴的皮下，呈现扭曲的形状，头颅略微上仰，随着搬动，露出碎裂的颅骨。

关琥看看尸骨身后尖锐的石块，猜想这人有可能是跌倒导致后脑骨被撞伤，但也不排除被人用利器从后面攻击致死。

“是我父亲的剑！”谢凌云发出尖叫，她无视面前的众多文物，将那些竹简古书胡乱推到一边，捡起落在干尸脚下的一柄兵器，激动地说，“这是我父亲的好友赠给他的，不管去哪里他都会带着。”

那是柄只有十厘米多长的短剑，剑身扁平，剑柄处缠着银丝，包银剑鞘上泛着暗黑，雕镂缝隙里还有一丝丝红线状的波纹，像是某种刻花，看起来似乎很普通。

关琥问：“你确定这是你父亲的？基本上探险的人都喜欢配这类藏刀的。”

“这不是藏刀，是剑，我记得剑刃上还有条划痕。”为了证明自己没认错，谢凌云将剑拔了出来，下一秒她的表情僵住了，接着又对着光迅速反转剑柄，急切地说，“不会啊，怎么会消失的……”

“也许你认错了。”关琥看向干尸，整天跟着法医混，他多少懂一些尸检的知识，从干尸的体型大小跟盆骨状态来看，只能看出是具男尸，但再深入的细节他就不确定了，不由后悔没带舒清滟来，有法医在，尸检是件再简单不过的事了。

“你再想想，你父亲平时有没有佩戴项链、手链的习惯？”他边检查干尸边问。

谢凌云茫然摇头：“他好像没有特别喜欢的饰物，我不清楚……”

他们父女没有住在一起，只凭偶尔聚一次，这很难了解对方的习性跟喜好，这一点关琥很理解。干尸身上没有佩戴装饰物，这更增大了确认身份的难度，现在唯一的办法是将干尸带出去做精密检查。

萨拉也走上前翻动干尸旁的书籍，见干尸的右手握着半本撕碎的古书，她伸手想拿过来，却不想干尸抓得很紧，拽了两下都纹丝不动。她有些急躁，掏出腰后的短刀准备撬开那手骨，被谢凌云拦住，问：“你干什么？”

“你不是想确认这是不是你父亲吗？也许这本书可以帮到你。”

“你在意的不是尸首，而是书吧？”关琥在旁边冷冷道。

萨拉脸色变了，一把推开谢凌云，再次将刀抵在尸首的手上。谢凌云被她推了个趔趄，萨拉趁机攥住了古书，但下一秒清脆的枪支上膛声响起，不知何时关琥将手电筒插在上衣口袋里，扳下手枪的保险栓，将枪口指向她。

“退开！”他冷冷喝道。

萨拉起先没动，但是在觉察到关琥的杀气后，她恋恋不舍地松开了抓住古书的手，向后退开。谢凌云被关琥的举动搞得莫名其妙，说：“你先把枪放下，萨拉姐只是要检查尸体。”

“不，她想要这本书，”关琥用手枪示意萨拉退到离他们稍远的地方，“如果我没猜错，干尸手里拿的书的另一半在尚永清那里。”

他去拜访尚永清的时候，曾看到尚永清桌上那些藏书，其中有一本是撕破的。尚永清说那是好友的遗物，不能外借，虽然他还不能确定这两册被撕成一半的书是否可以合为一本，但他相信所谓的遗物应该就是从这里带出去的。

“你跟尚永清是一伙的吧？”他质问萨拉。

萨拉冷眼看着枪口不说话，反而是谢凌云大为惊讶，连连摇头解释：“不是的，萨拉姐是父亲的好友，她帮了父亲很多忙，也多亏她，我才能查到尚永清的许多事……”

“醒醒吧，她那样做只是利用你们父女对敦煌的知识为自己牟利而已，为了取得你的信任，适当地将一些可有可无的情报丢给你。你想想，为什么你的ID跟其他资料被盗，却唯独路线图完好无损？那是因为他们找不到来路，需要你来当向导，但人算不如天算，最后你没找到路，反而是张燕铎帮上了忙。”

听着关琥一席话，谢凌云震惊地看向萨拉，她很难相信这个事实。

萨拉见状，急忙对她说：“不要信他的话，他只是想独占这里的财富，所以离间我们。”

谢凌云犹豫着点头。对她来说，萨拉跟她认识了三年，其间还给她提供了无数帮助，而关琥只不过才接触，在她看来只是个上不了台面的小警察，所以感情上她比较倾向于信任萨拉。

看到她的反应，关琥嘲讽地一笑，一手持枪，一手掏出手机打开，调出相片丢给谢凌云，说：“看右下角。”

那是张很模糊的夜景，通过越野车车窗玻璃的反光，可以看出背景是昨晚他们搭的帐篷，打眼一看没什么突兀的地方，但谢凌云照他说的注意右下角，不由啊地叫出声，她看到映在车窗上模糊的身影轮廓，画面令人毛骨悚然。

“那不是灵异照，是昨晚我在拍飞天时无意中拍到的，往后翻，你还能看清那人的脸。这张脸我有印象，我在机场曾见过，当时萨拉就跟这个人在一起，所以说你们是同党，没冤枉你吧？”

谢凌云飞快地往后翻看照片，果然如关琥所说，车窗上映出了模糊的人脸，虽然看不清容貌，但可以肯定当时他就站在关琥身后！深夜里，陌生人悄无声息地站在身后，那画面光是想想就让人心里发毛，她抬头看关琥，问：“你没认错人吗？”

“绝对没有！”认出这个人还多亏了张燕铎，张燕铎的记忆力跟判断力高出常人，关琥相信他不会出错。而且就算不是跟萨拉一伙的，这个人在深夜如此巧合地出现在帐篷外，其动机就足以令人起疑了。想想当时，如果他不是专注于拍照没有发现这个人，说不定对方早就偷袭他了。由此可见这些人的目的不是伤人，而是跟踪他们到这里，他居然无意中在鬼门关转了一圈，后怕之余也不由暗叹侥幸。

知道并且决定整个行程的只有谢凌云跟萨拉，所以一开始他怀疑两人是一伙的，但通过刚才的试探，看谢凌云的反应像是不知情——现在这里只有他们三人，如果谢凌云是同伙，根本不需要再继续做戏。

“你给我们的对讲机根本就没用，”他将对讲机拿在手里晃了晃，见萨拉脸上露出悻悻之色，他冷笑，“哦不对，应该说它的作用是干扰信号，所以我们所有人的手机都用不了，你还担心做得不够彻底，让你的同伙半夜来破坏车里的通信设备，而你不照我指的方向开，是因为我指的方向离你的同伙很近吧？”

关琥说得有理有据，再加上照片，谢凌云不得不相信，但还是不死心地问萨拉：“是这样吗？是不是有什么误会？萨拉姐，你告诉我你不是在利用我们，你这样做是有苦衷的……”

“别搞笑了，你当是在看电视剧啊！要说苦衷，那只有一个——钱，他们想通过敦煌赚到更多的钱而已。那个空姐栾青也是，最后被她成功地灭口，顺便嫁祸给你。”

“可是……”

“有谁能轻易拿到你的网络ID，在聊天室里散播谣言？又有谁能用你的名义买手机卡，跟那些死者联络，混淆警方的判断？至于那个莫高，可能是她，也可能是尚永清，反正他们是一伙的，谁做都一样，她的目的是倒卖文物赚钱，而尚永清是想要飞天。萨拉，我说的有哪里不对吗？”

一席话讲完，洞窟里沉寂了下来，连谢凌云也找不到辩解的借口，她只是难以相信，喃喃说：“如果一个朋友交往了三年都无法看清她的心思，那岂不是太可怕了？”

“就算是亲人，也未必完全了解，更何况是朋友。”吐槽归吐槽，关琥的注意力却一刻都没从萨拉身上移开。

“你比我想得要聪明得多，而且还是个喜欢死缠烂打的奇葩，”萨拉表情平静，完全没把指向自己的枪口当回事，“当初你开始接触到飞天的秘密，我就说放任比较好，偏偏豹哥沉不住气，当晚就派人袭击你，结果适得其反。栾青是我杀的没错，不过不是为了灭口，而是她想勾引豹哥，死有余辜。”

关琥面对这种称赞，既无法否认也不想道谢，深吸一口气，说：“我来得太匆忙，没带录音笔，你能等到了警局再坦白吗？”

“这不是坦白，是让你们做个明白鬼，你不会认为进了这里，还有机会出去吧？”

“当然会，我小时候算过命，活到九十多岁没问题，我想接下来的七十年应该不是在这里陪伴飞天。”

“死到临头还有心情开玩笑，真让我不得不佩服你的豁达。”

“因为有句话不是说，一枪在手，天下我有吗？”关琥打着哈哈，心里却越来越紧张。长年从事刑侦工作的直觉告诉他，萨拉的反应很不正常，她的笃定透露出了有恃无恐。关琥暗暗担心洞外那两个人的安危，同时给谢凌云使眼色，让她站到自己身后来。

但暗示被谢凌云忽略了，她还没从真相中反应过来。父亲失踪了三年，对于他的死亡，她其实已经有了心理准备，反而是萨拉的背叛给她的打击更大，她忍不住连声喝问：“为什么你要这样做？你难道不知道为了钱背叛信仰的后果吗？”

“我们信的是真主，不是这里的佛教、道教。再说，就算信也不能不生活啊！”面对谢凌云的愤慨，萨拉表现得很淡定，“我们要养活很多人，所以为此牺牲几个也是没办法的事，我并不想利用你，如果你可以再圆滑机灵点，我们还是朋友。”

“圆滑不等于为了钱不择手段，你杀了我父亲，还跟我说什么朋友！”

“不择手段又有什么不好？这个蠢货说这里没宝，却不知道这里处处都是宝藏，这里随便一本破书拿出去都价值连城！”萨拉转头看向周围的壁画，眼神闪烁出异样的光彩，兴奋地说，“因为我的发现，这些死物有了存在的价值，它们能重见天日都是拜我所赐！”

“你……你简直不可理喻！”谢凌云气愤之下，反而说不出话来，冲过去想阻止萨拉碰触经书，却被关琥拦住。现在已经真相大白，关琥不想再跟萨拉废话，正想将她制住，谁知脚刚抬起就有枪声传来，他慌忙拉着谢凌云躲避，子弹射到了对面墙上，发出一声闷响。

“蠢货！这些东西都是要拿去卖钱的，不要乱开枪！”昏黄的光线闪过萨拉的脸庞，她大叫。

听到她气愤的吼叫，关琥先汗颜了一下，刚才他只顾着捉贼，完全没想到周围古物的重要性。

接下来光线闪得更快，几个壮实的大汉从外面进来，其中一个是关琥在机场看到的男人，应该就是萨拉口中的豹哥，他的模样很普通，但拿枪的胳膊上刺了繁复的文身，其他几个则押着叶菲菲。

看到叶菲菲在他们手里，关琥暗自懊恼自己的大意——如果他当时让叶菲菲直接开车离开的话，也许就不会被卷进这些是非中来了。

“张燕铎呢？”没发现张燕铎，他急忙问道。

“老板说不舒服，要去周围转转，把我一个人丢在车里，我就被他们绑架了。”叶菲菲一边说一边用力挣扎，可惜她的力气在那些大汉看来实在太微弱，她只好问，“关王虎，这到底是怎么回事？”

“我，她，是好的，”关琥指指自己跟谢凌云，又指向萨拉跟其他人，“这些是坏的。”

“那老板呢？”

这个问题比较难答，关琥耸耸肩：“姑且算他是好的吧。”

没搭理二人的对话，萨拉走向同伙，说：“把这些人都干掉，利索点，别弄脏了经书。”

豹哥听了命令，马上将手枪指向叶菲菲，其他人则向关琥跟谢凌云逼近。可不等他们动手，关琥抢先挑起地上堆放的竹简踢了出去，竹简拍在豹哥的手上，竹简间的束绳在重击下散开了，灰尘和碎屑迷漫开来，趁他们忙着揉眼，叶菲菲快速猫腰跑到了墙边一尊铜像后躲避。

“这是千年前的古物，你怎么能这样糟蹋！”谢凌云在旁边看得心疼，忍不住用力跺脚。

关琥的回应是挥拳将凑过来的男人打飞，说：“要是你在这里没命的话，一千年后也是古董。”

“你！”她没时间再跟关琥置辩，反手从背包里掏出弩弓，但彼此距离太近了，再加上对方的攻击让她根本没时间搭箭，只好一手持弓一手握短剑跟他们搏斗。

这边关琥已将对手踹倒了，看到其中一人去追叶菲菲，他直接冲对方腿上开了一枪，就听谢凌云跟萨拉同时叫道：“不许开枪！”

靠，都拼命了还不让开枪，古物是很重要，但重过人命吗？对立的双方居然在这上面保持统一战线，气得关琥想骂娘，但随即飞来的一拳头将他打到了一边，挂在上衣口袋里的手电筒飞上了半空，接着又是几声枪响。

萨拉再次骂道：“蠢猪！我说了不要开枪！”

“这次不是我。”揉着被打痛的脸，关琥觉得很委屈，看到手电筒落地后骨碌碌地往前滚着，他过去伸手想捡，冷不防灰尘迎面扑来，原来对方学他将周围的竹简当武器来用。竹简打人倒是不痛，但架不住飞扬的尘土太多，他被呛得连连咳嗽，还好叶菲菲及时将防风沙的面纱递给他，他手忙脚乱地套到了头上，匆忙中还不忘吐槽：“她给的东西里总算还有一样是真货。”

混乱中他的手电筒不知被踢去了哪里，对方带的多数是荧光棒，对照明起不了什么作用，豹哥那里倒有个手电筒，但搏斗中光线不时乱晃，还不如没有。

关琥护着叶菲菲准备向外跑，但耳边又传来枪响，紧接着是子弹击中铜像的颤音跟惨叫声，不知是谁被打伤了，痛得破口大骂。

“是谁开枪？”喊叫的是萨拉，关琥想如果谢凌云不是被攻击得无暇开口，一定也会如此。

萨拉的叫声换来又一记枪声，一个男人恶狠狠地骂道：“臭娘们我忍你很久了，老子被打伤了，你还在乎一堵破墙，你去死吧！”

说话的是最早被关琥打伤的大汉，虽然只是擦伤，却把他给惹火了，竟无视上头的警告连续开枪，还好空间够大，光线又阴暗，准头很难把握，只苦了里面珍贵的飞天壁画跟铜像佛幡，在子弹的射击下，不时绽开一块块裂痕。

黑暗中大家都不知道是谁在开枪，只好也举枪射击，萨拉跟豹哥想阻拦，但哪里阻拦得住！

枪声响成一片，谢凌云听得心疼，却在这种情势下无可奈何，隐约看到关琥跟叶菲菲的身影，她拉弓搭箭，朝枪响的方向射去，就听惨叫传来，有人被弩箭射中，枪声哑了。

谢凌云趁机给关琥做了个离开的手势，正要再搭箭，一把尖刀向她刺来，却是萨拉平时佩带的腰刀。谢凌云想到以往种种，不由得慢了一步，等她想躲避时已经晚了，只能举起弩弓架住短刀。萨拉见刀被挡，直接向她挥拳。谢凌云被打得向后摔去，眼看着尖刀紧跟着刺下来，她赶忙就地翻滚，躲到一边。

大家都怕误伤自己人，一阵枪战后又转为近身搏斗。关琥本想趁乱先把叶菲菲送出去，但两人没走几步，就被豹哥及其同伙缠住了。那些人出拳狠辣，个个都像是打黑拳出身的。关琥的格斗术勉强算好，但架不住以一敌十，还要顾及其他两个女生的安危，很快就被打得没有了还手之力，一不小心额头挨了一拳，对方手上戴了指虎，鲜血从额头飙了出来，人也栽倒在地。

看到关琥的手枪被打飞，叶菲菲急忙跑过去捡枪，但还没拿稳，手枪就被踢开了，攻击她的大汉毫无怜香惜玉之心，紧跟着又一拳向她打去。

见势不妙，关琥抄起随手摸到的竹筒甩向大汉。竹筒正砸在大汉的颧骨上，顿时灰尘迷漫，叶菲菲趁机拿起一旁木箱上的陶罐，直接拍在了大汉的脸上。那东西有些重量，大汉被敲得鼻血直流，陶罐也碎成了数片。

叶菲菲看着手里的碎片愣了愣，随即丢开，边跑边嘟囔："这应该是古董吧，不知道砸掉了几万块……"

关琥及时救了叶菲菲，自己却陷入了险境，他被豹哥朝着胸腹连踹几脚，只能就地翻滚，匆忙中想拔另一支枪，手腕却被踩住了，豹哥单膝下蹲，右手紧握成拳，将指虎尖锐的部位对准关琥的脸狠狠砸下！

银色光芒随着指虎的挥下逼近关琥，他刚才吃过一次亏，知道这一拳下来，外伤是小事，只怕眼睛不保，生死关头顾不得掏枪，另一只手在地上飞快摸索，希望找到可以抵挡的东西，却失望地发现手掌触摸到的只是冰冷的地面。

刹那间那拳头已到了关琥眼前！

紧急关头，一道黑影突然冲向他俩，黑影一把按住豹哥的肩肘将他推开，同时将手中握的东西刺了过去，就听豹哥发出惨叫，被推得撞到了墙壁上动弹不得。

与凶险擦肩而过，关琥轻嘘了口气，就地一滚，在拿到备用警枪的同时一跃而起……此时不知是谁的手电筒落在地上，刚好对着墙壁，光柱中关琥看到豹哥肩头插了一支断箭，原本应是谢凌云射出的箭羽却被黑影临时捡来当武器用，他下手狠辣，断箭几乎戳穿了豹哥的肩膀，豹哥哀号不止，却怎么都抬不起胳膊来。这种情况只有一种解释：他的筋腱被刺断了。

关琥惊异地看向那个突然出现的黑影，一时间无法判断他的攻击是凑巧还是故意。

手电筒随即就被踢开了，光亮在对面忽闪了几下。关琥只看到那人一身黑衣，头上脸上都围着严实的白布，他身形飘忽，甚至无法辨明性别，将豹哥按在墙上后，又抬腿以膝盖猛撞他的腰腹，听到豹哥的惨叫，关琥本能地弯了下腰，对豹哥的疼痛感同身受。

那边，萨拉跟谢凌云正打得激烈，看到豹哥受伤，她放开谢凌云，握住短刀大叫着冲黑衣人刺过去。黑衣人向后躲闪，却被其他歹徒围住，他抬脚踹飞了近前的一个，又一甩手，将左手握的甩棍甩出，冷眼看向围过来的众人。

周围光线模糊，靠着隐约晃动的光亮，关琥看到了黑衣人拿的甩棍，不由暗叹高明，在这种近距离的攻击中，甩棍威力是最大的，也不会对古文物造成伤害。

看来这人不管是敌是友，都是有备而来。

他刚赞叹完，就见黑衣人将某个歹徒打了出去，那人抽搐着往后跌，经幡被他扯着刺啦一声撕下了一大片。关琥眨眨眼，确定黑衣人的目的不是这里的经文跟飞天壁画，他一点文物保护意识都没有。

黑衣人将甩棍舞得飞快，歹徒们很快就被他打倒在地，有人又举起了枪，这次萨拉没有阻止，反而将枪抢过来对准黑衣人，关琥看不清状况，只本能地感觉到了危险，叫道：“快趴下！”

不知道黑衣人是否顺利避开，关琥只听到随着枪响，有人在痛苦哀号。

光线在大家身边飞快闪烁，在敌我不明的情况下，他下意识地站在了黑衣人这边，看到有人向黑衣人射击，他抢先开枪打中了那人的手腕，又冲过去拽住妄图在后面偷袭黑衣人的歹徒，一记枪托砸在歹徒脸上，把他砸昏后踢了出去。

萨拉仍像发了疯似的连续向他们开枪，关琥将歹徒踢飞后，一转头就看到她的枪口对准了自己，但紧接着他被黑衣人推开了，子弹射在黑衣人的左肩上，黑衣人捂着肩膀向后晃了晃。

关琥见了大怒，他这辈子最见不得的就是受人恩惠，看到有人为他受伤比他自己吃枪子更难受，冲动之下，他直接将手枪朝萨拉甩了过去。枪柄重重击在萨拉的鼻梁上，顿时鼻血急流，她还想再开枪，被谢凌云从后面抱住一甩，萨拉撞到墙上后又顺着墙壁滑到了地上。

黑暗中传来一连串叽里呱啦的叫声，听声音是豹哥，虽然不知道他在骂什么，但想来不是好话。他不知什么时候悄悄摸到了关琥背后，突然挥刀向关琥砍去。关琥闪身勉强避开，黑衣人的反应更快，撑地跃起的同时，顺手抄起了关琥扔出去的那支枪，向豹哥所在的方位射击……

这次没有叫声，只有重物的倒地声，关琥大口喘着气，直觉告诉他——豹哥被击毙了。

生死关头，任何行为都是被允许的，但是看到黑衣人狠辣的手段，关琥还是很吃惊。刚好不知是谁在晃动荧光棒，绿色光芒闪过黑衣人被白布包住的脸庞，在他眼眸上投下诡异的色彩。那是种难以言说的颜色，类似琉璃，但又比琉璃暗淡。关琥不知道那是不是光芒折射导致的错觉，总觉得那不该是人类的眼睛，里面没有光彩没有感情，甚至可以说那不该是生物应有的眼睛。

数名歹徒在他们的联手攻击下已伤得七七八八，周围呻吟声不止，却没人再敢往前一步——黑衣人是个很奇怪的存在，他整个人几乎都隐匿在黑暗中，却可以让人轻易感到来自他身上的杀气。这些人纵然都是亡命之徒，却仍不敢去挑战他的狠辣。

不远处传来窸窸窣窣的响声，随即众人眼前一亮，光芒自上方掠下，虽然微弱，却足以让他们看到附近的状况。关琥发现窸窣声是萨拉跟谢凌云弄出来的，两人在地上一阵滚打，很快萨拉将谢凌云踢开，伸手去摸关琥最初掉落的手枪，却被谢凌云拽住腿拖去一边。她仰起身给了谢凌云一拳，同时也挨了谢凌云一记剑鞘，谢凌云的弩弓在厮打中掉落了，这会儿手上用的是刚捡到的那柄短剑。

剑鞘边缘锋利，将萨拉的脸割破了，她正要反击，忽然感到一阵晃眼，就听上空传来乐器鸣奏之声，原本微弱的光芒逐渐加强，随着光线变化，他们前方的画壁变得亮堂起来，壁上人影凸显摇曳，像是活了一般。

空气中传来轻声惊呼，突如其来的光亮影响了众人的思维，大家忘了恶斗，都不由自主地随着光芒看向壁画。声乐愈加恢宏响亮，在山洞罅隙间穿梭，很快，壁上身姿百样的人物也逐渐动了起来，摇曳腰肢，随着仙乐摆出相应的舞姿，或弹唱或歌舞或在云端飘摇，长裙肩纱斜垂，项饰璎珞缤纷，弹奏出令人沉醉的异族乐曲，只见上方光芒更亮，更有仙人手捧花盘下飞，将百花投下，但闻歌舞不绝，花香飘洒，将整个天地都覆盖住了……

关琥看得怔住了，很想说这就是他昨晚在沙漠里看到的异景，就连仙人的衣着佩饰都一样，但场景太美了，让他说不出话来，只听周围不时有人发出惊叹，又连连磕头，叫道："飞天，飞天显灵了！"

"什么飞天，这只是幻觉！"

萨拉的叫声刚落，前方变得更亮了，光华在整个山壁上摇晃，然后向四周散去，形成彩虹般的七彩光圈。光芒中就见人影身姿摇曳，歌喉愈加婉转，有人被美景迷惑了，直接向画壁冲去，伸手去抓飞天，却探了个空，飞天的影子消失在七彩之间。那人不死心，又去抓其他仙人，却屡屡扑空，最后一脚绊倒摔在地上。

谢凌云也看呆了，下意识地想拿相机拍照，却被萨拉推了个趔趄，头部撞到墙上，晕了过去。

萨拉趁众人出神时成功地拿到了枪，将枪口对准关琥；几乎与此同时，黑衣人也抬枪指向萨拉，他是除了萨拉之外唯一没被幻境蛊惑的人。

"开枪啊！"萨拉的长发在混战中散乱了，脸上身上布满灰尘跟血渍，看着黑衣人，她的表情既疯狂又充满恶毒，无视飞天美景，冲他大吼，"要不要一起开枪？"

被枪指着头，关琥很配合地举起双手："可以的话，请大家都不要开枪。"见没人理他，关琥呵呵干笑了两声，又建议道，"大家要么求财要么求名，不需要搞得你死我活吧……”

“你杀了我老公！”萨拉恶狠狠地瞪他，犹如在看仇敌。

这让关琥更觉得冤枉，豹哥不是他杀的，虽然黑衣人杀人的起因是为了救他。

“人死不能复生，我们不如想个两全其美的办法来解决怎么样？你看飞天也找到了，靠着它们，你能获得源源不断的财富，这不就是你来这里的目的吗？”萨拉会将飞天古董用在什么地方，关琥完全没兴趣，他现在只想说服对方放弃继续厮杀的想法。

谁知他刚说完，就被萨拉啐了一口，冷笑道：“醒醒吧，什么飞天？这都是幻境，进了魔鬼城，这种幻影到处都是！”

关琥正想反驳，地面突然一阵摇晃，他急忙看向四壁，就见飞天舞姿身影随着霞光摇动渐渐变浅，盘桓在周围的乐声变了腔调，转为诡异的轰隆鸣叫，他一惊：“这里要塌了！还是快离开吧，有话出去慢慢说！”

萨拉不为所动，枪口依旧指向关琥，她在考虑如何全身而退，因为黑衣人的枪口对准她的头，鲁莽行动只会两败俱伤。

只须臾工夫，地面晃动得更猛烈了，好像有东西落下，却不是先前仙人抛下的花瓣，依稀是些细小沙砾，光线随着彩虹转移而变弱，也许不一会儿这里就会回归完全黑暗的状态，到时想逃命都来不及了。

关键时刻关琥反而不说话了，他知道现在一旦自己轻举妄动，就会被萨拉瞅准机会击毙，但他不动就代表其他人都处于危险中，到时谁都别想走。

“要同归于尽吗？”身旁响起接近金属质感的嘶哑嗓音，那个黑衣人终于说话了。

关琥很想转头看他，却奈何现在无法动弹，只能说：“别管我，你带她们走。”

如果萨拉的目标只是他一个人，以黑衣人的身手带两个女生离开绰绰有余，谁知听了他的话，对方稍加沉默后，说：“那就同归于尽吧。”

要不是被枪指着，关琥一定冲过去揪住对方的衣领大吼：生死关头还玩这种问答游戏，很有趣吗？

“那就一起死吧！”前面传来萨拉的哈哈大笑声，不知她做了什么暗号，在旁边伺机待发的同伙突然同时向黑衣人扑去。

黑衣人的双臂被他们一起按住，仓促之下，他及时抽回甩棍，将棍子击在其中一人的颈部，同时手肘拐出，撞在另一人的肋骨上。黑衣人下手狠毒，就听骨头咔嚓一声响，那人的肋骨已被撞断了数根，但对方甚为剽悍，硬是咬牙不松手。

听到身后传来几声枪响，黑衣人心急如焚，用力挥舞甩棍，将那几人甩开，等回过头，就见萨拉跟关琥缠斗在一起。

萨拉已经趋于疯狂，为了杀人完全不躲避关琥的攻击，关琥反而被她弄得手忙脚乱，手枪在搏斗中落到了地上。黑衣人急忙冲萨拉开枪，但连扣几下扳机，听到的只是空响。

搏斗中，关琥被萨拉用一记蒙古摔跤的招式绊倒。她压在关琥的胸口上，顺手抄起身边的手枪指向他。周围晃动得更厉害了，已有幸存的歹徒往外跑，她视若不见，冲关琥冷笑道："去死吧！"

此时石窟里的光亮所存无几，霞光余晖刚好照在萨拉的脸上，映亮了她因为憎恶而扭曲的脸庞，感到她的杀意，黑衣人吼道："不关他的事，来杀我！"

吼声被无视了，萨拉的手指按住扳机扣下，枪响中关琥看到了在自己眼前炸开的血花，他正疑惑自己的脑部被击中，居然还有意识，就见萨拉的身体猛地向后一晃，拿着枪仰头倒下。下一秒黑衣人冲到了他的面前，关琥感觉自己的手被握住，对方的掌心冰冷，却将他抓得很紧，紧到让他感觉痛的程度。关琥在黑衣人的帮助下站了起来，看到萨拉仰面倒地、满脸是血的样子后，他才终于明白刚才中枪的不是他。

转头看向黑衣人，他起初以为再次将自己从死亡边缘救回来的是他，但很快发现黑衣人的目光看向自己的后方，透过隐约的光线，竟然看到叶菲菲站在某个歪倒的铜像旁，双手保持平举的姿势握着枪。

不会是她吧？

叶菲菲脸色苍白，肩头抖个不停，不知是恐惧还是空间震荡造成的。

关琥急忙过去伸手握住她手里的枪，轻声安慰道："别怕，没事了。"

他不说话还好，听到他的声音，叶菲菲的眼泪一下子涌了出来，任由他将枪拿走，抽泣着说："这是我从旅馆那个警察手上拿来的，我认为会用到，可是我十几年没握枪了，我好害怕，担心伤到你……"

"干得很漂亮，美女。"关琥将枪收好，故作轻松地说，"亏你还是我女朋友呢，我都不知道你还留了一手。”

“前女友，”叶菲菲抽抽搭搭地纠正，又问，“我没跟你说我外公是上将吗？”

“你只说过他是德国人。”

“他还是上将，我小时候跟他学过枪法，可是我从来没杀过人……”

那是自然，拿枪杀人这种事普通人是没机会体验到的。

周围的光线越来越弱，空间渐趋黑暗，刚才如惊鸿一瞥的飞天神祇早已消失得干干净净，只留斑驳墙壁冷漠地矗立在他们面前，沙砾掉落声越发响亮。

“先离开再说！”对面传来黑衣人不悦的话语。

谢凌云已经醒了过来，还不清楚发生了什么事，茫然地坐起来，关琥赶忙上前把她扶起来，喝道：“这里要塌了，快走！”

她下意识地左右环顾，但仅有的一束光芒就在这刹那间消散了，她的眼睛暂时无法适应黑暗，想要去取干尸，但耳旁轰隆声迫近，已经没有犹豫的时间了，听到关琥的催促声，她只好跌跌撞撞地跟上。

一番激战后，手电筒、荧光棒都不知掉去了哪里，关琥只能凭直觉往外跑，没跑几步，手就被拽住了，冰冷的触感传来，让他马上明白那是黑衣人的手。黑衣人什么话都没说，但那份冷静轻易地传达了过来，抓着他快步向前跑去，仿佛黑暗对他来说完全不具备任何障碍，一路带领他们在洞窟的通道之间穿梭。

如果是张燕铎的话，要做到这一步应该很简单吧？

这样想着，关琥试探着叫：“张燕铎，是你吗？”对方不知是没听到还是置若罔闻，脚步踏得飞快。

关琥担心两个女生跟不上，转头冲后面叫：“你们俩没事吧？”

“没事。”

“暂时……没事。”

后一句是叶菲菲说的，听那气喘吁吁的声音就知道她的状况不佳。果然再往前没跑多久，叶菲菲就哎哟一声摔倒了，谢凌云为了扶她，也停了下来。

关琥转身要回去帮忙，手却被黑衣人抓得很紧，他甩了两下没甩开，叫道：“我马上就回来。”

“危险。”硬邦邦的回答让那带着金属磁性的嗓音更突兀了。

周围的奇声怪响更大了，在发现黑衣人完全没有松手的意图后，关琥只好一拳头挥过去，黑衣人没有防备，被打倒在地，手也随之松开了。

关琥转身冲回了洞窟，很快就听到两个女生的叫声。叶菲菲的脚踝崴了，在谢凌云的搀扶下慢慢往前挪。关琥弯腰将她背起，谢凌云在旁边帮忙扶着，关琥顺着通道跑出来，在经过刚才他打倒黑衣人的地方时，他大声叫："在不在？我回来了！"

没人回应，关琥心下一紧，担心那人出事，急忙放开喉咙再喊："喂，你在吗？刚才对不住了，赶紧应一声！"

前方传来低微的呻吟声，关琥顺着声音过去，发现有人倒在地上，他忙让谢凌云帮忙把那人扶起来，在谢凌云的帮助下，他扶着那人向前跑。还好这里离洞口已经很近了，几个人顺着通道没跑多久，就见微光射进来，他们终于跑到了洞口。

外面已是傍晚落日时分，远处还隐隐看到一抹残阳。

关琥出了洞口又向前跑了几步，在确认安全后才放慢步伐，将叶菲菲放下来，又转头去问旁边人的伤势，谁知看到的是个胡子拉碴脸上沾了不少血迹的陌生脸孔——虽然他没见过黑衣人的模样，但直觉这一定不是那位蒙面大侠。

"你是谁啊？"他吃惊地问。

男人腿部中了枪，小腿上一片血迹，被关琥问到，他挥拳就打："操，就是你打伤老子的！"

男人受了伤，出拳没什么力度，关琥闪身轻易躲过了，这才想到这家伙多半是最早被自己开枪打伤的人。见他还要出拳，干脆先一拳头挥过去，正中那人的面门，那人嗷呜一声捂着脸倒下，直接晕了过去。

"还歹徒呢，这么不禁打。"关琥嘟囔着转头往后看，许是光线问题，洞窟里面黑乎乎的一片，什么都看不到，更听不到刚才震耳欲聋的塌陷声，让他不免怀疑石窟是否真的要塌方了；再看洞窟外，也没有豹哥他们的车，不知道是不是被最初跑出来的那些人开走了。

"大侠也不见了，"叶菲菲左右看看，担心地说，"他好像也受了伤，会不会还没出来？"

"你们在这等着，我去看看。"

关琥转身就要冲进去，被谢凌云拦住了。两人站在洞窟口前，就听里面震天啸声不断传来，连带着他们脚下的地面也震颤个不停。关琥看不清里面的光景，只能隐约看到薄雾在画壁前盘桓，让洞口附近的飞天影像显得更加缥缈诡谲。

“不要鲁莽，现在进去太危险了。”

“那人可能还在里面！”

“也可能出来了，”谢凌云严肃地说，“我比你还想进去，我父亲的尸骨，还有那些飞天经文都在里面！”

那些东西再珍贵也是死物，难道比得过一个人的生命吗？关琥懒得跟她争执，正要冲进去，就听叶菲菲惊喜的叫声传来：“老板，老板，我们在这里。”

他闻声回头，就见张燕铎驾驶着萨拉的越野车冲了过来，车轮卷起一道道尘土，停在了他们面前。冥冥中有种直觉告诉关琥，也许不需要进去找人了。

“你去哪里了？”关琥扯下脸上的面纱，冲过去质问，顺便打量张燕铎的穿着。

张燕铎从车上跳下来，穿着来时的衬衣跟牛仔裤，看看他的眼镜，关琥想起了刚才那个黑衣人没有戴，再看他的肩头，上面没血，衣服也完好无损。呵呵，如果对方就是黑衣人，那换衣服的速度还挺快的。

关琥故意伸手去拍张燕铎的左肩，对方的表情毫无变化，完全不像受过伤的样子，说：“我刚才没事做，在附近转了一圈，回来后就发现叶菲菲不见了，我想她可能是进去找你们了，就开着车在周围兜风。”

“哈，老板，你太过分了，在我们拼命的时候你居然去兜风！”

“拼命？”张燕铎奇怪地看着他们，“出了什么事？你们怎么都受伤了？萨拉呢？”

关琥觉得如果不是自己判断错误，那就是张燕铎的演技非常精湛，他的反应完全不像是跟他们共同经历过生死的样子，忍不住又去拍张燕铎的肩膀，这次张燕铎躲开了，转去看谢凌云：“看来你们没什么收获。”

“不，收获很多，我们找到了西魏之后的经文洞窟，还有我父亲的遗骨，我准备等震动停下后再去看一下。”

“我建议我们还是先离开，龙卷风快来了。”张燕铎指向某处。

大家看过去，就见一条暗黄色的圆柱体在天空下方旋动，原本感觉还很远，但眨眼就变粗了许多，紧接着旋转的风速越来越强，即使相隔甚远，也能让他们感到那份压迫的震撼力。

谢凌云的脸色变了，低声说了句“糟糕！”

关琥却没在意：“跟我们早上遇到的风差不多吧？”

“差多了，看样子它不会低于F3级。”看着迅速向他们逼近的黄色柱体，张燕铎的表情阴沉下来，扶着叶菲菲迅速上了车，喝道，“快离开这里！”

见谢凌云二话不说照做了，关琥发现了事情的严重性，扯着那个晕倒的歹徒上了车。车门刚关上，张燕铎就踩紧油门将车飞快地开了出去。

关琥问：“你知道出去的路吗？”

“先躲开龙卷风再说。”

“F3很厉害吗？我只听说过F1。”

玩笑没引起共鸣。谢凌云看着车后窗，紧张地说：“F3是强龙卷风的等级，它可以轻易将车卷到几公里之外。”

“那老板快点开，快点开，我不想死！”不用叶菲菲提醒，张燕铎也将车速提到了最快，越野车在凹凸不平的地面上飞驰，像坐过山车似的不停弹起来。

关琥用手绢捂住额头上的伤口，以避免跟车篷的碰撞，顺便交代：“这位大哥，珍爱生命，请记得安全行驶。”

“关王虎你闭嘴！”

“我只是不想好不容易躲过了龙卷风，却翻车而死。”

“闭上你的乌鸦嘴，”叶菲菲转头看着瞬间逼到了他们车尾的暗黄风沙，她哭叫道，“我不要分手了还跟你死一起！”

“是是是，小的会努力去跟别人一起死的。”

叶菲菲的担心没成为现实，在张燕铎娴熟的驾驶下，虽然越野车中途有数次被黄沙包围，但幸好都不是龙卷风的中心。车窗外到处都是黄沙，看不到景物更看不到前路，只能凭运气一直向前冲……不知道冲了多久，笼罩在车外的沙土逐渐变少，隐约露出了前面的道路，大家都松了口气，不知龙卷风卷去了哪里，但至少他们暂时脱离了死亡的追击。

张燕铎也放慢了车速，一直绷紧的表情稍微缓和下来。

关琥正要提议换自己来开，车里突然爆发出叶菲菲的惊叫声，关琥还以为她被歹徒攻击了，伸手一拳，将刚苏醒的家伙揍晕后，才听叶菲菲叫道：“我一张照片都没照啊，我人生第一次的冒险经历，连一张照片都没留下来就结束了，我怎么去跟朋友炫耀！”

接下来的三秒里，关琥对倒霉得被自己误伤的歹徒感到了抱歉。旁边传来谢凌云的叹气声，关琥想，比起叶菲菲那些用来炫耀的纪念照，什么都没带出来对谢凌云来说打击更大吧？

9.

之后的脱困过程比想象中要简单，丢掉了萨拉给他们的那些干扰信号的装置，关琥通过手机和车里的通信器跟外界顺利联络上了。萧白夜听了他的汇报，迅速跟当地警方上层联络，派了警察来支援。

那个被他们带出来的歹徒在洞窟里看到了飞天，又见同伴都没有出来，以为受到了诅咒，审讯时很配合，不用警方多问，就将他们从事的倒卖文物活动老老实实地交代了，从而挖出了一大串犯罪成员名单，其中甚至有警方跟海关内部的高层工作人员。

破获倒卖文物案是好事，但如何完美地结案却令人头痛。关琥不属于这里管辖，虽然他比较在意尚永清那边的情况，可惜歹徒不了解飞天密码的事，更不知道萨拉跟尚永清的关系；而了解真相的几个人都没有再出现过——先他们一步逃出洞窟的歹徒连同他们的车辆就这样消失在了沙漠里。

这是关琥最不解的地方。那天出现在洞窟里的人，除了他们几个外都人间蒸发了，事后警方曾多次派人寻找，可既找不到踪迹，也没有发现他们提到的洞窟，最后认定洞窟是他们在体力极度衰竭下看到的幻象，将重点放在倒卖文物案的调查上。

除了那柄短剑，他们手中没有任何踏足过飞天洞窟的证明，谢凌云也担心多提那柄剑反而会被当作证物收走，便选择了沉默。关琥配合完当地警方的工作，他的假期也随之结束了，连在当地游玩的时间都没有，就直接坐上了返程的班机。

事情算是顺利解决了，但关琥还是感觉心里闷闷的，除了飞天系列的自杀案没有结果外，他好像还有其他事没做，但怎么都想不起那是什么事。直到飞机冲上云霄，空乘人员开始提供服务时，他才猛然惊觉：“糟糕，我忘了给上司买特产了！”

没有特产孝敬不说，关琥还把两把警枪的子弹都用光了。次日关琥心惊胆战地去销假，萧白夜倒是没责怪他，只是斜眼看看他额头上很夸张的包扎，笑眯眯地递给他一份报告书，让他自己去跟上面解释有关子弹丢失的问题。

那份报告回头就被关琥丢进了抽屉里，还没到下班时间，他就找了个借口出了警局，按约定跟张燕铎和谢凌云会合，一起去拜访尚永清。

在经历了飞天风波后，关琥知道谢凌云一定会去找尚永清，他担心谢凌云一个人会有危险，再加上他也想确认一些事情，便提议同去。至于张燕铎，完全是他自己主动要求的，关琥找不到拒绝的借口，只能随他。

跟上次一样，女佣给他们开了门，看到尚家门口放了三个旅行箱，谢凌云哼道："这是发现不妙，要出逃吗？"

女佣不知道她跟尚永清之间的恩怨，解释说："先生说要回以前的公寓住一阵子，那里很适合远眺。"

三人来到二楼，看到电梯门上的飞天图，关琥感觉很微妙，之前他看到的是飞天的神秘跟美好，现在只觉得它的冷漠——如果一个人的梦想需要通过牺牲其他人的生命来达成，那未免过于残忍。

尚永清坐在相同的地方招待了他们，他的书桌上依旧放了很多古书，但关琥没看到那个残缺本，他将之前自己借的书籍还给了尚永清。

尚永清很惊讶，问："这么快就都看完了？"

"没有，因为没必要了。"

"我听说了，你靠那些不成形的密码抓获了倒卖文物的团伙，真是年少可畏啊。"尚永清请他们落座，"遗憾的是我没帮上什么忙，你带来的密码我到现在还没有参透。"

谢凌云没有坐，而是很气愤地说："那些并不是不成形的密码，是可以通往洞窟的地形图，你早就知道，只是故意不说罢了！"

尚永清没在意她的唐突，点点头做思索状："哦哦，我记得你这个小姑娘，你曾冒充说是展鹏的女儿，想抢走他的遗稿……"

"我不是冒名，我就是凌展鹏的女儿！"

"就算是又怎样呢？你们母女不是为了更好的生活而背叛他了吗？"

谢凌云被尚永清轻描淡写的一席话挤对得哑口无言，气得从包里掏出短剑冲到他面前。关琥一把扯住她："有话慢慢说，武力解决不了任何问题。"

“我不是要杀人，我是要让他看这把剑，一定是他们在发现文物后发生了争执，我父亲受了伤，这剑也在争执中掉落了，他抢走了有关飞天的书札，但另一半留在了我父亲的手里。”

尚永清笑吟吟地听着她的讲述，然后对关琥跟张燕铎笑道：“说得很有趣，她当编剧的话，一定会很成功。”

“我说的都是事实！”

“那证明事实的依据是什么？”

谢凌云再次沉默了。

尚永清淡定地说：“我只知道任何事实都需要证据来支撑，你们做警察的应该最明白吧？”他把目光转向关琥跟张燕铎，看来到现在他都以为张燕铎也是警察。

关琥没有戳破，笑嘻嘻地说：“说得对极了，那我们就说些有证据的事吧。”

“是什么？”尚永清很惬意地往椅背上一靠，做出聆听的姿势。

“有关你跟萨拉的事。”关琥说，“你是通过凌展鹏跟萨拉认识的，但很快你就发现了萨拉的真正身份，但你并没有点破。你也很喜欢敦煌的飞天文化，但你的喜欢跟凌展鹏不同，你只是想通过这些古物遗址达到自己的目的。刚才谢凌云有个地方说错了，你的确不知道图形密码的含义，因为当初是凌展鹏带你进去的，在争执中你误杀了他，你惊慌失措下拿着抢到的半本书逃走，你很幸运地逃出了沙漠，可是出于精神状态不稳的原因，在途中出了车祸。车祸加上萨拉的周旋，便没有人怀疑你跟凌展鹏的失踪有关，而你为了专心探索飞天的秘密，索性以腿伤的借口辞了职，拿着他发现的古书跟他留下的所有资料在这里研究。”

“哈哈，你的版本更有趣，那然后呢？”

“可是你没想到凌展鹏还有个女儿，并且他女儿为了他的死因四处寻访真相，于是你让萨拉接近谢凌云，陆续给她透露一些消息以取得她的信任。萨拉这样做是为了利用谢凌云的敦煌知识，而你，则是期待她帮你找到飞天的秘密，因为那条通往神秘洞窟的路你再也找不到了，而且你参不透飞天的含义，于是在聊天室里寻找目标帮忙。为了达成梦想，你不介意花一点旅费，而萨拉需要帮他们倒卖文物的成员，于是你们一拍即合，联手将网上钓到的鱼送去敦煌。那些人在不知情中将各种经文古本带了出来，一个人带几页，回来后重新装订起来就行了，没人会发现其中的奥妙。虽然重装会让经本价值大打折扣，但利欲熏心的人根本不在意。”关琥将歹徒的供词完整复述给尚永清听，接着又说，“光是这个还远远不够，萨拉还给了他们各种图形的影印本，说可以借此赚钱甚至求得美貌永福，而那些都是你在飞天洞窟里拿到的图片。你参不透精髓，就让那些人当替死鬼，用生命帮你寻求真正飞天永生的秘诀。这几年来为此自杀的人不少，要不是这次的连续自杀案太不寻常，也不会引起警方的关注。”

“我记得有一句话说，一个人如果没有私欲，是绝对不会被骗的，”冷静地听着关琥的讲述，尚永清说，“所以客观一点讲，这是生命发展的必经之路。”

“但那些人里还是有些有头脑的，王可就从谢凌云的警告中发现了你们的秘密，他来威胁你，反被你杀了。你做贼心虚，以为作为王可女朋友的陈小萍也知道秘密，索性继续上演飞天游戏，让萨拉以小云的 ID 跟陈小萍联络，你利用他们对飞天的痴迷跟信仰诱惑他们，导致自杀案频发，并且将警方的怀疑对象转到谢凌云身上，逼她不得不提前进沙漠。至于那些偷袭我的打手也是你安排的，其实我当时完全没有对你起疑心，是你自己做贼心虚罢了。”

关琥讲完后，传来啪啪啪的掌声，尚永清微笑点头：“说得真精彩，那证据呢？”

“犯罪集团的成员已经全部落网，下次我来逮捕你的时候，会给你看证据的。”

“也就是说现在没有？”话说到一半，尚永清的表情突然一变，厉声喝道，“没有证据，你现在说的一切就都是诽谤！你知道诽谤罪的轻重吗？”

关琥没被他恐吓住，笑道：“嘿嘿，我只是在讲一个故事，看来这个故事尚先生你不喜欢。”

“如果是故事，那我要告诉你们，它不会有结局的！那所谓的证据曾经没有，现在没有，之后也不会有，因为做这些事的人是萨拉。我是通过展鹏认识了一个叫萨拉的女人，但那又怎样？我只是个半身瘫痪的老人，怎么会知道萨拉是犯罪分子呢？”

这个老奸巨猾的狐狸！看着尚永清得意扬扬的脸庞，要不是考虑到自己的前途，关琥很想直接揍他一拳。

萨拉跟尚永清是互利互惠的关系，她帮尚永清做了那么多事，相应地，尚永清也帮了她很多忙，但是从他这种有恃无恐的态度可以看出，一切不利于他的证据早都被他销毁了。他是鉴证大家，在怎么处理证据方面无人能敌。

“那就继续看下去吧，也许接下来才是故事的真正结局。”关琥这次来并不是要指证尚永清的罪行，他只是想确认自己的推断是否正确，现在情况已经明朗，他没有继续浪费时间，跟尚永清道别，用眼神示意两位同伴离开。

谢凌云很不甘心，走到门口又转头冲尚永清恨恨地说：“你一定会有报应的！”

尚永清耸耸肩，微笑着回应了她：“那就拭目以待吧。”

谢凌云气呼呼地快步走出去，关琥跟在她后面，半天不见张燕铎跟上。他转头去看，见张燕铎还站在楼梯口，不知在想些什么。他三步并作两步跑过去，顺着张燕铎的眼神看向对面的飞天图，然后拍拍他的肩膀，道：“别再看这些飞天了，你再怎么看，也成不了仙的。”

张燕铎回过神，朝他一笑，抬步下了楼。

跟尚永清的见面很不顺利，虽然一早就料到了这个结果，但关琥心里还是很不舒服。谢凌云更不用说了，路上一直沉默不语。关琥开车将她送回了报社，等她下车后，特别叮嘱道：“我知道无法将凶手定罪，你很难受，但许多事不能勉强，不管你怎么恨他，都不值得把自己的命搭上，你明白吗？”

“我懂，放心吧，我不会做复仇杀人那种事的。”

看着谢凌云进了报社，关琥将车开出去，这时一直没说话的张燕铎才开了口：“你很想将尚永清绳之以法吗？”

“一个人做错了事却没有受到惩罚，那还要法律做什么？”

“其实要将他定罪，也不是件很难的事。”张燕铎说得很平静。

关琥不由得看向他，但他没有继续往下说，而是将头靠在椅背上，做出休息的样子。这家伙不会做什么傻事吧？一瞬间奇怪的念头闯入关琥的脑海，但他马上就哑然失笑了，要说谢凌云会拼命他可以理解，但张燕铎跟尚永清毫无利害冲突，而且对方也不是个古道热肠的人，怎么会跟尚永清过不去？

比起这个来，他更想知道那天在洞窟里屡次救自己的到底是不是这个人。不过看看张燕铎疲倦的样子，直到回家，关琥也没将疑问提出来。

夜幕降临后，地处郊外的别墅越发显得孤寂，夏风静静地吹过田野，再擦着别墅离开。

这么荒凉的区域，就算晚间散步也没人会选择这里，别墅的几个窗户里透出灯光，跟玄关外的灯一起点缀着周围的黑暗。

一个男人就站在附近的一棵树后目不转睛地注视着别墅。据他的调查，每到这个时间段，尚永清就会坐着轮椅出去透透气，或许是忌讳腿的缺陷，尚永清会特意选择傍晚出门，从这个选择来看，这是个自尊心相当强的人。

时间到了，玄关大门准时打开，尚永清出现在门口。转身锁门对他来说有点麻烦，所以他出来后就直接转着轮椅下了门外的滑坡，任由大门自动关上。

目送尚永清走远，男人从树后出来，迅速跑到了别墅门前。这栋别墅没有安装任何报警设备，他原本的打算是破窗而入，但很快发现大门不是自动上锁的那种，随着他转动把手，门被轻易推开了。

出门而不锁门，若非尚永清不在乎家里的物件，那就是他是特意这样做的，希望是后者。推门进去的时候，男人嘴角上翘，从容淡定的举止，像是走进自己的家。

按照计划，他快步上了二楼进入书房。书房里亮着灯，给他的翻找提供了方便——第一次来时，他就觉察到了这栋别墅设计上的怪异，从建筑物整体的面积目测，走廊的长度跟书房的长度不成比例，那时他就想书房的隔壁应该还有个很大的空间。

男人站在落地书架前翻了一会儿，很快就发现某一处几乎不染一点灰尘，再试着扳开上面的书，书在他的碰触下向前倾倒，露出了里面的按钮。

好像有密室的地方都喜欢用书架做遮掩，连那个养大他的变态老家伙也不例外。想起往事，男人不屑地哼了一声。不过这里的构造没有他以前见过的那么复杂，连密码都没设，随着按钮被按下，沉闷声响起，书架向后移开，露出刚好一个人可以进入的空间。

根据他的推算，这个房间呈四壁密封的状态，他伸手在两旁摸了摸，按亮开关走了进去。里面没有想象中那么大，或许是东西放得太多，导致视觉上的拥挤，各类装订不同的书籍散乱地放在地上，书籍旁还堆砌了不少塑胶玩具跟积木，电车轨道模型绕着玩具圈成两道“∞”形，两把摇椅放在房间正中……乍看上去，这里像是主人跟孩子们玩乐休息的秘密基地——假如忽略摇椅上摆放的那具完整的骷髅的话。

轨道模型对面也放着一具幼小的人体骨架，另一具同样小的骨架则躺在一旁几个洋娃娃玩具之间。骷髅骨架灰白且有光泽，猛然之间很难辨认那是真的骨骼还是模型，男人心里唯一的感觉是它们的存在令人毛骨悚然。

他走过去，看到躺在摇椅上的骨架头上还有些稀疏的发丝，一条小毛毯搭在它的膝上，摇椅旁的茶几上放着茶杯，里面还有没喝完的红茶。假如将骷髅换作人类，这个画面该是很温馨的——年轻的母亲坐在摇椅上品茶，偶尔转头看看在旁边玩洋娃娃和电车模型的孩子。

男人的眉头皱了起来，他看到了骷髅颅骨上的凹陷，眼前闪过一个画面：发生激烈争吵的两人，为了阻止拖着旅行箱要离开的妻子，男人举起重物不止一次地击打在她的头上……

"被发现了啊……"笑谑声在身后响起。

男人回过头，看到了去而复返的尚永清。对方的双手很熟练地转着轮椅靠近自己，脸上没有半点秘密被发现的恐惧，反而带了某种得意的神情，仿佛古董收藏家展现自己的珍藏时自得而兴奋的模样。

"第一次看到你时，我就知道我们是同一类人，因为你的眼神不一样。"尚永清指指自己的眼睛，用充满玩味的口气说，"你应该那时就发现这个秘密了吧，从那时起我就一直期待着这一幕的发生——以你的智慧，一定可以找到这里来的。"

"你说错了，我跟你并非同类人。"男人没有被发现的狼狈感，随意地扶了扶滑下鼻梁的眼镜，冷冷反驳。

"假如不是，那你为什么找到这里来呢？因为你了解我，就像你了解自己一样，张燕铎。"

"王教授会连续砍上数刀，不是痛恨，而是因为太爱，所以才想把妻子留在身边。"脑海里闪过第一次来拜访时尚永清曾说过的话，张燕铎垂下眼帘。不得不承认，不管自己怎么否认，常年熏陶下他的心里染上了变态的感情——只那一句话，他就明白了尚永清的为人，温和、儒雅、冷静的背后隐藏着极为凶残自私的性格，那时他便断定尚永清的妻子儿女早已不在人世了。

尚永清还在侃侃而谈："很高兴遇到像你这样的同类，这世上可以利用的人很多，但同类太难找了。我本来以为我找到了，结果在我最需要她的时候，她竟然要带着孩子离开我，就像展鹏的妻子那样，还有王教授的妻子，所以我一定要让她看到飞天，让她明白我的选择是对的！”

“你这样说是承认你杀了凌展鹏吗？”

“那是个意外，我并没想杀他，我只是推了他一把。如果你进过那个洞窟就知道里面的摆放有多乱，是他脚底打了滑，”尚永清耸耸肩，“真令人遗憾。”

“我知道你没想杀他，因为没有人比你更想知道飞天的秘密。不过他的死对你的打击很大，之后你的辞职跟闭门不出不是做戏，而是真的颓丧，你在懊恼因为他的死让你跟飞天永生的秘密擦肩而过。”

尚永清笑着向张燕铎摊手，那表情像是在说：还说我们不是同类，你看，你多了解我的心态。

“真的有飞天吗？”张燕铎问。

“我亲眼见过，在我遭遇那场车祸陷入昏迷时，我手里还攥着那半本藏书，我听到仙乐在耳边萦绕，无数仙人围在我身边为我祈福祷告，那样的景观是用语言无法描述的，后来我醒了。在那么惨烈的车祸中我居然只是瘫痪，连医生都说是奇迹，但我知道，那是飞天在帮我。”尚永清说着话，脸上露出痴迷憧憬的神色，喃喃道，“如果可以再一睹飞天的神迹，我不介意再遭遇车祸，可是很遗憾，从那之后我无缘再看到，但我一直坚信那天看到的飞天是在指点我借由经书找出飞天的秘密。我是幸运的，因为没有几个人会有幸被飞天选中，哪怕研究敦煌多年的凌展鹏都没有那个资格。”

“你是疯子，”张燕铎冷冷地打断了尚永清的自说自话，“只有疯子才会为了不切实际的梦想去不断伤害别人。”

尚永清没介意张燕铎的评判，而是微笑着看向他：“你杀过人吧？而且杀过不止一个，为了自己的目的跟利益，可以毫不犹豫地牺牲他人，这就是我们这类人的存在方式，我说没说错？”

“我不会让自己再犯相同的错误。”

“你错了！一旦你做过一次，就无法再回头了，因为恶已经渗入了你的骨子里，否则为什么你知道了这里的秘密，却没有对那个警察说？你不敢说，不敢让他知道你恐怖的那一面！”

张燕铎心房一颤，眼前晃过那天即将逃出洞窟的画面——他制止关琥回去救人，他不介意顺手相助，但不代表他愿意豁出自己的性命去搭救别人，这是面对危险时他的本能反应，但关琥没有听，所以本质上他们是不同的，在那一刻他有了切身体会。

“所以要跟我合作吗？”耳边传来恶魔般的低语。

尚永清转着轮椅靠近张燕铎，将一张怪异的图形递到他面前，图形由身姿各异的十二身飞天组成，中间写满了他无法读懂的字符，这种复杂的图形超越了他的理解范畴，他疑惑地看向尚永清。

尚永清微笑着道：“看，我已经拼出了真正的飞天密码，有了它，我就可以顺利地飞天化仙了。你要跟我一起达成梦想吗？”

这张图是在生命的奠基下绘成的，张燕铎也杀过很多人，但没有一次像现在这样对杀人感到厌恶，他冷冷道：“对不起，永生不是我的梦想。”

下一刻，熟悉的电击感导遍张燕铎的全身，尚永清将事先准备好的电击器顶在了他的腰间，失去意识前，他听到了对方充满恶意的笑声：“那你就去做第十三个飞天吧！”

不知为什么，这几天关琥心里很烦躁，在练习场练枪也没得到疏解。他起初把这股烦躁归结于案子告一段落后的无聊感，以往他也有类似情绪出现，只是这次特别严重。但在相同状况持续了三天后，关琥终于弄清了一件事，让他烦躁的不是案子，而是张燕铎。试想一个人突然出现跟你形影不离又突然人间蒸发，要做到无动于衷是件很困难的事吧。

确切地说，张燕铎并没有人间蒸发，恰恰相反，他就住在关琥的隔壁。关琥上下班时偶尔还能看到他，但奇怪的是两人携手共渡难关的密切感随同案件的告结突然之间消失了——张燕铎恢复了温雅淡漠的待人风格，遇见时跟关琥点头寒暄，仅此而已。

在弄清了自己烦躁的根源后，关琥愤愤不平地想，他还没问张燕铎究竟是不是那个黑衣人，以及扮演黑衣人的目的又是什么呢？

偏偏这些天很忙，关琥抽不出时间去找张燕铎，有几次下班回家，他顺路去酒吧，接待他的都是小魏，问起张燕铎的行踪，小魏都说老板这两天有事来不了，再问是什么事，小魏就连连摇头表示自己也不清楚。这让关琥除了对张燕铎的行踪感到好奇外，还有些担心，想起那晚拜访尚永清后对方的表现，心里总有种莫名的不安感。

这天他早早下了班，直接去了酒吧，照例是小魏看店。

店里没客人，小魏坐在靠近吧台的桌前玩电脑，看到关琥进来，仿佛知道他的来意："老板没来，你要打他手机吗？我告诉你号码。"

关琥挠挠头，他发现虽然张燕铎经常玩自己的手机，但对方的手机号，自己并不知道。他转身想离开，目光扫过小魏面前的电脑屏幕，顿时定住了，小魏正在看的网页上居然有尚永清的照片，他急忙靠近去看，发现是尚永清出车祸时的新闻报道。

"你为什么看这个？"

"不是我，应该是老板之前搜的，我不小心点开了，觉得还挺有趣的，刚好适合写文。对了，我好像没跟你说，除了这个兼职，我还写书，也出版过几本，可惜不是很热销……"

后面的话关琥压根没听到，他的脑海里不断回放着那天张燕铎说过的话，再结合这几天张燕铎的失联，直觉不妙。关琥抢过小魏的电脑，点开这几天的浏览记录，里面有几条有关尚永清的鉴证学术研究的话题。关琥想，张燕铎一定还通过其他办法去了解尚永清，虽然他跟张燕铎还不是太熟，但此刻他敢肯定，张燕铎并未放弃对尚永清的调查。

他为什么要调查尚永清？他想做什么？他的目的又是什么？一个个疑问蹿上心头。关琥沉不住气了，跟小魏要了张燕铎的手机号，边拨打着号码边往外跑，可铃声响了很久都没人接，他只好收了线，飞奔着跑回公寓的停车场。

关琥的车胎爆了后一直没修，还好他有辆备用的摩托车。他把摩托车拖出来骑上，朝着尚永清的家一路奔去。路上他又继续给张燕铎打电话，就在数次打不通几乎想放弃时，电话通了，不过接电话的不是张燕铎，而是个苍老的声音。

"我刚才一直在犹豫要不要接，仔细想想后，觉得还是跟你说一声比较好，免得你为你的朋友担心。"那是属于尚永清温和又嚣张的嗓音。

关琥的心提了起来，叫道："张燕铎呢？他的手机为什么在你这里？你想做什么？"

"我最想做的事你应该比任何人都清楚，"尚永清呵呵笑道，"至于张燕铎，我用手铐铐住了他，他应该也跑不了。放心吧，我们是朋友，我不会伤害他的，只是难得一见的飞天盛景，我希望他能一起看到。”

“你在哪里？我告诉你，他不是警察，跟这件事没关系，你想做什么冲我来！”

“以你的智商还不够资格，不过……”稍微停顿后，尚永清说，“我可以给你一点提示，我不在别墅，希望你能找到我，我也希望多一些人来领略飞天的神奇……我要丢手机了，别想走捷径用GPS来搜寻我，记得多用脑子……”

挑衅的话讲完，对方电话里传来一阵嘈杂声，偶尔响起的喇叭声让关琥猜想对方应该在公路上。他不死心地又冲着手机大叫，就听咔嚓一声响，信号断掉了——也许是扔到车外的手机被后面跟上的车辆碾了过去。

关琥心烦意乱，将摩托车停到路边，努力让自己静下心来思索尚永清有没有骗自己。如果属实，对方会去哪里？除了手机外，自己还有什么方法能追到尚永清的行踪。

抬腕看看表，时间已经很晚了，他不太抱期待地把电话打去鉴证科。

电话居然第一时间接通了，舒清滟在那头说：“我下班了，不要跟我说哪里发现了尸体。”

“小柯在吗？”

“三小时前他就消失了，关先生，今天是周末。”

关琥现在没心情理会周末的问题，说：“帮我查一下尚永清有没有车，有车的话，车牌是多少，再跟交警那边联络，通过车牌锁定他的位置。”

“我是法医，检查的是死尸，不是活人。”

“我知道，但美女你要是不帮忙的话，明天你的解剖台上会多出两具很新鲜的尸体的。”

“我现在最想解剖的人是你，我爸给我介绍了相亲对象，就约了今晚！”舒清滟气愤地说完，迅速将嗓音转到冷静的声频上，“给我几分钟，回头联络你。”

“等等！等等！再顺便帮我查查尚永清的宅电，他最近跟谁常来往，常去哪些地方，还有……”

“有关尚永清的所有资料我在五分钟后发送到你的邮箱。”

关琥还要再说，电话已经被挂断了。他抱歉地想起之前听小柯说过舒爸爸对嫁女儿很心急，隔三岔五地给她介绍相亲对象，也许她今晚的相亲会因为自己的介入而泡汤。

身后传来声响，一个穿着很卡通的女生拖了个小行李箱从他旁边经过。最近时常见到这种画面，据说箱子里放的都是阿宅们喜欢的漫画跟COS装。关琥起先没在意，但转过头，他突然想起不久前拜访尚永清时女佣说过的话：“先生说要回以前的公寓住一阵子，那里很适合远眺。”

也很适合跳楼！想到这个可能性后，关琥从摩托车上弹了起来，马上打电话给谢凌云，问她是否知道尚永清其他的住址。

谢凌云还在报社，听关琥突然问起尚永清，她很奇怪，报了尚永清以前住的高层双子公寓的地址后，问：“出了什么事？尚永清是不是又要用飞天害人？”

“张燕铎可能被他绑架了，我怀疑他回了以前的家。”时间紧促，关琥没多说，挂了电话后就骑车飞奔。

很快舒清滟的邮件也传了过来，她查到了尚永清的车牌号，交警那边的同事正在帮忙追踪，但暂时没有消息，她怀疑尚永清用了假车牌或是利用租车的方式。不过她提供了其他让关琥感兴趣的资料，他们通过查看尚永清公寓附近的交通监视器发现，这几天尚永清曾两次回过以前的家，还带了几个旅行箱。

看来自己的推想没错，尚永清正在为飞天仪式做准备，关琥加快了车速，向着尚永清的公寓冲去。

到达尚永清的公寓是半小时后了。关琥冲进公寓大门，刚好看到谢凌云正在跟保安争执，听他们的对话像是谢凌云想上去找尚永清，却被拦住了。

关琥急忙过去亮出警证，说：“我们正在追踪一起凶杀案的凶手，请协助调查，这个人有没有进来过？”他将尚永清的照片调出来。

保安看了他的证件，没敢再阻拦，确认了照片后，说：“这是尚先生嘛，十分钟前他刚来，还推了一个病号。”

“推病号？”

“是啊，用他以前用的轮椅，我还想问他的腿什么时候好了呢，不过看他很急的样子，就没讨人嫌。”

腿好了？不需要轮椅？那他推的人十有八九就是张燕铎了！关琥看向谢凌云，谢凌云立刻摇头："我不知道他的腿是什么时候好的，说不定他的瘫痪根本就是假的。"

如果是假的，不可能骗过那么多医生，也许是之后慢慢恢复的。关琥对尚永清的身体状况不感兴趣，跟保安说："请把监控录像调出来。"

保安不知道出了什么事，见关琥表情严峻，飞快地跑进保安室，将十分钟前的录像倒回给他看。谢凌云却等不及了，直接跑上了楼。

关琥看着眼前的大屏幕，就见公寓的自动门打开，一个衣着齐整、带着绅士气质的男人推着轮椅走进来，轮椅上坐了个戴帽子的人，帽檐压得太低，看不到那人的长相，但从身形来看，确定是张燕铎无疑。就见尚永清无视保安的招呼，推着轮椅进了电梯，脚步快得哪像是下肢瘫痪的人！妈的，被那头老狐狸耍了！关琥在心里恨恨地骂了句。

镜头切换到电梯里，尚永清按了二十楼的键钮。看到这里，保安咦了一声："他住十八层，怎么会去顶楼？"

"顶楼有什么？"

"除了大天台外什么都没有，不过为了避免危险事件发生，天台都是锁着的……"

"你们有钥匙吗？"

保安点点头，带关琥来到衣架柜的另一侧，木架上挂了各个服务区的备用钥匙，上面都编了编号，一目了然。关琥看傻了眼，没想到高级公寓的安保措施做得这么差，钥匙放得这么明显，只要有心偷偷配一把，并不是件很困难的事。

他没好气地从保安手里夺过钥匙，跑了出去。预感到有事发生的保安们跟在他身后，一群人跑向电梯，在快进电梯时谢凌云的电话打进来，告诉关琥尚永清的家里没人。

"他可能想在顶楼玩飞天，你马上过来。"关琥挂掉电话，等到达顶楼，谢凌云已经先他们一步赶到了天台的大门前。关琥用钥匙开了门，两人冲进去，就见顶楼居然没有想象中的阴暗——那是对面双子楼的灯光反射的效果。借着光芒，他们看到了天台边上的两个人，尚永清站在围栏前，而张燕铎则被双手反铐着蜷在围栏上方，尚永清的手搭在他身上，只要稍微用力，他就会从二十层高的楼上跌下去。

看到关琥跟谢凌云到来，尚永清的眉头微挑，像跟老朋友打招呼似的微笑道：“你没辜负我的期望，真的找到这里了。”

“我还没那么蠢。”

看到张燕铎暂时没事，关琥松了口气，正要上前，被尚永清一声大吼喝止住：“停下！除了你们两个，其他人不能进来，否则……”他抓住张燕铎的衣服，做出威胁的动作。

谢凌云急忙制止跟在他们身后想进来的几名保安。

关琥反手关上门，尚永清又喝道：“锁上！”

关琥左右看看，见脚旁有个弯曲的铁棍，不知道是原本就有还是尚永清带来的，不过从对方进来后没有反扣住门的行为可以看出，对方并不怕被发现，也许还期待有人来观摩。关琥用脚尖挑起铁棍，将它插进把手跟门旁的栏杆上，将门别住了，问：“这样可以了吧？把张燕铎放了。”

“放？”尚永清嘿嘿笑起来，冲着想走过来的两个人喝道，“不许动，站在那里！”

看看趴在围栏上被铐住的张燕铎，关琥没再刺激尚永清：“我说过了，张燕铎跟这件事一点关系都没有，你不要拖无辜的人下水。你要是想找飞天的试验品，我来奉陪。”

“他是无辜的？”尚永清看向张燕铎，玩味地发笑。

张燕铎已经醒了，在了解了自己目前的处境后，他除了活动了几下手腕外没做任何反抗。奇怪，在场的四个人中，反而是他这个人质表现得最镇定。

张燕铎看向他俩，微笑着打招呼：“你们来得正好，可以看到最后一次飞天。”

张燕铎活动手腕的动作很轻微，尚永清没注意，听了他的话，赞同地点头：“的确是最后一次，如果你们要一起的话，我会很欢迎。”

所谓飞天，在关琥看来，根本就是跳楼自杀行为，傻子才会跟随。他忍住了刺激对方的冲动，故意将口袋都翻开来给尚永清看，又将手机烟盒等小物品扔到地上，说：“我没带枪，所以能不能让我们再往前走几步，这样也方便聊天。”

“我对聊天没兴趣。”虽是这样说，但在发现关琥没有带攻击性武器后，尚永清摆手示意他们可以靠近，不过没走几步就禁止他们继续向前。看看相隔的距离跟之前没太大变化，关琥在心里暗骂了声老狐狸，又迅速看向周围，寻思解救人质的办法。

谢凌云却手指前方地面叫了起来：“你看！”

关琥看去，第一眼看到的是他们跟尚永清之间的地上画了一个很大的圆圈，上面填满了各种扭曲的图形。如果套上飞天的外形，也许图画是妩媚的，但单纯就线路来看，那只是一些不成形的曲线罢了。关琥想起了王教授临死前用粉笔画下的图，它们在许多地方都出奇的相似，拼在地上的图线聚到一起，杂乱得让人感觉不适，就像尚永清的思维已经陷入疯狂状态，无法回归正轨了。

不过让谢凌云震惊的并非圆圈，而是并排放在圆圈外的三具骷髅骨架，其中两具骨架看大小是幼童的，她吃惊之余用力抓住关琥的胳膊。

关琥故意顺着她的力道向前趔趄了几步，试图缩短跟尚永清之间的距离，同时不动声色地问：“它们也是……来观摩飞天的？”

尚永清完全没听出关琥在嘲讽自己，他看着圆圈内的图形以及圈外的骷髅骨架，眼中闪烁出执着和疯狂的光彩，用略带激动的语调说：“那是我的妻子跟孩子，他们不是观摩，而是他们的灵魂即将跟我一起飞天。”

没想到这几具白骨居然是尚永清的妻儿，谢凌云不由自主地捂住嘴巴。

关琥也怔住了，他终于开始明白深藏在尚永清骨子里的疯狂，谢凌云亦是同感，在旁边轻声说：“难道不是下地狱吗？”

怕她的话刺激到尚永清，关琥提高嗓门叫道：“我来飞天，把张燕铎换下来。”

张燕铎本来表情淡然，听到关琥重复了同样的话，他的眉头不禁皱起，目光扫过尚永清，见对方完全没注意自己，他暗中加快了动作，同时大声说道：“不必了，我也想见识一下真正的飞天神迹。”

“别傻了，没见过的东西，谁会相信它的存在？”关琥冲尚永清拍拍胸膛，叫道，“我不信，所以让我来做祭品，如果真看到了飞天，我就第一个支持你！”他边说边装作激动地往前走。

尚永清变得紧张，转为双手抓住张燕铎的衣服，喝道：“停下！快停下！否则我马上推他下去！”

这时关琥已经到了圆圈中心的位置，离尚永清只有几步距离，但就是这几步的距离无法再拉近了，担心尚永清会伤害到张燕铎，他只好停下来，面带诚恳地说："我只是想亲眼看到而已，你刚才不是也说希望我们参加吗？要是你担心我反抗，大不了也把我铐起来，这总行了吧？"

"不，你根本不相信飞天，你这种人就算是飞天真正出现在眼前，你也会选择视而不见，你只相信对你有利的东西，像你这种杂念太多的人，是无法被飞天认可的。"尚永清脸上露出狡猾的笑容，那笑容表示他所谓的欢迎之词只是在逗弄他们。

关琥被他的无赖行为激怒了，给谢凌云使了个眼色，同时更大幅度地挥舞双手，用来吸引尚永清的注意力："说来说去，你还不是一样没见过飞天？否则你折腾了这么久，密码图画了这么多，为什么还升不了天，还要借助一个外人来实行？"

尚永清果然被他说得恼了，所以没注意到谢凌云在悄悄往旁边移动并迂回地向张燕铎的位置靠近，他缩回抓着张燕铎衣服的手，用力拍打自己的双腿，叫道："你们没有接触过的东西，有什么资格去否定它？谁说我没见过飞天？我能活着站在这里，全都拜飞天所赐，否则你怎么解释我可以从车祸里活下来？怎么解释被医生判定终身瘫痪的我为什么可以重新站起来？"

关琥没有被他的激动感染，淡淡地说："每个人的一生中总会遇到几次幸运的事。"

"那不是幸运，是奇迹！但奇迹只发生在信任它的人身上……"尚永清说到一半，突然看到谢凌云挪到了自己面前，他尖声叫道，"站住！站住！"

谢凌云被他吓得定住了。尚永清迅速爬上平台，揪住张燕铎站起来，这样一来关琥更不敢再往前了。尚永清的眼珠转得飞快，不断看向四周，全身颤抖，看他这样子就知道他的精神状态已经接近癫狂，偏偏他的手紧抓着张燕铎，让关琥想救人都不敢冒这个险。

焦急之下，关琥的脑门上渗出了一层汗珠。那平台比较宽，但只要身体稍微失去平衡，就算只有几步距离他也来不及救人，一时间心跳超出了正常的范围，极度紧张下他的手指不由自主地颤抖。

夏风吹来，将站在高处的两个人的衣服吹得哗哗作响，这一刻时间像是停摆了，只听到寂寞回旋的风声。

脑海里有短暂的空白，关琥正紧张思索着自己该如何解决眼前的麻烦，原本沉寂的顶楼突然闪过几束光，光线折射在附近的高楼上，起先是淡淡的光晕，但随着光亮渐强，光晕向四面散开，化作浅淡的类似人形的影像。

张燕铎第一个看到了，叫道：“你们看！”

尚永清抬头看去，随即身体颤抖，极尽喜悦地大声叫道：“飞天！那是飞天！”

关琥看呆了，就见人影起初只是一道，逐渐化作无数道，身影飘逸轻盈，在光芒中且舞且动，长裙玉带随风飘摇，做出迎风飞舞的姿态，如飞仙亦如飞天。紧接着众仙做出跃身腾空之势，一时间天台上万道光芒凝聚在仙人身影之间，祥云花瓣从广袤星空中飘洒而下，随仙姿翩翩飞舞，其间更有美乐弹奏，各式乐器持于仙人手中，在飞舞中摇曳弹奏。

光芒迷惑了尚永清的视线，他恍惚着回头，看向张燕铎，问：“这里有没有很美？”

张燕铎皱皱眉，没有出声。尚永清呆了几秒，突然仰天发出长笑，跟仙人那样做出双手平举的动作，大声叫了起来。他的嗓音扭曲怪异，发出大家听不懂的音符，像是佛偈，又像是道家符咒，抑或是曾经西域传来的经文，叫声如痴如狂，超出了正常的音量。

关琥看到尚永清的手离开张燕铎，瞅准机会猛地冲上前去抓张燕铎，谁知尚永清竟然比他快了一步，拉着张燕铎纵身跃下了高楼。

关琥的手堪堪搭在了平台的外沿上，他向前纵身一跃，用脚勾住平台的边缘，上半身整个探了出去，双手齐上，硬是抓住了张燕铎的一只胳膊。千钧一发之际，尚永清的力量从张燕铎的身上脱离了，伴着一声大叫，尚永清的身体以一种诡异的弧形状态弹向远处的夜空，随着那一片片在风中飞舞的花瓣落下，瞬间便不见了踪影。

谢凌云急忙上前抱住关琥的腰，以避免他被重力带下去。关琥则低头看向身体悬在半空中的张燕铎，对方也仰头看他。类似霓虹灯的光芒在顶楼的上空来回闪动，导致两人的脸色时明时暗，随即张燕铎的唇角向上勾起，笑了起来。

关琥可笑不出来，借着谢凌云的力量努力将身体往平台内侧移动，咬牙道：“我靠，你好重！”

“慢慢来，不用着急，下面有安全网的。”即使身悬半空，张燕铎也没有失去平时的冷静，好整以暇地安慰关琥。

关琥往下一看，借着来回闪动的灯光，他看到了在离平台两米多远的位置上拉着一层安全网，可能是建筑公司出于安全考量特意设计的防护设施，但可惜的是尚永清不是垂直坠落，而是弹到了超出安全网以外的地方，导致他们救人乏术。

“每个人的一生中总会遇到几次幸运的事，但不可能每次都那么幸运。”关琥说完刚才他没来得及对尚永清说的话后，很快又回到了现实世界里，龇牙咧嘴地冲张燕铎叫，“既然有安全网，那我放手可以吗？我快脱臼了，大哥……”

“我不想被人像网鱼似的网上来，”张燕铎仰着头，笑着欣赏关琥痛苦的表情，“所以请继续努力，弟弟。”

10.

在关琥跟谢凌云的联手帮助下，张燕铎终于被成功地拉回到了天台上，在确定他的脚落了地不会再有危险后，关琥跟谢凌云一齐坐到了地上大声喘气。此时光芒渐散，飞天的身姿消失在夜空中，却没人去理会。

谢凌云拍着心口说："以后别这样了，对心脏不好。"

"岂止对心脏不好，对肩关节也会造成损伤吧。"关琥转着他的一只胳膊吐槽，又转头看张燕铎。之前的一番撞击下张燕铎的眼镜歪了，他扶正眼镜，又仔细整理头发，完全没把刚才的恐怖经历当回事。

"咦，你的手铐呢？"关琥的目光落在张燕铎的双腕上，狐疑地问。

"手铐没铐紧，我刚才挣扎中甩掉了。"张燕铎面不改色地说，趁关琥不注意，他将之前插在袖口里用来解锁的铁丝扔到了一边。

此时三个人都坐在地上，面前正对着三具骷髅，场面有点滑稽，却没人笑得出来。

谢凌云叹道："真不知道尚永清是聪明还是愚蠢，把尸骨带来带去，就不怕被警察查到他杀人的证据？"

"他一门心思只想着飞天，怎么会在意这种小事情。"关琥缓了过来后，站起身趴在围栏平台上往外看。楼层太高，他看不清下面的状况，但不断有人围过来的情景表明，尚永清并没如他期待的那样成为飞天，而是变成了一具尸体。

谢凌云跟他一起俯身去看，说道："你们知道吗？从理论上讲，他应该可以成功的。"

两个男人同时转头看她。谢凌云眼望前方夜色下的繁华灯火，解释道："我们发现的洞窟大约是西魏后筑成的，从西魏到隋朝这八十多年中，敦煌里既有西域佛教传来的飞天，又有中原道教的飞仙，所有的经文教义百川归海，相互融合，那些经文里也许真的记录了羽化飞仙的秘密。"

听了她的解说，张燕铎一哂："就算记录了羽化飞仙的秘密又怎样！人们把永生形容为飞天，但别忘了，飞天还有一个同义词是死亡。"

关琥打了个响指表示赞同："尚永清是否真窥到了飞天的奥秘，他的灵魂是否真被飞天选中没人知道，我只知道有人跳楼自杀，并且死得很惨烈，明天舒大美女一定会解剖了我的。"

"明天的烦恼明天再去想吧。"

"我要说的不是这个，而是……"关琥转头看向张燕铎，突然揪住对方的衣领将其猛地顶在墙上，喝道，"我问你，为什么要暗中调查尚永清？你是不是早知道尚永清的妻子跟孩子都变成骷髅了？"

"只是碰巧，"张燕铎去拽关琥揪自己衣领的手，"别激动，有话慢慢说。"

关琥无视他的微笑，揪得更紧："碰巧？他怎么没碰巧把我捉来……"

地上传来手机震动声，手机是关琥的，刚才一番折腾，他的手机被甩到了地上。关琥没理，手上继续用力，张燕铎只好说："说不定有急事，你最好接听一下。"

"不用你教我怎么做事！"

"也许是你上司打来的，你看又出自杀案了。"

"难道这个自杀案不是你搞出来的吗？"

"别这样说，我也是受害者。"张燕铎回了他一个超级无辜的笑。关琥还要再骂，谢凌云过去，把响个不停的手机拿过来递给关琥，他气哼哼地松开了手，接过来也没看来电显示，直接接通了。

"关王虎，是我。"听到叶菲菲清脆的嗓音，关琥下一个动作就要切断通话，就听叶菲菲在电话那头大叫，"别挂别挂，你觉得我刚才跳得怎么样？有没有翩翩飞天的感觉？"

"不知道你在说什么。"

"就飞天啊，我跳得那么卖力，你不要说你都没看到。"

眼前晃过光亮，关琥抬头，很快注意到光亮是从对面双子楼的天台照来的，一道白色人影在对面晃动，隐约是叶菲菲的身影。

关琥心里生起不好的感觉，冲着电话大叫："你怎么会在那边？"

"为了舞飞天。"

不知叶菲菲做了什么设置，对面的天台整个亮了起来，这下关琥他们清楚地看到了她的存在——一身纯白纱裙，肩上披着长长的彩带，原本的卷发换成垂到腰间的长直黑发，随着夏风飘动，再配合她精致的五官跟修长的身形，真如飞天下凡一般。

见大家都在看自己，她还特意摆了几个婀娜的舞姿，问："怎么样？有帮到你们吗？"

联想到刚才出现在上空的飞天幻影，关琥这会儿完全明白了，尚永清看到的根本不是飞天，而是叶菲菲在对面利用幻灯做出的假象而已。不过，叶菲菲怎么可能事先知道尚永清将会在这里举行飞天的仪式……不，她当然不会知道，除非有人告诉她，让她配合去这样做，以混淆尚永清的视觉跟心智。

能做到这一点的只有一个人。

关琥将目光落到了张燕铎的身上，故意提高声音问叶菲菲："是谁让你帮忙的？"

"老板啊，本来还以为挺简单的，没想到又要借地方又要借衣服借灯光，不过如果能将凶手绳之以法，也算物有所值了。"

关琥看着张燕铎的眼睛，对方的眼眸澄净淡定，完全没有遭遇死亡后的恐惧跟慌乱，甚至不介意他的注视，堂堂正正地跟他对视，像是在挑衅。关琥心头的火苗又忍不住蹭蹭蹭地往上蹿，再问："是什么时候的事？"

"两天前，东西都布置好后，老板说有消息就跟我联络，今晚我接到他的来电就跑过来了……怎么了，有什么问题吗？"

明知叶菲菲是无辜的，关琥还是没忍住，喝道："问题很大！你什么都不清楚，为什么要去帮外人的忙？你知不知道尚永清死了？我们是很想抓住凶手，但不是以这种方式！"

一番话吼下来，连谢凌云也听出不对劲了，眼神在关琥跟张燕铎之间游离，又转去看对面的叶菲菲。

叶菲菲被骂得很委屈，说："我也是想帮凌云啊，尚永清又是谁啊？什么死了？"

看来刚才叶菲菲完全投入在舞蹈里，根本不知道这边发生的事情，她甚至连尚永清的身份都不知道，却在被张燕铎拜托后就答应帮忙，说好听点她是义气，难听点就是少根筋。

不过看看张燕铎，关琥不得不承认这个男人有让人信任的资本，就连自己，不也是跟他认识没多久，就被他一直牵着鼻子走吗？越想越生气，关琥连手机都没关，再次冲上前揪住了张燕铎的衣服用力一推，质问："还说是碰巧？两天前你就布置好这一切了吧？"

"我只是猜测……"

"你不是猜测，是肯定，"怒视张燕铎，关琥大声说道，"你在尚永清家里看到旅行箱时，就想到他要做什么了，对吧？所以你跟踪他来到这里，从中猜想他下一步的行动，然后安排叶菲菲布置了飞天的假象，你说你是不是故意让尚永清捉住的？因为法律无法定他的罪，所以你想到了这个办法除掉他！"

张燕铎没被关琥激动的情绪影响，将关琥的手冷静地移开，说："警官，看来你的妄想症比尚永清还要厉害，试问我为什么要这样做？这世上每天都有穷凶极恶的罪犯出现，难道都要我豁上命去维护正义吗？我既不是警察又不是侦探，我找不到要这样做的理由。"

关琥被他轻描淡写的一席话镇住了，想了想，然后气鼓鼓地说："我要是知道原因，就不是骂人，而是揍人了。"

"如果你不怕被投诉，现在也可以揍。"

这简直就是活脱脱的挑衅，再加上那抹玩世不恭的微笑，比之前的尚永清更挑战人的底线，关琥握紧的拳头传来咯吱吱的关节脆响。

谢凌云在旁边感觉出气氛的紧张，又听到远处传来的警笛声，她往后退了两步，选择避开战火："你们慢聊，我到下面追新闻。"

谢凌云跑开了。张燕铎被关琥瞪得哭笑不得，叹了口气："算了，看在你是我救命恩人的分儿上，你要打就打吧，我不会投诉你的。"

"你以为我不揍你是担心被投诉吗，张燕铎？"见张燕铎挑眉，关琥气道，"我是怕你不禁打，贫血贫到随时会昏厥的家伙，我要是打坏了你，这辈子被你赖上怎么办！看尚永清的下场就知道了，你这人不仅报复心强，还绝对属于死缠烂打型的。"

"看来你不笨嘛。"夏风里回荡着张燕铎的轻笑声。

关琥不爽地把头转去一边，哼道："没你想的那么笨。"他就是弄懂了张燕铎的想法，所以才会这么生气，目的什么的暂且不论，光是刚才那惊险一幕就让人受不了，就算底下有安全网又怎样？尚永清还不是一样掉下去了。

生气的连锁反应是烦躁，关琥的烟瘾又上来了，随手摸烟没摸到，才想起自己刚才将烟盒扔掉了。他转身想去捡烟，手机那头传来叶菲菲的叫声："关王虎，我帮你你还骂我！你给我记住，这次你不先跟我道歉，我绝对不会原谅你的！"

刚才只顾着质问张燕铎，忘了挂电话了。关琥翻了个白眼，少自作多情好吧，谁让她帮忙了！他现在很累，懒得跟叶菲菲计较，嗯嗯随口应和着。

叶菲菲又问："你问下老板，这边的东西可以撤了吗？"

关琥看向张燕铎，见张燕铎点点头，便说："撤了撤了……啊，对了，你的那些朋友口风紧吗？这件事不要出去乱说。"

"什么朋友？"

"就拿着那些琵琶、二胡跳舞的人，那不会是你雇来的临时演员吧？"

"关王虎你眼花了吗？这里就我一个人，刚才跳舞的也就我一个，老板说这是机密，我谁都没敢说。"

"那……"看着偶尔晃过眼前的光束，关琥的大脑混乱了，急忙问，"那你有没有拿什么乐器？有没有多准备些大镜子？"

"我不会乐器的，这里也没镜子，你到底在说什么啊？"

关琥也不知道自己在说什么了，想起刚才那一幕幕绚烂华丽的飞天美景，他的脑袋越来越混乱，随口敷衍着挂了电话，把目光转向张燕铎。

"你是不是还另做了什么安排？"

"没有。"

"说实话！"

"我没有必要在这种地方骗你吧？"发觉事态的不寻常，张燕铎收敛了微笑，问，"出了什么事？"

"尚永清跳楼时我看到了很多飞天，歌舞的、撒花的、演奏各种仙乐的，就像那晚我在沙漠中看到的那样。"

"那一定是你的幻觉，我只看到一道影子，就是叶菲菲的；谢凌云应该也没看到，否则她不会那么冷静。"

是啊，从谢凌云在洞窟时见到飞天的反应来看，她先前的状态的确很正常，顶多是有点吃惊，大概她的内心深处，对于飞天是否存在也是抱着怀疑态度吧。不过关琥更加迷惑了，茫然地看向张燕铎："那我刚才看到的到底是什么？”

为了弄清真相，之后关琥特意跑去对面的双子楼天台上查看。张燕铎没骗他，正如叶菲菲所说，那里除了她之外，只有些简单的幻灯跟照明器具，他接着又去了尚永清坠地的地方，那里围满了行人跟记者，救护人员跟警察也都赶到了。

尚永清的死状很惨，四肢扭曲成弓形，跟前几名死者的死状类似，但他的整个头颅摔得面目全非，连是否有笑容都难以辨认。关琥仰头看向高楼顶层，无法想象他的坠落点怎么会是离楼房有一丈多远的地方。

“也许刚才他跟你一样真的看到了飞天，但可惜飞天没有选中他。”张燕铎很冷静地解释，“人类的愚蠢之处就在于他们喜欢高估自己的能力。”

“我没有跟他一样，我那只是幻觉，幻觉！”关琥大声强调，他才不想被认为是尚永清的同类。

张燕铎也不反驳，只是在一旁微笑。

尸体很快被抬走了。谢凌云忙着追新闻，跟他们打了声招呼后也跑掉了。看着眼前那一摊还没来得及清理的血迹，关琥合掌拜了拜：“希望这是我最后一次见到飞天。”

跟之前每晚一样，涅槃酒吧里依旧很冷清，张燕铎换上白色制服，从里面的休息室出来，就听到一串欢快的乐曲声：“我的热情，好像一把火，燃烧了整个沙漠；太阳见了我，也会躲着我，它也会怕我这把爱情的火……”

乐曲从音响里传出来，酒吧原有的古典风格一扫而空。张燕铎走过去，对正盯着电脑屏幕快速敲字的小魏说：“是我穿越了？还是你放错 CD 了？”

“是在培养感情。老板，我正在努力描绘你们的传奇故事，等回头出版了，我请你吃饭。”

小魏除了课余打工外，还兼写一些恐怖小说，在圈子里也算是个小有名气的作家，所以当他从叶菲菲那里听说了他们的冒险经历后，就将点子要了来，自作主张地写进了自己的书里。

张燕铎不介意店员在工作时间摸鱼，反正店里只有一个客人——谢凌云。

谢凌云坐在此前关琥坐过的位子上发呆，桌上放了甜酒跟点心，但她几乎没动，偶尔回过神，拿起笔在笔记本上写写画画。

张燕铎走过去，问：“还在为消失的飞天洞窟烦恼？”

“没有，是有些事情我想不通。”谢凌云笑了笑说道，回来之后她曾数次跟敦煌当地的警方联系询问有关经文洞窟的事，但都一无所获，所以她已经基本上放弃了，“从壁画画风来看，我敢肯定那是西魏时期最常见的绘制方式，但雅丹地形怎么会成为去往洞窟的路标？”

张燕铎无法解答，反问：“有关这一点，你父亲有提到过吗？”

“没有，嗯，或许有提到一些，但我没注意，所以我不知道是谁用飞天的形式绘制了路线图，又是以怎样的心态将它流传下来的，甚至于那个洞窟究竟是为了什么而建造的，这一切的一切，我都解释不了。”

“现在连洞窟的所在方位都找不到了，想这些还有什么用吗？”

谢凌云歪歪头，然后俏皮地笑了：“也许我只是想更了解飞天而已。那天在洞窟里，我们三个人以及萨拉跟她的同伙都看到飞天了，那么多人一起看到，总不能说是幻视吧？我不相信尚永清仅仅利用飞天的传说就能引诱陈小萍等人自杀，那些自杀者可以轻易相信尚永清的话，会不会是因为他们也曾在哪里见过飞天，所以才会坚信自杀是成仙的唯一途径？”

“不排除这个可能，人总是相信自己亲眼见过的东西，并且深信那是真相，从而产生敬畏之心。而一旦有了这种先入为主的想法，那之后不管周围的人怎么解释，都很难让他们改变思想。那些恶意传销或非法的教派组织就是利用这样的手法来蛊惑人心，给他们洗脑，所以许多在我们外人看来很荒诞的思维跟行为，对被洗脑的人来说却是极其正常的。”

“说得也是，不过我自己也亲眼见过飞天，假如有人利用这方面的知识来蛊惑我，我说不定也会相信。”谢凌云道。

“虽然我没见过飞天，但我听关琥提到过你们在洞窟里的历险。从科学的角度来解释，我想你们眼中所看到的飞天可能只是布罗肯现象，洞窟上方或是某一侧缝隙或小洞有光芒射进来，随着光线的转移跟大家的投影再加上水汽的折射，就变成了飞天。类似的例子还有很多，比如德国的布罗肯山，以及峨眉佛光。”

“也许是吧，但那样的画面，哪怕只看一次，这辈子也不会再忘记了，”谢凌云自嘲地笑笑，“我一直很信科学，但这一次我希望飞天是真的存在的，至少关琥就看到过三次。”

“也许那都是他的幻觉，因为除了他没人见过，他的手机除了拍出歹徒外，再没有任何飞天的踪影。”

“那洞窟地震又怎么解释？事后我一直在想，那天洞窟里真的震过吗？”

张燕铎一怔，随即微笑道：“我没有进去，无从知道。”

谢凌云不说话，闭上眼努力回忆当时的情景——飞天出现后洞窟里就有各种怪声此起彼伏，不断有石子落下，他们只能被迫逃走。可是后来她跟关琥还有菲菲确认过，虽然一直有落石声在他们耳边响起，但三个人都没有真正碰到过石子，这让她忍不住怀疑那是不是先人在警告他们不要再去探索洞窟的秘密。

“那些杂音也可能是风穿过罅隙造成的，就跟玉门关外的魔鬼城那样，只是处于极度慌乱状态中的你们没有仔细去查看。”张燕铎冷静地解释道，“我只知道，一件事的存在总有它的理由。同样的事，你可以用迷信的眼光去看，也可以用科学的角度去分析，就看你的感情偏向于哪一方。”

“虽然理智上我明白你的意思，但从感情上而言，又是另一回事了。”谢凌云从提包里拿出在洞窟里带出来的短剑，这是他们此次历险唯一的纪念品。

她将剑拔出一小截，就见剑身扁平直长，剑刃以中间浅槽为轴，向两旁延伸出弯弯曲曲的花纹，寒光四射。

寒光晃过张燕铎的眼眸，让他不由自主地眯起眼睛。这是柄杀过人的武器，直觉这样告诉他。

“我父亲常跟我说喜欢这刀，不过我一直觉得它该是短剑，这样的剑刃不太多见吧？”谢凌云用手抚摸着靠近剑柄部位的剑身，“我小时候曾偷摸过它，我记得这里有道划痕，贯穿了剑刃上一部分花纹，但这柄没有，所以我还抱了期待，也许我父亲没有死，我们在洞窟里见到的那具枯骨是别人。”

看到剑刃上曲折如波流般的纹路，张燕铎扶了下眼镜，花纹太乱了，再加上那是谢凌云幼年的记忆，很难断定她有没有记错。或许她自身也期待自己记错了吧，毕竟那样才有继续寻找的希望。

尚永清曾说过是因为他的推搡导致凌展鹏受伤，他在慌乱之下逃走，而那之后凌展鹏究竟是死了还是一时昏厥没人知道。张燕铎注视着短剑，虽说剑的做工诡异精巧，但要说独一无二，倒也未必，所以不能否认短剑是别人留在洞窟里的。

“我同意你的猜想，如果你想再去一趟沙漠的话，我可以试试找出那条路。”他提议道。

“为什么要帮我？”谢凌云奇怪地看他，“你并不是个热心肠的人。”

的确如此，但或许是相似的身世经历引起了共鸣，他才会这样提议，因为那种不知生离还是死别的感觉他比任何人都清楚。张燕铎转头避开了谢凌云的注视，随口说：“反正闲着也是闲着。”

谢凌云笑了，将短剑跟笔记本放回提包里，说：“谢谢你的好意，不过不用了。我想那么巧夺天工的壁画，也许更合适留存在大漠之中，如果那具尸首真是我的父亲，他会很高兴陪伴在他的梦想左右；假若不是，那将来也许有一天我们父女会在某一时间某个地点偶遇，那样岂不是更传奇吗？所以就让飞天永生这个秘密随着事件的解决结束吧。”

尚永清死后，他手中的那半本经文古书也消失了，或许是私心作祟，他在做飞天仪式之前将所有与之相关的古书都销毁了，抑或是偷偷藏在了某个地方。但不管怎么说，另外半本古书仍旧留在洞窟里，只要没人踏入，那个秘密就将永远被封存在沙漠之中。

“谢谢你的酒。”谢凌云将桌上的甜酒一口气喝完，站起来跟张燕铎告辞，“我要回报社赶稿子了，最近一直旷工，希望上司不会开除我。”

张燕铎微笑点头。

谢凌云离开后，张燕铎感到音乐声很吵，他转过头看小魏，奇怪在这么吵的环境下他怎么能安得下心来写东西？看看表，时间已经很晚了，张燕铎过去将音乐关掉，对小魏说：“今晚不会有客人了，你下班回去慢慢写。”

“可以在这里写吗老板？回家写没薪水拿的。”小魏抬头说，看到张燕铎投来的笑眯眯的目光，不由打了个寒战，不敢多说废话，迅速合上电脑，赔笑道，“我走，我马上就走。”

铜铃声就在这时响了起来。

小魏转过头，正想说欢迎光临，那人已经到了他们面前，居然是在隔街警局工作的关琥。见是他，小魏脸上露出暧昧的笑，对张燕铎小声说：“小羊来了，老板，你今晚要怎么宰他？”

看到关琥绷着脸的样子，张燕铎脸上堆起笑容，问：“关警官，你今天来是吃饭还是喝酒？”

“来找碴儿。”关琥嘴里蹦出硬邦邦的两个字，冲小魏打了个响指，“我跟你们老板有事要谈，你回避一下。”

“马上回避，立刻回避，你们慢慢秉烛夜谈哈……”小魏的废话说到一半，就看到两束不悦的目光同时射来，他聪明地收起嬉皮笑脸，将自己的东西放进包里，跑了出去。

店里只剩下他们二人，张燕铎拿起吧台上的葡萄酒瓶跟高脚杯，问：“要来一杯吗？这杯我请。”

关琥不说话，双手按住吧台，纵身跳了上来，然后翻身进了吧台里面。张燕铎转头看看一边打开的吧台门——明明稍微绕一圈就可以进来，某人偏偏喜欢玩些自认为很酷的动作，这让他起了逗弄的心思。

张燕铎将身子斜靠在吧台上，好整以暇地问：“大侠，你是劫财还是劫色？”

玩笑完全没传达过去，关琥绷着脸上下打量了他一番，说：“把上衣脱了。”

沉默三秒后，张燕铎主动将吧台里侧的抽屉打开，两沓厚厚的纸钞呈现在两人面前，他说：“你要不要考虑一下劫财？”

“脱衣服！”

张燕铎没办法，伸手拿起座机话筒：“那我还是报警好了。”

下一秒他的手被按住，关琥抢过话筒砰地放回去，叫道：“报个屁，老子就是警察！”

“关警官你今天心情很糟糕啊，被上司骂了？”

被上司骂也不至于让他心情不好。看着眼前笑眯眯的男人，关琥不爽地将眉头皱了起来：“让你脱你就脱，一个大男人，怎么这么多废话！”

“就算你想收黑钱，也要先给我个理由吧，更何况是让我脱衣服。”

两人对视了数秒，在发现张燕铎没有妥协的意思后，关琥选择解释：“我想了几天，最后确定你就是在飞天洞窟里蒙面出现的那个人，那人左肩受了伤。如果你想证明自己的清白，就把衣服脱下来。”

“虽然不明白你在说什么，但想了好几天就想到这些无关紧要的事？请恕我直言，关警官，你的大脑硬盘配置该升级一下了。”

“呵，看你的反应，是被我说中了，不敢脱喽？”

“因为你的理由不够充分，”张燕铎慢悠悠地说，“请问我跟尚永清的案子有关吗？”

摇头。

“我是凶手或是嫌疑犯吗？”

摇头。

“所以你连基本的司法程序都没有，单凭个人的怀疑就强迫一个公民做他不想做的事，这好像是违法行为吧？”

关琥被顶得一句话都说不出来，半晌抬起头，看到张燕铎玩味的表情，突然灵机一动，出其不意地将拳头挥了过去——以他对黑衣人的了解，对方一定可以躲得过去的，到时就算张燕铎要否认也找不到理由。

可惜事情没按照关琥预料的发展，张燕铎动都没动，等关琥想收手时已经来不及了。他的拳头打在了对方的嘴角上，张燕铎被打得向后倒去，等他重新站稳，关琥发现他的唇角被自己打破了。

关琥顿时变了脸色，结结巴巴地问：“你……为什么你不躲？”

“警官，你打人还怪人家不躲，是不是太无理了？”张燕铎苦笑着回他。

关琥无话可说，挠挠头嗫嚅道：“我只是想逼你出手。”

“我觉得有了问题通过武力来解决，那只是低级动物的本能。”

“好，低级动物就低级动物。”论口舌之争，关琥自认不是张燕铎的对手，他自暴自弃道，“那你怎么解释你偷偷接近我的行为？”

“碰巧而已，别忘了最开始是你主动来酒吧的，怎么反而说是我在接近你呢？”

“你不是黑客，破解不了其他的密码，却开得了我的手机，你是怎么知道我大哥生日的？”

“可能是你当时解锁后忘了关掉。”

“你认为我会相信这种烂借口吗？”

“信不信是你的事，反正我给答案了。”

关琥被这不负责任的说辞气笑了，要不是对方不抗打，他一定会再来一拳。

张燕铎摸摸唇角，痛得嘶了口气说：“算了，既然你不信，让我脱衣服也不是不行，不过如果结果不是你预料的，那又该怎么办？”

“你可以去投诉我。”

“我讨厌麻烦。”

“打回来。”

“打人的话，我的手也会痛，得不偿失啊。”

“那你到底要怎样？”

“这样好了，”张燕铎扶正微微歪掉的眼镜，向关琥靠近，笑道，“如果你判断错了，那今后要认我做大哥，每个星期至少要来这里打工两晚。”

“认你当大哥，你以为你是黑社会啊？”

“不，我没想让你做犯法的事。当然，做事是没有薪水的，毕竟你是公务员，做兼职这种事传出去也不好。”

关琥再次领教到了某人的恶毒。明明是想请不花钱的佣工，还把话说得像是为他着想似的，但他偏偏上钩了，困惑一天不弄清，他的心就一直没着落，索性一咬牙应了张燕铎的要求：“没问题，但如果我的怀疑是正确的，你要将你的目的老老实实地交代出来。”

张燕铎笑而不语，很爽快地将外面的制服脱掉，接着是白衬衣……关琥站在一边目不转睛地盯着他的肩膀看，一直到张燕铎将衣服全脱掉，还特意将左肩转到他面前方便检查。关琥惊讶地发现张燕铎的肩头白皙平滑，上面没有一丝伤痕。

“不可能！”关琥大声叫道。

从沙漠中逃出来后，他就百分之百地确定张燕铎是救他们的黑衣人，但之后忙着办案，他一直没机会戳破这个人的伪装，直到今天飞天一案告破，他将所有调查报告做好呈交上去后，就第一时间跑来找张燕铎。谁知等了这么久，却没等到他想要的答案，这让他如何接受得了！

“绝对不可能！”他再次肯定地重复道，又上前抓住张燕铎的胳膊仔细看。

张燕铎在他的压制下不得不靠在了吧台上，形成了一个很暧昧的姿势。关琥毫无觉察，为了看得更清楚，他继续往下压，就在这时，不远处传来铜铃声——有人进来了。

“来客人了。”张燕铎推推关琥，提醒道。

关琥现在一门心思在寻找破绽上，就算鬼登门都引不起他的兴趣。

随着脚步声靠近，一个清脆的女生声音叫道：“你们……你们在干什么？”

关琥回过头，是叶菲菲。她今天打扮得很漂亮，原来就高挑的身材再穿上高跟鞋，外加一条垂至脚踝的长裙，越发显得窈窕秀丽。发型妆容也精心打理过，艳丽得像是站在T台上的名模，但在看到关琥跟张燕铎目前的状态后，她脸上的微笑垮了。

见状，关琥这才注意到他跟张燕铎此时举止的暧昧，尤其是他将张燕铎压在吧台上很像欲行不轨，更别说张燕铎此刻还光着上身，他慌慌张张地退开，解释道：“我只是……”

张燕铎推开关琥，走到叶菲菲面前，一脸沉痛地说：“是关琥逼我的，没想到他身为警察，却这么暴力，先是打我，接着又让我脱衣服。”

叶菲菲从震惊中回过了神，看到张燕铎嘴角上的血渍，她愤愤道：“老板你不用说了，我知道你是好人，人渣是那个家伙！”

“菲菲你不要听他乱说……”

关琥话没说完就被小提包拍到了一边，他捂脸的同时，叶菲菲又一脚踹到他的小腿上，骂道：“你这混蛋，还说想跟我道歉，约我出来，结果却在这里欺负人！”

叶菲菲打得起劲，张燕铎及时将放在吧台上的红酒递到了她面前，她道了声谢，接过来往前一泼，酒水便整个泼到了关琥脸上，再顺着他的脸流到了衬衣上。

眼睛里被溅了酒，火辣辣地疼，关琥的眼泪一下子流了出来，他一边抹眼睛一边强调：“我在查案，叶菲菲你这样做是袭警行为……”

“关王虎你闭嘴！”叶菲菲哪管什么袭警不袭警，又踹了他一脚，气呼呼地离开了。

关琥有心要去追，但眼睛疼得厉害，勉强往前走了两步就被拽住了，一块湿毛巾塞进他手里，他听到张燕铎清亮的声音说：“先擦擦吧。”

用温热毛巾擦拭过后，关琥终于可以再睁开眼睛了，同样的场景让他想起了跟张燕铎的第一次见面，这其实是个很冷漠的人，但偶尔会让他感到温暖……

感激之情在看到沾满了暗红液体的衬衣后荡然无存，关琥也想起了自己这么狼狈是拜谁所赐：“靠，我刚买的新衬衣，今天才第一次穿。”

“洗一下，你可以穿第二次。”张燕铎的说话声中不乏笑意。

关琥不爽地抬起头，就见对方正用毛巾裹着冰块放在嘴角上，他气不打一处来：“你这人！你怎么可以凭空造谣？”

“咦，我刚才哪一句说错了？”

关琥再次闭上了嘴。

笑吟吟地看着关琥吃了瘪，张燕铎好心地提醒：“她还没走远，你要不要去追？再晚点就真的追不上了。”

“追不上就追不上，反正都分手了。”

“真不去？”

关琥想了想，还是跑了出去，但很快就转了回来，面对张燕铎，认真地说：“不管你是不是那个人，我都要告诉你，我只是想跟他道声谢，还有一句抱歉，那天我不该打他的，但如果当时是你陷入险境，我也同样会回去救你，因为我是警察。”

张燕铎的笑容顿住了，等他回过神，关琥已经跑走了，只留一串铜铃轻响声在空气里悠悠回荡。

张燕铎伸手搭到左肩上，轻轻一撕，粘在上面的跟肌肤几乎相同颜色的胶皮被撕了下来，露出里面浅显的伤痕。叶菲菲其实是他打电话叫来的，还好她及时出现，否则这种伪装很难瞒过去。要是关琥发现伤口，再要解释清楚将会是件很麻烦的事。

一切都很顺利，他唯一没想到的是关琥执着于真相的原因会这么简单。

关琥跑到外面的街道上，又一口气追上叶菲菲刚坐进去的出租车，硬是将出租车拦住了，不等司机发火，他先亮出了警证，然后迅速将车门打开。

看关琥这么紧张，再想到在沙漠时他拼命救自己那回，叶菲菲的火气消了大半，却故意板着脸问：“你这么急干什么？”

“你不要听张燕铎乱说，根本不是那么回事。”

“那是怎么回事啊，给你十秒，解释清楚。”

“解释什么？”关琥发愣。

面对他的发傻，叶菲菲有点迷惑：“解释你追上来的理由啊！不过我说分手就是分手，没得商量！”

“哦，你说这事啊！那请放心，我刚才没有暴力，更没有耍流氓，一切都是误会。另外我绝对不会死缠着你不放的，我是想问你怎么知道涅槃这家酒吧的？你了不了解张燕铎？是他让你在那里跟我约见面的吗……”

叶菲菲被一连串的问题弄晕了，气愤地问：“你火急火燎地来追我，就是为了问老板的事？”

“是啊，怎么了？”

“关王虎你去死吧！”冷不防地，关琥小腿肚又被狠狠踹了一脚，关琥抱着脚原地弹簧般地跳着，就见叶菲菲狠狠地带上车门，对司机说，“开车！”

“喂喂，你别走，先把答案告诉我……菲菲！叶菲菲！”

回应他的是远去的油门声。

同一时间，涅槃酒吧里，张燕铎将脱下的衬衣重新穿好，然后擦干净泼洒出来的酒水。一切整理完毕后，他给自己倒了杯红酒，靠在吧台上慢品，又将钱包取出来，单手打开。钱包一侧的透明夹层里塞了一张彩照，那是从关琥钱包里的照片复印过来的，照片里的两个小孩透过镜头看过来，像是在跟他对望。

张燕铎的手指在照片上轻轻摩挲，之前的一些经历导致他的童年记忆很模糊，所以他藏下了这张照片，希望可以通过它激醒那段往事。

关琥究竟是不是他的弟弟，此刻他还无从得知，但一场同生共死的经历让他对关琥多了份难以言说的感情。他现在的心情很矛盾，一方面期待自己的猜想是正确的，另一方面又担心过多执着于真相只会让自己更失望。

嘴角还在抽痛，关琥那一拳打得有点重，还说来跟他道谢，如果道谢是这种暴力方式的话，那还不如没有。张燕铎不爽地想着，摘下眼镜，随手扔在一边。失去了遮掩，他的眼瞳在灯光下折射出几缕交错的阴影，看起来有些诡异，同样也很真实，温和的光彩深嵌在眼瞳深处。

他仰头饮干了杯中红酒，心想，那些疑问就留到下次再说吧，反正今后的路还长着呢。

案件二　鱼藏

鱼藏，即鱼肠剑。相传鱼肠剑既成，由相剑大家薛烛观之，变色，曰:“逆理不顺，不可服也，臣以杀君，子以杀父。”后公子光使专诸置鱼肠剑于炙鱼中进于王僚，遂刺之。后世谓鱼藏乃逆理悖序之器，剑呈凶相，至死不休。

1.

关琥现在郁闷得想自杀，假如有人好心地递给他一条绳子的话，他会直接将自己吊在涅槃酒吧的大梁上。但很可惜，酒吧上方只有天花板，没大梁。

“你在看什么？”坐在餐桌对面的美女问道。

关琥把眼神收回来，总不能说他在寻找自杀的途径吧，呵呵干笑了两声，用手指指女人面前的酒杯：“喝酒喝酒。”

女人品着酒，转头好奇地打量着酒吧。酒吧不大，除了他们外再没有其他客人了，室内光线调得恰到好处，爵士乐徐缓悠扬，让人还没品酒，就已沉醉其中了。

“没想到警局附近还有这样不错的酒吧，”女人对关琥笑道，“看不出你休息时间这么会享受。”

关琥再次发出干笑。平心而论，涅槃酒吧的环境很合他的口味，否则他也不会没事就泡在这里了。而眼前这位美女嘛，当然就更不用说了，这可是他们警局里的警花。在被警花邀请时，用受宠若惊来形容关琥当时的心情一点都不为过，这也是为什么他会一下子头脑发热，建议来这间酒吧的原因。

感受着来自吧台那边三双眼睛的注视，关琥体会到了如坐针毡的感觉。尤其是他面前的美女不仅长得漂亮，身材也火爆，平时穿制服还不明显，今天不知她是有意还是无意，穿了一套淡黄色的薄纱低胸套裙。如此近距离相对而坐，让关琥几乎不知道该把眼神往哪儿搁。

虽说男人吧，喜欢看美女是正常现象，但如果地点选错了，那就喜剧变悲剧了。比如说现在，他跟苏绣媛一点关系都没有……啊不，就是点头之交的同事关系，现在也只是在一起吃个饭而已，为什么有人要以一种审贼的眼光来看他？作为一名现役刑警，他也是有尊严的，这种毫无顾忌偷窥别人的行为太不道德了！

越想越气，关琥忍不住转头去瞪站在吧台里的老板，却在接收到对方投来的微笑后，很没出息地马上把头转回去。张燕铎笑得很温柔，温柔得接近于阴险，让关琥想到了他在动物世界里看到的那种叫狐狸的动物。

为什么他会失心疯地选择进这家酒吧啊！他并没有想炫耀自己钓到美女，他只是好几天没来，怀念这里的料理了！关琥在心里发出呐喊。

“关琥，你有在听我说话吗？”

关琥回过神，见苏绣媛盯着他看，眼睛大大的，满是担心。想到美女约他来相谈的内容，他急忙抛开那些乱七八糟的烦恼，正色道：“有有有，你说你很担心你男朋友嘛，毕竟是做律师的，得罪一些恶人也是有可能的。”

家世好，人气高，在整个警局最受欢迎的美女警花主动邀请关琥，当然是有原因的，那就是跟苏绣媛交往的金牌大律师最近遇到了点麻烦。照苏绣媛的话说是，大律师好像惹到了什么大人物，以致被警告，所以这段时间一直心神不定，还动不动就发脾气。苏绣媛问他，他也总是避而不答。这种状况持续了一个多月，苏绣媛实在忍不住，才会想到找重案组的人商量，找来找去，就找到了关琥，因为其他人周末都很忙。

听到是这事，关琥有种身为备胎的淡淡伤感。

“你说的是陈律师，对吧？我想陈铭启大律师做这行也有十几年了，怎么应对那些恶人恶事，他都有一定心得的。既然他不想跟你说，那也是怕你担心，你不如就先顺着他的意思，别太在意了……”

“不是这样的，这次的事情跟以往不同，我感觉得出来，铭启他真的很反常，他在恐惧什么事情，恐惧到连我也要隐瞒！”说到激动处，苏绣媛伸手一把按住关琥搭在餐桌上的手。

关琥愣了一下，就听不远处传来咳嗽声。他循声望去，就见张燕铎侧着身子，手握成拳抵在嘴边，不知是真在咳嗽还是在发笑。他不满地瞪过去，苏绣媛也反应过来，急忙把手缩回去。

“抱歉抱歉，最近气管不太舒服。”被关琥瞪眼，张燕铎满是歉意地向他们点头赔不是，然后将做好的意大利面交给小魏，让他给两人端过去。

“我来。”托盘被叶菲菲抢了过来，对张燕铎笑嘻嘻地说，“老板，美女空乘免费帮你当服务生，你不会拒绝吧？”

张燕铎给她做了个请的手势。

等叶菲菲拿着托盘出了吧台，服务生小魏凑过来，很八卦地小声问他：“你说菲菲早不来晚不来，偏偏在今晚关警官跟美女约会时来，是偶然呢还是必然呢？”

“是偶然的必然。”张燕铎擦拭着手里的玻璃杯，微笑回复。

自从飞天事件后，关琥的前女友叶菲菲就跟他们混熟了，再加上她喜欢张燕铎的厨艺，所以只要有时间就会跑来凑热闹，算起来比关琥来的次数还要多。关琥选择在这里跟美女共进晚餐是非常不明智的，张燕铎无奈地想。可谁让这位警官情商低呢，他幸灾乐祸地看着对面上演的剧情，猜测接下来的走向。

叶菲菲不愧是大航空公司的空乘，服务水准跟表情都是一流的。她娴熟地将意大利面分别摆在关琥跟苏绣媛的面前，接着递上餐具，最后是饮料。不过她的微笑在关琥看来很险恶，至于险恶程度嘛，跟张燕铎不相上下。

感到胃开始抽痛，关琥手抚额头，再次对自己的错误选择感到懊恼。

“关先生，您的脸色看起来很差啊，”叶菲菲充满关心地问，“您不舒服吗？”

“没有，是灯光的关系。”关琥硬邦邦地回道。

“长期熬夜看A片是不好的，所以老板特意帮您准备了一份凉拌山药丝，清热去火，壮阳补肾。”

关琥觉得自己不用特意去看，都能想象得出叶菲菲现在皮笑肉不笑的表情，要不是为了保持他在美女面前的形象，他一定将那盘该死的山药丝直接拍到张燕铎的脸上去。

奶奶的！谁熬夜看那种片子了！

苏绣媛在旁边看出不对劲了，眼睛在叶菲菲跟关琥之间转了转，问：“你们很熟？”

“完全没有，跟笨蛋交流太多会拉低一个人的智商，”叶菲菲笑眯眯地对她说完，又一指吧台那边，“不过关先生是我们老板的弟弟，所以我们都会迁就他一下，如果他有什么言谈举止不得体的地方，还要请您多包涵。”

“不是的……”居然擅自把他跟张燕铎扯上关系，关琥忍不住想要辩解，嘴刚张开，底下小腿就被踹了一脚，他疼得只顾着捂腿，就听苏绣媛说：“原来关琥喜欢看那种片子。”

“没……”小腿再次被踹到，导致关琥的辩解半路终结。

叶菲菲面不改色地对苏绣媛说：“这也是没办法的事啦，男人这种生物十个人十个色。”她边说着边拿起胡椒粉小瓶往苏绣媛的意大利面上撒，“这是我们酒吧特制的佐料，小姐你尝尝看。”

关琥实在看不下去了，生怕叶菲菲再胡说一通，伸手推她，示意她可以走了。谁知刚好碰在胡椒瓶上，叶菲菲没拿稳，胡椒瓶脱手落到了苏绣媛身上，里面的粉末撒出来，弄得她的袖口跟胸前到处都是。

苏绣媛急忙侧过身，捂着嘴巴连打两个喷嚏，也让低胸衣下的春光隐约可见。

意外状况让关琥看傻了眼。叶菲菲也呆住了，说了句对不起就收起托盘掉头跑了，让关琥想冲她发火都找不到人，只好不断跟苏绣媛说抱歉。

“没事的，”苏绣媛用纸巾将撒在衣服上的粉末抹掉，对关琥温柔地笑笑，“只是小意外，别在意。”

看着她的笑，关琥忍不住在心里暗叹，假如他有个像苏绣媛这么温柔的女朋友，那该多好！很可惜，漂亮又温柔的女生都被抢走了，人家找了个年薪甩他几条街的金牌大律师，像他这种小警察，还是乖乖单着吧。

“那丫头就是毛毛躁躁的，你别理她，吃饭吃饭，”他推荐道，“这里的料理口味很棒的。”

“既然是你大哥的手艺，那我一定要捧场尝尝了。”

“大哥……呵呵……是啊，真不错……”关琥随口应着。

“我好像闯祸了。”感应到了关琥的怨念，叶菲菲轻手轻脚地走回吧台里面，垂着头，主动跟张燕铎认错。小魏目睹了全程，已经趴在一边憋笑憋得喘不上气来了。

张燕铎也笑了，眼眸扫向对面的餐桌：“挺有趣的。”

“真的？”在得到酒吧老板的肯定后，叶菲菲下一秒重新振作起来，说，“也不能怪我啊，都是关王虎动手动脚，才会让胡椒粉撒掉的。”

“不能怪他，”张燕铎认真地说，“要知道能请到警局里第一美女共餐，也是件挺不容易的事。”

“警花也可以穿这么暴露吗？”小魏的眼睛偷偷地瞟苏绣媛的胸口。

叶菲菲一个手肘把他拐去一边，没好气地说：“你们男人都是色狼，看到大胸脯美眉就分不清东西南北了。”

“不要一竿子打翻一船人，”小魏捂着胸口咧嘴叫着痛，“老板就不喜欢这类的，他喜欢的是像关警官那种有阳刚之气的……”话没说完，他就看到张燕铎眼镜片后厉光一闪，他马上闭了嘴，“你们慢聊，我去拖地板。”

叶菲菲冲小魏背后做了个鬼脸，转回头，见张燕铎低头认真擦着调酒器，她小声问：“老板，你说关王虎跟警花在聊什么？”

“你想知道，为什么不直接去问他？”张燕铎擦拭完，将器皿对着灯光来回转动检查，随口说。

“问了他也不会说啦，不过你要问的话，他一定不敢不说。”

“为什么？”

“不知道，就有种感觉，他挺怕你的。”

听着叶菲菲嘿嘿的笑声，张燕铎忍不住抬头看向对面。那边关琥跟苏绣媛看起来聊得挺开心的，不过他总感觉苏绣媛有点心不在焉，虽然她很想装成用心聊天的样子，但眼神不时扫过手表，好在动作不露痕迹，关琥那个笨蛋应该没注意到。至于他们在聊什么，他不需要问，他比较喜欢让关琥自己老老实实地交代出来。

“放心吧，他们不是那种关系。”在做出这个判断后，张燕铎放下调酒器，又去擦别的酒杯。

叶菲菲的嘴巴嘟起来：“什么嘛，我才不是担心这个呢，我只是觉得关琥那人那么笨，别被人骗了。”

骗警察？而且警察骗警察？张燕铎对叶菲菲的异想天开感到好笑。

叶菲菲见他不信，还想再解释，手机响了起来，她接听完后，匆忙把自己的东西收拾到小挎包里，对张燕铎说：“总部来电话，让我去代班，老板我先走了。”

“你们空姐也有代班？”小魏跑过来好奇地问。

“我是这星期的代班组，要二十四小时待命，以防止有同事临时有事上不了机，可以随时替换上班，”叶菲菲拖出她那个随身不离的小旅行箱，对张燕铎说，“我会帮你们带夏威夷的小点心的，拜拜。”

叶菲菲走了。张燕铎开了瓶葡萄酒，让小魏送给他们酒吧唯一的一对客人，说酒他请，让他们尽情享用。

关琥听了小魏的转述，惊讶地往吧台这边看过来，就见张燕铎向他微笑点头，做了个请享用的手势。

“我要开车，不能喝酒的。”关琥刚刚答应苏绣媛跟她一起去她的公寓劝说她男友的，张燕铎就把酒送来了，时间恰到好处，让他觉得张燕铎这样做根本就是故意的。

小魏已经帮苏绣媛把酒斟上了，转过来帮他斟酒：“没关系啦，我们老板一番好意，你不喝，他会伤心的。”

苏绣媛也说：“既然是你哥哥送的，拒绝不太好，回头我们坐出租车就行了。”

没等关琥说话，苏绣媛就冲他举起了杯，关琥只好跟她碰了下杯。喝酒的时候，他心想看来也只能坐出租车了，可是那么远的路，车费一定很贵很贵，靠，那只狐狸果然是在算计他！

任务完成，小魏乐颠颠地回到吧台里，跟张燕铎邀功：“老板，我做得很不错吧？”

“你可以下班了，我会按正常时薪算给你的。”

听说可以拿全薪，小魏二话不说脱下制服就走了。张燕铎跟在后面出了门，将正在营业的牌子翻过来，做出打烊的状态。等他回到酒吧，发现他的赠酒已经被喝掉了一半，苏绣媛正在给关琥的杯里倒酒——看样子酒几乎都是关琥喝掉的，他的眉头暗暗地皱了皱，转回吧台里，装作没事人一样继续擦酒杯。

“我真不能喝了，”在苏绣媛再次给自己斟酒时，关琥伸手按住了杯口，“要是满身酒气地去见你男朋友，他就算有麻烦，也不会跟我说了。”

苏绣媛没勉强他，把酒瓶放了回去，微笑着说：“平时看你挺能喝的，我以为这点酒你不会当回事。”

“这不是接下来还有正事要谈嘛。”

“我可能是太紧张，所以想喝酒松缓一下。”苏绣媛将自己的酒杯也放下了，不好意思地说，“我跟他岁数差很多，有时候把他当长辈看，跟他聊正事时很容易紧张。”

“可以理解，可以理解。”关琥随口附和。

听说陈铭启大律师也有四十靠后的岁数了，不过现在，男女之间差个一二十岁根本不算什么。抛开家世身份暂且不谈，光是谈吐见识也不是年轻人能比的，苏绣媛会选择这样的人并不奇怪。

“做事趁早，我们现在就去吧。”关琥看了下时间，在征得苏绣媛同意后，他起身去了吧台前，对张燕铎说，“埋单。”

“你们赶时间，回头再说吧。”

“回头再说会算利息吗？”

“不会，”张燕铎笑着拍拍他的肩膀，“自家人别计较那么多。”

苏绣媛跟了过来，关琥只好放弃了辩解，跟她出了酒吧。两人顺着楼梯走到车道上，关琥左右看看，正要准备招手叫车，身后传来说话声：“要我送你们吗？”

两人转过头，就见张燕铎跟着他们走了过来，制服已经脱下了，换成平常的衬衫加西裤，合身的衣装让他显得更瘦削了。

“你不用看店？”其实关琥更想说，你该干吗干吗去，少管老子的闲事。

“没客人，反正闲着也是闲着，”张燕铎说完，又转头对苏绣媛微笑道，“我这弟弟做事常这样马马虎虎，这里不是闹市区，不容易叫到车的，还是我送你们比较快。”

“这怎么好意思呢……”苏绣媛还想反对。

张燕铎指指旁边，接着说：“我的车就在那边，大家自己人，很方便的。”

“谁跟你自己……哎哟……”

关琥话没说完，小腿就被踹了一脚，不等他叫痛，张燕铎就勾住他的肩膀把他勾到一边，小声问：“你有钱坐出租车吗？”

关琥立刻点头，他的薪水还不至于坐不起出租车，只是觉得不太划算。

“还有回程。”注视着他的表情，张燕铎淡淡地追加一句。

在被注视到第五秒后，关琥选择妥协了：“看在你这么有心的分儿上，我不坐好像不太好……”

话没说完，那人便推开了他，转头对苏绣媛道：“我弟弟同意了，一起走吧。”

苏绣媛看上去并不想接受张燕铎的好意，她还想再坚持，但见关琥紧跟张燕铎往车那边走，她也只好跟上，对关琥说：“不好意思麻烦你哥哥。”

“没关系，他不是我……”

关琥伸出拳头在张燕铎脑后比画了一下，又将拳头收了回去。

到了车位，张燕铎很绅士地为苏绣媛打开车门。关琥在上车时犹豫了一下，最后还是决定坐到后排座上，以便跟苏绣媛讨论接下来的问题——该怎么跟她男友商谈，才能让对方放下心防。

张燕铎照苏绣媛提供的地址将车开了出去。

关琥听到地址，在心里抹了把冷汗——陈律师的家离这里好远，要是真坐出租车往返，他下半个月就要喝西北风了。他的眼神扫过后视镜，刚好张燕铎也在透过后视镜看他，两人正对上眼。张燕铎先笑了起来，像是看穿了关琥的想法，嘴角坏坏地向一边勾起。关琥气得瞪过去，同时在苏绣媛看不到的地方冲张燕铎晃了晃拳头。

“这个也许你需要。”

一个东西从前面向关琥抛过来，关琥伸手接住，发现居然是瓶口腔清新剂，他不爽地冲张燕铎说：“我没口臭！”

“有酒臭。”张燕铎慢悠悠地回他。

“难道造成酒臭的元凶不是你吗？”

“警官，你这种说法就像是你拿枪杀人，却把罪责推给枪支制造商一样无理。”

“你这是狡辩，再说我是警察，怎么会要持枪杀人？”

“是谁说警察就不会杀人了？”

“那个……”旁边一直被无视的女人抬起手，小心翼翼地打断了他们毫无营养的对呛，“你们兄弟感情真好啊。”

关琥张嘴要解释，张燕铎在前面慢悠悠地说：“愿赌服输哦弟弟。”

想起当初的赌约，关琥只好忍住了，张嘴将口腔清新剂喷进了自己嘴里，而且是连喷几下，然后问张燕铎：“这样可以了吗，大哥？”

张燕铎没直接回应，而是扶了扶眼镜框，表示自己的满意。

苏绣媛心里有事，没注意到他们的眼神，她双手绞缠着裙摆，紧张地问关琥：“你决定怎么说啊？”

关琥没想好，摸摸头，正准备找些话来安慰她，张燕铎在前面问：“你们要去见家长？”

“不是，是她男朋友。”张燕铎从后视镜看关琥，那眼神让关琥很不自在，“不是你想的那样，大哥，我们在谈正事，拜托你不要胡思乱想可以吗？”

张燕铎不说话了，做了个请继续的手势，自己看向前方，专心开车。

随后的途中，车里比较安静。碍于有外人在，关琥不方便多说什么，只是简单地安慰苏绣媛。不知道开了多久，轿车到达了目的地——那是一栋豪华的高层公寓。

苏绣媛和关琥下了车。张燕铎想要把车开进去，关琥制止了，告诉他停在这里就行，本来想说他可以离开了，但想到回程的路费，后面那句就说不出口了。

看出了他的心思，张燕铎很贴心地说："我去周围转转，你事情办完了，打电话叫我。"

"谢了，"关琥趴在车窗上小声对驾驶位上那位说，"我还以为你要继续跟进呢。"

"涉及你的终身大事，我怎么会那么没眼色。"

"都说了不是那种关系了。"关琥给张燕铎做了个拜拜的动作，跟随苏绣媛走进了公寓。

张燕铎看看周围的环境，没有兜风，而是把车开到附近可以停车的地方，熄了火，靠在车座上，准备趁这个机会小憩一下。阖眼时他看了下表，希望弟弟不要折腾太久。

关琥陪苏绣媛来到她家，看公寓的豪华程度就知道这是他们同居的地方。关琥暗想这个真相如果曝光的话，一定会让警局一大票男同事伤心颓废不已。

苏绣媛拿出钥匙要开门，手碰到门时，门却开了。

她有点奇怪，进去后就见走廊到客厅一路都亮着灯，便叫道："铭启，我回来了。"里面没有回应，她继续往里走，"我还带了重案组的同事来，他……"

话说到一半卡住了，她站在客厅门口，小挎包落到了地上，双手捂住嘴，定在了那里。

关琥在后面关门，听苏绣媛的语气不太对劲，他急忙跑过来，下一刻，他也怔住了——客厅地上都是血，一个男人仰面躺在血泊中。

因为过度恐惧和痛苦，死者的身体很夸张地扭曲着，金边眼镜落在一边，眼睛大睁着看向天花板，嘴被东西堵住了，导致他的脸庞也扭曲得厉害，有少许血丝从嘴角溢出来。他的两只手向两旁撑开，指甲扣在地板上，由于地板都被血掩盖了，无法看出上面是否有指甲留下的划痕。再往下看，就见男人自胸口到腹下被划开了口子，豁开的肚皮向两旁翻开……

关琥不由自主地屏住了呼吸，凶手像是跟死者有莫大仇恨似的，做出这样残忍的事……他有点不敢再想下去……这时旁边传来呕吐声，苏绣媛终于受不了眼前的惨状，双手捂住嘴巴，发出干呕。

“没事没事，你先去别的地方。”

关琥想扶苏绣媛去别处，却被她一把推开了，就见她跌跌撞撞，大声叫着陈铭启的名字便要扑过去。

关琥赶忙将她拦住：“冷静点，不要破坏现场。”

“可是铭启被杀了！他被人杀了！”眼前的打击实在太大，苏绣媛失去了平时的温柔，拼命挣扎着并大声吼叫。关琥本来还怀疑对方是否就是陈铭启，现在敢肯定了，苏绣媛的担心变成了现实，这位金牌大律师真的被谋害了。

“我知道他被人杀了，所以你才更要冷静！”他抓住苏绣媛的肩膀，喝道，“想为他找出凶手，你就更要冷静，保护好现场，明白吗？”

被他的大吼声吓到，苏绣媛停止尖叫，呆呆地点头，忽然一手捂住嘴巴，再次发出作呕的声音。关琥扶住她，将她带到走廊另一边相连的房间，安慰说：“你什么都不要做，坐下来镇定一下，这里交给我。”说完，转身要回现场。

苏绣媛一把拉住他，由于紧张，她的手很冰，发着轻颤，泪眼蒙眬地说：“可是……”

关琥看她似乎要说什么，但实在无法整理好语言，便说：“别担心，我马上叫救护车，看能不能救人。”苏绣媛哭着点头。

关琥挠挠头，觉得自己实在不会安慰人，看现场那种状况，傻瓜都知道人根本救不活。

安置好苏绣媛，他迅速回到客厅，先是打电话给重案组同事报告案情，接着从不同角度拍下被害人的死状。这时他才发现在离血泊不远处也有零星血迹，血迹一直延伸到门口，由于不多，一开始被他忽视了。

关琥举起手机，将零星血迹也拍了下来，顺便又拍了客厅的全貌——被害人的手机落在离他较远的地方，看机体的碎裂状况，可能是被害人在受到攻击时导致的。走廊跟角落里放置了不少青藤植物跟假山石，植物盆里零落倒扣了一些空的小玻璃瓶，另一边电视柜里也摆放了许多瓶装容器，透过玻璃窗可以看到瓶子上的标签，都是些营养用药。看来陈铭启很注意身体保健，却没想到最后会这样死去。

室内弥漫的怪味让关琥作呕，他忍着不适将现场逐一拍下来，又转去尸首上。当镜头逐渐移到被害部位时，他微微一愣。透过手机镜头，可以看到死者的肚子那里血肉模糊，隐约有金属的光芒闪过，起初他还以为自己看错了，把手机移开，重新确认后，发现死者那里的确夹着其他东西。

关琥小心避开周围的血迹，向被害人面前凑了凑，想仔细查看他的伤口，就在这时，手机响了，来电显示是张燕铎。

“你那边是不是出事了？”电话一接通，关琥就听到张燕铎焦急的声音从那头传来。

“出了很大的事，”看着惨不忍睹的现场，关琥冷静地说，“发生凶杀案了，哥。”

张燕铎是被突如其来的响声弄醒的，他睁开眼睛，发现自己才睡了几分钟，车外有个人影在晃动，响声正是那人碰到车身造成的。

起先张燕铎以为是醉汉，因为对方摇晃得厉害，但那人转头时脸上的表情让他感觉不对，本能驱使下，他打开车门下车，问：“先生，你没事吧？”

那是个身材矮小瘦弱的男人，路灯灯光折射在他脸上，让他的表情越发晦暗。似乎没想到车上会有人，男人啊的叫了一声，二话不说掉头就跑。

一瞬间，血腥气扑面而来，张燕铎本能地冲了上去。男人跑得趔趔趄趄，轻易就被他抓住了，谁知就在他抓住男人的手时，眼前寒光闪过，对方竟从口袋里掏出弹簧刀，弹开后向他刺来。以男人刺来的力道跟凶狠，换了普通人，一定会被刺伤，但可惜他面对的是张燕铎。

他的行为激起了张燕铎的戾气，他侧身避开了刺来的尖刀，先是一拳击在男人的手腕上，将刀击飞，接下来的一拳又打在男人脸上，那人哼都没哼，就随着张燕铎的击打跌倒在地。

张燕铎就势向前一按，用膝盖顶住男人，一只手按住对方的颈部，另一只手拿起那柄落在旁边的弹簧刀。不知是张燕铎的速度太快，还是此刻他身上流露出的戾气太强，男人居然连声求救都没叫，眼睁睁地看着刀逼近。

张燕铎握刀的手发颤，只要刀尖再往前挺近几厘米，他就能干掉这个人了。

四下寂静，车位附近很暗，半个人影都看不到，空气里只能听到呼呼的喘息声，分别来自躺在地上的男人和张燕铎。

跟地上那人四目相对，张燕铎看到了对方眼中的恐惧跟哀求。这样的目光过去他也见过，但每当他心软收手时，都会换来对方毫不留情的反击，所以抚养他的老家伙对他的教导永远只有一句话——不要对他人仁慈，因为那是强者不需要的感情。这句话在张燕铎的脑海里反复回荡着，他不断地这样告诫自己，可是利刃始终没有刺下去。

刀尖在晃动中泛出诡异的光，他的眼眸被光亮晃到，这才回过神来，寂静的空间让他意识到这里不是囚禁他的孤岛，而他也不再是囚犯。

他不可以杀人，因为他现在不是一个人，他要考虑到弟弟的心情。想到关琥，张燕铎慢慢恢复了理智，他吐出一口气，发现额头上渗出了一层冷汗，气力像是耗尽了似的，连那柄刀都拿不住，当啷一声，刀落到了男人身旁。

男人这才反应过来，吓得发出啊啊的怪声，又奋力挣扎，想挣脱张燕铎的控制。

张燕铎沉默着挥起拳头，再次打在那人脸上，将他打晕后，揪起来推到路边，又扯下他的腰带，用腰带将他的双手反绑在背后，顺手又将他的衬衫从后面掀上去盖住他的头部。做完一切后，张燕铎将男人丢在那里，转身往公寓里跑，同时打电话给关琥。

他有种预感，那人的出现也许跟关琥的拜访有关。

“发生凶杀案了，哥。”

这是在他询问后，关琥的回答。瞬间，张燕铎的心房被一种莫名的情绪充满了，不管关琥是否真是他的弟弟，在这一刻他都有了找到家人的感觉。这让他庆幸刚才克制住了杀意，问了关琥门牌号，加快奔跑速度，公寓的门卫过来阻拦他，被他直接甩去了身后。

陈铭启的家在十楼，张燕铎乘电梯上去后，见房门没锁，张燕铎直接推门，冲进大厅。

关琥不在，张燕铎首先看到的是满地板的血，以及血泊正中蜷缩着的一个死状很惨的男性，一个女人蹲在死者身旁胡乱摸索着。虽然女人背对着张燕铎，但是看她的打扮，他判断出那是苏绣媛。

“关琥在哪里？”他问道。

或许是声音太严厉，苏绣媛吓得一哆嗦，差点跌倒在血泊中，她避开血迹颤抖着退到一边，用力摇头，表示自己不知道。

听到动静，关琥从隔壁阳台跑回来，看到苏绣媛的举动，他皱起眉，苏绣媛抢先开口叫道：“我知道不该破坏现场的，但我还是不甘心，我想知道铭启是不是真的死了，我学过紧急救护的，也许我可以救他……”

虽然这种心情可以理解，但苏绣媛的行为除了妨碍现场勘查外，没有任何意义。关琥想把她再劝走，就见她用手捂住嘴巴做出呕吐状，急匆匆地转身跑去了洗手间。

目光落在面前的尸体上，关琥捂着胃，觉得自己也想吐了，赶忙转个身，去了离现场较远的地方。

“你刚才在干什么？”是张燕铎冷清的嗓音。

关琥侧头瞄了一眼，对方正仔细观察被害人的状态，脸色平静，没有表现出一点正常人该有的反应。

“去阳台跟走廊那边转转，看看有没有什么新发现。”

“新发现在他的肚子这儿，你没看到吗？”

张燕铎走近尸体，伸手正要去拨弄死者的肚腹，被关琥大声喝住：“不要破坏现场，等鉴证科的人来！”

冷漠的目光投来，有那么一两秒，关琥觉得这不是他所认识的那位酒吧老板，但张燕铎马上就恢复了正常的表情，默默向后退开。这时外面传来急迫的警笛声，看来警察马上就会到了。

洗手间里不断响起冲水声，关琥走过去，轻轻敲房门，问：“苏绣媛，你还好吧？”

“……没事。”里面传来有气无力的回应，随后苏绣媛将门打开，出来时关琥发现她的脸色更难看了，担心她会晕倒，主动扶她回了卧室。

回头见张燕铎还盯着死尸在看，他提醒道：“不要乱碰这里的东西，我都有拍照的，要是你害我被处分，我这辈子都会赖着你不放。”

张燕铎扶了扶眼镜，一言不发地退开。

又过了一会儿，门口传来脚步声，重案组成员陆续到了，苏绣媛对关琥说：“你去忙吧，不用理我。”

“好，我让女警来照顾你，有什么问题或是不舒服的，你跟她说。”

苏绣媛点点头，伸手捋着耳边的头发，关琥发现她的指尖依旧在颤个不停。

还好女警很快就到了，是他们重案组的新人蒋玎珰。蒋玎珰机灵乖巧，看上去很像是邻家小妹，由她来照顾苏绣媛，关琥比较放心。他暗中交代蒋玎珰，让她等苏绣媛的情绪稳定下来后，再顺便录口供，然后关琥才去客厅正式参加勘查工作。

外面已经拉上了警戒线，重案组的警察跟鉴证科的人都在忙碌着。张燕铎站在门口，江开正在向他询问。看到关琥，江开先是愣了一下，然后一脸不可思议地问：“你什么时候来的？”

“现场是我弟弟发现的，也是他报的警，”张燕铎在旁边好心地帮忙回答，“我开车送他们过来，所以就顺便上来了。”

“你弟？”江开的目光再次在两人之间转了转，完全无法理解他们怎么一下子从普通关系一跃成了兄弟，“请问你们失散多久了？通过什么信物确认关系的？”

看江开如此八卦，关琥把他拍开了：“做事去。”

“做事之前，请记得戴好口罩。”张燕铎在旁边好心提醒。

“为啥？”江开刚问完，就见两个同事捂着嘴跑了出来，没多久走廊远处传来呕吐声，关琥指指他们，表示就是这个意思。

江开马上跑出去找同事要到口罩，顺便也帮关琥要了一个，跟手套一起递给关琥。关琥戴手套时，就见他的上司萧白夜也捂着嘴跑了出来，嘴里含糊道：“我去搜集情报，回头会合。”没等话声落下，已经跑得没影了。

关琥惊讶地问：“没人提醒头儿这次的现场很惨烈吗？”

“好像是你报的警，”张燕铎无限同情地看着他，“假如是你忘了说的话，就等着事后被修理吧。”

关琥挠挠头，不说话了，江开好心安慰道：“你喝酒了嘛，这也是没办法的事。”

“我没……”

“为什么每次周末发生凶案，都跟你有关？”不悦的话声传来，鉴证科的首要成员舒清滟到了，只见她穿着白色短裙，头发卷成漂亮的大波浪，看打扮分明是在哪里玩到中途，被突然打电话叫过来的。说话间她边快步走近，边熟练地把头发扎到脑后，以便马上进入工作状态。

“不关我的事，我也想周末好好休息的。”关琥苦笑。

“而且每次凶案现场你都是喝了酒的。”

“是苏绣媛跟这位……”看看张燕铎，关琥临时改口，“跟我哥一直逼我喝。”

“你是小孩子吗关先生，有错先往别人身上推？”

旁边传来几声闷笑，关琥决定不跟他们瞎扯，先进去做事好了。舒清滟拦住关琥，对江开说：“你先帮他录口供，包括这位关先生的——你们组长刚才让我转告的。”

“是张先生，”张燕铎笑眯眯地纠正，“刘关张的张。”

“是，张先生，请这边来，我们来正式录口供。”江开示意张燕铎跟关琥去走廊上，关琥很想跟随舒清滟去查看现场，被江开硬是拖出去了，“配合一下。”

为了早点看到现场勘查结果，关琥非常配合地将自己怎么会出现在这栋公寓里，以及怎么发现命案的过程详细讲了一遍。江开边做记录边羡慕地连连点头道：“真好啊，跟大美女约会。”

在关琥准备揍人之前，江开开始问正事：“苏绣媛有没有提到被害人被恐吓的具体情况？”

“没有，我本来打算来之后，详细询问被害人的。”

之所以没有多问，是关琥觉得苏绣媛有些小题大做，以被害人在律师界的地位跟人脉，普通的恐吓根本影响不到被害人什么，现在看来是自己的想法太乐观了。

“苏绣媛的表现如何？”

“来之前有点紧张跟担心，在看到被害人后她的情绪很激动。”

“你们怀疑她？”张燕铎在旁边插话问。

“我们怀疑与事件有关的任何一个人，”关琥注视着他，答道，“也包括你，张先生，案发前你说去开车兜风，为什么会突然联络我，认为我出事了？”

“我关心你也有错？”

“没错，但发生得太巧合。”

“所以你就怀疑我有可能杀了一个我连面都没见过的人？”

“我刚才说过了，这只是例行讯问，每一个相关当事人警方都会问到，也包括我自己。”

听着这对话有升级的迹象，江开看不下去了，制止道：“我说，这些鸡毛蒜皮的事你们是不是可以回家关上门慢慢聊？”

为什么要关门聊？而且这是问案，怎么能说是鸡毛蒜皮的事？

关琥正要反驳，江开冲他摆手：“你不是想看现场吗？这边我来问。”

张燕铎也微笑着对他说：“假如你想知道那柄剑是怎么插进死者肚子的，早点进去比较好。”

基于眼下的状况，关琥选择去现场，就听身后江开奇怪地问张燕铎：“死者肚子里还有东西？是什么剑？”

比起是什么剑，关琥更想知道在那么短的时间里，张燕铎是怎么看出死者胸腔里放的是剑？抱着这个疑问，关琥回到现场，就见鉴证人员正在给死者拍照，死者口中的异物已经被取出来了，是揉成一团的塑料泡沫。塑料柔软有弹性，可以给被塞住的人一定的呼吸空间，但也会随着呼吸加剧造成塑料慢慢移向气管，导致呼吸障碍。看着那团带血的物体，关琥咳了咳，觉得自己的嗓子也开始不舒服起来。

另一位鉴证人员在用小夹子翻动死者的胸腔，又有警察受不了这种虐杀的状况，捂着嘴跑了出去。可以让这么多警察失态，从某种意义上说，关琥挺佩服凶手的变态程度的。

“你要不要先去吐完，再来看现场？”舒清滟对他说。

看着表情平静的舒清滟，关琥默默戴上了口罩。要是他表现得还不如一个丫头，那就白干警察这么多年了。

“死因是什么？”他问。

“腹部被利器刺中导致脾脏大面积破裂并失血，食道被塞住引发呼吸困难——这是表面上可以观察到的死因，具体情况还要再做详细的尸检才知道，至于凶器……”舒清滟用夹子将深入死者腹中的金属物挑出来，由于金属物太重，无法夹住，她便直接伸手拿了出来，可以看出那是柄十多厘米长的短剑，并且带着剑鞘。

“美女，你好剽悍。”关琥在旁边看傻了眼。

“你有其他办法拿吗？”舒清滟横了他一眼。

关琥的确没有，他发现自己身边还是需要这种剽悍的人的，嗯，估计张燕铎也可以毫不犹豫地将剑取出来。

舒清滟让同事做下取证记录，又将短剑放进证物袋里收好。

关琥问：“这会不会就是凶器？”

“很有可能。”

“那为什么凶手在杀了人后，又把凶器放回到剑鞘里，再塞进他的胸腔？”关琥不解，“为了隐藏杀人工具？”

“尸检后，我会给你一个更准确的答案。”

关琥点点头，这里该看的他都看过了，现场勘查他帮不上什么忙，于是站起来准备先去看看苏绣媛的状况，再去门卫室检查监控录像，谁知刚转身就跟江开撞上了。

“张燕铎呢？”关琥看向江开身后。

“你是问你那位刚认亲没多久的大哥吗？”江开用大拇指指着走廊，“他跟头儿回警局录口供了，疑犯也抓到了，大家可以不用这么紧张了。”

关琥只注意到前一句：“为什么回警局录口供？他疑点很多吗？”

舒清滟也站起来，疑惑地看向江开。

江开急忙摇头，将手里的笔录递给他们看：“不是你哥有疑点，是他抓到了疑犯，所以要去警局配合录一份详细的笔录。”

2.

等关琥回到警局重案组，张燕铎的笔录已经做完了，见他坐在重案组外的长椅上闭目养神，关琥犹豫了一下，没去打扰他，而是走进隔壁的审讯室。透过单面玻璃窗，看到同事老马跟另一位警员正在审问疑犯，但貌似不顺利，疑犯一直在发抖，头低垂着缄默不语。

关琥看了一会儿，转身回来，经过自动贩卖机，他买了两罐奶茶，自己选了冰的，走到张燕铎身旁坐下，将另一罐热的递给他。

听到响声，张燕铎睁开眼睛，看到凑到面前的饮料，他的眉头挑了挑。

“请你喝，”关琥把头别开，小声说，“刚才抱歉，我看了江开给你录的笔录，才知道是怎么回事。”

“没关系，反正对你的智商我早就放弃期待了，比如你会认为一杯奶茶就能得到原谅一样。”张燕铎没去接饮料，坐正身子说，“如果你真怀疑一个人，那就该怀疑到底，看份笔录就觉得我是无辜的，那你的智商也低得令人震惊。”

“那还真是抱歉哈，我的智商那么低，”关琥不爽地把手收回来，“不要就算了。”

“谁说我不要？我要冰的那罐。”

“你的身体能喝冰饮料吗？”

“某人胃痛都敢喝冰的，为什么我不能？”

张燕铎把冷饮拿过去，关琥只好开了热的那罐，转头看着他喝，突然想到他不会是担心自己冷饮喝太多导致胃痛，才特意这样做的吧？

“谢谢你帮忙把疑犯抓到了，否则这起凶杀案又要被那些记者大肆宣扬了。”关琥道。

“只是疑犯，未必是凶手，”停了停，张燕铎又说，“或许九成以上他不是凶手。”

想起江开对张燕铎做的笔录，关琥心里生起不祥的预感，忍不住问：“为什么你会那么专业的绑人技术？”

“我以为那是常识。”

“不是。”

“那就是你对常识这个词的理解不够深刻。”

“张先生你不要把话题扯开，现在我们在讨论你的行为，而不是我的常识。”

“我以为这是一个问题。”

就在两人鸡对鸭讲的时候，萧白夜急匆匆地走了过来，看到他们，说：“有关疑犯的详细资料拿到了，来研究一下。”

关琥立刻站起来跟上，见张燕铎也跟过来，他正要开口让对方回家，萧白夜先说：“张先生也一起来吧，我正好也想听听你的见解。”

这两人什么时候这么熟了？关琥愣在那里。

像是看出了他的想法，张燕铎冲他耸耸肩，然后笑眯眯地跟萧白夜并肩走进了重案组。

“等一下，”追着他俩进了萧白夜的办公室，关琥急忙说，“头儿，有关警方内部的工作内容，还是请张先生回避比较好吧？”

萧白夜坐下来，不以为然地说：“想太多，你大哥又不是外人。再说疑犯还是他抓住的，听听他的意见也好嘛。”

“他不是……”话没说完，关琥的小腿就挨了一记踹，等他忍住痛站稳，张燕铎已经在旁边的沙发上坐下来了，紧接着江开跟老马也进来了，他只好就近坐到了沙发扶手上。

大家都到齐后，萧白夜开门见山地问：“审问的情况怎么样？”

“那小子嘴挺硬的，一直说跟自己没关系，我让他们轮流问，不出意外的话，明天早上就会有结果了。”老马做了几十年审讯工作，他说会有结果，关琥相信绝对不是问题。

“这是疑犯的资料，时间太短，我只找到了这些。”萧白夜将带来的文件递过去，让他们轮流看。传到关琥这里时，张燕铎也凑过来看，关琥碍于同事们都在场，只好当不知道，默默地阅读手里的资料。

疑犯叫王二，二十六岁，未婚，在城郊一处闹市区跟父母开了间大排档式的拉面馆，生意还算不错，但去年由于那片区域被开发，因房产地皮以及生意等问题，王家跟房地产商一直没有顺利达成协议，以至于闹到了法院。当时房地产商的顾问律师正是被害人陈铭启。以陈铭启的铁嘴诉辩，这起地产纠纷案房地产商胜诉了，王家最后不仅被要求迁移，还要付一大笔诉讼费，所以王二有足够的杀人动机。

“这么复杂的情报，头儿这么快就查到了？”关琥佩服地看着萧白夜。

“王家有一次跟房地产商发生冲突，动了刀，闹到了派出所，所以有记录在案，我只是随便调了下资料而已。”萧白夜拿起茶杯慢慢品着，那表情好像在说，这点情报搜索岂能难得倒我？

老马接着说：“门卫也证明最近王二一直在陈家附近转悠，他们曾警告过王二，但今晚案发之前，是陈铭启让王二进去的，至于原因，他们也不知道。”

“看来他随身带的弹簧刀是准备用来杀人的武器了，”关琥对比着手头上现有的资料说，“不过刀上没有血，而死者腹部里还有另一把凶器，这有点奇怪。”

“也许带了两把，以防万一。”老马说完，见江开在旁边不断摇头，便问，“你有什么想法？”

“我觉得王二不是凶手，这名字太路人甲了，一看就像是陪衬主角来的。”对于江开这种不负责任的言论，几个人的反应是将手里的资料同时拍向他。

萧白夜在对面拍拍手，说：“好了，情报汇总暂且只有这么多。老马，你负责继续讯问王二；江开你去搜集王家的情报，包括诉讼问题跟王家的现状；关琥你去追陈铭启这条线，有情况及时联络。”大家领了任务各自离开。

关琥看看张燕铎，见他正拿了份报纸看得入迷，忍不住又去看萧白夜，完全不明白上司把这个局外人带进来的用意何在。

下一秒萧白夜给了他答案：“张先生，平时你也喝科纳咖啡？”

“是啊，我比较喜欢里面的葡萄酒香，那是其他咖啡所没有的味道。你有时间的话，可以随时到我店里来做客，保管让你喝到地道的科纳。”

“你是关琥的大哥，捧场是一定的，真是不好意思，还要让你特意送我。”

“只是咖啡而已，举手之劳。”

科纳咖啡？不会是夏威夷盛产的那个咖啡吧？怎么最近他天天去混酒吧，都没看到过这位老板喝咖啡？

“等等，”他举手打断两位像是老友似的对话，问萧白夜，“头儿，你不会是为了要一杯咖啡，把个外人叫进来的吧？”

萧白夜放下茶杯，笑吟吟地看过来：“对了，关琥，有关今晚惨烈现场这个问题……”

“啊，我突然想起还有份报告要写，我先去忙。”生怕上司追究他隐瞒之罪，关琥随口丢下一句，就拉着张燕铎跑出了重案组。

已是凌晨，办公室外的走廊上静悄悄的，张燕铎将喝完的奶茶罐丢进垃圾箱，问：“要回家吗？”

关琥看了下表，还有几个小时就天亮了，有案子的情况下他都是直接在警局凑合的，以便可以随时行动：“不，我要留守，你先回去吧。”

张燕铎点点头，跟关琥告辞离开。

关琥走在后面，看着他瘦削的身影在灯下慢慢拉长，晃晃悠悠地，想到他因为陪自己办案熬了一夜，有些过意不去，又担心他这个时候开车会出问题，便开口叫住了他：“那个……你要是累了，要不要先去值班室睡一觉？”

张燕铎停下脚步，奇怪地看过来。关琥已经后悔了，因为他想到他们现在在警局，回家步行连十分钟都没有，根本不存在凌晨开车的危险。

“好啊，那就谢谢弟弟了。”在关琥想要反悔之前，张燕铎先答应了下来。

在之后的几个小时里，关琥不止一次地为自己的白痴提议感到后悔。

值班室是个小套间，有床有沙发，床呢，当然被他让给了客人；而他自己，则窝在对面的单人沙发上。沙发太小，就算是横躺，他的两条腿也不得不完全搭在外面，这种扭曲的姿势，别说睡觉了，就算是眯会儿眼，都觉得难受。

“靠，我也要飞天了。”关琥忍不住扭动身子，口中发出怨言。

折腾了很久，直到天亮关琥才眯了一觉。睡得正香时，房门被推开，江开从外面走进来，关琥睁开眼，见对方咋咋呼呼地要开口，急忙指指对面，做了个嘘的手势。

江开会意地点头，跟他指指外面。关琥坐起来准备跟上，谁知腰间传来酸痛，像是被扭到一样，接着腿也麻了，他龇牙咧嘴，又重新跌回到沙发上。

“你……还好吧？”等他好不容易揉着腰挪出去，江开在外面憋着笑问。

“我觉得昨晚回家休息才是明智的。”

“是啊，虽然兄弟久别重逢是需要相互关爱，不过也要量力而行才是。”

关琥揉着落枕的脖子跟扭痛的腰，已经懒得再解释他跟张燕铎的关系了，直接问："什么事？"

江开收起了嬉皮笑脸："王二开口了，爆料还挺多的，不过始终不肯承认是他杀的人。"

关琥跟随江开来到审讯室，里面审问的人已经换了一批，不过老马还在。他推门进去，就听王二在叫："我真的没杀人啊警官，我只是想吓吓他，让他别再逼我们卖地，那是我们的祖地，绝对不可以卖的！"

"你拿着刀去，就已经有了作案计划了，什么有鬼杀人？怎么我们大家都没见到？"

"他没声没息地突然出现，不是鬼是什么？还把我弄晕了，我醒来时那律师已经死了，我就吓跑了，后来……后来就在路上被抓住了，我帮你们画了那鬼的模样，就是那样子的！"

听他说得颠三倒四，关琥皱皱眉，接过老马递来的笔录看起来。

照王二的说法，官司打输了，为了不搬迁，他听从律师的建议，最近一直奔波于一些大报社之间，想借助舆论力量给房地产商施压；同时纠缠陈铭启，希望他跟房地产商协商解决，所以公寓门卫看到他骚扰陈铭启是真的，昨晚八点多陈铭启让他进公寓也是真的，至于陈铭启要谈什么，他并不知道。他提前做好了打算，带了弹簧刀，准备万一话不投机，就用武力要求他帮忙，但他并没有想杀人。他家里还有上了年纪的父母，要是杀了人，这个家就整个毁了。

看到这里，关琥哼了一声——如果凶犯在杀人时都会考虑到自己的家人，这世上就不会发生这么多杀人案了。

后面，王二顺利来到陈铭启的家，开门见山地说了自己的来意。陈铭启告诉他，自己正在跟房地产商协调，这两天就会给他一个满意的答复。就在他们聊到这里时，那个鬼就突然出现了，王二只知道对方给了自己一拳，后来就什么都不知道了。

等他醒来时，发现自己躺在走廊地板上，他迷迷糊糊地来到客厅，就看到陈铭启死后的惨状，他在惊慌失措之下摔了一跤，导致脚下沾了一部分血迹。他没注意到，慌不择路地跑出公寓，却不料在出了公寓不远的地方被警察抓到了。

看着王二脸上的淤青，关琥很想说——那不是警察，那只是个喜欢多管闲事又很暴力的家伙。

供词下面还有一张王二画的鬼图。所谓的鬼，其实是由一些弯弯曲曲的线条组成的，中间是两个椭圆形的眼睛跟咧得很夸张的嘴巴，上面还涂了颜色，红绿黑白都占全了，看上去既像是小丑，又像是泼洒后的调色板或是京剧脸谱，但仔细看的话，又什么都不是。关琥想，假如王二说的是真的，那他能在那么短时间里把对方的脸记住？这很令人怀疑。

“你记得那只鬼的高矮胖瘦吗？”老马问。

“不记得……不，是根本没看清，只看到这张脸……我听说陈铭启很黑的，一定是他得罪了会邪术的人，那些人用鬼来杀他。”

“说你自己的事，别提别人！”

“我真的没杀人啊警官，呜呜……”

大概王二本来的精神状态就不好，又被逼问了一个晚上，现在完全处于崩溃的边缘，哭得一把鼻涕一把泪。关琥冷眼旁观，见他长得瘦小干瘪，双目无神，跟残忍地将剑插进死者胸腔的凶手很难联系到一起。

老马跟同事使了个眼色，示意先让疑犯休息一下，出了审讯室。

关琥问：“怎么样？”

“现在还很难说，我刚拿到他以前的案底记录，这个人有隐性狂躁症，看着胆小懦弱，实际发作起来会连命都不顾的，这种人最难凭直觉来判断。”

“不过有些证据对王二有利，公寓的监控录像都调来了，证实他进去跟出来时的衣服是一样的。”江开在旁边说道。

也就是说，假如人是王二杀的，在那种暴力杀人的手法下，他身上不可能完全没沾血迹，除非他去的时候藏了一套相同的衣服。

“看来如果要指证王二，至少要先找到血衣。”

“头儿已经安排警员在搜查了，现在那栋公寓大概正处于地毯式搜索状态中。”

“如果排除王二作案嫌疑的话，那就还有其他的可能，”关琥问，“楼层摄像头有没有拍到其他人去拜访被害人？”

“这也是一个疑点，”看了一晚上监控录像让江开的眼圈都红了，打着哈欠说，“昨天被害人所在的楼层摄像头的角度被调动了，什么都没拍到，所以我们只能检查公寓电梯跟大门的。”

监控录像显示，王二是在晚上七点四十分进的公寓，离开时是八点三十三分，所以假设他的口供是真实的，那就是说在这不到一个小时的时间里，又有人进入了被害人的房间。

关琥拍拍江开的肩膀：“你去休息吧，接下来的部分我来查。”

“我去隔壁打地铺好了，值班室让你哥占了。”

江开打着哈欠离开了，关琥去值班室悄悄看了一下，见张燕铎还在沉睡。时间还早，鉴证科那边不会马上有结果，他便先去洗漱，又在贩卖机里买了饮料跟面包，边吃边坐下来看公寓监控录像。

正如江开所说，陈铭启家的楼层什么都没拍到，如果是有人故意调动摄像头的话，那更能证明王二是无罪的。关琥做着需要继续调查的记录，又反复看录像——周末晚上七八点钟是住客进出的高峰，看来要拜托公寓门卫跟鉴证科的人帮忙一个个查了。

录像很无聊，关琥吃完面包，在反复观看中无意识地睡了过去，直到有人拍他的肩膀，他才醒过来，录像已经放完了。

关琥揉揉眼睛，见来的是张燕铎，问：“你怎么又来了？”

“我本来就没走啊。”

“你的衣服几小时之间由蓝变白了吗，张先生？”上下打量张燕铎的衣着，关琥说。

别糊弄他没记性，昨天张燕铎穿的是蓝衬衫，现在他穿的是白底红格衬衫；昨天是蓝色镜框，现在是浅红色的，发型也有打理过。这一切都证明他曾离开过警局，回家重新梳洗打理后又返回来的。这人还真是奇怪，没事总往警局跑。

被讥讽，张燕铎面不改色地扶了扶眼镜：“那一定是你睡迷糊了，关先生。”

“我的记性不知道有多好……”

“看来没什么收获。”打断他的话，张燕铎自来熟地按动遥控器，反复回放着录像看。

“喂喂喂，这是警方内部机密，请不要乱碰乱摸。”

关琥扑上前去抢张燕铎手里的遥控器，却因为久睡导致腿麻，一个没站稳，跌到了张燕铎身上。张燕铎扶住他，目不转睛地看着录像，淡淡地说：“这是普通市民的身体，警官，也请不要乱碰乱摸。”

“张燕铎，你是要告诉我得寸进尺怎么写吗？”

“我通常都是得尺进丈的。”

关琥攥起了拳头，正准备教训一下这个得尺进丈的家伙，门口传来咳嗽声，蒋玎珰站在那里，表情诡异地问：“我是不是来的不是时候？”

“没啊，别误会，这是我……大哥。”虽然很不想这样当众称呼张燕铎，但总比被同事们误会他跟张燕铎有更深层的关系要好。关琥把张燕铎按到椅子上，任他去看录像，问蒋玎珰，“苏绣媛的情况怎么样？”

“很糟糕，她一直哭，无法问出太有价值的信息，我准备等她情绪稳定以后再做笔录，”蒋玎珰犹豫了一下又说，“还有一件可能算是很糟糕的事，她怀孕了。”

“怀孕？”关琥马上明白了苏绣媛在案发现场屡次呕吐的真正原因。

“听说有两个多月了，本来他们都准备在近期结婚的。”

蒋玎珰离开后，关琥转身回到座位旁，无视在一边认真看录像的人，坐下来，双手插进头发里，叹气：“真是够糟糕的事啊。”

“是挺糟糕的，要重新筛凶手。”张燕铎在旁边冷静地回应他。

什么叫筛凶手？关琥不解地抬头看去，张燕铎还在来回转着录像，说：“王二不是凶手。”

“他有动机，并且有计划地准备凶器，还患有隐性狂躁症，你如何断定他不是凶手？”

“直觉。”

“我们警察查案不能靠直觉的，大哥。”他还以为张燕铎从录像里看出什么疑点了，说了半天只是对方个人的感觉而已。

“至少直觉告诉我，现在方向错了，要马上换方向另外寻找凶手。”张燕铎按下暂停键，转头认真地对关琥说，“因为陈铭启的死因不是隐性狂躁症患者造成的。如果陈铭启身上被连刺数刀死亡，那王二行凶的可能性很大，他是属于冲动杀人的那类人，狂躁症发作时不会考虑后果。但现在的情况是摄像头被调动，无法确定凶手是谁；死者口中有阻碍他发声的塑料泡沫，让他在被虐杀期间无法求救，活活忍受剧痛；事后凶手又将凶器塞进去，做出警示或是其他性质的宣告行为。这些都可以看出这是一起有目的并且有周详计划的杀人事件，凶手应该是心理极度不健全的人，这一点跟王二对不上号。”

关琥在一旁听傻了眼，半晌，小心翼翼地问：“哥哥，你不会说这又是变态杀人吧？”

“是的。”

再联系他所谓的宣告行为，关琥再问：“又是连环杀人案？”

“你说中了。”张燕铎笑眯眯地看他，“你总算聪明了一回。”

“我不会那么倒霉的，我刚定下了去国外旅行的计划。”

“那趁着计划还没实行，尽早取消掉吧。”张燕铎把遥控器还给关琥，“比起查看公寓门口进出的录像，我建议还是重点调查一下在公寓大楼里做事的人。”

一句话提醒了关琥。如果有人可以调动摄像头，那对方的身份可能是可以在公寓里随意走动而不被留意的人，比如清洁工、维修工或是定期来检查公寓安全设施的人员。

他将怀疑写在手机的记事录里，每一条都加上调查重点，传给了江开，然后对张燕铎说：“我去鉴证科。”

关琥到达鉴证科时，里面已经开始工作了，他先往解剖室里探探头，在旁边敲电脑键盘的小柯说：“舒法医应该已经搞定了，她说如果你来，直接进去就行，不过记得戴上这个。”他指指放在门口一侧的口罩和手套。

关琥道了谢，戴上后，敲门走了进去。舒清滟已经换上了普通的工作服，坐在办公桌前写文件，看到他，轻描淡写地说道：“请不要每次来都带家属。”

关琥转头指指张燕铎，又指指自己，用力摇头，表示他们不是家人关系。

张燕铎解释道：“昨晚我跟疑犯有过接触，萧组长让我配合一下，说也许可以挖掘到新消息。”

舒清滟没理他，问关琥：“可靠吗？”

关琥耸耸肩，这是个很微妙的问题，恕他难以解答，但后腰马上被顶了一下，张燕铎凑近他提醒道：“我好像救过你。”

关琥的腰腿本来就酸痛，被他这么一顶，更觉得不适，差点跳起来，挤眉弄眼地说：“可靠，我以组长的人格保证。”

舒清滟起身带他们走到解剖台前，随口说：“你看起来很难受。”

“任何一个人睡几个小时的沙发的话，都不会表现得很舒服。”

“希望接下来不会加重你的不适。”

当舒清滟把覆在尸首上的遮掩物取下时，关琥深刻理解了她的话。

在灯光的直射下，呈现在他们面前的尸首状态的视觉冲击感更强烈，连死者嘴角上的细微划伤也清晰可见，看来凶手在往死者口中塞塑料泡沫时的动作相当粗鲁；死者腹中的异物已经拿出来了，被划开的部位伤口齐整，如果不是内脏碎裂，给人的感觉更像是手术刀造成的划痕。

舒清滟将写好的尸检报告交给关琥。关琥大致扫了一遍，被害人的死亡时间在七点到九点之间，这跟王二出现的时间相符，但当他看到死因时，忍不住叫了出来：“窒息而死？他明明腹腔都被划开了。”

“致死主因是窒息，部分塑料泡沫在死者挣扎的过程中被吸入气管，导致气管阻塞。至于他所遭受的外伤当然也可以致死，只是先后次序问题而已，由于泡沫是被满满地吸入气管的，所以从死者被刺伤到死亡，有八到十分钟。”

“你的意思是他在这十分钟里活活经受了肠穿肚烂的痛苦？”

“最多五分钟，因为大脑缺氧后，脑细胞逐渐坏死，他不会感到痛苦的。”

五分钟也很长了好吧。

看看死者极度扭曲的脸孔，关琥想死者恐惧的不是死亡，而是死前面对酷刑时的绝望，从这一点来看，的确不像是王二的行为。

“看起来凶手跟死者有很深的仇恨。”关琥呻吟道，“死者又是做律师的，肯定结怨很多，要是一个个来筛选的话，要猴年马月才能找到啊。”

“那要感谢凶手为你提供了必要的线索。”舒清滟带他们来到证物架前，将放在证物袋里的凶器拿给他们看。为了方便调查，剑鞘跟剑身是分开装的，满是血迹的凶器染红了证物袋的内侧，提醒着凶手的残忍。

关琥拿起证物袋，就见剑身上以中间为轴，相对刻着宛如波浪状的花纹，剑刃短而锋利，即使被血色蒙住，依旧寒光烁烁；剑柄包银，当中以银丝缠绕；再看剑鞘，剑鞘上同样布满曲折纹路，鞘尾部位同样包银。由于是从腹腔中取出来的，血迹渗进剑鞘纹路中，颜色晦暗。关琥在反复观看的过程中，想起它在人体中绞动的状态，胃里开始出现不适的反应。

“你需要呕吐袋吗？”舒清滟在旁边好心地问。

关琥不说话，转头避开，证物袋被他随手推给舒清滟，却被张燕铎半路接过去，并仔细观看起来。

“你好像对这柄剑很感兴趣？”发现张燕铎查看证物时表情冷静，完全没有正常人的反应，舒清滟很惊讶，同时也对这个不速之客多了几分好奇。

张燕铎给她的回答是：“我见过这柄剑。”

“见过？”关琥的反应比舒清滟快，迅速转过头来问，“在哪里？”

“应该说是见过这类仿制品，不过当时只是随便扫了一眼，不敢肯定它们是否真的完全一样，”张燕铎将证物袋还给舒清滟，“我只能判断它们同样锋利。”

舒清滟点点头，表示理解：“上网查的话，类似的短剑并不少见，只要花得起钱，定做也有可能，这种私下交易警方也很难控制。”

关琥挠挠头，他感觉张燕铎还有话没说，碍于舒清滟在场，他不便过多追问，叹道：“看来接下来有的查了。”

“还有个地方，不知道对你们查案有没有帮助。”舒清滟把鉴证文件翻到第二页，里面的照片上重点拍摄了死者上衣的几个部位，她指着照片说，“这里沾了少量的粉末，初步鉴定它的主要化学成分来自胡椒碱、橙皮苷、紫苏醛，还有其他微量食用物质……”

“又来了，”关琥打断她的话，“请用可以跟地球人正常沟通的语言来表达。”

“这应该是胡椒粉的成分。”张燕铎帮舒清滟作了解释，“胡椒粉是我们酒吧自家磨制的，里面加了陈皮、紫苏，还有山椒等调味品。”

“可是死者没有去你的酒吧啊？”

“你忘了，叶菲菲曾不小心将胡椒粉撒在了苏绣媛身上，后来苏绣媛又碰过死者，所以死者身上沾了胡椒粉并不奇怪。”

经他这一说，关琥想起来了，舒清滟看着他们的互动，说：“那看来是没问题了。”

“还有个问题，”关琥道，“死者好像很喜欢服用营养药物，那方面有没有什么发现？”

“还在等数据结果，不过我看了药物种类，都是常见药，里面偶尔有一两种壮阳药物，但都是市面上贩卖的普通药类，少量服用不会对人体产生危害。”

“我看他收藏的数量已经不算是少量服用了。”

“同时服用大量营养药的结果肯定是适得其反，但以死者的工作繁忙程度跟生活习惯，可能这样做也是不得已。”说到这里，舒清滟耸耸肩，“当然，在担心这个问题之前，他更应该担心外来的加害。”

关琥想陈铭启一定活得很好，越是生活优越的人就越怕死，越怕死就越会注意养生之道，只不过他采取的方式错了。

“那也不用特意服壮阳药吧？他才四十六岁。”他翻着死亡报告书说。

“等你四十岁后可能就会理解了，”张燕铎在旁边善意地提醒，“但是首先，你要有个温柔又漂亮的女朋友。”

叶菲菲的身影在眼前一闪而过，关琥立刻用力摇头，将文件拍在张燕铎身上。趁着舒清滟去隔壁冰箱里取东西，他拿出手机，将在意的照片跟证物一一拍下来，随口说：“没自信的男人才会借用药物强化自己。”

“对，你是没用药物，你只会吃山药来补肾，那个便宜，见效也快。”

谁用山药补肾了？昨晚明明就是叶菲菲自作主张让张燕铎提供的山药。

“山药那东西不能多吃，”舒清滟回来，听到他们的对话，“过食会造成胃溃疡。”

看到舒清滟拿的化学玻璃杯里盛放的鲜红饮料，关琥觉得她不吃山药，也很有可能得胃溃疡的。

“我今早打的番茄汁，超新鲜的，你们要尝尝吗？”

“下次吧。”看到关琥收起手机，飞快地将口罩跟手套扯下来丢掉，开门夺路而逃。张燕铎微笑着对她说，“我怕再刺激下去，某人接下来要去看肠胃科了。”

关琥没理张燕铎，他准备直接逃出这个非主流的世界，但手刚刚搭到门把上，就被小柯叫住了，小柯嘴里叼着一根没有点燃的香烟，含糊不清地叫：“关琥等等，我刚复原了死者的手机资料，你要看一下吗？”

陈铭启的手机碎得很厉害，关琥没想到小柯这么快就把里面的内容搞定了。见有新情报，他刹住脚步，折了回来，就见随着小柯的手在键盘上的敲打，显示屏上陆续出现了照片跟短信。

那些照片里有不少是死者跟商业伙伴与陪酒女郎在一起的合影，男人需要应酬，这种程度的合影还说得过去。但除此之外，还有一部分是他跟女人的一些街拍，看两人勾肩搭背的亲密举止，不知道的人还以为他们是情侣。

都有快结婚的女友了，还这么不检点，关琥很反感，哼道：“难怪陈铭启这么执着于壮阳了。”

“他是金牌大律师，薪水高又长得帅，有女人倒追并不奇怪。”舒清滟和张燕铎也跟了上来，看到这些画面，张燕铎说道。

舒清滟赞成地点头：“所以许多时候，男人还不如尸体诚实。”

“希望在你眼中，我们三个人不是尸体的存在。”关琥打趣道。

听了关琥的话，小柯耸耸肩：“你们是不是我不知道，我只知道在舒大美女眼中，我跟尸体没什么区别，连抽烟都不可以点火。”

“那是为了你可以活得更久一些，”舒清滟走过去，将小柯叼在嘴里的香烟抽出来丢进垃圾桶，问，“除了这些无聊的照片，你还有什么其他的发现？”

“到目前为止还没有，都是死者跟一些红颜知己的短信来往，看来重要的信息他存放在电脑里，那个我要多花点时间来搞。”

“那等你的好消息。”

关琥用手机拍了几张陈铭启跟女人们的合影，告辞出了鉴证科。走在路上，张燕铎突然问：“你说死者生活作风这么糟，苏绣媛会是什么反应？”

“这种事大多是逢场作戏，陈铭启的身份比较特殊，要他完全跟那种环境脱离也不太现实，所以聪明的女人不会多加计较。”

“你说的是理性方面的常识，但女人在大多数时候是感性的，”张燕铎沉吟着说，“这方面你可以参考菲菲，如果易地而处，你在外面乱搞，你觉得她会怎样对你？”

随着张燕铎的目光落到自己的胯下，关琥本能地一抖，他深信那种让他断子绝孙以示警告的恐怖事叶菲菲绝对干得出来。

“少乱比喻，我才不会乱搞……啊不，我跟叶菲菲现在是清清白白的朋友关系，就算我乱搞，她也没资格管我……”

看着他如临大敌的反应，张燕铎扑哧笑了——都说了女人是不可以用理性来揣度的动物，他居然还这么认真地分析。

关琥反应了过来，狐疑地问：“你这样说，不会怀疑是苏绣媛因爱成恨杀人吧？”

“好像昨晚关警官自己也说过，身为警察，你们怀疑与事件有关的任何一个人，所以苏绣媛也不该是例外。”

这现世报来得还真快。关琥摸摸鼻子，耐心解释："我并没说不怀疑她，但从她的身体状况跟体力来说，这种可能性太低；还有一个更重要的因素，是时间，昨晚她一直跟我们在一起，从王二的口供跟法医给出的死亡时间来推断的话，她不具备作案时间。"

张燕铎继续向前走着，像是没听到关琥的话。

关琥快步跟上，问："你好像对这个答案不满意？"

"也不是，只是感觉哪里讲不通。"

关琥不知道张燕铎的纠结在哪里，不过对于他来说，也觉得事情发生得太巧合，只是现有的证据将苏绣媛的嫌疑排除了，如果要怀疑她，那就要找到更多的情报才行。

手机响了起来，关琥掏出手机，发现来电人是谢凌云，他犹豫着要不要接——作为重案负责人，在这个节骨眼上，他不太方便跟新闻记者联络。

"接吧，说不定有意外惊喜呢。"张燕铎转头笑着看他。

关琥被他笑得心里毛毛的，下意识地接通了，就听谢凌云在电话那端说："关琥，大律师被杀案是你负责的吧？我想跟你聊一下。"

果然是为了这事！关琥立刻拒绝了："抱歉，不管案子是不是我负责，我都不能跟你透露任何内情，你想要第一手消息，请找其他途径吧。"

"我不是想找消息，我想问你有关短剑的事，我看过同事弄到的现场照片了，死者腹腔里插了柄短剑，是真的吗？"

由于这起案子太过于惨烈，警方封锁了相关消息，听谢凌云居然知道得这么详细，关琥不由得佩服这些新闻人士的门路之广，他问："这与你负责的报道有什么关系？"

"跟我的工作无关，我问你纯属私人立场。我怀疑那是鱼肠剑，跟我爸的那柄短剑是一样的，总之事情说来话长，你有没有空？我们当面聊。"

"我很忙……"

"那就十二点在涅槃碰头吧，我过去找你。放心，不会耽误你很久的……我先跟老板联络预约一下，就这样，拜拜。"

在关琥想提醒谢凌云她要找的人现在就在自己身边之前，电话已经挂断了。跟着张燕铎的手机响了起来，谢凌云在微信上敲他，问他中午在不在酒吧。张燕铎看看关琥，回答说欢迎她随时来访。

“她好像搞错先后关系了，应该先跟你确认好地点时间，再联络我吧？”关琥无奈地说。

“看来她很急，把跟你联络放在了首要位置上，”张燕铎说，“换了平时，她应该比菲菲冷静。”

“她们俩半斤八两，”关琥叹道，“如果身边都是这样的女人，这让我还怎么敢对爱情抱有期待？”

“这世上不光只有女人的，”张燕铎善意地提醒他，“你可以适当换个口味。”

关琥冲张燕铎呵呵冷笑——如果每天都要面对像张燕铎这种一肚子坏水的狐狸，他应该对男人也绝望了。

3.

中午十二点整，谢凌云如约来到了涅槃酒吧。张燕铎刚把午饭做好，端到餐桌上给关琥，看到她，问：“要来一份吗？”

“好啊！”谢凌云坐到关琥的对面，把随身带的大皮包放下，“我为了赶工，都没时间吃饭，谢谢老板。”

相同的套餐很快就准备好了，只是简单的炒饭跟香熏肉肠，还有碗清汤。张燕铎去吧台里准备饮料的时候，谢凌云看看热气腾腾的炒饭，更觉得饿了，拿起勺子快速地扒着炒饭，又小声对关琥说：“你哥真贤惠，今后你可有口福了。”

关琥吃饭的动作一停——到底是从什么时候开始，大家都认为张燕铎是他大哥的？明明他们才认识了没多久啊。

“现在这种好男人不多了，要我帮你们牵线吗？”他问。

谢凌云连连摇头：“还是不要了，虽然老板人很不错，不过我想我 hold 不住他。”

关琥忍不住翻白眼了，她真的忙吗？半强迫地跟他约时间，害得他没办法马上去查案，现在却在这里跟他聊这些有的没的。

看出了他的心思，谢凌云从皮包里拿出一个小收纳袋，解开袋口上的绳子，将东西取出来放到桌上，说：“我来是要跟你谈这件事的。”

“噗！”当看到放在自己面前的是柄短剑，并且跟他刚见过的杀人凶器一模一样时，关琥忍不住将嘴里的饭粒喷了出来。

“抱歉！抱歉！”看到对面一脸错愕的女生，关琥发现了自己的失态，急忙掏出纸巾擦桌子，又连连道歉。

谢凌云把自己的套餐移到另一边，冷静地说：“我现在很庆幸这个桌面够宽。”

“请不要怪他，他今天一上午都在对着满是血迹的剑找线索。”张燕铎端着饮料走过来，分别放在两人面前，说，“有人拿这东西刺绞人的肚子，想想是挺没食欲的。”

听了他的解释，谢凌云释然了：“看来我同事听到的消息没有夸大事实了？”

“有过之而无不及。”

“警方内部资料，请不要乱传！”关琥把桌子擦干净，见张燕铎还要继续往下说，急忙拦住。

张燕铎拿起一片熏肠塞进了他嘴里，制止他说话，坐下来对谢凌云说：“我看到凶器时，就想到了你的短剑，既然你也注意到了，证明我没想错。”

“老板你也这样认为？太好了，不如我们来交流一下情报吧。”

“不行！”由于在咀嚼熏肠，关琥的话说得含糊不清。

“我觉得交流情报有利于尽快发现案件疑点。”张燕铎微笑着对他说。

关琥停止了嚼动，原本美味的熏肠此刻却感觉味同嚼蜡。

观察着他们兄弟的眼神互动，谢凌云开口打破了僵局：“先吃饭，饭后再聊，否则我也怕后面没食欲。”

午饭很快吃完，谢凌云帮张燕铎把碗筷收拾下去，关琥负责洗碗，这是张燕铎交代的，为了吃到免费的美食，一点小劳动他认了。

等他洗完餐具，回到餐桌前，张燕铎已经把他拍的照片影印了下来，并排摆在桌子一边，谢凌云的短剑放在另一边，以便对比。看到他瞠目结舌，张燕铎解释道：“请放心，事情讲完后，我会马上把这些都送进碎纸机的。”

“是啊，大家同生共死过，你不会连这点事都不信任我吧？”谢凌云也附和道。

话不是这样说的，信任是一回事，渎职是另一回事。

看着两人一副交流前兴致勃勃的状态，关琥以手抚额：“我有预感，我的刑警生涯将会因你们而终结。”

他的话被无视了，谢凌云将自己的短剑放在影印纸上，说：“你们看它们是不是很像？”

好奇心作祟，关琥凑过去看。谢凌云把剑拔了出来，剑身与剑鞘并排放在影印纸上，对照影印照片上的凶器。他发现，不管是短剑的尺寸还是剑鞘的做工跟纹路，甚至剑身上以凹槽为轴向两旁延伸的波浪花纹都极度相似，他伸手想拿剑仔细看，被谢凌云拦住了。

“小心，它很锋利。”

“没想到这么别致的做工，天底下还有第二柄，”关琥吐槽问，“这是定制来的吧？”

“这些花纹不是在玩精致，而是用来方便利器进入的——血会随着纹路流向四周，既可以缓冲刺入的阻力，又不至于让血溅得到处都是。”张燕铎解释道。

关琥看向谢凌云：“我从这柄剑上也嗅到了犯罪的气味。”

张燕铎也问：“你曾说它是你父亲的好友赠送的，是不是可以从这里找到什么线索？”

“这正是我觉得最离奇的地方。”谢凌云打开自己的笔记本电脑，找出自己近期搜索的网页给他们看，“我为了更了解父亲以往的经历，最近一直在查这柄剑的来历，谁知查寻过程中，发现了一个奇怪的现象。”

两人凑到电脑前，就见上面都是关于各种古代短剑传说的描写记录，并附有相应的图片，有很多部分居然跟谢凌云的剑极度相似，再看上面的搜索关键词，关琥读道：“鱼藏剑？”

“鱼藏剑，也称鱼肠剑，有关它的传说应该从专诸刺王僚那里说起……”

两个男人同时抬手，做出制止谢凌云说下去的动作，关琥说：“谢谢，我想但凡有点文学常识的人，都知道所谓鱼肠剑是怎么回事。”

“既然大家都知道，那就方便沟通了。”谢凌云继续道，“我父亲这柄剑的做工跟鱼藏剑非常相似，我请鉴定家帮忙验过，他们说这是柄古剑，并且杀过人。你们看剑鞘纹路上的黑痕，这应该是血迹造成的，传说鱼藏剑很邪，凡是经手的人都不得善终。”

“你不要告诉我，这是那柄两千多年前刺客用过的古剑，如果它是鱼藏剑，那凶手用来杀人的这柄又是什么？”

“我还不确认它是否就是鱼藏剑，那些鉴定家怕惹祸上身，都不敢多看。不过以我的感觉来说，就算它有点古老，也不会是几千年前的古物，更没有什么凶兆，你们看我现在不是过得挺好的吗？”

“如果真是那柄传说中的古剑，那你这辈子不用工作，也可以过得非常好了。”关琥双手交叉抱在胸前，点头说，“不过现在的问题是，你父亲是从谁手里得到这柄剑的？为什么凶手会用相同的剑杀人？”

“我比较好奇的是这柄剑曾经杀过谁。”张燕铎将剑拿起来，正反看了一遍。

盘桓在剑刃上的杀气传来，告诉他这是柄见过血的利刃，但要说它是四大刺客的遗物，那就太夸大其词了。他甚至觉得这柄剑并没有那么古老，它带给人古物感，完全是因为精巧的做工跟存在于利刃上的煞气。换言之，这是柄打造得很完美的赝品。

张燕铎将剑尖抵在剑鞘口处，手一松，就听清灵震响传来，剑刃归鞘，轻颤不绝。

关琥在旁边建议道：“要削个桌角来看看吗？如果可以削铁如泥，那就证明它真是鱼藏剑了。”

“你武侠小说看多了。”张燕铎将短剑重新放回桌上，“这只是柄仿造剑。”

“你的意思是那些鉴定大师都看走眼了？”

“称大师的通常都不是大师。”张燕铎冷笑，“否则就算这剑真的会带来不祥，也会有人不惜舍命追求的。”

“我也是这样想的，但最近我问过了父亲以前的同事们，没人知道这柄剑的来历，他的朋友也不多，所以无法知道当年是谁赠的剑。”

“所以当你看到凶手也用类似的剑后，希望通过追查凶手来寻找你父亲的行踪，对吗？”

“是的，虽说我已经放弃了父亲还活着的想法，但这柄剑总让我心里有疙瘩，总觉得通过它可以找到什么线索；反过来讲，说不定也可以借此帮你们追踪到凶手。”

谢凌云的想法关琥很了解，只要一天没真正看到亲人的尸体，就一天无法承认父亲死亡这个事实，就像这些年来他一直没放弃找寻他大哥一样。想到这里，关琥情不自禁地看了眼张燕铎，忽然想假如张燕铎真是他的哥哥，那他就不需要再这么毫无希望地找下去了。

觉察到他的注视，张燕铎看过来。

关琥把眼神撇开，收起私人感情说：“也许这只是个巧合，因为短剑的做工可以给凶手的杀人方式带来便利，所以他做了同样的仿制品。你们仔细看看就会发现，凶器的做工很粗糙，它跟鱼藏剑唯一相似的地方就是可以藏在肚子里。”

谢凌云有些失望，问：“凶手为什么要这样做？”

“我如果知道，就是变态了，”关琥自嘲完，又认真地说，“所以我们现在追查的重点应放在被害人的工作跟交际圈上，而不是盲信这种不切实际的传说。”

听了他的话，谢凌云的失望表情更明显了，刚好同事打电话找她，她只好跟两人告辞。

等她走后，张燕铎将打印的照片丢进粉碎机里。

关琥跟过去，问：“你好像对所谓的鱼藏剑的传说很在意？”

张燕铎没有直接回答他，而是问：“你知道鱼藏剑代表了什么？”

“暗杀。”

“是觉悟，死亡的觉悟，”张燕铎说，“凶手在用这柄剑宣告天下，这一切只是开始。”

在和张燕铎去苏绣媛家的路上，关琥一直反复咀嚼张燕铎说的那番话。理智告诉他，张燕铎的预料可能是对的，但感情上他还是不想认可，那到底是怎样的仇恨，可以蒙蔽人的理性？

关琥不说话，张燕铎也不说，只默默地向前开着车，最后还是关琥忍不住了，靠在椅背上看着自己拍的现场照片，问：“今天小魏因为什么爽约？”

稍微的沉默后，张燕铎反问：“我在想我用个什么样的借口，才可以让你相信。”

“那你还是别想了，什么借口我都不信。”

“不信你还问？”

“聊聊天，也许有助于发掘真相。”

关琥侧头看他，张燕铎戴的墨镜遮住了他的大半张脸，什么表情都看不出来，关琥说：“我发现你对这个案子很在意，说说看，也许可以集思广益。”

“只是有些地方想不通。”现在张燕铎大脑里的思绪有些混乱，无法跟关琥讨论，还是等他先找到在意的地方再说吧。

没得到答复，关琥换了个坐姿，将两条腿搭到车前方，说：“其实我也有许多地方想不通，为什么看你整天不做事也不缺钱花？说是开酒吧，你在上面花的心思还没有查案子多，你很闲吗？”

“你在嫉妒我有钱吗？”

“我只是好奇你以前经历过什么？”见张燕铎不解地看他，关琥又问，“那么残忍的场面，就连有经验的老警察都受不了，为什么你可以无动于衷？”

“可能是我的神经比较迟钝吧？”

“可你接近我的行为一点都不迟钝，你这样做到底有什么目的？”

“总不成是我暗恋你，”张燕铎哑然失笑，面对关琥的暗示，直截了当地说，“关警官，如果你怀疑我，可以直接去查我的资料，那应该比你问我更快捷。”

那也要有时间查才行呐，关琥在心里啧叹。

自从跟张燕铎认识后，他的人生就像上了弦的发条，没有一刻消停过，没法把心思放在一些无谓的事情上——除非张燕铎有前科，否则要查对方的档案也不是件简单的事啊。

苏绣媛的家到了。

昨晚发生凶案后，陈铭启的家被封锁了，苏绣媛回到了她自己的家。她父母都移民了，唯一的哥哥结婚后也搬了出去，现在家里只有她一人。萧白夜不放心，安排蒋玎珰陪她。

关琥二人进去后，蒋玎珰悄悄给他们打手势，说苏绣媛精神状况不佳，不适宜多交流，让他询问时尽量避开敏感的话题。

“你没有给她录口供？”

“她一直哭，根本录不了。上午睡觉时还一直呓语，看来陈铭启的死对她打击很大，中午吃了饭后，才稍微好了一些。”

二人随蒋玎珰来到卧室，苏绣媛正靠在床头出神。她穿着一身普通睡衣，头发蓬松在脑后，由于没睡好，透出很明显的黑眼圈，再加上哭肿的双眼，看上去相当憔悴，让关琥几乎无法把她和一贯明艳照人的那个女孩子联系到一起。

听到脚步声，苏绣媛抬起眼帘，木然地跟他们点点头，算是打了招呼。

“事情已经发生了，那就……节哀顺变吧，”关琥不太会说那些安慰人的话，嘟囔道，“发生这种事，谁都不想的。”

话刚说完，他就被推开了，张燕铎开门见山地说：“昨天你特意约关琥商量陈铭启的事，看来你对他将会被害有所预感，有关这方面的事情，可以具体讲一下吗？”

问得太直接，完全不在意当事人的感受，关琥跟蒋玎珰不由得同时冲张燕铎瞪眼。

苏绣媛果然受不了了，低头又抽抽搭搭地哭起来：“都是我的错，假如我早点注意他的举动，帮他分忧的话，也许一切都不会变得这么糟糕，他死得那么惨……”

张燕铎冷静地看着她哭泣，又说：“我知道你心里不舒服，不过事情不发生也发生了，你与其在这里伤心自责，不如配合我们把疑点找出来，尽早将凶犯捉拿归案。”

苏绣媛惊讶地抬起头看他们：“不是已经抓到了吗？”

“那只是疑犯，可能案子另有隐情，所以才需要你提供更多的情报。”

关琥在旁边看着，觉得比起自己，张燕铎更像是刑警。蒋玎珰也被弄傻了，偷偷地拉关琥的衣袖，又用眼神指指张燕铎，想问这是什么时候调来的新同事，为什么她不知道。

关琥很想说，其实他也不知道什么时候他变成跟张燕铎搭档办案了，还办得这么顺手。

听了张燕铎的一席话，苏绣媛慢慢冷静了下来，擦去眼泪想了一会儿，说：“我知道得也不多，就是看到最近铭启精神状况很不稳定，有点担心，问他他也不说。本来我以为是因为快结婚了，他有压力，后来发现不是那样，所以才会找关琥商量，没想到……没想到……”说到伤心处，她又啜泣起来。

张燕铎打断她，问：“你说的精神状况不稳，主要是指哪方面的？”

“就是表现得很紧张、很暴躁，偶尔还有害怕的样子。”

“我看房间里有不少补充营养跟壮阳的药物，都是陈铭启服用的？”

苏绣媛愣了一下，点点头：“对，他很注意保健，每次朋友推销这类药，他都会买……你们为什么问这个？这与铭启被害有关吗？”她的目光在张燕铎跟关琥之间游离。

一瞬间，张燕铎感到了她的紧张，他想自己也许点中了要害。但他没有回答苏绣媛的问题，而是从关琥的口袋里掏出他的手机，按密码解锁，将关琥拍的有关陈铭启与女人的合照调出来，递到她面前，问：“陈铭启在跟你交往的同时，还跟其他不少女性有亲密关系，这些事你知道吗？”

从张燕铎任意拿关琥的手机到解锁到搜照片，一连串的动作做得娴熟自如，看呆了一旁的女警；关琥也很无语，等他反应过来张燕铎问了多么刺激性的问题时，已经晚了。

看到手机里有关陈铭启的各种图片，苏绣媛的脸色变了，低下头，半天都没说话。

关琥抓住张燕铎的胳膊，将他拉去了一边，先抢回手机，又低声警告：“她怀孕了，别问这种问题刺激她。”

“昨晚的刺激已经够多了，”张燕铎双手插在口袋里，很冷淡地说，“女人没你想的那么弱。”

“现在不是讨论强弱的时候，而是这是我的工作，我会判断怎么处理。”

“等你下判断，黄花菜都凉了。”

关琥被呛得感到呼吸困难，他发现张燕铎是个很矛盾的人，有时候他对女人非常绅士，有时候又不近人情到冷血的程度。上次飞天事件中他对谢凌云是这样，这次对苏绣媛也是这样，好像他一旦认定对方有问题，就马上把对方当敌人看待，没有任何回旋的余地。

“绣媛累了，要不我们下次再问吧？”蒋玎珰开口打断了他们的争执，提议道。

关琥看看苏绣媛的脸色，点头表示同意。

谁知张燕铎却无视他们的建议，继续问：“你没有什么要说的吗？”

“喂！”关琥横眼瞪张燕铎，在被无视后，便直接上手去捂他的嘴巴。张燕铎的动作更快，先他一步抓住了他的手腕。

就在两人推搡时，苏绣媛开了口：“我知道的。”

“啊？”关琥跟蒋玎珰同时叫了出来，一齐看向她；只有张燕铎反应平淡，将关琥的手推到了一边。

苏绣媛抬起头对视他们，说：“可是这种事不是很平常的吗？”

“也不能这样说。”关琥歪歪头，觉得这个说法并不合理。

“铭启的工作比较复杂，他出入那些场所也是工作需求。一开始我不高兴，也跟他吵过，后来习惯了，也就不在意了。男人是需要交际的，只要分得清家里家外就行。”

“我还是不太理解，”蒋玎珰说，“换了我，一定打断他的腿。”

“那一定是因为你还不够爱他。”

蒋玎珰皱皱眉，对于还没有男朋友的她来说，苏绣媛的话有点深奥。

张燕铎问：“所以对于陈铭启跟女人在外面约会的事，你也不在意了？”

“也不能说完全不在意，但许多时候那些女人都是客户，不方便回绝。我也知道铭启的难处，所以在得知我有身孕后，铭启很高兴，提议马上结婚，这样他也有借口推开那些不必要的应酬了。”

关琥发现他还是无法理解那位大律师的心态。他是律师，不是牛郎，怕得罪客户后赚不到钱吗？而且从男女搂抱的街拍上看，完全看不出他有什么难处在里面。不过既然苏绣媛这样理解，那就随她去吧，人已经过世了，再追究这些也没什么意义。

“你们本来打算什么时候结婚？”张燕铎再问。

关琥看了他一眼，感觉到他的话中咄咄逼人的气息。

不知道苏绣媛有没有感觉出来，她回道：“本来是打算后天的，跟铭启朋友的儿子一起举行婚礼，后来因为时间上来不及，所以改成了下个月。”

“这个你有见过吗？”张燕铎完全不顾关琥的感受，再次明目张胆地把他的手机夺过来，给苏绣媛看王二画的鬼面图，“疑犯说在凶案现场看到这种东西出现过，说是他杀了陈铭启，陈铭启在出事前有接触过这类东西吗？”

苏绣媛看了一会儿，脸色微变，连连点头说：“有！有见过！前几天我在整理铭启的书房时看到过类似的纸片，我还问他那是什么，他当时看上去很生气，把纸片都撕碎了，让我少管。”

“电脑里有储存吗？”

“不知道，我不会去看他的电脑，里面都是工作方面的资料，我也看不懂。”

见苏绣媛状态不佳，关琥用胳膊肘搡搡张燕铎，示意他到此为止，然后不管他的反对，安慰苏绣媛好好休息，就告辞离开了。

张燕铎被关琥硬拉了出去，一路带到车前，关琥做了个赶紧开车门的示意。

张燕铎耸耸肩，打开门坐了进去，关琥跳到副驾驶座上，打手势让他开车，说：“下次有问题让我来问，你不要越俎代庖。”

“你不问我才问的，”张燕铎边开车边说，“你最大的问题是心肠太软。”

“我认为这才是正常的为人处世之道，我并没说不怀疑她，但是可以酌情询问。”关琥冷笑着看他，“别以为我不知道你刚才一直在套她的话。”

“原来你的智商没那么低啊！弟弟，既然你有注意到这点，那应该也发现了她一些奇怪的行为吧？”

“有，但客观上她没有那个能力跟时间，”关琥抚额叹息，“不知道是不是有什么是我没注意到的。”

“那要再去一次现场吗？”

一想到那场面，关琥的胃成功地做出了排斥反应。他先打电话给江开，正好江开在案发公寓跟门卫一起查监控录像，不过暂时还没发现有用的情报；老马则在跑王二那边的消息。关琥问了他们的情况后，收了线，看看手表，说：“我准备去陈铭启的律师事务所看一下，可能要花不少时间，就不劳烦这位英雄了。您劳累了一天，也该回去收拾下，准备晚上的营业了。”

“不用，今天是酒吧的定期休息日。”

“是今天吗？”关琥怀疑地看过去，他怎么记得涅槃酒吧的定休日是周四？

“是今天，”张燕铎笑眯眯地回复他，“所以少侠，我可以伴你江湖一路行的。”

陈铭启的私人律师事务所设在某栋写字楼里，装潢得豪华大气，从外观看就知道这位大律师有多赚钱了。不过今天事务所的气氛很低沉，看来陈铭启死亡的消息已经传开了，空气中流淌着很不稳的气息。前台小姐的微笑也异常僵硬，听关琥报了身份，她急忙请他们去办公室，说陈铭启的秘书跟助理会配合他们调查。

秘书小姐二十多岁，长得很漂亮，有种跟苏绣媛不同感觉的美，她的眼圈有些红，但是在接待应对上没有失礼。看到她，关琥给张燕铎使了个眼色，两人都记得在陈铭启的手机照片里，有他跟这位女秘书的亲密合影。

兔子还不吃窝边草呢，这位大律师的人品可真够差的，关琥在心里吐槽。

跟秘书和助理客套了几句就进入了正题，对方大概通过其他途径了解了不少内情，所以表现得都很镇定。助理是个将近而立之年的男人，戴着黑框眼镜，在接受关琥的询问时，他不时抬手扶镜框，镜片后的目光有些闪烁不定。

自从认识了张燕铎，在关琥心中，眼镜男就跟狡猾腹黑画上了等号，这位助理先生也不例外。从他们的应对态度来看，比起伤感惊讶，他们更多的是不安。

看来那位大律师背地里做了不少见不得光的事。

“不用紧张,我们就是来随便问一下的。”关琥安慰着他们,同时打量房间。

陈铭启的办公室很大，一面临窗，很适合远眺。办公桌靠窗，桌上摆放着台式机跟各种法律书籍，正中还堆了一大摞文件——看来是准备等陈铭启审阅的，但由于他突然身亡，被迫搁置下来没法处理了。

关琥走向办公桌，助理立刻跟了过来，像是怕关琥乱动上面的东西。为了不给他们施加压力，关琥把双手插进口袋里，围着桌子转了一圈，就见电脑旁放了几瓶空了一半的营养药瓶，角落里有两棵常青植物盆栽，一些空下来的小药瓶倒插在盆栽里，摆出各种造型。这些摆设跟陈铭启家里的摆设类似，看来他挺喜欢这样放置小瓶子的。

“陈先生生前好像很喜欢服用营养药物。”他问。

“是的，除了服药还喜欢健身，他比较注意这方面的保健。”

“最近他在处理什么案子？”

“没有特别的大案，”助理停顿了一下，又说，“我们律师所很少负责刑事案件，大多是处理经济财产纠纷这类案件，虽然偶尔会遇到棘手的雇主，但还不至于行凶杀人。”

秘书在旁边连连点头附和，看来他们担心警方会从这方面入手调查，从而影响到律所的业务。

关琥不置可否，环顾着办公室的环境，继续问:“他这段时间的情绪怎样？有没有大喜大怒，或是在恐惧什么事？”

“没有。”

“有没有人寄来什么奇怪的东西恐吓他？”

“没有。”

关琥没再问下去，而是故意盯着助理不说话。感到来自关琥身上的压迫气势，助理很快就妥协了，干笑说:“寄恐吓信什么的也不算是稀奇事了，我们偶尔会遇到这类事件，但陈先生做这行这么久，交际又广，不会放在心上，更不会跟我们说。”

“是吗？”关琥把目光转向秘书小姐。

在他的盯视下，秘书慌张地低下头。张燕铎冷眼旁观，发现关琥认真做事时，气场很强，观察也很敏锐，轻易就看出了秘书知道内情。关琥只是不擅长应付弱者，但是这世上看似是弱者的强者也有很多的，笨蛋弟弟。

关琥走近秘书，说：“看来陈先生跟以往有不同。”

“也……也不能说是不同，就是比以前要暴躁一些，上星期还当着苏小姐的面摔杯子。”

“他们为什么吵架？”关琥故意问，虽然他猜到了吵架起因多半是因为这位漂亮的女秘书。

“应该不是吵架，而是陈先生一个人在发脾气，”秘书皱着眉回忆当时的情景，“我听到有响声，过来就见苏小姐在一边哭。还有陈先生大声说，警察算什么，我在道上有的是人，我才不会怕。”

“道上有人？”

助理在一边发出咳嗽声，秘书发现自己触到了敏感的话题，急忙用力摇头，遮掩说：“现在想来，应该是苏小姐在担心陈先生的安危，他们马上就要结婚了，有关陈先生的事，苏小姐应该比我们更了解。”最后那句话说得有点酸溜溜的。

关琥只当没听出来，调出手机里的鬼面图片给她看，问：“这个你有见过吗？”

秘书摇摇头，助理也凑过来看，但马上也跟着摇头。看他们面露迷惑，不像是装出来的，关琥又问：“那类似这类的图片呢？”

“这图画得这么差，就算是陈先生看到，也只会一笑置之。”助理一语中的。

关琥只好换了话题：“听说王二因为对法院的判决不满，曾多次威胁房地产商跟陈律师，有关这件事，陈律师是怎么应对的？”

“就是杀害陈先生的那个人吗？那人一看就是凶恶之徒，有一次还拿着刀来吵闹，我曾建议陈先生报警处理，不过他完全没当回事，没想到最后会变成这样。”

“陈律师为什么不当回事？”关琥追问，“是因为他认识道上的人，觉得有靠山吗？”

助理扶了扶眼镜，不说话了。

看气氛有点紧张，张燕铎及时插进话来：“其实跟黑道有来往也不算什么，我们警方也有不少道上的线人。现在陈律师是受害人，你们还是把话说开了比较好，这种事并不难查，等我们回头查到一些不妥的资料，那贵公司的处境就微妙了。”

关琥被呛到，在一旁大声咳嗽起来。张燕铎什么时候变成“我们警方”的人了，自己怎么不知道？不过这只狐狸倒是有做警察的潜质，至少这招红脸白脸的戏码他表现得非常不错。

助理也不笨，听了张燕铎的话，表情有些尴尬，考虑到事务所的现状，他放弃了拐弯抹角的说法，答道：“现在黑道也很规范化了，他们常有些法律上的问题向陈先生咨询，除了黑魑组跟刀龙会这些大帮会外，还有不少小帮派，一来二往的，就熟悉了。不过我们只是帮他们提供法律参考，他们内部作业我们一律不知情。”

懒得听助理辩解清白，关琥直接问：“那陈律师常来往的或是私交较好的是哪家？”

“都还行，不过都算是点头之交，只有金蛇帮的头头蛇王认识比较久，有十几年了吧。”

“所以如果遇到一些麻烦的人或事，陈先生会找那个……叫蛇王的帮忙了？”

“那我就不清楚了，这都是陈先生跟他们的私交。”

得到了想要的结果，关琥道了谢，两人告辞离开。两人出了事务所，往前没走几步，就听身后传来叫声，秘书小姐匆忙跑过来，叫住了他们。

“我想起了一件事，也许对你们查案有帮助，”她说，“两天前，跟王二打官司的那家房地产商来拜访陈先生，我进去送茶时，听他们在聊准备再多付钱给王家，免得王二闹得太凶，会影响到那片地产的开发。”

关琥急忙问：“他们打算付多少？”

“具体的我不知道，听客户那边的意思好像是先把王家稳住，钱不是问题……这属于客户的隐私，按理说我不该透露给警方……”秘书说得小心翼翼。

关琥想她最初不是忘记，而是犹豫该不该说出来。“谢谢，放心吧，我们做调查时，不会牵连到你们事务所的。”

秘书露出礼节性的微笑，向他们点点头，转身正要回去，有人在对面叫道：

“赵小姐。”

关琥回过头，见一对男女匆匆走过来，都是二十多岁的样子。男人身穿休闲西装，长相不算很英俊，但给人一种稳重诚恳的感觉；他身边的女孩头发剪得很短，看上去很精神，穿着平底鞋跟宽松的裙装，站在几个男人当中，完全不显得矮小。

“赵小姐，听说……”那个男人叫住秘书，但看看关琥跟张燕铎，他快步走到秘书身边，压低嗓音问，“听说陈先生出事了，是真的吗？”

“是的，”关琥抢先说道，“请问这位先生是陈律师的朋友吗？”

男人没有马上回答，转头看秘书。

“这两位警官是来询问案情的，”秘书急忙说，“关警官，这位是许枫先生，这位是杨雪妍小姐。”

听说是警察，男人收起了戒备的表情，主动向他们伸出手来。

张燕铎双手插在口袋里，一副视而不见的模样；关琥急忙上前跟男人握手见礼，同时用另一只手的手肘撞在张燕铎身上，以示警告。

“没想到做警察这行的也有长得这么帅的男人。”许枫的目光在关琥跟张燕铎之间转了转，微笑说，“确切地说，是家父跟陈律师是朋友，他们认识很多年了。昨天我跟雪妍去郊外别墅度假，今天一回来就听父亲说陈律师出事了，本来父亲要亲自过来，但他身体不太好，所以就由我代替他来。那个……听说疑犯已经抓到了？”

许枫说话慢条斯理，也许他跟陈铭启的关系普通，或许只是为了尽孝道特意走一趟，关琥说：“目前还在调查中，事已至此，请转告令尊节哀顺变。”

“真没想到会发生这种事。”杨雪妍说，她说话声音很小，一副害羞拘谨的样子。

许枫拍拍她的手以示安慰，见关琥跟张燕铎都看着他们，便解释说：“我们后天举行婚礼，本来是打算跟陈先生和苏小姐一起办婚礼的，后来因为时间上不合适，就作罢了，没想到……唉……”

“世事无常，珍惜当下。”关琥象征性地安慰完，又问，“既然你们跟陈先生认识，那方便回答几个问题吗？就几个小问题。”

许枫看看秘书，秘书刚才被关琥问怕了，说：“有关陈先生的事，你直接向两位警官了解会更快。”说完，不等许枫回复，就匆匆返回了事务所。

许枫对关琥点点头。关琥将今天问过数次的问题又重复了一遍，不过他很快发现许枫跟陈铭启的确不熟，而杨雪妍跟陈铭启只见过一次，更别说提供线索了。所以等四人出了写字楼，来到停车场时，关琥拿到的唯一情报是一张请柬。

“后天是我们大喜的日子，如果有时间，欢迎你们来做客。”

关琥看看手里的大红请柬，又看看开远的宝马，啧啧嘴：“这家伙岁数不大，开的车倒不错！哈，这年头富二代还真多。”

“你好像对他很有兴趣。”张燕铎上了自己的车，车开出去后，他见关琥还在翻来覆去地看请柬，忍不住说。

关琥把目光从请柬上转到他身上：“为什么好好的话从你口中说出来就变味了？我是对他的存在感兴趣，不是他这个人。”

“哦？”

“你想想，如果是你后天结婚……”

“我不会结婚。”

“我说假如。”

“没假如，我不会结婚。”

关琥对张燕铎偶尔表现出来的执拗个性很无奈，为了正常沟通，他忍住吐槽的冲动，说：“好，那换个方式说。假如后天我结婚，早随身带着请柬准备到处派发了，我绝对不会为了个不是很熟的人特意来询问他的事。首先，这样做太不吉利了；其次，他说是询问，但最后什么都没问就走掉了，不是吗？”

“原来你们警察也这么迷信的。”

“喂，大哥，重点放错了。”

“那说重点，他不问也是可以理解的，正常人看到警察都会退避三舍，如果他只是顺便帮父亲跑一趟，那就更不会多问了，以免被警方怀疑。”

“那为什么你见了我不仅不退避三舍，还每次都得寸进尺？”

从眼角余光里看到关琥的注视，张燕铎转头向他微笑说：“因为我不正常，这个答案您还满意吗，关警官？”

“这是我跟你认识以来，你说的最中肯的一句话了。”

关琥吐着槽，继续研究手里的请柬。出身富庶的公子哥儿，跟陈铭启关系普通却又对他的死亡充满关心……说不上什么感觉，总觉得哪里不对劲。

“你不会是打算去参加婚宴吧？”见关琥盯着请柬不放，张燕铎捕捉到了他的想法。

“虽然感情上我很希望去，但我想钱包君可能不允许我做这种奢侈的事。”

“囊中羞涩的话，我可以借给你，免利息的。”

“但是需要我去你家酒吧打工还债吧？”

“你今天怎么这么聪明，是因为跟我在一起待久的缘故吗？”

关琥长这么大，还从没被人这样一再地羞辱过智商，他冷笑：“也许你还会趁机让我COS制服牛郎，刚才许枫还说我很帅，现役刑警当牛郎，一定帮你赚翻了。”

张燕铎眉头挑挑，很想说，刚才许枫称赞帅哥时看的人明明是自己。

“警官，你的自恋跟龌龊简直不相上下了。”

“所以接下来我要去更龌龊的地方，”关琥收起请柬，“如果你还不累的话，我想去会会蛇王，看他跟陈铭启到底是什么关系。”

“听起来你对他挺熟的。”

“金蛇帮十几年前风光时，蛇王在里面当堂主，他练外家硬气功，养了不少弟子。不过这几年他们的风头被其他帮会盖了过去，蛇王也上了年纪，就退居二线，不再过问道上的事。”

“这种老江湖很难见到吧？”

“看你这话说的，好歹我干警察这么多年，这片道上混的人见了我，哪个敢不给个面子？”

没多久，关琥就被自己说的话打了脸。他们到了金蛇帮，别说见蛇王，就连堂口都没进得去，那些小伙计接待得倒是客客气气，态度却很强硬，坚持说蛇王去外地休养，不在帮里，请他们回吧。

关琥没能见到人，只能郁闷地离开。出乎意料地，这次张燕铎没有讥讽他，还好心地建议说顺便去其他帮派打听一下。为了尽快找到线索，关琥同意了。

面对警察的突然造访，黑魑组跟刀龙会两边的人都做出如临大敌的戒备姿态，在关琥的反复解释下，对方才慢慢释疑，不过他们没有提供什么有利的线索，甚至对于陈铭启的突然被杀，他们表现得比律师事务所的那些人还要震惊。据他们称，陈铭启是个很八面玲珑的人，处理的又大多是经济案，跟人结怨被虐杀的可能性相当低，假如陈铭启已经感到危险的话，不可能不向他们求援。

“看来他们是真的不知情。”在返回警局的路上，关琥终于忍不住了，掏出一支烟抽起来。

张燕铎看看他的脸色，没说什么，默默地打开了车窗。

天色已经黑了下来，今天几乎在外面跑了一整天，却没什么收获，关琥抽着烟说：“我有种感觉，老马跟江开那边的状况大概跟我们差不多。”

“你打算怎么办？”

“先回局里汇报工作，你在警局外把我放下就行了。”

关琥又狠狠抽了两口烟，就用手指掐灭了，将还剩了一大半的烟头用纸巾包住，塞进口袋里。张燕铎在旁边看着，关琥会抽烟就代表他心情不好，但他还是克制住了，甚至在处理烟头上都考虑到了自己的感受。别看他平时大大咧咧什么都不在乎，其实在一些细节上还是很有心的嘛。

到了警局，张燕铎在门前停下车，关琥下车后跟他道了谢，就掉头飞快地跑进了大楼里。张燕铎张口想说什么，但转念一想，自己注意到的，关琥一定也早看到了，他要是真的一点智商都没有，也不可能在重案组一做就是这么多年。

不过，他是否觉察到这起虐杀案背后究竟隐藏着多大的仇恨？

4.

关琥当晚在警局待了大半夜，凌晨才回自己家小睡了一觉，早上随便打理了一下，又跑去了警局。习惯了每天在电梯里碰到张燕铎，今天那人没出现，他还真有点不适应，忍不住猜想那家伙在做什么，会不会又暗中策划一些不妙的行动。

中午，重案组里除了蒋玎珰在陪苏绣媛外，其他人员都到齐了，大家交换了情报。

果然如关琥所料，进展不是很顺利。

王二方面老马都调查过了，在收到关琥的消息后，他也去房地产商那边做了确认。正如秘书所说的，房地产商发现王二有拼命的意图，为了不让事态继续恶化，所以正在通过陈铭启跟王家和解；而王二的家人也坚持说儿子不会杀人，因为他们也打算妥协了，准备另找地方开业，王家的邻居也都证明没见过王二携带仿古短剑。

撇开这些带有主观感情的证词，从警方目前掌握的证据和王二的文化水平还有个性来判断，他持有仿古短剑的可能性太低，更没有能力调动摄像头。江开跟陈铭启公寓的门卫都确认过了，公寓入口处的摄像头里没有拍摄到可疑者，江开还调查了当天从公寓后门进出的人员，包括公寓门卫以及定期来做维修的员工，发现其中来检查供电设备的某个人大家都不熟悉。

门卫科以为那是物业派来的，而物业则说不知情。后来经过双方核实，绘制出了那个人的头像拼图，江开将拼图放大，贴在移动板上给大家看，却是个戴黑框眼镜的男人，眼镜很大，占了他半张脸，再加上制服帽子压得较低，导致嫌疑人的特征只有他那一对大浓眉，另外就是他很瘦，个头不高。江开虽然请鉴证科的人查验了指纹，但那人戴了工作手套，所以应该拿不到令人满意的结果。

“我讨厌眼镜男。”看着那幅比王二画的鬼面好不了多少的肖像画，关琥嘟囔道。

萧白夜问：“公寓附近有没有找到被丢弃的制服或手套？”

“什么都没有，我们曾怀疑那人的制服上有溅上的血迹，但可能被他直接带走了，警犬追出公寓后就失去了目标——那个人应该做了应对措施，看得出他是个冷静又有头脑的人。”

“至少不是王二能做出来的。”

萧白夜叹完气，又问老马有关陈铭启的交友情况，老马将与陈铭启常来往的人员名单照亲疏关系列了出来。看到密密麻麻的几页纸，关琥有点后悔昨天没问许枫他父亲的名字。把纸拿过来翻了一遍，第一页里有四五个姓许的，关琥用手机拍了下来。

江开在一旁问：“有什么发现？”

关琥将昨天调查的情报讲了一遍，不过把谢凌云提供的鱼藏剑的部分省略了过去。

听完他的汇报，萧白夜让老马去追黑道那条线，江开继续负责公寓方面的情报调查，关琥去查陈铭启的交友情况。至于王二，先行释放，另外安排警员暗中跟踪其动向。

会议结束，江开问：“玎珰还要继续陪苏绣媛吗？”

“苏绣媛的父母很快就会回来了，等他们回来，我就把蒋玎珰调回来帮你们。”萧白夜笑眯眯地打量他们，“我知道有女警配合，你们做事的动力会更大，不过这次情况特殊，你们再忍几天。”因为他的玩笑，一度紧张的气氛稍微松缓。

老马笑道：“我是老人家了，这机会就让给年轻小伙子们吧。”

“我也不用，”最近不断见识到各种暴力的女性，关琥对女警敬谢不敏，摇头说，“那比较适合江开。”

“嗯，我知道你不需要的，你更喜欢你哥……”关琥的巴掌飞了过去，江开捂着头往外跑，“难道你不喜欢你哥帮你吗？我哪有说错？”

江开其实没说错，张燕铎是个好搭档，不过关琥觉得比起被帮忙，他跟张燕铎默契的配合才是主因，因为那只狐狸够黑。也或许，那声哥叫多了，让他有种错觉——张燕铎真是他的哥哥。

下午，在外面跑案子的路上，关琥不止一次地拿出钱包看夹在里面的照片，照片边角已经泛黄，上面一对兄弟的模样也变得模糊，唯一不变的只有两人的笑颜。

父亲过世前曾想跟他提这件事，但最终还是没有讲出来，只说让他原谅自己，假如有一天他遇到哥哥，也请哥哥原谅当年父亲的自私行为。

在父亲提到这事之前，他一直都以为哥哥过世了，就像母亲患病过世那样。现在仔细回想一下，在他的记忆里，哥哥的存在很模糊，哥哥好像有人群恐惧症，几乎没出过门。他唯一的记忆是很小的时候，自己因为哥哥而被小伙伴嘲笑，还曾一度希望哥哥消失，直到有一次因为某件事，他才对哥哥的态度有改观，但那是什么事，他已经记不起来了。

他记得有一次他生了场大病，好久才康复。等他从医院回到家里，发现家里很空，父亲说母亲过世了，哥哥也陪母亲一起去了，因为家里没有多余的钱，所以父亲把他们的墓地安置在了一起。那时他还小，没多久就习惯了父子二人相依为命的生活。他每年都陪父亲去扫墓，每次都听父亲说起抱歉的话，当时他以为父亲是对母亲说的，直到父亲过世，他才赫然发现父亲一直感到负疚的对象是哥哥。

当年到底出了什么事，导致哥哥的消失？如果哥哥还活着，那他现在又在哪里？这些秘密都随着父亲的过世归于尘土。

关琥做了警察，便借由职业之便不断查找多年前的事件案例，希望通过这个办法找回哥哥——假如哥哥还活着，那就找到他的人；反之，就找回他的骸骨。可惜这么多年过去了，他从热血小警察做到专门负责重案的刑警，刑事案他侦破了很多起，却始终没有找到有关哥哥的情报，直到他近乎放弃的时候，张燕铎出现了。那个神秘又优雅的男人，每次都出手帮他，究竟是因为太闲，还是出于某种特殊的目的？

关琥将钱包收起来，心想下次见面，也许该问问他到底是不是自己的大哥？

为了搜集陈铭启的情报，关琥在外面跑了整整一下午，直到晚饭时间都过了，他才饥肠辘辘地回家。询问工作没有太大的进展，他还累了个半死，随便吃了碗泡面冲了下澡，就躺在床上，一觉睡到了天亮。

第二天早上醒来，关琥仰头看着天花板，琢磨自己今天该去哪里找线索，想了半天突然想到了那份请柬，他“啊”了一声跳起来——昨天太忙，他居然把许枫婚礼的事给忘记了！

关琥匆匆跑出卧室，洗漱完毕，简单吃了早餐，又打理好发型，再去衣柜里找衣服，选了半天，最后选了一套深蓝色西装穿上，对着镜子来回照了半天，觉得还算满意，这才准备出门。

手放在门把上，他突然想到一件事，摸出钱包，里面瘪得令人心酸，他又折回去翻了翻抽屉里的账本，犹豫三秒后，决定以警察的身份参加婚礼。

出了门，关琥在去电梯的路上顺便往隔壁看了一眼。昨天熬得太晚，他没去酒吧蹭饭吃，现在想想，觉得有点对不住自己的胃了。

电梯到了，里面没人。关琥暗叹侥幸，走进去按了关门键，谁知就在电梯门即将关上的那一刻，一只手及时伸过来，门重新打开，张燕铎漫不经心地走了进来。

“早。”张燕铎先打了招呼，见关琥还在发愣，他探身按了楼层键，“你应该也是一楼吧？”

“除了一楼我还能去哪里？”关琥上下打量张燕铎，他今天穿了一身深蓝西装，脸上戴着蓝框眼镜，发型被精心打理过，非常滑顺地落下来，脚下踩着黑皮鞋——虽然这个男人平时也很注重形象，但今天他的打扮明显不同。

收回眼神，再看看自己的服装，关琥发现他们撞衫了，低声嘟囔：“我怎么有种被跟踪偷窥的感觉。”

“你说什么？”张燕铎转头问。

关琥回了一个做作的笑脸：“说我们的衣服挺像的。”

“那证明你的审美能力有提高。”

“……”

“看你穿这么花哨，应该不是去查案吧？”

被夸奖，关琥整整西装前襟：“是查案。”

“去婚宴上查案吗？”

张燕铎用两根手指捏着一个东西在关琥面前晃了晃，关琥发现那居然是自己放在口袋里的请柬，他急了，飞身去抢。张燕铎却将请柬换到另一只手上，导致关琥为了抢东西不得不整个人趴在张燕铎身上，再接着因为冲力，两人一起撞到后面的电梯壁上。

察觉姿势的不雅后，关琥沉默了三秒。

张燕铎依旧保持他一贯的微笑，用请柬指指头顶上方的摄像头，慢条斯理地说："为免被人误会，请保持距离。"

下一秒，关琥立刻将自己弹开了，他飞快地整理衣着，摆出跟张燕铎完全不熟的姿势，眼看前方，问："你手脚这么快，不会是小偷出身吧？"

"想知道是不是，你可以去调查嘛。"

"你觉得我们刑警很闲吗？还是你认为我会对一个陌生人在意？"

张燕铎笑吟吟地不接话茬，过了一会儿，问："你带礼金了吗？"

"……带了。"

"呵，这位警官，你的撒谎技术就跟你现在的钱包一样糟糕。"张燕铎说着话，从口袋里掏出一个红包递过去。

关琥警觉地看他："干吗？"

"这种时候就不要计较小钱了，你也不想打草惊蛇吧？"

这样说也对，想想自己还要供房，关琥接了红包："先说好，这不是受贿，下个月我会还你的。"

"你也可以去我的酒吧打工赚钱。"

"我绝不会做制服牛郎的。"

"才一天没见，关警官的被害妄想症又加重了。"

那绝对不是被害妄想，关琥瞟瞟张燕铎，张燕铎眼镜片后的眸光带着某种捉摸不定的颜色，他想只要有机会，这只狐狸一定会整自己的。

但即便如此，在跟张燕铎聊天的过程中，相片里的影像还是浮上了他的脑海，他张张嘴，很想问张燕铎是不是就是自己的哥哥？这些年对方是否也跟自己一样，一直没放弃寻找亲人？

"你……你……"由于紧张，关琥的额头冒汗，吞吞吐吐了半天，最后还是没能把那句话问出来。张燕铎奇怪地看他，就在关琥决定说出口时，电梯到达一楼了。

"没想到你还有结巴这个毛病啊，"张燕铎看着他，一脸遗憾地说，"这样的话，就更不容易找到老婆了，真可怜啊。"

关琥迈出电梯的一条腿没踩稳，成功地跌出了电梯外。

“喂，为什么你要坐我的车？”十分钟后，成了司机的某位警察很不爽地发出质问。

坐在副驾驶座的那人毫不介意他的怨言，调整着眼镜，慢悠悠地说：“之前都是我载你,现在换你载我一程而已。大男人别这么小气,你已经是结巴了，还在这种细节上斤斤计较，更没女孩子喜欢了。”

关琥不由冷笑，他怎么会认为张燕铎是他哥哥？他哥哥才不会是这种尖酸刻薄又腹黑的男人！

“你不会是准备跟我一起参加婚宴吧？”关琥皮笑肉不笑地问。

张燕铎看着他点点头，一副“这还需要问吗”的表情。

关琥哼道：“这么闲，小魏今天没法陪你打球了吗？”

“他生病了，发烧。”

“打球改生病了？”

“我想了想，觉得总用一种借口不太好，偶尔换个借口，会比较有新意。”

有个屁新意啊，反正都是撒谎而已，需要这么折腾吗？在满腹的吐槽中，关琥将车开到了举办婚宴的酒店前，两人照请柬上的信息来到二楼宴会大厅。

大厅门口贴满了各种大红色的喜庆祝福词句，另一边是礼金台，礼金员看到关琥二人，向他们微微点头。关琥上前写上自己的名字，又将包好的红包递过去。礼金员道了谢，又看向张燕铎，张燕铎指指关琥，微笑道：“我俩一起的。”

关琥就这样在礼金员一脸错愕的注视下被张燕铎拉进了婚宴大厅。

背后被盯得发热，他气得用手肘去撞张燕铎：“你怎么不准备自己的红包？”

“我准备了啊，就是刚才你送过去的那个。”

“那不是我的吗？”

“我有这样说过吗？”

关琥张嘴想骂人，张燕铎及时从经过的服务生手里取过一杯酒，递给他，示意他少安毋躁。

“新娘挺漂亮的。”顺着张燕铎的眼神看过去，关琥就见新郎新娘正在一起给宾客斟酒。新郎穿的是普通的西装，新娘则是大红色的两件套旗袍，由于是短发，没法做盘头，所以只是象征性地在发鬓上别了银饰。

关琥注视了一会儿，发现都是许枫在跟大家寒暄，新娘好像对这种宾客齐聚一堂的场面不是很适应，低眉顺目地陪在他身边，只有在必要时给大家斟酒。还好婚宴是自助餐形式，所以大家交流很方便，减少了许多应酬上不必要的麻烦，这也让关琥有机会随时吃到自己喜欢的食物。

他就这样一边吃着小点心，一边留意周围的环境。没多久就从宾客的聊天中得知许枫的父亲是开珠宝店的，许枫的哥哥继承了父业。许枫则是会计师，新娘杨雪妍是护士，许枫的母亲重病住院时，一直是由杨雪妍护理的，两人也因此认识进而交往。本来许父因为门户等原因，不是很赞同这门亲事，后来不知为什么，态度大变，以最快的速度办了这场婚礼。

新娘的母亲在一年前病故了，娘家无人，所以婚礼都是由许家操办的。关琥听着宾客私底下的交谈，发现新娘这边只有一些女伴陪同，却没有长辈，看来跟许家相比，她的出身不显，也难怪会表现拘谨了。

“我发现在说八卦上，男人一点不比女人差。”关琥呷着杯里的葡萄酒，听完那些无聊的杂谈，忍不住叹道。

张燕铎给他的回答是：“这是你喝的第四杯酒了。”

“礼金都付了，不多喝点，亏大了。”

“那好像是我掏的礼金。”

“我俩一起的。”关琥笑眯眯地回答，在看到张燕铎一瞬间的呆愣后，他这几天的郁闷心情消散一空。正要继续，胳膊被碰了一下，张燕铎向他递来了示意的眼神。

许枫看到了他们，带新娘来向他们斟酒。凑近了看，杨雪妍的新娘妆有点浓，给人一种很土气的感觉。关琥想那些客人没说错，以她的出身，的确配不上许枫。

许枫看上去喝了不少酒，脸颊发红，也很兴奋，熟络地跟他们打了招呼，感谢他们百忙中来捧场，又问他们是不是来问案子的。他的声音有点高，把周围宾客的注意力都吸引了过来。

关琥急忙连连摆手，支吾说：“我们也快结婚了，来学经验的。”

“你们？”许枫的眼神在关琥跟张燕铎之间转了转，再次提高声量，“没想到你们……”

杨雪妍及时拉了许枫一下，制止了他乱说话。

关琥很感激她的帮忙，随手往对面人群中一指，说：“我女朋友在那边。”

谁知那边还真站了个身材高挑、穿着蓝色纱裙的女子，看到她，关琥顿了一下，差点叫出来——叶菲菲？

“你女朋友真漂亮。”许枫恭维道。

不知道有没有看错，等关琥再看时，那个蓝裙女子已经不见了，他凑到张燕铎身旁，小声问：“那是叶菲菲吧？”

“如果她没有孪生姐妹的话，那应该是她。”

“她怎么会在这里？”

张燕铎给了他一个“你问我，我问谁”的眼神。关琥这才想到比起张燕铎，他跟叶菲菲更熟，不过他对叶菲菲的交友圈并不清楚，也许她有朋友在宴会里吧。

“这是我的父亲许善陵，”许枫把一位刚好经过的男人拉过来，给关琥介绍道，“我父亲跟陈律师比较熟，你们如果有什么想了解的，可以直接问他。”

许善陵大约六十岁出头的样子，穿着唐装，头发有点稀疏，整个向后梳理，这副打扮让他看上去比实际岁数显老，但很符合他珠宝商的身份。他个头不高，不过鹰钩鼻加镜片后锐利的眼神，同样给人气势不凡的感觉。

听到许善陵的名字，关琥想起了自己拿到的名单——在陈铭启常交往的朋友名单里，许善陵没被列在第一页，可是许善陵为什么在陈铭启出事后的第一时间让儿子去打听内情？

这个人有点不对劲。

“你朋友？”许善陵笑着问许枫。

“是前天在陈律师事务所遇到的刑警，他们想了解陈律师的一些事。爸，你看能不能帮上什么忙？”

许善陵打量关琥跟张燕铎，满脸堆笑地跟他们握手，说：“当然可以，不过今天我们太忙，可不可以改天再说？”

握手时关琥感到来自对方手上的力量，直觉让关琥不喜欢这个人。

“好的好的，”他也堆起笑敷衍道，“希望许先生不要怪罪我们在大喜的日子来打扰才是。”

“怎么会呢？酒宴寒酸，还请不要介意，畅饮而归。”

双方说完了场面上的客套话，许善陵就转去招呼其他宾客。

等许枫夫妇也离开，张燕铎说："刚才你笑得可真够虚伪的。"

关琥冲他摊摊手："没办法，谁让我每天都对着你呢。"

"怎么样，这人的嫌疑度有多高？"

"不知道，我现在只知道这杯酒的酒精度有多高。"

看看关琥手里的空酒杯，张燕铎被他打败了，转身去了别处。关琥则走到另一边，借喝酒从远处观察许善陵，见他满面堆笑地忙着招呼客人，看上去只是普通的家长模样，但关琥总觉得哪里不对劲。

没多久，司仪请新人到台上致辞，听内容无非是老套的场面话，关琥觉得无聊，偷偷溜了出去。酒宴大厅外的走廊尽头连着眺望阳台，看外面风景不错，他决定过去吹吹风。

走到阳台上，关琥掏出烟盒，抽出一支，打开打火机正要点烟，头顶上方突然传来女人的惊叫声，声音很轻，让他几乎以为自己听错了，本能地探头往阳台外看，却什么都没发现。

手机铃声在下一秒响了起来，关琥没去理会这个不合时宜的来电，在确定楼下没有状况后，他返身折回走廊，走廊的一边连着螺旋楼梯，他顺着楼梯跑上去。刚上去，就看到一个女子飞快地从地板上爬起来，她刚才好像跌倒了，一只手拍打着衣裙，另一只手拿着手机在原地打转，看她惊慌失措的样子应该是遇到了很可怕的事，但让关琥惊讶的不是她的表现，而是她的身份。

"叶菲菲！"

"啊，关王虎！"叶菲菲抬头看到关琥，马上挂断了电话，叫道，"我正给你打电话呢，你……你怎么就突然蹦出来了？"

关琥抬手打断她莫名其妙的话："出了什么事？"

"那里那里！"叶菲菲抬手指向自己对面的房门，气急败坏地叫道，"我好像自从认识你后就变得很倒霉，见死人就算了，还见这么可怕的死人！"

关琥猜到房间里的状况一定很糟糕，急忙走了过去。房门半开着，看来是叶菲菲跑得匆忙，没有关上。关琥刚走进去就闻到一股浓重的血腥味，房间里拉着窗帘，显得有些阴暗，地毯随着他的脚步踩动发出声响。叶菲菲回过神，也跟了进来，一只手抓住他的胳膊，猫在他身后蹑手蹑脚地往里走。

“这里这里！”来到客厅，叶菲菲指着地板让关琥看，她自己却把头撇到一边。

不用她特意指，关琥也看得很清楚——在对面的墙壁前，一个男人以半倚靠的姿态靠在墙上，他的身体呈倾斜状，向前微微弓起，照这种姿势，只要用小指头碰一下，他就会跌倒在地。

男人的头向前垂着，看不清长相，嘴里塞着厚实的毛巾，毛巾几乎是红色的，不知道是外伤沾的血，还是吐血导致的。他的白衬衫也被染得血红，下身穿着西裤，裤子的大半同样沾满鲜血。至于伤势，再明显不过了，男人的腹腔被划开，其中好像还夹杂了异物……

关琥看得一阵反胃，想到前两天刚发生的命案，他的头也开始痛起来，紧接着感到胳膊痛——叶菲菲抓得太狠，让他想无视都不行。

“是你第一个发现的？”

“嗯嗯！”

“刚才是你在叫？”

“嗯嗯！”

“你怎么会在这里？”

“……这个很难在两个字里解释清楚。”

这一点叶菲菲倒没说错，但她边往后躲边探头想看的动作，让关琥怀疑她是否真的害怕死人，为了不被妨碍到，他说：“我看不清楚，你去把灯打开。”

关键时刻叶菲菲很配合，跑去走廊那边开灯。关琥交代完后想到一个重要问题，转头想提醒她，就见她已经把按钮按开了，手上还拿了块小手帕，避免在按钮上留下指纹。

“怎么了？”见关琥注视自己，她问。

这女孩比他想象得要聪明，也够冷静，即使看到这么惨的场面，也只是叫了一声而已，不像有些女孩，马上要大喊大叫，歇斯底里了。

关琥放下心，拿出手机，拍下被害者的状态，又交代：“没什么……不，你别过来，站在那里不要动，打电话报警。”回应他的是走近的脚步声，关琥说，“别靠近，破坏……”话说到一半，他发现走过来的不是叶菲菲，而是张燕铎。

张燕铎没看他，眼睛盯着被害者，说：“没想到这么快。”

“你的乌鸦嘴应验了，这是连环案。”

“我现在只想知道死者腹腔里的那个是不是宝剑。”

张燕铎说话时眼神一直没离开死者，看他扶着眼镜，饶有兴趣的模样，关琥很想说“你拿出来看看不就知道了”，但想到这句话的后果，他忍住了。

张燕铎绝对会那样做的，直觉这样告诉他。

“哈，真是不平等待遇，为什么老板可以过去，我就不行？”叶菲菲的吵嚷声传来。

关琥转头想提醒，嘴刚张开，就被她伸出手，做出“你不需要废话”的动作，然后对着手机那头报案。

“在喜宴上发生这种事，真够不吉利的。”张燕铎看完，又转去打量房间的布置，看到沙发靠背上搭着的领带跟西装，他叹道。

关琥将那些衣服也拍了下来，从现场状况来看，被害人是在准备换衣服时被袭击的。凶手的动作很快，先是刺中被害人的腹部，让他失去反抗能力，然后又用事先准备好的毛巾堵住他的嘴巴，再接着一顿乱捅。这般心狠手辣，超出了他以往处理过的所有案件的总和。

到底是怎样的仇恨让凶手如此丧心病狂地杀人呢？

不到半小时，负责要案的主要警员都赶到了；酒店的负责人也得知了情况，协助他们临时封锁了进出的几道门；宴会上的宾客不知道发生了什么事，吵成一片，许家的人作为婚宴的主办者也被警方叫去问话。

舒清滟跟萧白夜一起到达，看到关琥跟张燕铎都在，她对萧白夜说：“你还是去录口供比较好。”

“你觉得现场会很糟糕？”

“每次关琥喝了酒来案发现场，结果只有一个——现场会让你失眠一整夜。”

萧白夜当下二话不说，掉头走了，留下关琥跟张燕铎面面相觑，关琥很想知道这个结论是怎么得出来的。

“等等，我觉得我喝酒跟凶杀案没有直接的因果关系好吧……”

“人手不够，你来帮忙。”

辩解被打断了，关琥看了张燕铎一眼，只好跟了进去。这次张燕铎很有眼色，没有进来打扰警方办案，说了声去找叶菲菲后就离开了。

“同样的杀人手法，你们有得查了。”这是舒清滟在看到被害人后，对关琥说的第一句话，也让他有了不好的预感。

鉴证工作关琥做不了，只能在旁边仔细观察，就见舒清滟手脚麻利地使用各种工具在现场收集证物。没多久，那柄塞在死者腹腔里的东西被取了出来。关琥皱眉看去，就见它满是血迹，跟陈铭启凶杀案上发现的短剑一模一样。

“这次被害人是窒息而死还是被刺死的？”等现场鉴定稍微告一段落，关琥问道。

“也许是疼死的。”舒清滟转头看了他一眼，“凶手是个很暴力的人，他在出手后，没给被害人一点反抗的余地。”

想象了一下被害人死前经历的痛苦，关琥不由得一抖。

“而且凶手很聪明，他在刺伤死者的同时，用毛巾堵住伤口，让血液不至于喷到自己身上；接着又把毛巾塞进死者嘴里，制止死者的求救；然后又接连捅几下，以便之后的绞动，最后他将短剑归鞘，塞进死者的肚子里。从第一起案例来分析，他的杀人过程应该是这样的没错。”舒清滟将短剑收进证物袋里，将自己的推论说给关琥听。

关琥将证物袋拍了下来：“我只想知道凶手往死者腹腔里塞短剑的行为是出于什么心理。”

“如果凶手不是疯子，那这可能是一种仪式，作为警告其他人的手段。”

关琥想到张燕铎也说过类似的话，从目前的状况来看，要从陈铭启跟这个人的关系来找突破口了。

门口传来声响，关琥转头看去，就见许善陵走了进来，但是在第一眼看到现场后，他就转头匆匆跑了出去。关琥急忙追上，就见走廊上一名警察熟门熟路地指引许善陵去旁边的洗手间，看到关琥，警察耸耸肩，说：“这是第四个了。”

这是正常的，看到这么惨烈的场面不吐的都是怪胎，偏偏他身边这类怪胎不少，张燕铎就不用说了，叶菲菲也是一个。

想到叶菲菲，关琥四处寻找。周围聚集了很多人，螺旋楼梯口下面除了酒店人员跟宾客外，还有不少闻讯赶来的记者——不过凶案现场已被封锁了，他们无法上来。叶菲菲站在较远的地方，正在跟几个他不认识的人聊天。

糟糕，忘了跟她说，不要把自己看到的现场爆料给记者。

关琥取出手机想联络叶菲菲，就在这时，许善陵从洗手间走了出来，他脸色煞白，嘴角上沾了不少水，他摘下眼镜，不断地揉眼睛，看来刚才那一幕对他的刺激很大。

“你还好吧？”关琥走过去，掏出纸巾递给他。

许善陵道了谢，用纸巾擦了脸上的水滴，靠在墙上呼呼喘气。

等他稍微平静下来，关琥问：“里面的被害人是婚宴里的宾客吗？”

“那个警察让我来认人，不过刚才我还没看到他的脸就吐了……”

哪个警察这么不负责任啊！关琥顺着许善陵指的方向看去，就见张燕铎双手插在裤子口袋里微笑着注视着他们。关琥的鼻子差点气歪了，恶狠狠地瞪过去。张燕铎像是没看到，抬抬镜框，把头转去一边。

“这几个房间都是我预订下来给客人们休憩用的，从时间上来算，里面的人应该是冯三。”

听着许善陵断断续续地讲述，关琥大致掌握了情况。死者全名冯三山，是个古董鉴定师，圈里的人都习惯称他冯三。他在这个圈子里很有名望，还常参与跟古董有关的电视节目制作，赴宴前他刚完成海外节目的录制，专程坐飞机赶回来的。因为时间匆忙，许善陵就让他去客房换西装，顺便休息一下，没想到竟会发生这样的惨剧。

“你跟死者认识很久了吗？”

“有二三十年了吧。我也喜欢玩古董，但不精通，所以常请他帮忙鉴定……唉，都是我的错，本来他说日程太紧，不打算过来了，是我硬让他来的，就在他登机时，我们还通过话，没想到……”说到这里，许善陵的眼圈红了，用纸巾不断擦眼睛。

“那陈铭启跟冯三山是否认识？”

许善陵停止擦眼，惊讶地看向关琥：“难道他们的死有关联？”

“目前还在调查中，我们只是怀疑。”

听了关琥的解释，许善陵点点头：“他们互相认识，冯三玩古董鉴定，偶尔也会遇到一些麻烦事，需要律师帮忙。不过他们有多熟，我就不清楚了。”

“那你跟陈铭启认识多久了？”

“大概十几年吧，他是我们公司的顾问律师，不过实际业务不多，我们珠宝店的生意一直很好，不需要律师介入。但顾问律师突然被杀，对我们公司多少也有影响，所以我才让儿子去询问情况，不过那孩子去了一趟，什么都没问到。”

许善陵的情绪看似缓了过来，说得井井有条，可关琥觉得这番说辞很牵强——如果他真的担心公司被影响到，那派去问情况的该是负责珠宝店的大儿子，而不是对公司运作不了解的小儿子。关琥没有直接说出自己的怀疑，而是写在记录本上，又问：“对于陈铭启被杀的起因，你有想到什么疑点跟情报吗？”

“不是说是因为房地产纠纷造成的吗？”

面对许善陵的反问，关琥耸耸肩，继续问道：“那有关冯三山的被害呢？你知不知道跟他有过节的人？或是他最近被什么事困扰？”

许善陵想了想说道：“是否有过节这事我不清楚，不过这段时间他状况不佳，脾气很暴躁，今天在飞机上跟我通话时还说‘给他颜色看看’这类的话。”

“‘他’指的是谁？”

“不知道，他有个喝了酒就信口开河的毛病，我不方便问，就把话题略过去了。”许善陵说完，看着关琥低头做记录，他小心翼翼地问，“警官，问到这里可以了吧？我还要下去安抚客人，底下那些人还不知道出了什么事，又不能擅自走动，一定很急躁。”

关琥也知道现在这种状况，不能一直把许善陵留在这里，他本来是打算完全掌握现场状况后，再去询问许善陵的，结果计划都被某只眼镜狐狸打乱了。

“最后一个问题，”他打开手机，给许善陵看刚拍的短剑照片，“这是从冯三山的腹腔里取出来的，请问你对它是否有印象？”

“腹……腔……”许善陵只看了一眼，脸色更白了。

张燕铎走过来，从关琥的手里拿过手机，手指在屏幕上轻点，调出杀害陈铭启的短剑图片，给许善陵看：“陈铭启腹腔里也有相同的短剑，既然你对古董收藏有心得，不知了不了解这柄剑的出处？”

“不知道！我不知道！”许善陵喊道，捂着嘴跑回洗手间。

张燕铎一出手就把人吓成这样，关琥很不爽，把自己的手机夺回来，指着手机说：“能麻烦你在借东西之前打声招呼吗？它是我的，不是你的！”

张燕铎双手环在胸前，笑眯眯地看他：“我还以为你会生气我打断你做笔录，没想到你只在意手机。”

关琥气得直瞪眼，这时有人在螺旋楼梯口叫他，是蒋玎珰。关琥跑过去，见她穿着粉红色T恤加超短的裤裙，卷卷的短发在阳光下泛出轻微的紫色，再加上眉清目秀的娃娃脸，这形象怎么看都不像是女警，说她是不良学生也有人信。

“你不是在陪苏绣媛吗，怎么过来了？”

“苏绣媛的父母今早赶回来了，我听说这边又发生了相同的命案，就过来帮忙。”蒋玎珰解释完，指指身后说，“新郎希望让他们先回去，我找不到组长，就来问你。”

她身后站着许枫和杨雪妍。两人可能听到了一些有关命案的消息，许枫的酒醒了大半；杨雪妍的脸色也很糟糕，一只手用手帕捂着嘴，看起来很不舒服。

许枫请蒋玎珰帮忙搀扶妻子，他走到关琥面前，小声说：“我知道在这种情况下，不该打扰你们办案，不过能不能让我妻子先回去？她的状态很不好，我怕会刺激到她。”

“这……”

“不瞒你说，她怀孕了，最近妊娠反应很强烈，连婚宴都是勉强参加的，医生说她的状况不太好，万一流产……”

关琥看向杨雪妍，她的手搭在腹上，额头一直在冒汗，忽然扯扯蒋玎珰的手，暗示想去洗手间，蒋玎珰急忙扶她过去，又给关琥使眼色，让他赶紧决定。关琥这才明白为什么杨雪妍一直给他一种病恹恹的感觉，原来是怀孕了，这也解释了为什么许善陵会突然态度大变，同意这门婚事。而以凶手的残忍程度跟体力，不可能是杨雪妍所能做到的；至于许枫，他是新郎，又喝了不少酒，不太具备作案的时间跟能力。

为了避免再发生意外，他同意了许枫的请求：“你们可以先回去，不过之后女警会给你们录口供，这应该没问题吧？”

“没问题，没问题。”许枫连声答应下来，等蒋玎珰扶着杨雪妍出来，就匆匆下楼离开了。

蒋玎珰以陪同的借口跟了上去，以便可以随时做笔录。

许善陵也回来了，听儿子说了情况，赶忙打电话吩咐家里的佣人叫医生，顺便准备补身子的汤药。交代完后，他跟关琥打了招呼，也匆匆忙忙下楼去安抚客人。

下面聚集的人越来越多，为了避免事态扩大，关琥打消了继续询问许善陵的念头。

“心太软可不利于查案。”凉凉的声音传来，张燕铎走到关琥身边。

关琥没好气地瞪他，也不说话，见张燕铎转身下楼，关琥也跟着下去。

此时会场褪去了热闹的气氛，惊慌不安还有焦虑的气息充斥在空间里。另一边，黄色警戒线外围了不少记者，一个个拿着照相机乱拍，要不是被警察阻拦，他们一定会直接冲去现场做访问。之前的凶杀案警方做了低调处理，关琥不知道这次是否还能再瞒得住。

闪光灯在对面亮起，关琥抬手遮住，就见人群里有人举着单反相机冲自己晃，居然是谢凌云。她没有直接打招呼，而是用嘴型说了几个字，可惜周围太嘈杂，谢凌云又被周围的人挤得站不稳。关琥无法看出她在说什么，不过猜也猜得到是跟眼下这起案子有关。

为了不节外生枝，关琥当作没看到，径直走向会场询问情况。他的上司萧白夜正在跟酒店经理以及其他几位负责人沟通，从他们的对话中关琥了解到，出于酒店的立场，他们无法无限度地限制客人的自由，而且凶手方面，既可能是酒宴里的宾客，也可能是进出酒店的人，人数实在太多，无法完全管理。所以在协商之后，萧白夜做出解除封锁的决定，除了主办酒宴的相关人士外，余下的在登记姓名跟联络方式后就可以离开了，另外，酒店方面也会协助加强对进出人员的管理。

等双方都协调好，江开跟老马也回来了。他们检查了部分监控录像，由于发生血案的房间刚好处在摄像头的死角，所以他们还需要再扩大监控录像的搜索范围，包括喜宴摄像部分，说不定能找到什么线索。

“看来这次罪犯也做足了事前准备。”看到在门口排队登记的宾客们，关琥叹道。

“希望不要再出现第三起。”江开的乌鸦嘴引来所有人的怒视，他心虚地摸了摸后脑勺。

萧白夜又交代其他警员继续负责会场的管理，关琥也准备去帮忙，谁知手机响了起来，见是张燕铎的来电，他急忙转头打量四周，这才发现不知什么时候张燕铎不见了。

真是个神出鬼没的家伙！

“我很忙的，有事回头说。”电话一接通，他就表明立场。

“如果你不想再看到第三起凶杀案发生，就马上来304号客房。”

没等再问，电话就被挂断了，关琥对着手机发愣，这什么态度啊？他也是堂堂刑警，怎么现在搞得像是张燕铎的跟班似的。

抱着满腹怨气，关琥跟萧白夜打了招呼，匆匆跑去了三楼。他照门牌号来到客房门前，敲门后，来开门的是张燕铎，房间里隐约传来说话声，而且话声很杂，好像是许多人在一起聊天。

关琥疑惑地跟着张燕铎进去，里面是个很大的套房，叶菲菲跟谢凌云都在，属于空乘人员专用的小旅行箱放在墙角。另外，她们面前的桌上还摆放着摄像机跟手提电脑，中间连着数据线，摄像机正在播放录像，刚才他听到的声音正是从录像里传来的。

“你怎么进来的？”他问谢凌云。

“我请你帮忙，你当看不到，我只好拜托菲菲了。”

叶菲菲正在用小叉子往嘴里塞蛋糕，她冲关琥点头：“我跟酒店那边说是警察办案，他们就放凌云进来了，还免费借给我们客房用。”

“他们没怀疑你的身份？”

“案子是我报的，指挥他们控制宾客行动的也是我。还有，让他们第一时间扣下婚庆公司的录像也是我交代的，他们有什么理由怀疑我？”

关琥的目光落在录像机上，他现在明白了，这些人正在将录像内容导入电脑，这是谁的点子他不知道，但这绝对是侵犯隐私权的行为。

他上前要阻止，被张燕铎及时拦住：“我们叫你来是集思广益的，不是让你来捣乱的。”

“你们不仅冒充警察，还扣下他人隐私物品，这些……”

话没说完，一块蛋糕就塞进了关琥的嘴巴里，张燕铎说：“两个选择，你离开，或者留下来帮忙。”

关琥这才发现旁边的茶几上放了几盘精致的糕点跟红茶，敢情这帮人不仅偷查案件资料，还很坦然地享用人家的高级客房服务，好不容易嚼完蛋糕，最后他只说出一句话：“姑奶奶，我要被你们害死了！”

“放心吧，我有职业道德的，这件事我绝对不会登出去，我只是要查清这件事跟鱼藏剑之间的关系。”谢凌云看着录像屏幕做记录，头也不抬地说。

“我也只是想找出真凶。”叶菲菲举手说。

“吃着蛋糕查案吗，小姐？”

“我从下飞机后，连口水都没来得及喝，吃点东西不算过分吧？”

“在看到那么惨烈的场面后，你还吃得下东西？”这才是关琥为之震惊的地方。

他一直觉得叶菲菲这个女生很奇怪，飞天事件里她曾亲手开枪，他还以为那件事会给她造成心理阴影，却没想到她除了一开始有些紧张外，后来就跟没事人似的。而这次更离奇，在看到那么惨烈的现场后，她还可以冷静地想到怎样报警，怎样保护现场以及交代酒店方面如何应对，难怪酒店经理会以为她是警察了。

不，针对叶菲菲的各种行为，警方也许该把她列为第一嫌疑人才对。

“我外公说过，内心强大才是真正的强大，所以作为上将的外孙女，我正在努力克服自己对死亡的恐惧感。”

关琥相信那句名言绝对不是她外公说的。看着叶菲菲吃完一块蛋糕，又去拿第二块，他很想提醒说她不需要做任何努力，因为她已经很强大了。

“而且你也太小看空乘了，我们在上岗之前都有经过各种防恐训练的，以便应付各种突发状况，所以在这方面的心理素质绝对不比你们女警差。”顿了顿，叶菲菲补充道，“至少比跟你约会的那个强，哼！”

旁边传来闷笑声，看到关琥被挤对的窘样，张燕铎差点被红茶呛到，他给关琥做了个冷静的手势，示意对方坐下来慢慢说。

关琥坐在了张燕铎旁边的沙发上，小心翼翼地跟叶菲菲拉开距离。

他跟叶菲菲是通过制伏劫机歹徒认识并开始交往的，那时他还很高兴自己的女友不仅漂亮，还胆大心细，现在他则庆幸自己被踹了——这女孩的思维实在太变态了，跟张燕铎不相上下。

“菲菲刚下飞机就赶过来了，还不知道苏绣媛的事。”张燕铎对他解释说，“别苦着一张脸了，放心，我们不会给你造成麻烦的。”

“哈，最好是这样。”

“是真的啦，就算有人追究，也是追究你们上司的责任。放心吧！老板是你大哥，不会害你的。”

关琥有气无力地问："听起来我们组长好像知道你们在做什么？"

"当然知道，我让菲菲送给他两包正宗的科纳咖啡，他就同意了。"张燕铎的双腿优雅地交叠在一起，品着手里的红茶，"条例是给笨蛋定的，当我们有了共同的目标时，我们的利益就是一致的，这就是为什么他可以当你领导的原因。"

难怪先前张燕铎答应送萧白夜科纳，原来是借叶菲菲的关系，看来这家伙早有预谋。弄明白了为什么萧白夜对自己的离开不多过问的原因，关琥的头往前一低："对不起大家，我是笨蛋。"

"没关系，我们不会介意的。"叶菲菲大度地摆摆手。

张燕铎也安慰道："你也不要太在意了，能够认识到，就证明你还有救。"

关琥呵呵笑了，正要挤对他们，谢凌云把眼神从电脑屏幕上移开，问："这次死者腹腔里的是不是鱼藏？"

等关琥反应过来，手机已被张燕铎拿了过去，熟练地解锁，将调出来的图片给谢凌云看。

"外观上看一样，如果你还想做进一步清晰比对的话，需要相应的软件。"

"我有，把图片传给我。"

看着这两人明目张胆地在他这位现役警察面前传送资料，关琥想阻止，手伸到一半，想到"笨蛋"的标签，他放弃了——反正出了事上头会担，他还是少管闲事好了。

两次凶案使用过的短剑照片传去谢凌云那里，她用软件做对比的同时，张燕铎转去看婚庆拍摄。

关琥看看还在对面吃个不停的女生，他很怀疑吃这么多高热量的东西，叶菲菲怎么不担心长胖？他掏出记录本，说："现在把你的经历讲一下吧，你怎么会来参加婚宴？又怎么发现凶案现场的？"

"说起这个，超级惊险的，你们要听吗？"

关琥指指他手上的笔记本，表示他已经做好了听的准备。

"我是在飞机上认识那个死者的，他叫什么来着？"

"冯三山。"

"哦，这个冯三山坐头等舱，看他的打扮，像是很有钱的样子，但非常没礼貌，像是使唤佣人似的使唤我们领班，她只是稍微晚过去了一会儿，就被他破口大骂，所以我就特意观察他的举动，还想过必要时偷偷录音，免得他事后投诉，我们无法为自己辩解。”

关琥点点头，这挺符合叶菲菲的个性，平时大大咧咧，但在关键时刻会耍些小聪明。

“就在观察的过程中，我发现冯三山并不是特别针对空乘人员，而是他的情绪一直处于暴躁状态中。他连续打了两个卫星电话，像是在跟人吵架，里面夹了不少脏话，但因为声音压得很低，我听不清楚，只听到几个词：干掉他，黑道，剑。”

听到这里，其他三人同时问：“剑？”

“剑怎么了？”

“没说是什么剑？”谢凌云紧张地问。

叶菲菲犹豫着摇头：“隔得太远，我不知道自己是不是听错了，也许是‘关键’？”

关琥低头将她的话记录下来，许善陵也说过冯三山提到“给他颜色看看”，这跟叶菲菲说的相吻合。

“你确定是两通电话？”

“绝对没错，我还让领班帮忙盯着他呢。”叶菲菲继续说道，“通话之后，冯三山的心情好了不少，没再找空乘人员的麻烦。旅程结束后，他就匆匆下了飞机。事情到此本就该结束了，可等我下班，出了机场，刚好看到冯三山坐上一辆出租车。想起他说要干掉谁，我怀疑他是什么犯罪组织的成员，就灵机一动，也叫了出租车，一路追了过来……”

真是个愣头青，做事完全不考虑后果，关琥没好气地做着笔记，问：“后来冯三山做了什么？”

“后续就很无聊了，他坐车一路来到这家酒店，主办人，就是新郎的父亲叫许……”

“许善陵。”

“对，许善陵在喜宴大厅门口等他，两人说了一会儿话，许善陵就带他去三楼的贵宾室，说回头再聊。我就找机会去换了普通的裙子，好方便混进喜宴里打听情况。”

“你没掏礼金？”

“当然没掏，冯三山认识他们，都没掏钱呢，我为什么要掏？”叶菲菲堂堂正正地说，“我就跟礼金员说我是伴娘，她们就让我进来了。”

关琥转头看张燕铎：“我觉得我们当时也该说我们是伴郎的。”

“那下次记得用上。”

关琥在笔记上写下“下次记得用伴郎代替礼金”后，说：“看来冯三山不是为了贺喜才来的，否则以两家的身份还有他跟许善陵的交情，他至少该表示一下。”

“所以当时对他来说，一定有事情比随礼更重要，冯三山去贵宾室不是为了换正式的西装，也不是为了休息，而是要跟许善陵谈事情。”张燕铎把目光投向叶菲菲，“那之后呢？”

“之后他待在贵宾室不出来，我很无聊，就去喜宴上转悠了，反正许善陵会去找他，我盯着许善陵就行了。我在喜宴上吃东西，顺便还听了不少八卦。”八卦关琥也听了不少，正准备抬手制止她，叶菲菲又说，“听说许家最近的生意不太好，同行竞争激烈，导致他们的店铺关掉了好几家；几年前许家的小女儿出车祸过世了，许夫人就变得疯疯癫癫的，去年又患病住院，最后还是过世了；许家大儿子结婚数年都没有孩子，所以这次小儿子结婚有一部分也是为了冲喜，没想到又发生命案。”

谢凌云在一旁听得皱起眉头：“这是喜宴，在人家大喜的日子里道人是非，真是太过分了。”

叶菲菲吐吐舌头：“一位大妈误认我是这家人的亲戚，硬把我拉过去聊天，害得我不想听，却又走不开。要不是这样，说不定我还能遇到凶手呢。”

关琥觉得她该感激那位大妈，否则真跟凶手打个照面，现在案发现场多半就是两具尸体了。

“后来我找机会跑去楼上，发现贵宾室的房门虚掩着，里面一点动静都没有，我担心冯三山离开了，就推门进去，然后就看到他被杀了，好可怕！”叶菲菲说完，将最后一块蛋糕塞进了嘴里。

关琥无视她的话与行为的不协调，问：“你还记得前后两次去的大致时间吗？”

“第一次大约是十点半到十一点，之后我在喜宴上待了四十几分钟吧。”

听了她的回答，谢凌云将已经传送完毕的录像倒回十点的地方，说：“可以从这里确认有谁中途曾经离开过。”

“但凶手未必是喜宴上的人，也许是酒店的客人，任何人都有可能从螺旋楼梯那边上楼的，碰巧那里的摄像头有漏洞。”叶菲菲用手支着下巴，皱眉说。

张燕铎问谢凌云：“两柄剑的比对结果出来了吗？”

“几乎一样。”

谢凌云将电脑屏幕转向他们三人，就见短剑重叠在一起，其长度跟造型完全相同。

张燕铎说：“如果是批量定做的，或许可以从这里入手。”

“其实这是三柄剑。”谢凌云的脸色有些难看，用手指指短剑的轮廓，仔细看去，果然是三柄剑的重叠，“最下面的那柄是我父亲的。”

“就是你从敦煌洞窟里拿回来的那个吗？”叶菲菲还不了解整个事件的前因后果，担心地对她说，“那你也要小心，说不定凶手也会找上你，要不要跟警方请求保护？”

“那倒不用，我跟这两名死者都不认识，所以我想他们的死亡应该是出于其他原因，也许找出原因来，就能找出这剑跟我父亲的联系了。”

关琥在笔记上把需要追查的重点都记录下来，然后收回摄像机，跟三人打了招呼跑出去，走到门口时，他不放心，又叮嘱道：“你们别再给我找麻烦了，各回各家去。”

门关上了，叶菲菲不爽地看向对面两人：“居然说我们找麻烦，没有我们帮忙，他会这么快找到这么多线索吗？”

“算了算了，你也累了，回去休息吧。我也要回报社整理资料了。”谢凌云把东西收好，放回皮包里。

张燕铎让她将录像也传自己一份，又叮嘱道：“这件案子很棘手，你千万不要登到报纸上。”

“放心吧，我现在只想知道父亲的事。”

谢凌云心事重重，起身离开，叶菲菲出于好奇心，也跟了上去，最后房间里只剩下张燕铎，他拿起放在桌上的手机，关琥只顾着查线索，连手机都忘了。

“有个地方怎么都想不通，”张燕铎摆弄着手机，皱眉自语，“怎么会这样呢？”

5.

关琥来到楼下宴会大厅，宾客差不多都离开了，只剩下许家人以及一些相关人士在跟警察谈话。他先把摄像机还给婚庆公司的工作人员，却把磁带留下了，说要当作证物暂时收管，事后再归还。出了这么大的事，婚庆人员只求不惹麻烦上身，对他有求必应。

接着，关琥又找到萧白夜，将自己目前掌握的线索汇报给他后，萧白夜让江开去航空公司确认冯三山在乘机时的通话记录跟联络人。

“有关定做短剑这方面的情报我来查，你去了解死者的交友关系，如果鉴证科那边有新发现，马上通知我。”

关琥接了任务，依次调查宾客提供的情报记录。没多久，蒋玎珰打电话给他，说自己在许家，她跟医生了解过，杨雪妍的确是怀孕了，而且状况不太好，婚宴中途就因为不适去客房休息过，所以只能做简单的笔录；许枫则称自己一直没离开过婚宴大厅，目前看来这两人都没有疑点。比起他们俩，关琥觉得许善陵更可疑，不过他需要再找到其他的情报，否则就这样直接质问，一定会被许善陵找借口敷衍过去。

关琥协助同事把调查记录都做完，又联络冯三山的家人，却没想到冯三山并没有结婚，也没有经常走动的亲戚。他的豪宅跟工作室合在一起，几名助手只在需要时来帮忙，平时只有冯三山一人在家，连跟邻居都不怎么接触。

“一个普通的古董鉴定师而已，到底做了什么事，会被如此痛恨？”

回到警局休息的时候，关琥拿出冯三山的照片看。那是冯三山的助手给他的，照片里的男人五十岁出头，身穿西装，浓眉加国字脸，给人方正认真的感觉，这气质看上去很适合做鉴定师。

“没想到生与死会让人变化这么多。”话声在身后响起，舒清滟走了过来，她穿着白大褂，看样子也是才忙完，得以暂时休息，看到冯三山的照片，她说，

“真看不出这就是今天的被害者。”

“人被害成这样，谁都会变样的。”

舒清滟耸耸肩，去对面的自动贩卖机买了罐饮料，坐到关琥身旁，问：“怎么样，有什么新进展吗？”

“我的两条腿都快跑折了，这算是新进展吧？”

“你是准备把它写进报告书里吗？”舒清滟开完玩笑，见关琥还在盯着相片看，她提醒说，“古董这一圈也很黑的，长得越正直的人，背后黑幕越多，比如恶意鉴定什么的。”

“你是说故意将真品鉴定为赝品，然后找同伙收购？”

“这种案例又不是第一次见了，否则冯三山只是一个鉴定师而已，他怎么住得起豪宅？不过在没有证据之前，这一切都是我的推测。”舒清滟几口将饮料喝完，把饮料罐丢进垃圾箱，起身离开，走了几步又转回来，“哦对了，在之前的尸体鉴定中，我们发现了一个新情况，有关杀害陈铭启的凶器的，我们在剑鞘纹路的缝隙里找到了少量的石灰质跟石膏成分，简单地说，就是接近于黄土的土质。”

“哦？不会真是出土文物吧？”关琥半开玩笑地说。

“有关这点，你得去请教古董专家，我们做的是不同性质的鉴定，”舒清滟一板一眼地说，“所以在检查第二柄剑上，我们特别注意这个地方，刚才同事来跟我说，也发现了相同的物质。”

这就是说，这些凶器都出自同一个地方，但为什么凶手要这么麻烦，一柄柄地拿来用？从作案手法来看，凶手是个冷静残忍的人，所以他冒这么大的风险定做短剑，一定有他的目的。

“谢谢，能麻烦你们帮忙追踪短剑定制的路径吗？”他说，“这方面小柯挺在行的。”

“好，有消息我会跟你联络，”舒清滟说完，转头看看周围，“你哥呢？”

“我哥？”

“是啊，你们今天不是一直在一起吗？”

“啊！”被舒清滟提醒，关琥下意识地转头寻找，半天才想起下午现场鉴定结束后，自己就直接跑掉了，当时忙着去查冯三山的情况，完全不记得还有个人被他落在酒店里。

在发现自己犯了个多么荒唐的错误后，关琥顾不得跟舒清滟闲聊，匆忙掏手机准备打给张燕铎，但口袋都摸遍了，愣是没找到手机。

舒清滟在旁边看他急得抓耳挠腮的样子，同情地说："你这状态不太好啊。"

关琥用力点头，也没注意舒清滟的转身离开。他双手抱住头，冷静下来仔细想了想，记忆时钟的指针不断往回拨，最后定格在他离开客房的时候。他想起来了，当时张燕铎拿他的手机给谢凌云看，后来他急着去查案，忘了拿回。怎么办？他不记得张燕铎的手机号啊！正一筹莫展时，关琥突然想到他可以打自己的手机，如果手机在张燕铎那里的话，应该能联络上。

他拿起座机拨了自己的号码，手机响了两下接通了，听到张燕铎懒散的声音传来，他抢先开了口："对不起，张……大哥，我把你忘记了。"

"这里没有叫张大哥的。"

"大哥，你也知道今天的案子有多糟糕，我只想着查案，就……哈哈。"

"没办法，谁让你们警察这么忙呢，"张燕铎漫不经心地说，"放心，我会记仇的。"

属于狐狸样的狡黠表情立刻浮现在关琥眼前，他警觉地问："你要怎么报？"

"暂时还没想到，怎么，你特意打电话来，不会是要我把手机给你送来吧？"

关琥赔笑道："不用不用，反正我也不着急用手机，你回家了吗？"

"还在酒店看婚庆录像，有些有趣的发现，要听吗？"

"如果您乐意告知的话。"

"拿纸笔记一下。"

关琥不敢怠慢，迅速掏出纸笔准备好，就听张燕铎说："我重点看了叶菲菲说的时间段，其间总共有十三人离开过，四人在外面逗留了半小时以上，分别是许善陵、杨雪妍、一名司仪、一位男方家的客人，我把图像传你……对了，你的手机在我这里，传了也没用，我晚上送去给你吧，你几点回家？"

"暂时还不知道。"

"还有，刚才江开打你的手机，我接听了，他已跟航空公司确认清楚，冯三山在飞机上一共打过两次电话，他照通话记录查到户主，一个是许善陵，另一个叫佘正。"

“佘正？”关琥马上想到了金蛇帮的元老蛇王，如果他没记错的话，蛇王的原名就叫佘正。陈铭启跟蛇王有交情，冯三山在临死前也联络过蛇王，看来这条地头蛇他们要会一会才行了。

“谢谢，回头请你吃饭。”他放下话筒，将查到的情报整理好，交给了萧白夜。

萧白夜也在查短剑的出处，但暂时还没有进展，看到他的电脑屏幕上排列着形状各异的短剑图片，关琥突然想到也许谢凌云的怀疑是正确的——这正是鱼藏剑的仿制品，不同的是鱼藏剑藏的是鱼腹，而凶器藏的是人腹。

把资料交给萧白夜后，关琥又申请了警枪，继续出去查案子。许家婚宴出了大事，许善陵今天应该没心情再配合他做笔录，所以他把目标锁定在金蛇帮。不过很可惜，他连着跑了金蛇帮几个地盘，都没问到蛇王的下落，那些小混混敷衍他，个个都说不知道。

中途，关琥跟老马联络上了。老马也查不到蛇王的行踪，怀疑是那个老油条发现事情不妙，一早藏起来了。老马还找上了几个可靠的线人，让他们一有消息就马上联络自己。

这一路跑下来，等关琥回到家时，已经快晚上十一点了。他拖着酸痛的腿回了家，打着哈欠摸出钥匙开了门，谁知刚走进走廊，就看到对面隐约投来灯光。

这几天接连发生的事件让他有点杯弓蛇影，想也不想就从腰间拔出手枪，并迅速落下保险栓，小心翼翼地挪去客厅，却发现客厅只是亮了盏小灯，旁边的卧室门虚掩着，不时有响声从里面传出。

现在的盗贼已经嚣张到明目张胆闯空门的程度了吗？他屏气凝神，放轻脚步来到卧室门前，然后一脚把门踹开，双手举枪，对准眼前晃动的身影：“不许动！”

随着大喝，那人果然不动了，保持拿着咖啡杯的姿势看向关琥。

关琥先是一愣，对面的男人没戴眼镜，跟平时的感觉不太一样，突然之间他不敢确定这人到底是不是隔壁那位狐狸邻居。

最后还是张燕铎先反应过来，问：“警官，可以让我先戴上眼镜吗？”

这次关琥确认是张燕铎没错，清亮又略带散漫的腔调他再熟悉不过了。他狐疑地上下打量对方，灯下张燕铎的眼睛有点奇怪，失去了眼镜的遮掩，对方的眼眸反射出与众不同的颜色。但没等关琥细看，张燕铎已转过身，拿起放在桌上的眼镜戴了上去，全然不管背后有人正举枪指着他。

被如此明目张胆地无视，关琥不爽了，扳回保险栓，叫道："喂，你觉得我手里拿的是玩具枪吗？"

"没有。"

"那我说'不许动'后，你能给点面子不动吗？"

"你又不会开枪，因为你是警察。"张燕铎过来，笑眯眯地看他，接着伸出一只手指，很潇洒地将枪口推到了一边。

随着距离的拉近，关琥很想看清张燕铎的眼瞳有异是不是自己的错觉，但眼镜片反光，阻碍了他的窥探。

"叶菲菲送的科纳咖啡，我刚煮好，要来一杯吗？"

咖啡的浓香随着杯子的递来刺激着关琥的嗅觉，他咳嗽了一声："我今天没正经吃过一餐，三更半夜喝咖啡，你是想我胃痉挛吗？"

"那我煮了海鲜粥，你要来一碗吗？"张燕铎走了出去。

被好奇心驱使着，关琥跟他来到客厅，就见他放下咖啡杯，从碗橱里拿出碗筷，又打开锅盖盛好粥，放在餐桌上，顺便加了碟自家腌制的小菜，动作熟门熟路得就像他是这个家的主人。

"这好像是我的家吧？"关琥不太肯定地问。

"是你的家没错。"

"那为什么没有房门钥匙的你会在我的家里？用我的锅碗瓢盆做饭？还用我的浴室洗澡，这睡衣……哦，睡衣不是我的，但这不能掩盖你私闯民宅的违法行为！"关琥边说边上下打量张燕铎。张燕铎应该才洗完澡没多久，头发还没吹干，身上套了件浅蓝色睡袍，再配上他修长纤瘦的身形，当真是优雅洒脱。

关琥努力嗅了嗅，没错，他身上的沐浴液跟洗发水的味道正是自己用的那种——盗贼匪关琥见得多了，嚣张到这种程度的还是第一次遇到。

面对关琥的怒气，张燕铎扑哧一笑："关警官，你现在是吃饭填饱肚子呢？还是抓贼去警局？"

关琥瞪着张燕铎不说话，就在他想选择后者时，不和谐的声音响了起来——饿得太久，肚子开始抗议了。

“看来你还是先吃饭吧。”

在关琥还想做最后的坚持时，汤匙已塞进了他的手里，与此同时，他手里那柄手枪也被张燕铎灵活地拿了下来，放到了关琥面前的桌上。

关琥不知道武侠小说里常提到的“空手夺白刃”是怎样的境界，想来跟张燕铎的手法相差不远，要说对方不是贼，关琥觉得那简直太侮辱自己的智商了。不过眼前这碗海鲜粥实在太刺激食欲，在美食的诱惑下，关琥决定暂时无视自己的智商，坐下来大口喝了起来。

张燕铎又给他倒了杯白开水，放在一边，然后坐在餐桌对面品着咖啡，悠闲自得地说：“做人别那么死板，你看当年田螺姑娘帮小伙子做饭，也不见小伙子抓她去警局。”

“你是姑娘吗？你明明是大男人！”

“哦，原来你是因为性别才要抓我的。”

当然不是！关琥抬起头，正要阐述自己的观点，但在看到张燕铎漫不经心的样子后，他放弃了，那根本是对狐狸弹琴，浪费时间。

“那么请问田螺先生，你是怎么进入我家的？”见对方没有马上回答，关琥冷笑，“怎么，回答不上来了吧？”

“不是，我只是在想，该用什么借口，才能让你相信我说的是真的。”

“你说什么我都不会信。”

“那就省事了，我连借口都不用想，随你自己琢磨吧。”

关琥听到了自己牙齿咬动的咯吱声。

“别这样嘛，几个小时前你还说要请我吃饭的，所以请我洗个澡、请我用一下你家的物品也是一样的吧？”

这家伙又抓错重点了，现在的状况是他没有被“请”，而是“不请自来”。

“对了，你需要的资料。”看出关琥脸色不善，张燕铎没再说刺激他的话，起身拿来关琥的手机和一张纸，纸上印着几个头像，分别是在酒店血案发生时离开宴会的人。里面除了认识许善陵跟杨雪妍，关琥对司仪也有印象，所以他只要调查最后一个男人的身份就行了。

“谢谢。”

“谢就不用了，警官只要不把小的抓去警局，那就谢天谢地了。”

关琥几口把粥喝完，转去看纸上的几个人，张燕铎在一旁洗碗，问：“今天有什么发现吗？”

“没有，我跟老马分别去打探，都没找到蛇王……喂，你不要总问我们警方内部的情报好吗？”

“我以为我知道的不比你少。”

“比起这个，你现在该去酒吧做事吧，田螺先生？”

“今天定休日，不做事。”

“两天前你也说定休，你们酒吧到底休哪天？”

“关警官你的智商真令人担忧。”张燕铎收拾好餐具，去了隔壁客厅，关琥听到他的嗓音远远传来，“所谓定休日的意思就是——老板想休哪天就休哪天。”

“……”

张燕铎很快就回来了，手里拿着一个小型笔记本电脑，放到他面前，又拍拍他的肩膀：“资料都在里面，你慢慢看，我要去睡了。”

接下来的时间里，关琥都在看婚宴录像，等他感觉困乏时，已经过了两个小时。他伸着懒腰匆匆洗了澡，用毛巾搓着头发回卧室，拧了下门把，房门纹丝不动，他又反复拧了两下，在确定房门被人从里面反锁后，终于想到罪魁祸首是谁了。

这人太得寸进尺了，私闯他的家不算，连他的床都占了！是可忍，孰不可忍，关琥抬手准备捶门，贴在门板上的一张纸落入他的视线，上面写着：“夜深人静，切忌发出噪声，睡觉请去隔壁。”后面还画了个箭头。关琥气极反笑，他很想跟张燕铎说不用这么体贴，这是他家，他知道客卧在哪里。

实在太困，关琥没精力去跟张燕铎纠缠，他把头发吹干，去客卧一躺，可能是累了，居然感觉客卧的小床也挺舒服的，很快就进入了梦乡。

第二天关琥醒来，早餐已经准备好了，他吃着免费又美味的早点，心想这大概是张燕铎唯一的优点了吧。

“三餐不准时，再加上压力大又疲劳，很容易得胃癌的。”张燕铎笑眯眯地对他说，“为了感谢你收留我过夜，我决定尽量帮你准备三餐。”

今天张燕铎穿了件铁红色的宽松棉质休闲衣，所以他的眼镜框也是铁红色的，他应该是关琥见到过的最适合戴眼镜的男人了，也是更换最频繁的一个，他不去给眼镜做广告，真是这个行业的一大损失。

“张先生，请不要自作多情，我并没有留你过夜，更没想让你睡我的床。”

“这样啊，那为什么你没有叫醒我？”

从眼镜片后面投来的惊讶目光让关琥很想把拳头挥过去：“那是因为你贴了纸在门上！”

“你要是生气的话，会无视留言纸的吧？”张燕铎自以为是地为关琥的行为作解释，“在警局你也让我睡床，我以为你习惯了谦让，所以也就没跟你客气。”

谦让个屁啊，他只是不想三更半夜为了点小事吵得左邻右舍都睡不着！看在美味早餐的分儿上，关琥忍住了内心的咆哮。

饭后出门，对于张燕铎的跟随，关琥选择了无视，来到停车场，他还主动问：“今天开你的车还是我的？”

“还是用我的吧，用你的，我怕你回头又把我丢掉。”

上车后，张燕铎照关琥的指示先去许家。路上，关琥把从张燕铎那里拿到的图像传给总部，让江开等人确认司仪跟另外那个男人在酒宴上的行动是否有问题——虽然当时酒店的其他住客也有嫌疑，但是从掌握的情报来分析，调查重点还是在酒宴宾客上。

联络过后，张燕铎问：“为什么你把杨雪妍排除了？”

“她怀孕了，身体又差，理论上讲不太具备作案能力。”

“这就能排除嫌疑了？”

“你怀疑孕妇？”

“我怀疑与案子有关的任何一个人。”

“但是这次的凶杀行为需要很强大的爆发力，以杨雪妍的体质很难达到。”

“你对女人有偏见，你看叶菲菲，再看谢凌云，还有你们警局的女法医，就因为大多数人有这种偏见，才会轻易被女人干掉。”

关琥觉得张燕铎提到的这几位都是异类中的异类，实在很难跟杨雪妍纤瘦娇弱的形象联系起来，不过他还是听从张燕铎的建议，在笔记本上将这一条记了下来。

到了许家，里面布置得比关琥想象的还要奢侈豪华，走廊跟客厅里摆满古董，关琥看不出古董的真伪，但他想假如都是真的的话，光客厅里的瓷器就要上千万了。不过比起这个，更让关琥在意的是许家的保安人数，光是门口就站了四五个人，进了豪宅内，里面的保安更多。他不知道许家平时是不是这样的，但总感觉太夸张。

许善陵在家，他没拒绝警察的拜访，但也表现得很冷淡，原本为了冲喜才大摆宴席，最后却有人在酒宴上死亡，他心情很糟糕。对于关琥的提问，他不耐烦地说："有关冯三的事，该说的我昨天都说了，我跟他也不是很熟，对他的交友情况并不了解。"

"不熟的话，他也不会在海外参加完录制，乘机回来连家都不回，就来参加婚宴吧？"

"他那人做事很随心所欲，他要来，我又不能阻止他。"

"他在飞机上跟你通话时，还有提到其他什么事情吗？"

"没有，就算有，我也不会注意，当时我正忙着应付喜宴上的客人，没心情留意他都说了什么。"

"我们看过酒宴上的录像，你曾离开过半个小时，在那么忙碌的场合下，不知你去了哪里？"

面对关琥的咄咄质问，许善陵脸上露出不悦的神色："听你的意思，是在怀疑我杀了人吗？"

"不，这只是例行询问，还请许先生配合。"

从许善陵的表情上就看得出他不想配合，不过最后还是回答了："我去跟银行的一个朋友打电话，关于公司贷款的事，聊了很久……"下面的话许善陵没说。

关琥想在大喜的日子里他跟银行聊借贷，多半是公司的资金周转出现了问题，这方面他不方便细问，正想让许善陵提供联络人的电话，就听张燕铎说："是珠宝店的运转发生了危机吗？"

许善陵的脸色变得很难看："当然不是，那只是普通贷款，你们不信的话，可以直接去查通话记录。"为了不再被烦扰，他爽快地写下了银行联络人的名字跟电话递给关琥，用意很明显：请赶紧离开。

像是没理解他的暗示，张燕铎又将短剑的照片取出来给他看，不过照片上的不是凶器，而是谢凌云的那柄短剑。

"请许先生再看下这柄剑，不知你是否对它有印象。"

“昨天我就说了，我不知道，我一个商人，怎么会了解凶器的事？你们不觉得可笑吗？”

“这不是凶器，而是我们从其他人那里拿到的照片，那人说它有个好听的名字，叫鱼藏剑。”

听到张燕铎的话，许善陵身体一抖，他很想保持镇静，但搭在沙发扶手上的手指发出轻颤，关琥趁机说：“看来许先生是了解这柄剑的。”

“不不，我不了解，我只是听说鱼藏剑是不祥之物，沾到它的人都会有祸事发生，所以……所以陈铭启跟冯三被杀了对吧？”

“有关这点，我们还在了解中，不过陈铭启被杀时，曾有鬼面出现在他面前。这个，许先生曾见过吗？”张燕铎将王二画的鬼面图像递给许善陵。

许善陵看了后，脸色更加惨白，立刻问：“你们确定它是在陈铭启死亡时出现的？”

“是的。”

“那是专诸的亡魂出现了，他的怨气之魂凝聚在鱼藏剑上，会诅咒到每一个接触到鱼藏的人,你拿到真品了吗？那下一个就是你了！”他手指向张燕铎，大声说道。

冷眼看他惊慌失措的样子，张燕铎淡淡地说：“那我倒是很想会会这位传说中的刺客亡灵了。”

“他会去找你的，一定会去找你的！”

听着许善陵喃喃自语，关琥看看张燕铎，他怀疑张燕铎的药下得过猛，导致许善陵被刺激得疯癫了。为了让会谈继续下去，关琥岔开了话题，问：“金蛇帮的佘正你认识吗？冯三山在飞机上除了联络你外，还有跟他通过电话。”

“那是谁？不认识！”许善陵一口否决，然后下逐客令，“我很忙，如果你们没有其他要问的，就请回吧！不要再在这里提鱼藏剑的事了，我什么都不知道。”

这欲盖弥彰的反应让关琥觉得他应该什么都知道才对。不过以许善陵现在的状态，即使他们硬逼，对方也不会说下去了。关琥起身告辞，在佣人把他们送到门口时，他装作不经意地问：“这里的保安真多，是为了看守古董？”

“平时没这么多人，都是从店面临时调来的。”

“那许枫先生呢？他们去度蜜月了？”

“没有，少奶奶身体不好，老爷不想他们被这次的事影响到，让他们去郊外别墅静养。”

离开了许家，路上关琥对张燕铎说：“许善陵说的跟银行联络贷款的那部分应该没撒谎，不过他一定还有隐情没说。”

“对，他可能知道陈铭启跟冯三山死亡的真相。还有，他知道鱼藏剑。”

“我也这样认为，他刚才一直提到刺客亡灵来找你，与其说是肯定，倒不如说他期待这个事实的发生。”

“来找我的话，就不会去找他了吗？”张燕铎冷笑出声，“他做了什么亏心事，这么怕被鬼缠？”

“我担心许善陵会是第三个受害者。”

“有关这一点，我想他心里更有数，否则他就不会把家里布置得那么戒备森严了。”

6.

路上，关琥把调查来的情报汇报给萧白夜，请他去跟银行人员确认许善陵方面的事，又提议派人暗中监视许家的动静，萧白夜答应了。

中午两人在便利店简单地吃了饭，又去调查冯三山的情况，以及冯三山跟陈铭启还有蛇王的关系，不过冯三山的关系网很杂，下午的收获不大。眼看着夜幕降临，关琥准备先回警局，就在这时，老马的电话打了进来，说收到线人的消息，蛇王现在在会海街一家叫夜珍珠的俱乐部，他正在赶去的路上，让关琥也赶紧过去。

会海街是红灯区，整片街道两侧林立的都是各种类型的酒吧跟高级俱乐部，其中还不乏地下赌场，是道上的人最喜欢聚集的地方，而且那里鱼龙混杂，一个不留神，目标就容易溜掉。关琥收线后，立刻催促张燕铎加快车速。

等他们到达时，夜色已深，外面下起了小雨，两旁的路灯在各家俱乐部的霓虹灯招牌的照射下，失去了应有的光芒，有不少夜店门口站着招揽生意的店员。

张燕铎照导航的提示把车停在附近，转身想拿伞给关琥，关琥已经等不及，跳下了车。见有客人经过，不少店员凑上来给关琥塞宣传单，都被他推开。

关琥找到夜珍珠俱乐部后，冲了进去。张燕铎跟在他身后。

里面光线稍暗，墙壁跟廊柱上装饰着各种玻璃挂坠，随着灯光的变化闪烁出不同的颜色，穿着暴露的女孩们陪着自己的客人分散坐着。看到关琥二人，一个浓妆艳抹的女人主动迎上前。

关琥不等她开口，抢先说：“蛇王让我们来的，带个路。”

女人愣了一下，立刻摇头：“蛇王没有来过啊……先生，先生你不要乱走！”

关琥无视她的阻拦，直接往里面的包间走。女人见拦不住，急忙给其他人使眼色，很快就有人包抄过来，挡住了他们的路，其中一个光头问：“你混哪儿的，不知道我们老大的规矩吗？”

“混警察的！”关琥把警证亮了出来，不等那人反应，抓住他的手往后一拧，将他按在了墙上，喝道，“警察临检，都不许动！”

他这一声大吼震得整个俱乐部顿时安静了下来，但很快吵叫声重新响起。听说警察到了，许多客人担心惹麻烦上身，站起来要离开。妈妈桑一边忙着安抚客人，一边对关琥叫道：“我们这里是正当营业的，警察先生，你们的恩怨请出去解决，不要在这里影响到我的生意。”

关琥不理她，再次用力顶了下光头。光头不作声，他的同伴冲过来，举起旁边的木椅要攻击关琥。关琥正要拔枪，没想到张燕铎快他一步，把腿伸出去，那人被绊了个正着，向前一扑，人飞出去的同时，椅子也飞了出去。刚好对面是摆放各种高档酒的桌子，椅子砸上去后，就听稀里哗啦的声音陆续响起，酒瓶碎片跟瓶里的酒向四处飞溅。

关琥的一只手还按在腰间的枪套上，看着眼前这一幕，收回手，默默地冲张燕铎竖了下大拇指。

客人们不知道怎么回事，还以为是黑帮寻仇，都吓得往外跑，再加上陪酒女郎们的尖叫声，现场乱成一团。关琥见金蛇帮的其他人还准备往上冲，他拍拍腰间的手枪，喝问：“你们要袭警吗？”

那些人果然不敢上了，站在对面纷纷叫道：“我们又没犯法，你凭什么来挑事？”

“我说你们犯法了吗？我只是要见见蛇王。”

“蛇王不在这里。”

关琥在这边应付，张燕铎顺着走廊往里走，看到有门，他一脚踹开，发现目标不对，转过身又继续往前走。关琥就听着客人们的尖叫声跟踹门声交互响起，他手抚额头，怀疑如果这次找不到蛇王，自己被投诉的可能性很大很大。

警察饭碗早晚会被这只狐狸给砸掉！一想到这个，关琥就义愤填膺，朝着跟张燕铎相反的方向大踏步走去。好在包间的人听到了外面的响声，不等他踹开，就自动打开了门。他一路走下去，混帮派的倒是遇到了几个，但最终还是没有找到蛇王。

金蛇帮的人都在，蛇王不可能不出现，一定是他趁乱藏到了哪里……关琥想着，看着最后一个包间，里面坐了三四个女人，中间本该坐着客人的地方却是空的。

“蛇王去哪里了？”他直接问话。

几个女人一齐摇头，关琥再问：“你们是现在说，还是去警局慢慢聊？”

这一招立竿见影，其中一个女人用手指指外面：“他被属下叫走了，说是有警察来了。”

关琥快步走到走廊尽头，就见那里有道后门，门虚掩着，他向外推开，外面连着俱乐部的后巷，附近没有灯光照明，巷子显得阴暗幽长。

关琥满是懊恼地踹了下门，正思考着接下来的对策时，突然听到楼上传来尖叫声。他顺楼梯跑上去，就见楼梯口的一扇房门敞开着，一个打扮光鲜的女人跌倒在门外，不断发出嘶叫。这状况跟昨天关琥遇到的类似，但跟这女人的尖叫声相比，叶菲菲那种绝对可以算可爱了。

看到关琥，女人叫得更高亢，这反应让他有种不好的预感，转头看向房里，里面是个小杂物室，一个男人坐在废弃的沙发上，头向前微垂。关琥只看到他满头华发跟一片血迹的胸腹，不用看脸他也能肯定，这是蛇王没错了。

“怎么回事？”关琥问道。

“不……不知道，我刚才经过，听到有声音，就推门看，有人就跑走了，啊……”女人又开始大叫，并同时手脚乱舞。不过女人抬手提供了凶手逃走的方向——杂物室对面半开的窗户。关琥冲了过去，探头往外看，隐约看到不远处晃动的黑影，他扳住窗框就要往外跳，身后传来张燕铎的声音：“又死人了！”

“保护好现场，马上报警，我去抓人。”关琥跳了下去。

关琥不知道张燕铎回应了什么，落地后就向前冲，沿着晦暗小巷一路追上了那个奋力奔跑的人，在警告了数声都被无视后，他飞身跃起，扳住那人的肩头，一拳头挥了过去。

出乎意料，关琥的拳头挥了个空。那人的反应相当灵活，随着他的力道向后纵身，同时凌空飞起一脚，反而是关琥自己差点被踢到。他退后两步，伸手要拔枪，眼前传来风声，对方挥动武器向他劈来，并且招招狠辣，一连攻击数下，逼得他毫无还手之力，只能来回躲闪。外面还在下着小雨，周围很暗，他只能借远处偶尔晃过的灯光看到对方手里拿的是一柄短剑，剑鞘握在另一只手里，作为双兵器攻击。

在对手的紧迫攻击下，关琥左右躲闪，他没机会看清兵器的模样，但直觉告诉他那人手里拿的也是鱼藏剑。在躲避中，短剑砍在了酒吧后巷挂的招牌上，将木质招牌一角轻易削了下来，看到木块在空中翻了个个儿，飞到地上，关琥忍不住叫了声乖乖——看来这柄虽然是仿造的鱼藏剑，但也是相当锋利的仿制品。

就在他晃神的工夫，胸口被踢到，向后跌倒，这时远处闪电划过，照亮了攻击者的脸……关琥一怔，他看到的竟然是一张画满墨彩的怪脸，在看到这张鬼面脸谱后，关琥发现王二画得还是挺接近实物的。

不知为什么，以这人暴虐的攻击方式，明明可以趁机攻击的，对方却没有马上动手，而是站在原地呼呼喘气，这给了关琥拔枪的机会，他将枪口对准凶手，喝道："不许动！"

那人没动。

关琥跳起来，保持枪口指人的姿势，打量对方的面具，问："那些人都是你杀的？你为什么要这么做？"

对方不答，轻轻转了下握剑的手腕。

关琥防备着对方的突然攻击，又道："你不说没关系，我们回警局好好聊。"

"哼！"细雨中传来轻蔑的哼声，关琥最初还以为声音出自鬼面人，但他马上发现声音传来的方位是在他们的前方——那里不知什么时候横着停了一辆黑色跑车。夜色太黑，他看不清具体是什么车，只看到有人坐在车篷上，貌似观看他们打斗已经有一阵子了。

难道是鬼面凶手的同伙？这个念头刚起，关琥就看到眼前寒光一闪，他连躲避的余地都没有，本能地用枪管挡住，就听铛的一声，那东西落到了地上，却是支普通的圆珠笔。

圆珠笔的力量超乎想象，在它的撞击下，关琥的虎口剧痛，手枪失手落到了地上。

原本坐在车篷上的人跃起身，几步蹿到了关琥的面前，向关琥飞脚踢来，关琥无法去捡手枪，只能向后躲闪。

来人就这样站到了关琥跟凶手当中，他的右手还拿了个类似圆珠笔的物体，笔身殷红，比普通的笔要细，随着他的手指拨动，红笔在他的掌间来回转着……他的脸因为背着光看不清，但从他轻松的状态可以得出，他根本没把关琥放在眼里。

“你可以走了。”他对身后的凶手说，见凶手微微有些迟疑，来人又说，“再不走，你就没机会了。”

这次凶手没再犹豫，向他点了下头，算是答谢，然后掉头就跑。

关琥冲过去阻拦，被男人上前一步挡住，借着远处偶尔闪过的微光，关琥看到那是个跟自己岁数差不多的男人，他穿了一套泛着光泽的西装，脚下的皮鞋也打得锃亮——这在刚才对方那一脚踹过来时，关琥就发现了。

但可惜，男人的长相他始终没看清，眼看着凶手跑远，他没有废话，直接拳头出击。

男人弯腰向后闪开，关琥紧接着再挥拳，没想到男人的身体异常柔软，水蛇似的绕了个弯，手里转的红笔停下，做出持刀似的架势，以一个难以想象的角度向关琥的眼眶插来。

关琥慌忙收拳，要不是躲得及时，那个尖锐物体只怕要贯穿他的脑子了，他不由惊出一头冷汗，不敢怠慢，拳脚飞快地挥出，不想给对方反击的机会。

关琥的拳脚快，对方的应招也不慢，甚至还要快过他。男人的招式很奇怪，关琥不熟悉，再加上他还记挂着凶手的去向，几招过后一个不小心，被男人刺来的武器划到，赤红笔管的一头顺着他的脸颊掠过，带着比细雨更冷的凉意。

关琥的勉强躲闪导致他的下盘不稳，向后栽了个跟头，他慌忙站住，双手握拳，一前一后挡在胸前，做出防御的架势。

还好男人没有乘胜追击，红笔在指间转了个花，嘴角一侧勾起，哼道：“也不过如此。”

男人声音柔和，脸庞在雨中若隐若现，看上去很年轻，如果不是身上散发的煞气太强烈，他应该很有人缘。关琥向前张望，凶手早已跑得没了踪影，他质问男人：“你到底是什么人？”

“看你们不顺眼的人。”男人发出轻笑，笑声中带了份傲然不羁的气息。

关琥无形中联想到张燕铎，但张燕铎的气场更温和，而这个人则让他感到厌恶。

远处隐约传来警车的鸣笛声，但男人没有丝毫惊慌的表现。关琥二话不说，冲上去踹他，又准备捡枪，男人早有防备，凌空蹿起，抬腿向他踢来。

关琥再次见识到了这个人身躯的柔韧，就见他在半空中翻了半个圈，突起的皮鞋鞋尖向自己的脑部一侧踢来。

真被踢到的话，不死也是重伤。关琥没办法，只好收回捡枪的念头，专心跟男人搏斗。不过男人不仅拳脚奇怪，武器也罕见，关琥有好几次都差点被利器戳伤，两人边打边往前移动，慢慢靠近了男人的跑车。

见关琥捉襟见肘，男人发出轻笑，刻意将他逼到车前，让他失去了退路，然后跳起来挥舞红笔刺向他的眼睛！

啪！沉闷的击打声在雨中响起，男人的脸颊被打中，不得不退开，只觉得左脸颊上的感觉有些奇特。他伸手摸了摸，又看向对手。

关琥已经站稳了，手里的皮带凌空一甩，皮带再次发出响亮的声响——这招用腰带当武器的招式他是第一次用，没想到效果挺显著的。

看到男人狼狈的模样，他轻蔑地一笑："你也不过如此。"

男人揉着脸不说话，突然发出怪叫，飞快地冲过来，握住红笔开始了暴雨式的攻击。

关琥平时没少锻炼，近身搏斗算是他的强项，但男人的招式太怪异，既不是跆拳道、空手道，也不像是散打或普通的武术。他拿捏不住对方的攻击方式，几次都是勉强躲开戳来的红笔，偏偏那人的笔头上镶了钻石，在挥舞中不时划过光亮，严重影响了他的视觉。

于是在之后的几个回合里，关琥的胸腹跟小腿被接连踹到，男人虽然也被他的皮带甩了多下，但就像是没有知觉似的，即使被击到也毫不在意，反而愈挫愈勇。

最后关琥被逼得不得不连续后退，皮带挥舞不开，终于，带子的另一端被男人揪住，然后顺着力道向后甩去，绕住关琥的脖子，再往下狠压。

关琥被压得喘不上气来，慌忙抬腿去踹……男人的腿被踹中了，却没有任何反应，继续往下压低的动作。这一次关琥真正看清了他的脸——那是张长得绝对算是不错的脸庞，但因为太好看，反而没什么特色，倒是他接近疯狂的眼神更引人注目。看到男人将握笔的手再次挥起，关琥正想做最后的反击，轻响从他们身后传来。声音不大，但两人都知道那是什么东西发出来的，就听一个嘶哑的嗓音说："不想被爆头，就马上滚。"

时间有一两秒的停滞，随后男人撤开了手。

关琥揉着被勒痛的脖颈站稳，就见细雨中站着一个全身黑衣的男人，他戴了头套，除了一对眼珠外什么都看不到。这个声音关琥很熟悉，前不久在敦煌石窟里探险时，也是这个人及时将自己救了下来。

“英雄……”

关琥很想说一句“别来无恙”，但被旁边的男人抢了先，面对指向自己的枪口，他没有丝毫的惊慌，反而发出咯咯笑声：“流星，终于见到你了。”

关琥本能地想问，是流星？还是刘星？不过他真正说出来的却是：“那是我的警枪，可以麻烦归还吗？”

“皮带用不好就不要乱用，下次记得抽他的眼睛。”

黑衣人给关琥的建议很中肯，但这语气怎么听都跟张燕铎的一样！要不是有外人在，关琥一定会马上质问他，他走过去，冲黑衣人伸出手，说：“先还枪吧。”

话声再次被他的敌人打断了，红笔男冲黑衣人笑道：“流星，你这样教外人对付自己的朋友，不太好吧？”

“我没有朋友。”

“可是你却帮一个警察。”

“他不是我朋友。”

听着黑衣人冷冰冰的回应，关琥觉得他心里说不定想说，他是我弟。

“你先回去。”黑衣人对关琥交代道。

关琥也想走，但他更想拿回枪，但如果失去了枪的威胁，他又担心黑衣人不是红笔男的对手，正犹豫着，就听警车的鸣笛声更近了。

红笔男哼道：“流星你变了，我一向认为只有懦夫才会用枪。”

关琥觉得全天下的警察都无辜地中枪了。

下一秒关琥就看到那支手枪飞到了自己面前，与此同时，黑衣人跃向红笔男，随着翻身，甩棍从手中甩出来，冲着红笔男的头部挥下。黑衣人的动作太快，红笔男被迫退开，想用笔招架，但还没等他出手，甩棍又从另一个角度击向他。

关琥在旁边举枪观战，从两人互搏的招式到进攻速度还有力量来看，他相信这两人一定是认识的，甚至还师出一门。他们的招式不仅奇特，攻击也很快，不熟悉的人一定会被逼得手忙脚乱，就连他想趁机用枪对付红笔男，都找不到缺口。

不过看了一会儿，关琥提着的心逐渐放下了，红笔男打不过黑衣人，他那管红笔根本派不上用场，所以自己也不用瞅空开冷枪了。

“你一个人没问题吧？”他问黑衣人。

“嗯。”

“那我先去现场，这个交给你，要捉活的，我马上叫人来。”

关琥已经把黑衣人当作是张燕铎来看了，话里话外都是对搭档的口吻，说着话他把手铐放在一边，然后掉头跑回现场。

红笔男也听到了关琥的交代，关琥没走多久，他就纵身向前面跳去，用手撑在跑车车篷上，凌空翻到了车的另一边。黑衣人没办法马上做出攻击，隔着车冷冷地注视他。

“大家是兄弟，别这样嘛。”红笔男收了兵器，冲黑衣人绽放出无辜的笑脸。看着红笔男坐到车上，黑衣人本能地向前迈了一步，但马上又停住了。

抓他很简单，但事后会拖累到自己，生活刚刚稳定，他不想被破坏。

“如果你还想再活久一点，就别再惹我。”黑衣人冷声道。

红笔男给他的回应是伸手摆了摆，然后踩动油门飞快地跑了。

黑衣人掉头看看放在一边的手铐，正想去取，后巷的尽头传来脚步声，看来是关琥派警察来增援了。为了避免是非，黑衣人也快步跑出了小巷，顺着曲折的胡同拐去大路上，来到有光亮的地方，他将头套摘下来，又顺便脱下黑色外衣，走到停放的车前，将衣物丢去后车座上。

警笛声已经消失了，现在俱乐部里应该围满了警察。男人上了车，将下面的黑裤子也脱掉，扔到了后座上，虽然关琥接下来很忙，没时间来确认他的状态，但湿漉漉的衣服穿在身上不舒服，他宁可麻烦点。

远处车辆经过，前照灯的光芒射来，他情不自禁地眯了眯眼睛，看向后视镜，里面的人有着跟张燕铎相同的长相。唯一不同的是没戴眼镜，失去遮掩的眼瞳在灯光下透出怪异的色彩。

张燕铎厌恶地把眼神撇开，探身拿起眼镜戴上，又拿出副驾驶座下收纳柜里放着的替换衣物换好，等都整理完后，把椅背放倒，靠在上面看着车顶，思索接下来的问题。不是有关鱼藏剑的问题，而是他自己的事——红笔吴钩活着，就代表囚禁他的那个老家伙可能也活着，这是对他来说最糟糕的事。

以前老家伙常说，没有他的培养，就没有今天的自己，但张燕铎的感觉却是，没有老家伙，自己也不至于沦落到今天这种地步。

张燕铎抬起右手，毫无意外地看到他的手指在轻颤，有恶斗后的兴奋，也有对今后路程的不安，或许其中还有恐惧。可能那份恐惧感已经刻在了骨子里，明明老家伙没什么可怕的，但一想到那个人，他还是无法保持冷静。

那是个魔鬼，抚养他只是因为看中了他的能力，对老家伙来说，他不过是个好用的杀人工具，他在基地接受训练的那段日子像是永无止境的噩梦，所以即使后来逃了出来，他的噩梦也没有结束过，他曾做过无数次噩梦，每次都跟老家伙有关！随着时间的推移，噩梦开始变少，他以为一切已经结束了，却没想到恰恰相反，一切恶意跟恐惧都才刚刚开始。不能让那些人影响到自己现在的生活，更不能让他们威胁到关琥，所以一定要想办法除掉他们，不惜任何代价跟手段。

张燕铎收回手，握紧了已收回原状的甩棍。

关琥返回现场时，里面已经围满了人，警员们正在拉警戒线，同时疏散围观的人群。他跑过去，正要交代警员，被江开叫住，拉到一边说："我刚才在路边碰到你哥，他让我告诉你，你专心看现场就好了，其他的什么都不用管。"

关琥本能地左右张望，问："他还说什么？"

江开摇头。

"他现在在哪里？"

看到江开再摇头，关琥放弃了继续追问，让那几位警员去后巷帮忙，而他选择留下来——看在整天叫张燕铎哥的分儿上，就听他一次吧。

关琥弯腰进了警戒线，发现房间里除了老马外，鉴证科的人员居然也都到齐了。

"你刚走我就来了，没想到我们追得这么紧，最后还是差了一步。"老马随着关琥的视线看向死者，"他们都是我叫来的，一连出了几桩案子，局长让大家随时待命，没想到这么快又出事了。"

关琥打量现场，杂物室不大，里面随意堆放着一些不用的桌椅跟礼服裙装，看来蛇王本来是准备在这里躲避搜查的，却没想到惹来杀身之祸。

暴力凶杀导致死者坐的沙发以及周围地上溅满血迹，跟酒店发生的案件相比，这次命案更揭示了凶手的残暴——这里出入人员杂乱，没人会注意到凶手，所以他连基本的掩饰都没有。

现场有不少人，显得很拥挤，关琥环视四周，问老马：“你有没有注意到张燕铎是什么时候离开的？”

老马的反应是脑门上挂出大大的问号，关琥只好说：“就……那个……我哥。”

“我来时他还在现场，看到我来他就走了。”

“那时江开到了吗？”

“没有，我是第一个来的。怎么，他出事了？”

关琥想出事的应该是别人。

从时间上计算，如果张燕铎就是黑衣人，那他一定是看到警察来后，就跑去后巷想帮忙，但是发现状况特殊，他便中途转回车位换上黑衣服，刚好跟江开遇上，可为什么他要那样交代江开？

鉴证工作很快就告一段落，关琥还没拍完现场照片，舒清滟就已经起身，做了结束的手势。她的手里毫无意外地拿着盛有带血短剑的证物袋，关琥叹道：“看来是同一人了。”

“也许我该感谢凶手，他的杀人手法大同小异，大大地提高了我的办事效率。”

关琥回头看门口，还好有警察阻拦，记者们无法靠近现场，否则这位女法医的话被外人听到，可不太妙。

“哪里大同小异了？”他观察着死者的状态，问。

蛇王的嘴里没有塞东西，他遇害前只穿了件衬衫，衬衫扣子扯开了，露出不符合年龄的精壮胸肌，但胸口以下被划开……双手搭在沙发扶手上，脑袋向前半垂，像是在休憩的模样，看似完全没有被刺中后的痛苦反应。

跟之前两名受害者相比，蛇王的身材又高又壮，虽然上了年纪，但是从体格来看，他是最具有反抗能力的人，但事实上，他几乎没做挣扎，似乎还没有明白发生了什么事，就被干掉了。

看来这就是舒清滟所说的大同小异的地方了。

“具体情况我要等尸检后才能汇报，不过凶手是同一人应该没错，”舒清滟说，“他杀得越来越习惯了，让我担心很快就会有第四个受害者。”

关琥想起了许善陵，如果几个死者之间有什么共同秘密的话，下一个说不定就会是许善陵。

“以蛇王混黑道的警觉跟反应能力，为什么完全没有反抗？”他低声自问。

“有两个原因，跟他在一起的是他熟悉的人，或是他不会有防备的人。”舒清滟分析道。

这一点关琥也想到了，正因为想到，所以更觉懊悔。从现场状况来看，自己进俱乐部的时候，蛇王还是活着的，就是在那几分钟里，这个黑道老大就在自己的眼皮底下被害了。也许有人借帮他逃走或是其他什么理由，将他带到这个房间，然后出其不意地杀了他。

关琥走出杂物室，外面聚集的人更多了，加上一群打扮花哨的陪酒小姐，整个空间都处于极度嘈杂的状态中。警员们在极力维护现场，阻止记者的涌入，那几个被他派去后巷帮忙的人也在。

看到他，一名警员过来将手铐还给他，说后巷里没人，只有这个手铐放在路边，他们就拿回来了。

关琥问了位置，正是自己走时放手铐的地方，看来人家根本没理会他的拜托，打完架就走人了。他道了谢，挤出人群，来到后面的小巷里。前后才不过半个小时，曾充斥在后巷里的杀气就被冷雨冲得干干净净，四下冷寂，除了一些凌乱的杂物证明这里曾有过一场恶斗外，什么都没留下。

关琥在附近找到了那支差点打伤他的笔，不过笔管被踩得四分五裂，再加上雨水的冲洗，它能留下的讯息应该不多。不过他还是将笔管碎片用手绢包好，准备交给舒清滟做鉴定。

关琥又走到巷口，那里曾经停了辆跑车，现在也消失得无影无踪，地面被雨水冲刷，提醒他即使勘查现场也不可能带来任何收获。发现了这个事实后，他松了口气，说实话，他不希望张燕铎跟整件血案有任何关系。

出了巷口，关琥顺着街道来到张燕铎停车的地方，车不在，周围也没人，他犹豫了一下，开始拨打张燕铎的电话。

电话很快就接通了，属于张燕铎懒洋洋的嗓音传来：“弟弟，什么事？”

那是跟黑衣人完全不同的嗓音，关琥好奇对方是怎么改变声带的，甚至怀疑自己是否猜错了，问：“你现在在哪里？”

“我回家了。”

“为什么回家？”

“为了报复，”张燕铎轻描淡写地说，“报复昨天你丢下了我。”

关琥完全不信这个借口，张燕铎的行为很反常，比起报复，更像是在掩饰什么。

“你刚才有没有去后巷？”他开门见山道。

“没有，怎么了？”

“我刚才在追踪凶手时，被一个奇怪的人袭击，又是那个神秘的黑衣人救了我，这次我有特别注意，黑衣人不管是身形体格还是说话的风格都跟你很相似。”

“什么黑衣人？”

还跟他装糊涂，关琥说：“就是在敦煌洞窟里救过我的那个人，他又出现了，而且身手非常棒。”

“关琥，我觉得你的妄想症越来越厉害了，是不是被连续几起案子刺激到了？你好像在说夜行侠。”

“我没有说夜行侠，我是在说你。”关琥步步紧逼，“只有你有时间及时出现帮我，还让江开转告我专心看现场，你的意思是后巷的怪人由你来对付是吗？”

“你想多了，虽然身为警察，有警觉性是对的，但也不能乱怀疑人。好吧，我说实话，我只是贫血症犯了，为了不给你造成麻烦，就先离开了，这个回答你满意吧？”

关琥注意到了张燕铎嗓音的低沉，像是透着某种倦意，他不知道张燕铎是不是假装的，但还是忍不住问：“你不舒服吗？”

“还好，不至于不舒服到无法聊天的程度，”张燕铎笑了，问，“现场勘查结束了？有什么新发现？”

“暂时没有，可惜我把凶手追丢了，一个转红笔的男人帮他逃走了，我不知道他们是不是一伙的，而你……我是说黑衣人跟红笔男人又是认识的，所以整件案子也许黑衣人也有参与。”

“既然你认准黑衣人是我，假设是我，我又跟连环血案有关联，那我为什么要帮你？还救你？”

关琥答不上来了，这的确是个很难解答的问题，半晌，他说："为了了解警局更多的秘密。"

"然后再找机会放个炸弹去警局，玩恐怖事件吗？要是把这个素材给小魏写小说，一定很受欢迎。"

"张燕铎，我没有跟你开玩笑！"

"我也没有，"张燕铎的口气变得严肃起来，回道，"我只是在告诉你，怀疑一个人，那就拿出证据来，否则就会像上次那样，白给我的酒吧打工。"

"我……"电话被挂断了，关琥气呼呼地想，要是有证据，就直接抓张燕铎去警局了，哪会在这里跟他废话？

"你没事吧？"身后传来询问声。

关琥转过头，见是谢凌云，不知她是什么时候来的，这会儿看着他，脸上露出担忧的神色。

"跟老板吵架了？"

"嗯，有点小摩擦。"关琥摸摸鼻子，"你怎么会过来？"

"出了这么大的凶杀案，我第一时间就赶过来了，刚好看到你在这边。"观察着关琥的表情变化，谢凌云急忙摆手，"我不是要故意偷听你们说话的，不过我觉得老板是好人。"

女人判断事情都喜欢凭直觉，关琥心想假如谢凌云知道在敦煌洞窟里，黑衣人，也就是张燕铎曾拒绝去救她们的话，她还会这样说吗？

"至少他不会害你。"谢凌云又说。

"不会害我跟他是不是好人是两码事。"

"我认为一样，在意一个人，就不会做他讨厌的事，看得出你大哥很重视你。"

关琥无言以对，他发现谢凌云之所以会跟叶菲菲成为好朋友，是因为她们的思维在同一条水平线上。

"现场有什么发现吗？"他转了话题。

"我都还没过去，所以这句话该我问你。"谢凌云说，"死者的死法是不是跟前两个一样，都用了鱼藏剑？"

"你不要再追这件事了，你也有一柄相同的剑，小心你也成为被追杀的目标。"

"我想许善陵比我更有可能成为目标，"谢凌云说，"你有没有想过，也许凶手昨天是想杀许善陵的，只是许善陵身边一直有人，刚好冯三山又出现了，所以他临时换了目标？"

倘若假设成立，那毫无疑问凶手就在参加喜宴的人当中，并且是相当了解许善陵行踪的人。

"这是我在古董论坛上了解到的一些信息，也许可以帮到你。"谢凌云从皮包里掏出一叠打印纸递给关琥。

关琥翻了一下，发现都是关于鱼藏剑的各种传说跟分析的留言。

"谢谢你。"

"不谢，我也是想知道父亲以前的事，可惜那方面的消息什么都查不到。"

"有些事顺其自然吧，抱太多希望，也许会更失望。"关琥收好资料，跟谢凌云道别。

谢凌云站在原地，看着他逐渐消失在后巷的身影，有种感觉，这个男人身上一定也背负了很多秘密。

关琥再回到俱乐部时，勘查讯问工作基本结束了，他跟萧白夜一起坐江开的车回警局。路上看了俱乐部的陪酒小姐以及客人们的笔录，发现没有人提到有奇怪的人进出过，他们说得最多的人就是关琥了，妈妈桑还不止一次提到酒水的价格，硬让他们赔偿。

"那是金蛇帮的人打碎的，不关我事。"关琥争辩道。

"难道不是你先挑衅的吗？"萧白夜问。

"我也是想救人，不过最后没救到。"

说到这个，关琥就满心懊恼，他怎么都想不通凶手是怎么混进去的，俱乐部的人众口一词，总不可能是事先串供吧，所以一定是哪里出现了盲点。

"有没有看监控录像？"

"哈哈，那种俱乐部如果安装了监控，怎么还有人敢去？"江开在前面笑了起来。

关琥也觉得自己问得有点蠢，他把自己刚才的经历详细地说了一遍，不过为了避免麻烦，他特意隐去了黑衣人那段。

"真是一波三折，"江开听得连连感叹，"原来凶手不仅残忍，还是团伙行动。”

“我觉得他们不是一伙的，至于红笔男为什么要阻拦我，我还不清楚，不过可以确定他是极端危险分子。”

最糟糕的地方就在这里，天太黑雨太大，他不仅看不清车牌，连红笔男的长相都很模糊，只觉得那张脸太精致，像是做过特别的化妆处理。

萧白夜没再多问，只说：“回去做拼图试一下吧。”

当晚关琥留在警局，跟同事一起分析三起凶杀案的相关案情。负责监视许家的警员传来消息，当晚许家一切正常，许善陵一直闭门不出。

“先不要惊动他，继续监视，等他扛不住的时候，会主动申请保护的。”萧白夜做了指示。

江开不安地问：“会不会太冒险了？连蛇王身边带了那么多兄弟，都没躲得过去，更何况是珠宝店的一些保安。”

“正因为蛇王的身份，他才会掉以轻心；以许善陵现在的状态，普通人很难靠近他，而且还有一种可能，许善陵就是幕后策划者。”萧白夜说，“照关琥的描述，凶手更像是职业杀手，所以许善陵的那些惊慌反应也许是在做戏。江开，你跟老马再重新调查有关他的资料；关琥你负责鱼藏剑这条线。”

在回警局的路上，关琥跟萧白夜提了有关鱼藏剑的传说，没想到萧白夜认真考虑了这条看起来很虚的线索。

蒋玎珰在一旁问：“头儿，你真相信所谓的刺客传说？我觉得那更像是凶手故意做出来的，为了引开警察的注意力。”

“不排除这个可能性，但这也许是连接整个案件的线，不能无视。”

不同于看到血案后的反应，在部署工作时，萧白夜相当有领导的气魄，将工作陆续交代完毕，最后剩下蒋玎珰连连举手，表示自己还没被分派工作。

“我有很重要的工作让你做，而且也只有你能胜任，”看着蒋玎珰激动得连连点头，萧白夜笑眯眯地问，“你会做饭吧？”

关琥不知道那位上司给蒋玎珰安排了什么任务，他领命后，先去鉴证科找舒清滟，把那支碎得不成形状的笔交给她做检查，又配合他们做了红笔男的拼图，不过拼图做得不成功。

做完后，小柯对着屏幕看了半天，问：“五官比例太完美了，你确定他没做整容？”

“至少在恐怖分子的名单里没有这号人物。”舒清滟在旁边观看，“希望那管笔可以提供什么线索，不过不要抱太大期待。”

关琥问小柯：“有关短剑的定制情报，网上有没有什么线索？”

“完全没有，”小柯伸手指自己的眼睛，“我搞了整整两天两夜，所有铸剑厂都查过了，什么都找不到，你有没有发现我这里都有黑眼圈了？”

关琥没注意小柯跟以往有什么不同。同一件事，擅长搜集情报的萧白夜说查不到，小柯也说查不到，他觉得这很不正常，皱眉说：“不可能啊。”

“怎么不可能？难道人家不能自给自足吗？”

“难道这年头还有铸剑师吗？”舒清滟开玩笑说。

“铸剑师那太专业了，但私人作坊的铁匠还是有的，名器做不了，做做赝品也不是什么难事。”

听着他们的对话，关琥眼前一亮，急忙说：“帮下忙兄弟，再查查铁匠的情况，包括已经歇业的，”想到剑鞘上嵌的沙土，他重点强调，“尤其是歇业的。”

关琥回到重案组，把谢凌云给的材料拿出来，开始一页页仔细翻看，里面大多是古剑爱好者的留言，从鱼藏剑的由来到它最终遗落何方，有不少野史传说，但也不乏引据论证的观点。关琥读到一半，眼神定住了，他在留言中看到了与鱼藏剑相同的短剑，最初他还为找到线索而兴奋，但是再看下面的留言，差点气吐血。

留言的网友说这是她家祖传的宝剑，家族世代相传说这是真正的鱼藏剑，因为生活所迫，她决定将剑拍卖，但又怕被古董奸商骗到，求大家指点，如果能有实际帮助，必当重谢，下面还附了联系地址跟电话。这不是谢凌云又是谁？明明知道鱼藏剑跟死亡相连，她还在这种古剑论坛上自荐，是不是嫌警察不够忙，再帮他们锦上添花一笔？要不是已经凌晨，关琥一定一个电话打过去骂她一顿。

因为这个新发现，关琥的心绪烦闷起来，后面的留言没有再仔细看。这时已经快到凌晨了，他去了值班室的小房间休息，今天没人跟他争床位，让他得以躺在床上美美地睡了一觉。

等关琥醒来，已经过了上班时间，他随便洗漱了一下，来到重案组，谁知还没进门，就听里面有人在大声吵嚷。

“你们是怎么做事的？三天三起凶杀案，到现在一点线索都没有，这是重案组吗？照你们这种办事效率，统统去扫大街算了。”

听起来像是上司在训人，关琥有点好奇。他进这个组也有几年了，虽然组长萧白夜在某些地方是有点废柴，但还没人敢直接跑来训话。他敲敲门进来，想知道这位口气不凡的上司是何许人也。

重案组的人都在，面对训话，没一个有反应……哦不，应该说大家都在忙自己的事,没人理睬说话的人。关琥偏头看去,发现根本不是什么上司训话，而是隔壁侦查科的警员，对方似乎在警界里有点家世背景。

“李……”他试探着搭话。

“李元丰。”年轻的警员自报家门。他长得不错，皮肤也白净，再加上一身高档西装以及高高在上的气势，给人的感觉像是高级白领，根本不像警察，“关琥是吧？听说就是你把凶手放走的，真想不到重案组成员的素质这么低……”

说起这件事关琥就一肚子火,对于自己的失手他也很懊恼,但“放走凶手”这个罪名也太夸张了，火气一上来，关琥才不管这位太子爷是谁派来干什么的，手往外一伸：“投诉的话，请出门往右拐，慢走不送。”

“你！”

“借光，我们很忙的，别站在这碍事。”江开特意从李元丰面前走过去，把他撞开。

李元丰还想再说，里间的房门打开，萧白夜探出头来说：“刚才我接到电话，说上面派新人来协助我们，新人到了没？”

没人搭话，不过所有的目光都同时放在了李元丰身上。

李元丰的脸色青一块白一块，气急败坏地说：“我不是新人，我进来有两年了。还有我不是协助，我是……”

“新人，那边请。”关琥笑眯眯地一指萧白夜的方向，打断他的解释，“报道请趁早，我们头儿可是很忙的。”

李元丰被他们硬推去了组长办公室，门关上了，不知道里面是怎么交流的。

关琥转头看其他两名同事，江开一脸担忧地问：“二世祖怎么会突然空降过来？他不会顶了组长的位子吧？”

“就他，切！”老马做了个不屑的表情，“想顶头儿的位子，等他再混二十年吧！干活干活。”

同事们离开了，关琥去了鉴证科。连续发生三起大案，大家都在熬夜拼命，搞得精神不佳。关琥进去后，先看到某个人体躺在电脑前，脸上还蒙了块白布，他一下子蹦了起来：“靠，死尸太多也不能随便放啊，很容易传染疾病的。”

“你才死尸，”被他吼醒了，“死尸”动了动，扯下脸上的白布，冲他用力抖，“这叫面膜！用来敷脸的！为了帮你们查资料，我整夜没睡你知道吗？”

发现是小柯，关琥不好意思地摸摸头：“抱歉抱歉，请问铁匠的情报有进展吗？”

“有进展我就不会在这里敷脸睡觉了，上头让我先查几名死者的关系网，不好意思，你的活儿只能先放放了……”

“别这样啊，我那条线索很重要的。”

“我知道，可是上头那些人不知道……你要找舒美女请去隔壁解剖室。啊，对了，她可能也在敷面膜，别大惊小怪的。”

“是是是。”为了不再踩地雷，关琥点头哈腰地去了隔壁。还好，小柯的提醒没成为现实，舒清滟的打扮很正常，除了手里拿着的盛满鲜红番茄汁的化学试剂杯。

看到关琥，舒清滟开门见山地说：“尸检报告我还没写好，不过有几个地方可以先跟你讲一下。”她放下试剂杯，戴上手套，来到解剖台前，将死者的头往右侧稍微推开，让关琥看死者的左太阳穴，那里有处比铜钱稍微大点的黑斑。

“死者的这里在被刺之前曾受过重击，导致他的意识暂时中断，他的右太阳穴也有类似的击痕。”

听着舒清滟的解释，关琥又去看右侧，发现击痕比左侧的要轻，受力面积也相对要小。他眼前一亮，蛇王练的是硬气功，如果罩门是在太阳穴上的话，被这一击只怕不死也是重伤，难怪凶手没用布塞死者的嘴了，因为根本没必要。

他比量着黑斑的大小，疑惑地问：“这不会是剑造成的吧？”

舒清滟从证物架上拿出第三柄短剑，也就是从蛇王腹腔里取出来的那柄，指指剑柄的顶端，说："你说得没错，凶手正是用这里猛击死者的太阳穴，趁他无法反击时刺杀他的；另一侧的伤痕则是凶手在刺杀中挥拳击打的，以防他反抗。"

"看来凶手在行动前做过详细的调查。"

这证明凶手不仅心狠手辣，还胆大冷静，敢在警察眼皮底下瞅准时机杀人。这让关琥想起了那位传说中的刺客专诸，可以在众多护卫面前坦然自若地将藏有凶器的烤鱼向王僚献上，光这份气魄就令人心畏。他想，至少在这一点上，凶手领悟到了刺客的精髓。

"还有一点，我们在这柄剑上验出了相同的土质成分，三起案件的凶手是同一人无疑。"

"谢谢！"

关琥从鉴证科出来，快步赶回重案组。从目前收集到的情报来看，三名死者跟许善陵有着某种联系，虽然暂时还没查清到底是什么联系，但只要看紧许善陵，凶手就一定会出现。现在就怕除了这四人之外，还有其他的猎物存在，所以找到这种联系就尤为必要，或许真相就在鱼藏剑上。

关琥回到办公室，里面只剩萧白夜，他将自己的怀疑和担心跟萧白夜说了，萧白夜平静地回道："放心，如果是许善陵那条线的话，没问题，我已经让李元丰扮成保安去暗中保护他了。"

"他同意？"

"起先不同意，我们交流了一下，他就答应了。"

看着上司狡黠的笑容，关琥想李元丰要顶替萧白夜的位子，那根本是不可能的。

"那我去查其他的线。"关琥跟上司打了招呼，跑回他住的公寓。来到家门口，他掏钥匙开了门，刚迈进一条腿，就听到里面传来说话声。有过一次经验，关琥这次表现得很镇定，反手关上门，走进客厅，果然看到张燕铎坐在沙发上看电视，他手里拿着茶杯，整个客厅里充溢着属于玫瑰花茶的清香。

"我应该没走错房间吧？"

"没，这是你的家。"张燕铎笑眯眯地回答，又指指对面厨房，"我做了早餐，你应该还没吃饭吧？"

"原来你还知道这是我家啊！"关琥哼道，"看来你不生气了，昨晚挂我的电话，我还以为你会就此消失呢。”

“你还真把我当田螺了？”张燕铎笑道，“就算我是田螺，也不会自降智商跟你一般见识的。”

说到这个关琥就不爽，他脱下外衣，气呼呼地说：“那你每次都偷偷进我的家算怎么回事？你是不是真要我把你抓去警局……”

“你最好先去洗个澡，我不习惯跟不讲卫生的人共餐。”

别自作多情了，谁要跟你共餐啊！关琥气呼呼地想。

“还待在那儿干吗？我昨晚查到些线索，想早点破案就赶紧行动。”

三秒后，关琥屈服在了破案的诱惑下：“是，田螺先生。”

等关琥洗完澡，早餐已经摆在了餐桌上，看着张燕铎熟练地使用自己家里的餐具，关琥郁闷地说：“我有种感觉，这种状况持续下去的话，没多久我的房产证也会易主的。”

“有关这一点，我还没注意到，你把房产证放在家里，还是存在银行保险箱里了？”

“放在……我为什么要告诉你我的隐私？你到底查到什么线索了？快说！”

“先吃饭，不着急。”

不着急？关琥张嘴想反驳，一块刚出炉的面包塞进了他的嘴里，鉴于早餐太美味，他决定暂时原谅张燕铎的各种无礼行为。

7.

吃完早餐，张燕铎没用关琥动手，自己将碗碟整理好后放进洗碗机。看着他麻利的动作，关琥觉得这个人除了腹黑毒舌加行踪诡异，其实还是挺符合田螺姑娘的人设的。

或许正因为这样，昨晚红笔男跟黑衣人消失后，关琥反而松了口气，潜意识告诉他，没有收获反而更好，因为那将影响到张燕铎的存在。不管出于哪种心态，他都不希望张燕铎与犯罪有牵扯。

"咳咳，张……大哥，你……我是说黑衣人真的不认识那个要红笔的男人？"看着张燕铎的背影，他问。

"认不认识另当别论，不过至少不是朋友。"张燕铎把厨房收拾干净，又开始冲茶，也没回头，"看来你还是在怀疑我啊。"

"换了你是我，你也会怀疑的，你……我是说黑衣人跟红笔男用的是什么功夫？看上去挺花哨的。"

张燕铎把冲好的玫瑰花茶端过来，放到关琥面前的茶几上。

"假如你可以演示一下的话，也许我可以帮你解惑。"

关琥手托着脸腮，开始考虑问题。

张燕铎拿起茶几上的一叠纸，翻看着问："这是什么？"

"啊，糟糕！"看到那是谢凌云给他的资料，关琥想起还没跟谢凌云联系，急忙摸出手机打过去，铃声响了很久才接通，充满迷糊状态的嗓音传过来。

"我快死了，让我睡会儿，有事以后再说。"

"你不是快死了，是死定了，"关琥无视她现在的状态，问，"为什么你要把鱼藏剑的事发到论坛上？我跟你讲过不要理这起案子，为什么你不听？"

"我没有透露任何关于案子的事啊，在这方面我很有职业操守的。"

"我没说你透露案子，我是说在这个凶案频发的时候，你还主动提鱼藏剑，这样做有多危险你知道吗？"

稍微沉默后，谢凌云说："关琥，谢谢你，我知道你是担心我，但我也很想知道有关父亲的事。"

"你父亲不会希望自己的女儿为了这种事冒险的。"

"理智上我同意你说的话，但感情上我做不到。关琥，如果你也有亲人生死不明的话，哪怕有一点很小的线索，我相信你也会抓住不放的。"

关琥沉默了，想自己确实没资格指责谢凌云，他选择做警察，不也是出于寻人的私心吗？

"还有，不光是我给你的那个论坛，其他讨论古董剑的地方我也都留了相同的话，如果因此对你有帮助，那我也算是帮忙了。"

关琥有些生气："姑奶奶我快被你气死了，你知道那个凶手的身手有多好吗？"

"我的功夫也不错啊，"谢凌云说，"如果他要来对付我，说不定我可以帮你们抓到他。"

关琥无语，面对如此乐观的女孩子，他不知道该如何吐槽，只好交代："那你尽量不要去人少的地方，尽量避免单独行动，有什么事立刻给我电话，不要逞强。"

这样反复提醒了数遍后，他才挂断电话。

张燕铎在对面品着茶，看着他的样子，扑哧一笑："你不会是想去英雄护美吧？"

如果不是现在分身乏术，关琥一定会去的，他拿起茶杯喝了好几口，就听张燕铎安慰道："谢凌云做事有她的想法，你不用太担心。"

担心也没用，因为他身边每个人都是这副德行。

"我们来说正事吧，"他有气无力地说，"有一个地方我想不通，你来帮我分析一下。"

张燕铎挑挑眉："以关警官的经验跟头脑，连我都能怀疑到，还有想不通的？"

虽然言辞充满恶意，鉴于眼下有求于人，关琥只能装糊涂，说："是有关蛇王被杀的事。"他把凶手用鱼藏剑击晕蛇王的手法说了，又讲了自己跟凶手搏斗的事，最后说，"凶手为什么要特意拿两柄鱼藏剑去杀人？要击打对方的要害，随便一个硬物都可以。"

“他跟你搏斗时用的那柄剑不是备用剑，而是真正的武器，如果我没猜错的话，前两次他身上也带了两柄剑。”

“随身带两柄剑，不怕被发现吗？尤其是在喜宴上，如果我们一个个搜查的话，他很容易暴露的。”

“那是因为他有十足的把握不会被搜到，别忘了那是柄可以藏进鱼肚子里的剑，”张燕铎略带嘲讽地问，“你们会每盘菜都去检查吗？”

看到关琥脸上露出懊恼之色，张燕铎摆摆手：“不过他应该没有把剑藏进鱼肚子里，我要说的是，对凶手来说，塞在三名死者腹腔里的不是剑，而是警告或一种宣告；而他用来击晕蛇王的则是护身符，他坚信拿着它，会让自己的刺杀成功，所以哪怕冒一定的风险，也要随身携带。”

短暂沉默后，关琥双手捂脸：“变态的世界果然太强大，不懂。”

“其实我们每个人都会有类似的心理，就比如有人在身上戴玉器，或是你在钱包里塞照片，平时也许不会注意，但如果没有它，就会很不安。”

关琥的头猛地抬起来：“你怎么知道我的钱包里有照片？”

“之前你抵押给我时，我就随便翻了一下。”

“张燕铎我警告你，不要再做侵犯他人隐私的事，否则我第一时间抓你去警局！”

关琥站起来，准备去揪张燕铎的衣领，但手刚伸过去，就被塞进了一个茶杯，张燕铎说：“喝完了，再去帮我倒一杯。”

看看手里的空茶杯，关琥很想知道当年那位农夫先生是否也被田螺姑娘这样支使过。他去厨房倒了茶回来，问：“那如果他继续杀人，还会带两柄剑了？”

“应该是的，由此可见，他对鱼藏剑有种偏执的喜爱跟崇敬，他会每次将利器塞进死者的腹腔里，也是基于这种信仰，所以他的出身一定跟专诸或鱼藏剑有着密切关联。对了，这是昨晚我查到的，你看一下，也许有帮助。”

关琥接过张燕铎递过来的纸瞄了一眼，立刻跳了起来：“你怎么知道我在查铁匠这条线？你不会是在我身上偷安了追踪器吧？”

“当然没有，”张燕铎慢悠悠地说，“如果要查定制短剑的资料，首先想到的就是铸剑厂，那我就查了查铁匠这边。如果你那边有线索，我就不会给你看这个了。”

“你怎么知道我没找到线索？”

“有线索你就不会先回家了。”

好吧，算他说对了，关琥的眼神在张燕铎跟名单之间来回转了几圈。

见关琥一脸戒备，张燕铎发出无奈的笑声：“放心吧，没有追踪器，我还没那么变态。”

你已经够变态了，关琥在心里吐着槽，同时翻看那份名单，很快，他的目光落在了其中一个画了红圈的名字上。

“专惠？这是人名？”

“是铁匠铺的名字，已经关闭很久了，所以具体情况我也不了解。”

“也可能是直接用人名来作为店名的，而且是专诸的专！”关琥跑去拿外套，兴奋地说，“也许这条线找对了，要是自家店铺的话，他想打多少剑都可以，哪用什么定制！”

“你别激动，我刚才说了，这家店已经倒闭很久了。”

“没关系，有地址就行，谢谢，回头我请你……”

“我觉得你最好的‘请’就是直接把存折给我。”

关琥转回头，穿好外衣离开，装作什么都没听到。

他前脚离开，张燕铎后脚跟了上去。两人来到停车场的路口后，关琥停下来，问：“你的还是我的？”

“我觉得不管是谁开车，都有被对方丢掉的可能，不如让老天决定？”

张燕铎扬起手，关琥跟他同时亮出手。张燕铎出的是拳头，关琥的是剪刀，看着张燕铎得意地晃晃拳头，去了自己的车位，关琥不忿地跟在他身后。

“变态的人通常不会出正常人才会出的拳头的。”

“都说了我不是变态，你看就因为你这样看我，所以遭报应了吧。”

“我只求到时别再被丢下。”车开出去时，关琥大声祈祷。

那个叫专惠的铁匠铺已经多年不经营了，张燕铎虽然在网上找到了地址，但不一定是正确的，他能确定的是路程很远，往返的话要花近两个小时，所以他加快了车速。

关琥在旁边翻着资料，张燕铎问：“还在查进出俱乐部的人？”

“大家都说没见过奇怪的人进来，究竟是什么人进出不会被注意到？”

“女人。”

“啊？”

“大家注意的都是进出的男客人，如果是打扮花哨的陪酒小姐呢？那种地方陪酒女郎的流动性很大，再加上刻意打扮，就算有人看到，也不会在意。”

“可那个男人要多美，才能男扮女装不被注意到？”

“难道不可以是女人吗？”张燕铎斜觑他，“这也就解释了为什么蛇王不会提防她。而她杀人后，将外面的裙子撕掉随便一扔就行了，舞台上经常用到这类裙装。”

听着张燕铎的话，关琥开始回忆昨晚跟凶手的搏斗场面。凶手个头的确不高，但凌厉的身手跟煞气，要说是女人，又让人难以相信。

见他纠结，张燕铎又说：“不要小看女人，她们狠毒起来，绝对比男人更厉害。”

想起丢在杂物室里的那些裙装，关琥坐不住了，拿出手机打给舒清滟，让她重新检查现场的衣裙，那上面也许有凶手留下的指纹。

舒清滟答应了，就在关琥要挂电话时，她说：“刚才小柯在陈铭启的电脑里破解了一部分加密的文件，里面有关于苏绣媛的照片。”

听她语气严肃，关琥被带着也开始紧张：“什么照片？”

“是裸照跟一些很暴露的制服照，如果传出去，她就没法再在警局待了；除了她之外，还有其他几个女孩子的。真看不出那个律师长得一本正经，居然喜欢收集这种东西。”

“你准备怎么处理？”

“我先跟萧白夜汇报，如果资料与这件案子没关联，我会在第一时间销毁。那些都是真正的警员制服，如果传出去，对警察形象有严重影响。”

“这件事要跟苏绣媛说吗？”

“我还不确定，因为苏绣媛现在的身体状况比较微妙，也许会刺激到她，不过……”顿了一下，舒清滟说，“内部处分是肯定会有的。”

关琥挂了电话，心情有点复杂。苏绣媛的未婚夫过世了，她自己又要面临被处分的危机，虽说有些可怜，但她的行为的确无法为她求情。

“出了什么事？”张燕铎问。

关琥把刚才的情况说了，加了一句：“你不能外传啊！”

“你觉得我的智商跟你一样低吗？”

“……”为了不再被诋毁智商，关琥选择了沉默。

过了一会儿，张燕铎问：“你怎么看？”

“陈铭启是个人渣。”

“我问的不是这个，你不觉得以陈铭启的头脑，不应该把这种东西特意留在电脑里吗？万一流出去，后果会非常糟糕。”

“这种事又不是第一次见了，就像每个罪犯在犯罪时都认为自己不会被抓到一样。”

“我还是觉得陈铭启不应该犯这种低智商的错误。”

“嗯，在你心中，唯一低智商的人只有我，哥哥。”

听到关琥的吐槽，张燕铎笑着看他：“我想到还有另一种可能，想听吗？”

“不用了，谢谢，我现在只想把凶手抓住。”

“抓凶手，嗯……”

关琥觉得张燕铎长音里带了种嘲笑的味道，他很想问张燕铎想到了什么，但最后忍住了。

专惠铁匠铺的地址是在邻市下属的小村庄里。等张燕铎照导航将车开到目的地时，发现那是一片荒凉地带，齐腰高的杂草当中围着一栋建筑物，建筑物只剩下了支架，长年的风雨侵蚀下，支架也接近腐朽状态，偶尔有风吹来，里面发出吱呀吱呀的声响。

“你确定是这里？”关琥下了车，跟张燕铎并肩站在草丛前看过去，“这怎么看都不像是房子。”

“都说关闭了，可能人家搬家了。”

张燕铎打量周围，这个小村庄原本就很偏僻，铁匠铺的位置离村子还有一段距离，遥遥看去，附近只有一条小径向前延伸，四下寂静，一个人都看不到。

张燕铎往杂草中走了走，但由于草丛很高，无法找到进去的路。关琥则绕去建筑物的后方打探，后面有几棵大榕树，把光线都遮住了，使得周围更冷清。他拨开荒草，总算找到了可以落脚的地方，但往前没走两步，就被横在地上的石块挡住了，石块的前方还有不少焦黑腐烂的木头跟砖瓦铁器。

关琥又抬头去看，建筑物支架的许多地方也泛着黑，偶尔阳光透过枝杈闪过，可以隐约看到里面的灰瓦炉灶。整体看来，这里像是被烧掉后的残骸，事后没人过问，再加上风雨侵蚀，便变成了这副模样，再看看地上，他皱起了眉头。

关琥掏出手绢，拈了些泥土包好，然后退出来，转回建筑物的前方，就见一个上了年纪的老太太站在路口跟张燕铎搭话。她还带着个小孩子，小孩仰头看他们，露出好奇的目光。

“婆婆好，我们想打几件铁器，在网上查到专惠铁匠铺很有名气，就过来问一下。我们是不是找错了？”张燕铎扶了扶眼镜，走上前，很有礼貌地问。

从关琥这个角度来看，张燕铎慢声细语的谈吐跟微笑简直就是最佳武器。

果然，老人家收起了讶异的表情，说：“你们没找错，这里以前是很有名气的，不过十几年前就荒废了。”

“是搬家了吗？婆婆你知道他们搬去哪里了吗？”

“是都没了，这家男人犯了事被抓起来，他死以后，家里又起了火，老婆孩子都烧死了，一家人啊，唉……”

关琥越听越不对劲，跑上前问：“是犯了什么事？”

老人吓了一跳，连连摇头说不知道，拉着小孩子转身就走。

张燕铎急忙追上去，道歉说：“不好意思，这是我弟弟，愣头青一个，婆婆你别理他。”

“没什么没什么，不过你们还是快点走吧，这里不太干净。”

“是不干净，”关琥故意问，“这里好久都没人打扫过了吧？”

“我说的不是那种不干净，而是有……”老人压低声音说，“有那种东西，有一次村里人晚上经过这，看到里面有鬼火，后来病了好几天，大家都说是他们死得冤，投不了胎，所以在找替身。”

“您在说聊斋吗？”关琥满不在乎地问。

老人有点不高兴：“我是好心提醒你们，不信就算了。”

“没不信，就是听起来比较神奇，”张燕铎微笑着解释说，“我们都挺喜欢听鬼故事的。”

“这不是鬼故事，是真的！他们真是冤死的，虽然那家人是外来户，但也在这里住了很多年了，为人我们都清楚，他才不会去偷人家的东西，他是被害死的！”

不知道老人以前跟专铁匠是不是很熟，提到这件事，她表现得相当气愤。张燕铎跟关琥趁机一唱一和地询问，没多久就把当年的事情都问了出来。

等老人离开，关琥拿出手机，对着废墟拍了几张照片后，跟张燕铎上了车。

回去的路上，车里一直很安静，过了好久，关琥问：“你怎么看？”

“老婆婆跟专惠同村，她的话里肯定带了私人感情，所以免不了有夸张跟自我想象的成分，但事件的主轴不会变。如果这就是整件事情的真相，那一切都可以找到解释了。”

照老婆婆的讲述，专惠不是本地人，专家除了一家四口外，好像也没有来往的亲戚。不过他们家境不错，平时除了打制普通的铁器，还会接一些有特别要求的客人的订单，再加上他个性温厚又乐于助人，在村里的人缘很好。但十六七年前，专惠因为偷窃客人的样品被发现，他失手杀了客人，又携带凶器逃跑，后来被抓，判了死刑。

村里人都不相信这样的判决，原本还打算集体上诉的。可宣判下来没多久，专惠才十几岁的长子就在去探望父亲的途中出车祸死亡。后来专家又起了火，等村里人赶过去的时候，房子已经烧得看不出原样了，他的老婆跟女儿据说也在被送往医院的路上过世了。这些都发生在专惠还没被执行死刑之前。

大家都说他们一家是被诅咒了，没人再敢多问。专惠死时也没人去收尸，再之后的事老婆婆就不知道了，只说那片地的怨气太重，千万不要靠近。

“你信有鬼？”

“我信有些人心里有鬼。”张燕铎回得很冷淡，关琥把手帕拿出来，给他看里面的沙土，张燕铎问，“这是什么？”

“舒法医跟我说那几柄剑的剑鞘上都有沙土物质，我想让她看看跟这个是不是一样的。”

“假如一样，那就证明我们找对线索了。”

关琥把手绢放好，掏出一包香烟，但是看看张燕铎，只好又放回去。

张燕铎看到后，把手伸过来：“给我一支。”

“你不是不喜欢抽烟吗？”

“习惯这种事是环境造成的，就算是错的，周围的人都这样做，错事也会变得理所当然，”借关琥的打火机把烟点着了，张燕铎抽着烟说，“有时候朋友就是这样来的。”

关琥想起了陈铭启等三名被害人以及许善陵，他们所谓的朋友圈是否也是这样形成的？所谓的朋友，只是因为有共同的利益罢了。

“那你……黑衣人跟红笔男是不是也是这样的朋友？”

“如果我是黑衣人，不会跟变态做朋友。”

一般说自己不变态的人才最变态。不过有人陪着一起抽烟的感觉很好，关琥又重重吸了一口，忍不住问：“那我们算是朋友吧？”

张燕铎开着车，用眼角斜觑他，然后淡淡地说：“你这是想拉低我的智商吗？关先生？”

沉默是属于智者的风度。回去的路上，关琥不断在心里这样提醒自己。

回到警局，关琥先是找到舒清滟，把沙土交给她做调查，不等她细问又转身跑去了资料室。张燕铎跟在后面，看着他填了申请表，来到电脑前查找专惠的资料。没多久资料就找到了，是发生在十六年前的案件。

关琥调出专惠的户籍档案，发现一家四口都已死亡，死亡时间跟专惠被处决是同一年，长子那年十一岁，小女儿才五岁。

“看来老婆婆说的很接近真相。”张燕铎站在他身后说。

关琥不答，又起身去了资料架前，照着序号翻找，很快就找到了专惠的案件档案。他抽出来，跟张燕铎一起把档案打开来查看，里面的资料不多，不到半小时就全部看完了。

专惠杀人案的案情很简单。客人请专惠为他打制古董短剑的仿制品，但是制作途中，专惠起了贪念，将古董偷偷藏在身上想带走，却被客人的助理发现。两人在纠缠中，专惠失手杀了助理后仓皇逃命，后来被抓住，以故意杀人罪被判处死刑。从案发到执行死刑，前后不过一年时间。

张燕铎伸手在几名证人之间划动，最后放在那位客人的名字上。正如他们所猜想的，客人叫许善陵，死亡的人是他的助理，而他拜托专惠打造的仿制品正是鱼藏剑。

两人再往下看，当时法院给专惠指定的律师是陈铭启，那时陈铭启刚出道，还是个默默无闻的新人，而他所面对的检控官叫陆元盛，出身于赫赫有名的司法世家。关琥听说过陆家，据说只要陆家的人出面，官司基本上就成定局了，更何况陈铭启还是新人。

关琥浏览着证人的名字，很快就找到了冯三山。冯三山自称是在帮许善陵鉴定古董时认识专惠的，专惠行凶时他也是目击者之一，还有两个证人的名字关琥不熟悉。

一旁的张燕铎见关琥迟疑，马上跑去电脑前调出那两名证人的档案，然后转头说："都死了，是被谋杀的。"张燕铎说，"只不过凶手没像这次这样大张旗鼓地杀人而已。"

"这个案子办得也太草率了，"关琥看着档案，越看越生气，"最后连凶器都没找到，怎么就起诉了？这一点就算是新手律师，也能看出其中有问题吧？"

"我想陈铭启早就被许善陵收买了，你看最后专惠承认自己杀人，应该是出于律师的诱导。"

"这种人渣，真是死有余辜！"关琥气得伸手狠狠地擂在桌板上。

看他情绪激动，张燕铎皱起眉，却什么都不说，默默站在一旁。过了一会儿，关琥的火气稍减，再次坐到电脑前，将当时负责案子的警察名字输进去——果然不出所料，警察在两年前因车祸过世了。

关琥转着鼠标，忍不住发出冷笑："看来凶手也不是胡乱杀人的，他杀了这么多人，却没有动检控官。"

张燕铎眉头微挑，依旧不说话，就见关琥写下几个名字，站起来将档案归置好，飞快地跑了出去。张燕铎跟着他，两人又转回鉴证科。

小柯正坐在电脑前找资料，看到关琥，马上说："你就算一天多来几次，我也没时间帮你查铁匠铺的事……"

"那个我已经查到了，不用你，你帮我看看这几个人的资料。"

关琥二话不说，把写有专惠家人的名单递过去。小柯拗不过他，只好先输入专惠长子的名字，一看是十几年前的交通案，他瞪大眼睛问："你吃饱了闲得没事做还是受刺激了？在大家这么忙的时候你翻老案子？"

"你别管，看能不能查到更多信息，比如死者出车祸的地点，肇事司机的名字跟联络方式，还有死者真的死了吗？"

"这种事你要查，直接去交通管理科比较快吧，我现在……"

"还有这对母女，她们是否也已死亡，你也帮我查一下。"

“肯定是死了啊！否则没有死亡证明书，殡仪馆不会受理的。”

“这些情报都是有关我们正在查的案子的，所以内容越详细越好。”

听说跟血案有关，小柯不敢怠慢，他收起嬉皮笑脸，开始认真查寻起来。

张燕铎小声问关琥：“你确定凶手是专惠的家人？”

“他没有什么亲戚，除了或许幸存下来的家人外，还有谁会用这么残忍的手段进行报复？”

“他姓专，又对鱼藏剑这么执着，或许真是专诸的后人，这也就解释了为什么他行凶时都会多带一柄剑。”

“让先人保佑自己成功吗？”关琥冷笑，“可是就算当年的案子是冤案，也不能成为他残忍杀人的借口。”

小柯已经查好了，听到两人的对话，忍不住瞟瞟他们，老实说他完全听不懂他们在说什么，只觉得关琥今天火气挺大，还是少惹为妙。

“这三人都有医院出具的死亡证明，不过这个小孩子的车祸现场太惨了，认尸比较困难，而且去领尸体的是邻居。”

小柯打开当年车祸现场的档案照片，关琥看了一眼，就马上把眼神转开了。

最近连续看到几起凶案，他觉得那已经超越了人性忍受的极限，却没想到车祸的惨烈还在这之上。这状况一看就知道是大型货车造成的，但车祸备注栏却称肇事司机逃逸。由于当天大雨，路又偏僻，所以现场无法收集到太多线索，导致车祸成了悬案。

张燕铎转头看关琥，就见关琥双手紧握成拳，他在极力控制情绪，但愤怒的气息还是毫不掩饰地散发出来。或许关琥也想到了，这不是单纯的车祸，而是蓄意谋杀，这么小的一个孩子，就因为那些人的私欲，而悄无声息地离开了人间，以关琥的个性，怎么可能忍得下来？

为了调整关琥的情绪，张燕铎特意转了话题：“这种状态很难确定死者的身份，认领的又不是家人，所以也许专惠的儿子还活着。”

关琥的注意力被张燕铎引开了，想到眼下的状况，他定定神，让自己冷静下来，说：“如果那个孩子还活着，现在差不多是三十岁上下的年纪。”

“所以要查一下几名死者的关系网里有多少这类的人吗？”小柯很聪明地接下话题。

“拜托了，这个资料越快越好，再麻烦你在锁定后确认他们的出身，”关琥说完，又看向张燕铎，“看来我们之前想错了，凶手是男人。”

如果是男人的话，他是怎么避开俱乐部众人的视线，混进去杀害蛇王的？这一点张燕铎想不通，不过他没有反对关琥的观点。

手机铃声响了起来，是叶菲菲，关琥伸手想挂掉，被张燕铎接了过去，说：“她突然来电话，也许是有急事。”

张燕铎来到走廊上接通电话，就听叶菲菲的叫声响亮地传过来：“关王虎，出大事了，你现在能不能马上过来？”

“是我，张燕铎，我跟关琥在警局，出了什么事？”

“哦，老板，你好。”听到张燕铎的声音，叶菲菲稍微冷静下来，“不过我很不好，我现在在许善陵家门口，刚才凌云闯进去了，还跟许家的保安打起来了，我怕她吃亏，你们马上来好不好？”

张燕铎把话转给了关琥，关琥表示立刻去——整个事件跟许善陵有关，他本来就打算过去的。跟小柯交代了一下，关琥让叶菲菲别挂电话，跟张燕铎匆匆跑出了警局。

这次换关琥开车，张燕铎坐在副驾驶座上，他把电话转到免提模式，问叶菲菲：“你们去许善陵家干什么？”

“我今天下了班，去找凌云玩，本来聊得好好的，还一起买了食材准备做晚饭。但回家后凌云收到一封信，信里什么都没写，只有一张照片，她看到照片后脸色就变了，说去找许善陵。我看她情绪挺激动的，怕出事，就跟她一起过来了，可是许家的保安不让进……”

“是什么照片？”

“画面是两个男人，一个是许善陵，另一个我不认识。他们好像还拿了剑，我还没看清，照片就被凌云夺回去了……哦，我现在绕到许家的后门了，这里好像没人，我可以试试怎么进去。”

听到这里，关琥一把将手机夺过去，大叫：“姑奶奶你给我原地站着，哪里都不许去！十分钟内我一定到！”

“不是啊，我担心许善陵是坏人，如果他要害凌云的话……”

张燕铎将手机取回来，冷静地说：“别担心，许家有警方的人，她不会有事的。”

“哦，这样啊……”

“不过我现在有件事想要麻烦你，我怀疑连环凶杀案的凶手已经进许家了，所以你在那里不要动，观察是否有可疑的人从后门出来。”

“好的好的，我会看紧的，可是我没有枪，又没有凌云的身手。”

“假如有人出来，你能证明就行，不用阻拦他，你自己的安全最重要，明白吗？”

“嗯嗯！”

“你怎么知道凶手进去了？”电话挂断后，关琥不无怀疑地问。

“我随便说的，”张燕铎说，“不要强迫女人做事，而是让她们觉得自己是被需要的，这样她们才能顺着你的想法去做。”

“听起来你很了解女人。”

“我只是比较了解人性。”

“那你了不了解把警方追踪许善陵的消息说出去，是怎样的罪名？”

“如果不说的话，你猜叶菲菲接下来会怎么做？”

关琥叹了口气，无言以对。

8.

为了不让最糟糕的情况出现，关琥加快了车速，不到十分钟就赶到了许家门前，但有人比他更早，看到门口停的救护车跟警车，两个人迅速跳下车。

两人跑进宅院，外院里站了不少人，看制服都是保安，不过还好没有拉警戒线。

他们走进大厅，里面的人更多。江开也在，他正在跟谢凌云说话，除此之外还有一个穿保安制服的男人躺在沙发上接受医护人员的包扎。佣人跟保安们不知出了什么事，都站在较远的地方，惊慌的表情显而易见。看到关琥二人，大家的目光都转了过来。

关琥发现受伤的人居然是李元丰，看看李元丰额头上缠着一圈厚厚的纱布，没精打采地缩在沙发上，他忍住不让自己表现得太过幸灾乐祸。

“出了什么事？”他走过去，问谢凌云，“我听叶菲菲说你突然来找许善陵，还跟许家的保安打了起来。”

“不是打起来，是谢小姐带了兵器在打人。”江开插嘴说。

“我只是想见许善陵，问清他这件事，可是保安不让进，所以起了冲突。”谢凌云分辩道，又将手里的照片跟信封递给关琥。

照片里是餐厅一隅，两个男人隔着餐桌对坐着聊天，他只认识手拿短剑的人是许善陵，照片右下角的日期显示是三年前的春天。从拍摄角度来看，拍照的人离他们较远，应该是偷拍的，再看信封，只写了谢凌云的地址。

“照片里的另一个男人是我父亲，我想寄信的人应该是看到了我在各个论坛上的留言，所以想告诉我许善陵跟鱼藏剑的关系。”谢凌云指着照片里许善陵手里的剑，“许善陵应该是将这柄剑跟我父亲的剑对调了，所以我父亲的剑身上少了划痕。我来之前问过父亲的朋友，才知道许善陵跟父亲是认识的，所以想来问问他这到底是怎么回事。”

可是以许善陵现在惊弓之鸟的状态，尤其还事关鱼藏剑，他是不可能见谢凌云的。关琥想这应该就是双方起冲突的原因：“这位先生英勇负伤，不会是你的杰作吧？”

以李元丰的嚣张对上谢凌云的火爆，要说不出事反而奇怪。

看到关琥的反应，谢凌云连连摇头：“不关我的事，他是被凶手打伤的。听这位警官说，在我跟保安在楼下起冲突的时候，凶手潜入房中想刺杀许善陵，被埋伏的警察及时制止，他在逃跑时把在后院过道溜达的人打晕了。”

“我是在巡逻，不是溜达！”李元丰站起来大声纠正，但没人理他。

关琥这才明白为什么门外停放了救护车，忙问：“许善陵伤得很重？”

“他没受伤，不过凶手撞到了杨雪妍，她滚下楼，好像有流产的迹象，”说到这里，江开叹道，“说起来也真倒霉，他们新婚夫妇本来是住在别墅的，是许善陵让他们回来的，没想到就出事了。蒋玎珰在照顾她，组长正在给许善陵做笔录。”

“许善陵有没有看到凶手的样子？”

“凶手戴了鬼头面具，这就是他留下的唯一线索，许善陵没受外伤，不过吓得不轻，也不知道能不能顺利录口供。”

关琥又转头看李元丰，李元丰捂着头，一副愁眉苦脸的模样，说：“我是被人从后面攻击的，我刚看到玻璃窗上映出个鬼面，后头就挨了一记，就什么都不知道了。”

张燕铎一直缄默不语，听到这里，他突然指着照片上的短剑，问：“你有看到凶手拿这柄剑吗？”

关琥惊讶地看过去，不明白张燕铎为什么会突然问鱼藏剑，难道他认为凶手这次也带了剑，想通过寻找宝剑捕捉到什么蛛丝马迹吗？

李元丰受了伤，有点发蔫，老老实实地答：“没有，我连鬼面的具体模样都没看清，说不定我的伤就是他用剑砸的。”

“不好意思，你的头是被放在走廊上的铜花瓶砸的，现在凶器还躺在地板上等待取证呢。”蒋玎珰从外面进来，听到李元丰的话，她忍不住说道。

几名医护人员抬着担架匆匆经过客厅大门，许枫跟在担架旁。看到他表情惊慌，关琥想担架上躺的应该是杨雪妍，他低声问蒋玎珰：“杨小姐怎么样？”

蒋玎珰揉揉额头：“医生说她没有大碍，不过孩子保不住了。”

客厅里安静下来，这是个很糟糕的结局，让关琥忍不住又握紧了拳头。

见气氛不寻常，江开故作轻松地说：“鉴证科的人马上就到了，整个宅院也都封锁了，凶手应该还藏在这栋房子里，一定可以找到他。”

说着话，许善陵在长子长媳还有萧白夜的陪同下也从二楼下来了。他脸色惨白，几乎站不稳，眼神也变得混浊起来。

看到他，谢凌云立刻冲了上去，将照片递到他面前，激动地质问道：“这柄短剑是不是你给我父亲的？你到底对他说了什么？”

陡然看到照片，许善陵一惊，身体剧烈晃动起来，连连摇头表示不知道。

谢凌云气愤地说：“都说鱼藏剑是不祥之剑，我父亲没多久就出事了，是不是你造成的？”

“照片……照片你是从哪里弄来的？”

“你先回答我的问题！”

关琥把谢凌云拉开了，许善陵现在的状态太糟糕，他担心谢凌云再这样逼问下去，不仅拿不到答案，还会把许善陵刺激得昏厥。

萧白夜也阻拦道：“许先生需要马上就医，有什么事等他的病情稳定下来再说。”

“我只想知道父亲是不是还活着！”

“他不会活着的，”许善陵似乎恢复了镇定，面对谢凌云的愤怒，他眼皮都没抬，冷淡地说，“你也知道鱼藏剑是不祥之剑，又怎么能期待好的结局？”

谢凌云呆住了！

关琥本来想阻拦她，但是听了这话，他的火气突然涌了上来，女人的直觉是灵敏的，他想谢凌云的猜想是对的，一切的悲剧都是这个人造成的。

“许先生，你还记得专惠吗？”他走上前，面对许善陵问道。

许善陵脸上的肌肉抽搐起来，脸色比刚才更糟糕，混浊的眼神看向关琥，里面有疑问也有慌乱，但更多的是惊惧。

“我们已经查到鱼藏剑的真相了，做了那么多亏心事，你不怕遭报应吗？”

车祸现场的惨状在脑中回放，关琥明知自己这样说，很可能会遭到许家律师的投诉，甚至接受警方内部的警告处分，但他还是忍不住握紧了拳头——如果许善陵再年轻二十岁，他的拳头一定会直接挥过去的。

颤抖的拳头被张燕铎抓住了，张燕铎冲他摇摇头，示意他镇定。

关琥用力吸了口气，克制住揍人的冲动。其他人还不了解是怎么回事，一齐看向他们。

不知是不是被关琥的话刺激到了，许善陵突然激动起来，甩开长子搀扶的手，双臂在眼前大幅度地晃动着，叫道："我早就遭报应了！我最疼爱的小女儿死了，我的妻子变得半疯半傻，珠宝事业滑坡，我都这一把年纪了，还没有孙子，现在好不容易要有了，却又没了，你还要我再怎样倒霉！"

没等关琥回答，许善陵全身颤抖，两眼翻白，向后一仰，晕了过去。

许善陵的晕倒导致大厅发生了短暂的混乱，他的长子吩咐佣人们帮忙搀扶，又急忙跑出去叫医生。

关琥傻眼了，他看看萧白夜，萧白夜脸上露出无奈，叹道："干得不错。"话语中透露出咬牙切齿的意味。

关琥也觉得自己做得有点过分了，他小声嘟囔："他不会气得脑溢血吧？"

"气死的情况下，法律上不需要你承担刑事责任。"张燕铎安慰他，还好现场状况混乱，否则这句安慰又将引起更大的风波。

萧白夜手抚额头，对这两位先生的存在感到头痛，他用仿佛能发出子弹的眼神瞪着关琥："你们兄弟要不要去后面看一下现场？"

看着许善陵被医护人员抬上担架送了出去，关琥很想跟过去，他觉得这老狐狸多半是在装晕，一个做尽恶事的人不会这么不抗压。可是脚步刚抬起，就被张燕铎拉住了，给他使了个眼色，小声说："也许现场会有什么发现，许善陵那边有人盯着，不用担心他会逃。"

谢凌云已跟随医护人员出去了，有她跟着，许善陵应该玩不出什么花样，关琥便听张燕铎的建议去了楼上。

许善陵是在书房遭受攻击的，地毯上零碎落了一些瓷器的碎片，房间门窗紧闭。关琥探头往窗外看，外面是前院，院子里有巡逻的保安，要想避开保安的视线翻到二楼，几乎不可能，更别说窗户上有防盗装置了。

这时鉴证人员陆续赶到，开始在周围进行勘查。

两人顺着书房走廊去了后院，来到李元丰遭受攻击的地方。地板上滚落了一个铜花瓶，凶手应该是用这东西将李元丰砸晕的。走廊的另一面是玻璃墙壁，但因为是后院，灯光很暗，除非刚好有人经过，否则不会看到走廊上发生的事情。

再往前走，尽头是连接别栋的楼梯，杨雪妍就是在这里遭遇逃窜的歹徒，并被他推下楼的，楼梯下方有些血迹。别栋的建筑物较小，后面的走廊当中有个打造精致的阳台，进入阳台的门从里面上了锁。走廊另一头是许家两个儿子的房间，由于大家都跑去前院了，这里显得很安静。

关琥过去看了一下，楼上有几个卧室，楼下是客厅跟餐厅，通往外面的门锁着，为了不影响勘查工作，关琥没去碰门把手，等他返身回来，就见张燕铎从一个房间里出来，说："所有窗户都安了防盗装置。"

关琥本来想警告他不要乱动东西，眼神在落到他戴着的胶皮手套后，改为："你从哪儿弄到的手套？"

"跟鉴证科的人要的。"张燕铎说着话，又去打开其他房间，探头看了看，"窗户都关得很严实，看来是出于许善陵的警告。"

关琥没有每个房间都检查，因为前院巡逻的保安很多，凶手根本无法从前面离开。

两人转了一圈后，来到二楼的阳台门前，张燕铎试着拧门把手，分析道："凶手可能根本没有离开，这里的保安年龄大多在三十岁上下，符合专惠儿子的条件，他又熟悉环境，没刺杀成功的话，只要想办法混进保安群里就行了，所以这里每一个人都有嫌疑。"

"那至少应该找到面具跟短剑，"关琥说，"可是许家的古董这么多，找个地方随便一塞不就可以了？"

面具暂且不论，鱼藏剑的话，张燕铎想凶手不会"随便一塞"的，假如剑在这栋宅院里，那应该不难找，就怕凶手根本没带来。这番话张燕铎没有说出来，他打开了门锁，给关琥做了个请的手势。

门打开，夜风从外面吹进，两人走上阳台，阳台面积颇大，上面摆放着铁质的桌椅跟太阳伞，是午间休憩的好地方。阳台的前方有一片绿荫，草坪上间或竖着 LED 灯盏，所以四周并不显得阴暗，院墙外的不远处是树林，再往前方看去，则是点缀夜景的灯火，看来这是个供远眺的场所。

关琥靠在阳台边往外看，道："假如凶手是外人的话，这里是他唯一可以逃走的地方。"

张燕铎没有马上接他的话，而是站在他身边，跟他并肩靠着阳台，说："你是执法者，情绪不该被自己处理的案件所左右。"

张燕铎指的是刚才关琥冲许善陵发火的那件事，不过关琥不明白为什么他会在这个时候提起，说：“我知道，所以最后我忍住了没揍他。”

“如果凶手是从这里逃走的话，他要怎么锁门？”张燕铎道。

“我刚才说了，凶手可能是保安，也可能是跟内部人员勾结，甚至也可能是许善陵的家人，所以每个可能性都不能放过。”顿了顿，关琥又说，“不过还是要谢谢你的提醒。”

黑夜中，张燕铎的嘴角微微向上翘了翘。如果说冲动是关琥的弱点，那坦诚则是其优点，可是面对这样直率的道谢，他反而很不习惯，叹了口气，说：“不谢，我只是不希望被猪队友拖后腿。”

关琥的拳头握紧了，正在想要不要反击，围墙外的小树林里闪过亮光，张燕铎扑哧笑了。

“有没有人从这里出去的问题，我们可以问线人，”他指指在远处晃动的亮光，“都忘了叶菲菲在那里了。”

关琥也突然想起来，大叫：“她居然还在！”

夜风隐约传来女孩的叫声，证明叶菲菲正在那里，发现这个情况后，关琥双手撑住阳台，翻身直接从阳台上跳了下去。

二楼不算高，但这样在黑暗中突然跳下去，还是很危险的，张燕铎靠在阳台边上没动，就见关琥落地后，朝着院墙大门冲去，动作快而敏捷，真如猛虎出柙。他不由得耸耸肩：“这家伙又在耍酷了。”

等张燕铎顺楼梯出了楼，来到后院，院墙门已经被打开了，关琥早跑得不见了踪影。

他抬头看看四周，看到有两个地方安了摄像头，如果有人经这里离开的话，一定会被拍到。他出了院子，加快脚步赶过去，老远就听到叶菲菲叽叽喳喳的说话声，关琥正低着头看她的手机。

“有什么发现？”张燕铎走过去问。

“发现了很多美女的自拍。”

关琥将叶菲菲的手机递给他，就见在叶菲菲的社交媒体主页上有一些她刚拍的照片，里面有一部分是许家的房屋，但大多数是叶菲菲摆出的各种造型的自拍，以树林为背景，一个人玩得不亦乐乎。

“我一直待在这里很无聊嘛，就随便玩玩了，不过我有用心监视住宅后门哦，从跟你们通完电话到现在，绝对没有人出来过。”

“你的眼睛盯着屏幕，就算有人出来也看不到。”

“除非他会飞，一下子飞没影了，否则这里这么空旷，怎么会看不到？”

正如叶菲菲所说的，许家附近没有其他住宅，站在她这个位置上，可以把周围观察得很仔细，看得出她是特意选择了这个监视方位。

“呵，我在帮男朋友抓坏人。”关琥凑在张燕铎身边，读出社交媒体上的留言，然后看看叶菲菲，“我什么时候说要跟你和好了？美女你不要太自恋。”

他的话换来了暴力攻击，叶菲菲将皮包啪地拍在了他的头上：“有毛病啊你，我在帮老板做事，我说的男朋友当然是老板，跟你有半毛钱关系吗？”

“你……你们？”关琥指指他们俩，一脸的不相信。

叶菲菲还故意气他，特意上前揽住张燕铎的胳膊，仰起下巴冲他示威：“老板比你聪明，比你长得帅，比你高，最重要的是性格比你好，看我跟老板是不是很配？”

前几条也就算了，但说到性格好，关琥觉得叶菲菲一定是脑子出了问题。

关琥伸手把她从张燕铎身边拉开，叫道：“你不可以喜欢他！”

“为什么？”

“因为……因为他是我大哥，你刚跟我分手就搭上我大哥，这很像胡搞……”

“什么胡搞啊，关王虎你这个变态！”在叶菲菲大声怒骂的同时，拳脚也暴风骤雨般飞了过来。

关琥双手抱住头躲避，问：“说正事，你真的没看到有人出来？”

“都说没有了，关王虎你再敢怀疑我，我马上……马上……”

在下一脚踹过来之前，关琥聪明地躲去了张燕铎身后。叶菲菲没再跑去攻击，只双手叉在腰间骂关琥。

关琥在张燕铎身后，却半天不见他有反应。原来张燕铎看手机正看得出神，关琥忍不住探头去看，就见他还是在翻看叶菲菲的自拍照，叶菲菲来回拍了好几张动作跟背景相同的照片，这让关琥觉得她太无聊了。但更无聊的是张燕铎，他居然对着那些照片反复看个不停。

关琥忍不住伸手搭住张燕铎的肩膀：“亲爱的哥哥，你不会真喜欢这位自恋的美女吧？”

“你才自恋呢，关王虎！”叶菲菲歪着头，做出一个很可爱的表情问张燕铎，“老板，你是不是也觉得我不错？”

“没，我只是看背景。”

冷淡的话声传来，叶菲菲的表情僵住了，直到关琥的笑声响起，她才回过神。

关琥问张燕铎：“背景里有拍到奇怪的人吗？”

“没有，只是似是而非的景物让我想到了一件事。”可能是风吹树梢造成的投影问题，同样的背景，树枝的状态跟数量会有微妙的不同，张燕铎联想到陈铭启被杀的现场，他发现自己忽略了某个地方，也正是这个地方让他一直耿耿于怀。他把手机还给了叶菲菲，又从关琥的口袋里掏出手机，“我不太舒服，先回车里。”

“不舒服？”关琥起先有些担心，但是在观察了张燕铎的脸色后，他觉得这绝对是撒谎，而且是很没水准的谎言。

“那我去查现场，你休息归休息，不要一声不响就开车走人。”

“不会的，我等你。”

关琥对这个保证持怀疑态度，他跟叶菲菲回到许家的宅院里，让叶菲菲先离开。

在配合这方面，叶菲菲很懂事，她问清楚了状况，在得知谢凌云可能跟去了医院后，说去帮谢凌云的忙就离开了，虽然关琥觉得她会越帮越忙。

许家的现场取证差不多已经结束，江开跟老马将监控录像反复看了几遍，确定在许善陵被攻击时，没有外人进出过，也没有可疑的人被录下来。关琥听着他们的话，用手摸着下巴，打量在走廊上来回走动的保安们，心想这里面会不会就有当年侥幸逃出来的孩子呢？

“如果确定没有外人进入，那凶手应该还躲在这个家里。”江开小声说。

“会不会是许善陵自导自演的？”蒋玎珰问。

她在李元丰来之前就被派进了许家，名义上是在厨房帮忙，实际是保护并监视这家人，所以在出事后，她马上就询问了在书房附近巡逻的保安，除了许善陵外，没有人见到过凶手。

大家都点头表示赞同，蒋玎珰又说：“而且我有特别观察许家的其他人，看起来都没问题，反而是许善陵这个被害人更可疑。”

关琥觉得很有道理，说：“继续搜查，看能不能找到面具跟短剑。”

一晚上许家两个人出了事，许家两兄弟都去了医院，家里只剩下许家的大儿媳妇。她是个有点胆小的人，不仅没反对关琥等人的搜查，还非常配合他们的行动，生怕歹徒还藏在家里，会再次出现杀人。

但很可惜，一番搜查后，除了浪费时间外，什么结果都没有。看看时间不早了，关琥给萧白夜打电话汇报了情况，萧白夜下令收队，又告诉他许善陵跟杨雪妍在接受医生的治疗后，状态都稳定了下来，李元丰跟其他警察在病房外守护，让他不要担心，等两人清醒过来，这边会有人给他们做笔录。

收队后，关琥返回车位，张燕铎的车还在，没把他丢掉。他坐上去正要打招呼，发现张燕铎斜靠在椅背上，路灯照进来，衬出他的脸上一点血色都没有，这会儿闭着眼睛，不知是睡着了还是在养神。

这家伙不会是真病了吧？这病也来得太快了。

“回来了？”听到响声，张燕铎探手摸到眼镜戴上，然后睁开眼睛坐起来，他的声音里透着浓浓的倦意，看起来非常不舒服。

关琥收起了嬉皮笑脸，伸手摸他的额头，问：“你哪里不舒服？我带你去医院。”

“没事，只是贫血症。”

张燕铎想把他的手推开，却被无视了。关琥感觉到张燕铎的皮肤很凉，像是怕冷的样子，他转头看看，找到后座椅上的毛毯，伸手扯过来递给张燕铎。

“我来开车，你坐到我这里来。”关琥跳下车，转去驾驶座那边，张燕铎还要坚持，被他不由分说地推了过去，“别逞强了，我也不想被猪队友害死。”

张燕铎去了副驾驶座，车缓缓开动起来。

考虑到他的身体状况，关琥把车速放慢了，问：“你真不需要去医院？”

“嗯……”

比起不适，张燕铎现在的情况应该说是很累，他冥想的时间其实并不长，但这种回顾相当耗神，也许是因为养大他的老家伙经常利用他做这种试验，为了生存，他必须配合去冥想，但同时内心是排斥的，才造成了他不适的状况。如果当时知道他会在将来通过这种方式帮到关琥，他应该就不会这样自虐地排斥了。张燕铎有点懊悔，冥想过后造成的疲倦，使他不想多说话，便盖着毛毯靠在椅背上养神。

在关琥去现场查案这段时间里，张燕铎把陈铭启出事后自己曾看到的所有事物重新回想了一遍，再结合从警方那里得来的情报跟关琥拍的现场照片，他彻底弄清楚了一直困扰自己的问题，现在剩下的就是找到证明自己推测的物证。迷迷糊糊中，他在心里这样想。

耳边传来嘟囔声，关琥开着车，说："你的身体也太弱了，这会让我怀疑你到底是不是黑衣人了，我希望你是，你快说你是，这样我就不用再特意费神去找黑衣人了。"

这家伙真够聒噪的。

"不过贫血症真是万能病症，你是我见到过的贫血贫得最有效率最夸张的人了，真想把你送去医院做个精密检查。"

听着他的嘀嘀咕咕，张燕铎的困意成功地飞远了，睁开眼睛，说："比起去医院，我想让你帮我查几件事。"

"大哥你说，只要你别动不动就一副林黛玉的状态，别说几件，几十件都可以。"

"那先去陈铭启的家。"

关琥转头惊讶地看他，不过没多问，在路口将车转了个方向，朝着陈铭启的公寓开去。

午后，国际机场的大厅里跟往常一样拥挤，引擎声偶尔从远处响起，大型客机的银翼穿过云霄，飞向更上方的万里晴空。落地玻璃窗的前方，一位妙龄女郎默默地站在那里，仰头看向远去的客机，还有两个小时，她也会乘坐飞机远离这片土地，那时候，一切就真正结束了，至于离职的问题，回头让哥哥去警局处理一下就行了，这里她应该不会再回来了。

女人转回头，看到她的父母在办理行李托运手续，登机牌领到手后，他们匆匆赶回来，看到她出神，母亲担心地问："是不是累了？时间还早，要不我们先休息一会儿，最后登机？"

她摇摇头，选择马上动身，在这里待太久，她会感到不安，虽然觉得是自己多虑了——陈铭启是被别人刺杀的，后来又有其他人连续被杀，现在警方的目标都放在追查那个冷酷残忍的凶手上，没人会怀疑到她。而她的未婚夫被杀了，她属于被同情的一方。

父亲推着行李箱走在前面，母亲在后面陪她，出境口就在眼前，她把护照拿出来，做好出境的准备，就在这时，身后传来叫声："苏绣媛小姐，请等一下。"

很熟悉的声音，苏绣媛的身体僵住了，手指本能地发出颤抖，直觉告诉她自己最担心的事情发生了，但侥幸心理让她很快就镇定下来，平静地转过身，就见关琥站在自己身后，他身边还跟着那位举止言谈都很绅士的酒吧老板。

"你朋友？"她母亲问道。

"是同事。"苏绣媛稳住心绪，迎上前，故作轻松地说，"关琥，没想到你消息这么快。"

"我也没想到你会这么快离开，陈铭启的案子还没侦破呢。"

"我最近身体不太好，又被一些媒体吵得烦，所以听从父母的建议，出国跟他们住段时间。"苏绣媛在关琥跟张燕铎之间来回打量，"你们特意过来找我，是有什么事吗？"

"有关陈铭启被杀一案有了新进展，请你跟我们回去配合调查。"

苏绣媛的父亲从前面匆匆返回来，听了他们的对话，不快地说："我们要登机了，案子的事我女儿什么都不知道，留下来也帮不上忙，而且她身体不好，要是出问题，你们承担得起责任吗？"

"我们不是请求，是在执行任务，"关琥将逮捕令拿出来递到苏绣媛面前，"苏小姐，请配合。"

苏绣媛的脸色变了。苏妈妈紧张地抓住她的手，冲关琥叫道："这是怎么回事？你们是不是抓不到凶手，所以就想把责任推到我女儿身上？我不同意你们滥用职权。女儿，不要管他们，我们上飞机！"

苏妈妈拉着苏绣媛就走，被苏父拦住了，示意她镇定，等苏绣媛点头表示去警局后，苏父说："你们最好到时给出一个让我满意的理由，否则这件事我不会善罢甘休的。"

"请苏先生放心，我们知道你在政界的影响力，如果没有确凿的证据，我们也不敢阻拦你们登机。"

关琥回答得很平静，但对苏绣媛来讲却是更大的冲击，她低着头什么都没说，只是跟随他们离开。

在去警局的路上，苏父就打电话给自己的律师，又提醒苏绣媛在律师到达之前不需要回答警方的提问，等等。关琥开着车，注意苏绣媛的反应，见她只是默默听着，除此之外，没有其他特别的反应。

到了警局，苏绣媛随他们进了重案组审讯室。其他同事还不知道发生了什么事，发现气氛的凝重，想凑过来询问，被关琥推开，只让江开跟进来做笔录。而张燕铎作为发现重要线索的人，也被特别允许进审讯室旁听。

不知道是不是苏父的警告奏了效，苏绣媛坐下后一直处于沉默状态，对关琥有关陈铭启被害的各种提问置若罔闻。

“苏小姐，你这样拖着是不行的，我们已经掌握了你作案的证据，就算你拖到律师来，他也无法保释你离开。”

关琥的提醒起了作用，苏绣媛最后选择了开口，她抬起头，说：“铭启是被连环杀手害死的，你现在这么说，是怀疑我是连环杀人凶手吗？别忘了，每件案子发生时，我都有不在场的证明。”

“我指的是陈铭启被杀案，与其他两件案子无关。”

“我不明白你的意思，明明杀人手法都一样，凶手是同一人。”

“是的，陈铭启最终是被其他凶手杀害的，但在这之前，想杀他的还有一个人。那个人在陈铭启常用的保健药物的瓶子里喷了氰化钾，又为了制造自己不在场的证明，特意在那晚约我去酒吧。按照她的计划，那晚陈铭启会服用保健药，死于非命，而跟他有婚约又有了宝宝的人是最不会受到怀疑的。为了增加可信度，她又编造了陈铭启被人骚扰的事情，却没想到真相刚好被她说中了，陈铭启在还没有服用保健药物之前就被歹徒杀害了。”

“你的意思是我预谋杀害铭启了？我为什么要这么做？证据又在哪里？”

“因为你们的关系并非像你说的那么和谐，甚至很糟糕。陈铭启花心多变，不仅常去夜店消遣，在外面还有固定的情人。你发现后很生气，要跟他分手，可是他却不想分，除了他想要宝宝外，也看中了你父母在政界的关系网，对他来说，情人可以玩，但娶进家里的当然还是要对自己事业有帮助的女人，所以他拿了这个作威胁，让你不得不同意跟他结婚。”关琥将一个光盘放在桌上说，“这是他为你拍的裸照跟色情制服照，都存在他的电脑里，除了你之外，还有其他女人的。不知道拍这种东西是出于他的恶趣味，还是为了日后为自己予取予求做准备。但他不知道他的要挟彻底惹怒了你，在发现无法分手时，你就起了干掉他的念头。我们询问过婚庆公司，据他们提供的情报，你跟陈铭启的婚礼没有和许家同时举行，不是因为时间仓促来不及办，而是因为你临时通知取消了。”

看到光盘，苏绣媛脸色变了，但马上指责说：“关警官，你的想象力这么好，真该去写小说，情人间拍些裸照是很平常的事吧？虽然有点过界，但还不到作为要挟筹码的地步，就算他真的要挟我，我也完全可以不理会，何必杀人？婚礼是我取消的没错，快结婚了，我突然有点不安，所以提出暂缓，这一点铭启也同意了，我们还经常吵架呢，难道这也能作为我行凶的证据吗？”

“吵架不能，但这个可以。”关琥将证物袋放到桌上，当看到证物袋里的保健药品容器后，苏绣媛手一抖，伸手下意识地捋动鬓角的发丝。

关琥接着又将他在陈铭启被害现场拍到的照片并排放在苏绣媛面前。那是洗手间门外的一角，放了几盆绿色植物，花盆很大，里面随意倒插了一些药瓶。这是陈铭启的习惯，关琥在他的办公室里也曾看到过相同的景观。由于陈铭启是被虐杀的，所以鉴证人员着重于被害现场的证据搜集工作，而没有碰触这些绿植。

关琥指着两张照片，对比着对苏绣媛说：“这是你呕吐之前我拍下来的，这是昨晚我们去陈家时拍的，三盆植物里原本一共放了八个药瓶，但昨晚这里却多出了一个小瓶子，变成了九个。我们跟陈铭启的秘书确认过，这是陈铭启刚买的携带装试用品，他最近一直在服用，法医在瓶子里验出了氰化钾的药液，瓶子的外面也有你的指纹。”

这个微乎其微的线索是张燕铎昨晚想到的，任何画面只要经他过目一遍，日后他可以随时像放映机那样将记忆重新提出来，他正是在记忆播放的途中注意到了自己看到的跟关琥拍的照片的区别——相同的背景，但又有着微妙的不同。所以他和关琥去陈铭启家找到那个多出来的药瓶，拿到鉴证科化验，结果正如他所推测的，一直困扰他的疑点就这样弄清楚了。

关琥继续往下说：“照你的计划，在我跟你回家时，陈铭启已经中毒身亡，你就可以顺理成章地把问题都推到那个不存在的凶手身上。但陈铭启虽然死了，却不是你希望的死法，你当时表现得很慌乱，不是因为未婚夫的死亡，而是一切脱离了你的掌控，你无法想象出了什么事，更急于找回那个药瓶，所以你冒着被怀疑的危险，去搜了陈铭启的衣服，最后在他的口袋里找到了那瓶药。”

苏绣媛不说话，眼帘垂着，不知是否在听关琥的解释。

“找到药瓶后，接下来是如何处理掉它的问题。你以呕吐的借口去厕所，将瓶子里的药都冲进了下水道，但玻璃瓶无法冲走，你又没有时间去清洗药瓶，索性直接握在手里。瓶子很小，握住也不会被发现，然后你趁我们不注意，将瓶子倒扣在了盆栽里。你当时的想法是陈铭启是被刺杀的，与你一点关系都没有，即使事后药瓶被查出来，上面有你的指纹，你也可以以同居人的身份来解释，所以这些都无法成为指证你的证据。”

“你一开始并没有提到鬼面，直到看见我们提供的照片，你才说有印象。那时我就觉得不对劲，你当然没见过鬼面，但这条信息给你提供了灵感，你直接把陈铭启被威胁的事推到了鬼面身上，但这一点弄巧成拙，除了你之外，没人见过鬼面，因为鬼面没有要挟过陈铭启，他只在杀人的时候才出现。那时我曾一度怀疑过你，但之后又接连出现了两起相同的凶杀案，而那两起案件都与你完全无关，我当时以为是自己多想了，后来才明白你所有怪异的行为都出于你曾经想杀人，只是没来得及实施而已。我现在所知道的信息只有这些，你还有什么要补充的吗？”

短暂沉默后，苏绣媛抬起了头，轻声问：“说了这么多，你有证据吗？”关琥没有马上回答，苏绣媛见状，发出冷笑，“没有证据的话，那就不要在这里浪费时间了，我父亲的律师应该已经到了，接下来的事由他跟你们交涉。”

关琥不语，他一直没提证据，是希望苏绣媛自己说出来，这样将来她被起诉时，这一点会对她有利。江开不明白他的心思，见势不妙，在旁边急得直跟他使眼色。苏绣媛也无视了他的好意，看到他的反应，更觉得他们只是在诈自己，站起来准备离开。

就在她快要走到审讯室门口时，关琥把她叫住了：“你有没有想过，没有证据的话，我怎么可以申请下逮捕令？”

苏绣媛转过头，奇怪地看他。

关琥取过张燕铎手里的文件，那是有关药瓶鉴证的详细报告，他翻开一页，递给苏绣媛，说：“我刚才有一点没有提到，鉴证科的人除了在药瓶上验出氰化钾跟你的指纹外，还验出了另一样物质——胡椒碱跟橙皮苷等成分。经对比，它跟涅槃酒吧提供的胡椒粉成分一样，而酒吧的胡椒是独家磨制的，也就是说你在去过酒吧之后有接触过这个瓶子。”

“胡椒？”苏绣媛眉头微皱，显然还没有完全弄懂其中的含义。

“苏小姐你忘了吗？那晚在酒吧吃饭时，有个毛手毛脚的女孩子将胡椒粉撒在了你的裙子上。事后法医在陈铭启的上衣几个地方验出了胡椒的成分，那时我们还以为你是悲恸过度，在试图救人时留下的，但其实你只是在寻找药瓶，却没想到胡椒粉会蹭在上面。”

苏绣媛的身体开始摇摇欲坠，张张嘴，似乎想找借口辩解，却想不到合适的理由。

“除了药瓶跟死者的衣服，我们在你卧室的床头跟几个抽屉里也找到了相同的物质成分，应该是那晚你忙着到处寻找药瓶时沾上去的，可以解释一下在未婚夫死后，你忙于翻找的理由吗？”

“不是我，你没有证据的……对，你没证据，裙子我已经扔掉了，你凭什么说我的裙子上沾了胡椒粉……”

敲门声打断了苏绣媛的辩解，蒋玎珰从外面走进来，当看到她手里拿的装着裙子的证物袋时，苏绣媛怔住了，衣裙的一角还沾了血，正是陈铭启被杀那晚，她穿过的那条裙子。

“可能你没想到它会成为指证你蓄意谋杀的证据，而是单纯厌恶上面沾了血，所以丢给蒋玎珰让她扔掉，但蒋玎珰却觉得裙子是陈铭启送你的，对你来说有着不同的纪念意义，所以暂时收了起来，准备等你的情绪稳定下来后再还给你。”看着脸色惨白的苏绣媛，关琥不无揶揄地说，“假如你在临走前跟蒋玎珰打招呼的话，这唯一的证据就会回到你手里，偏偏你一言不发想走掉，失去了最后的机会。”

审讯室先是一阵沉寂，然后抽泣声响起，继而转为恸哭——在所有证据面前，苏绣媛终于撑不住了，捂着脸大哭起来。

为了不刺激到她，蒋玎珰扶着她重新回到座位上坐下，不过苏绣媛很快就停止了哭泣，放下手，露出呆板的脸庞。

“你说得没错，药瓶里的氰化钾是我注入的，我的确想杀了他，却被人抢先了一步。”苏绣媛的声音带着嘶哑，毫无感情起伏，看上去已经失去了狡辩的精力，坦然道，“大致经过都如你刚才说的那样。呵呵，我真够傻的，早知道有人要干掉他，我就不用那么费事地筹划杀人了。”

“为什么？”

“原因刚才你不是已经说了吗？”苏绣媛反问关琥，话语中充满了嘲笑，“那个人渣一边在外面搞三搞四，一边还拿我的裸照强迫我跟他结婚，我当然无法忍受。”

“你可以报警啊，你自己就是警察。”蒋玎珰听不下去了，抢着说道。

苏绣媛不屑地看了她一眼：“我跟你是不一样的。你没想过报警后，我将面临什么样的状况吗？我的家世、我的工作，还有我的自尊跟骄傲都将毁于一旦，与其被所有人嘲笑，我宁可自杀，但我不想为了那个人渣死，所以我选择了他死。”

愤怒盖过了最初真相被揭穿的恐惧，苏绣媛比刚才冷静多了。而听着她的愤慨之言，屋里几个人面面相觑，都不知道是该同情她好，还是该指责她好，最后还是关琥开了口：“你们都有孩子了，他又那么想要小孩，难道不能再沟通一下？”

“哼，他只是想要个后代而已，”苏绣媛漠然地说，“他可以有外遇、出轨甚至跟我分手，但我无法容忍他用那些照片来要挟我。”

“你决定要杀他的时候，有没有为孩子想过？”

“有，但怀孕这件事对我来说是最好的机会，因为大多数人都会同情孕妇，不会怀疑到我身上。退一万步说，假如真相被曝出来，舆论也是站在我这边的，以我现在的状况也不会被判很重。”

她说得很平静，却让在场的人都震惊了。江开停止敲键盘，转头看看关琥，想问关琥这番话要不要打下来，却见他目不转睛地盯着苏绣媛，一言不发。

“我去抽根烟，你们接着审。”好半天，关琥回过神，丢下这句话后就匆匆走了出去。

所有的问题苏绣媛都交代了，接下来也没什么好审的，他只是找个借口冷静一下而已。谁知出来时跟老马撞个正着，老马一整天都在调查许家上下的情况，看到关琥，冲他摇摇头，将调查报表递了过来。

老马照他的交代，把重点调查对象放在三十岁上下的男人身上。符合条件的一共六个人，出身都没问题，其他成员也在逐步排查中，但是从现状看来，暂时没有太大的发现。

也许他从一开始就搞错了，看着资料，关琥心想，他把事情想得太简单了，把人性也想得太简单了。

关琥出了重案组，转去休息室，路上他的脚步变得沉重起来，在休息室里掏出烟盒，抽出一支烟想点上，摸了半天却没摸到打火机。身后传来脚步声，张燕铎走进来，打着打火机递到他面前，关琥就着火把烟点着了，再看看那个打火机，根本就是自己的。

不知道又是什么时候被张燕铎摸去的。

要不是现在心情不佳，关琥一定呛张燕铎几句，但他现在做的只是靠在墙壁上狠狠地吸烟，又顺便弹出一支烟递给张燕铎，张燕铎摇头拒绝了，默默地站在他身边。

“在她要杀人时，为什么会选择利用我？”

“因为你笨，面对女孩子心又软，是颗很好利用的棋子，”张燕铎回复他，“可惜她低估了你作为刑警的智商。”

真难得这次张燕铎没有损他。

关琥苦笑道：“没想到她在杀人之前，会考虑得这么周详，面子跟自尊就这么重要吗？我真不敢相信她也是警察，还跟我是同事。”

“一个人的好坏从外表是看不出来的，注意别被一个外人影响到你的情绪。”

“没有，我只是想到了另一个可能性。”

张燕铎转头看他，关琥没说话，将烟抽完后，直接去了鉴证科。

已经到了傍晚下班的时间，小柯嘴里含了根棒棒糖，正在电脑前玩游戏。关琥过去，把他的游戏屏幕关掉，说：“再帮我重新查一下专惠一家人的情况，越详细越好。”

游戏中途被强制关掉了，小柯很想发火，但看看关琥的脸色，他临时把到嘴边的脏话咽了回去，调出档案界面，一边翻着一边问：“昨天不是都查过了吗？你还想知道什么？专惠被枪决，他的三个亲人也依次死亡，真要查，我就该去阴间帮你查了。”

“再确认他们四人是否真的死了，不管是枪决还是事故死亡。”

小柯看向他，那眼神就像是在看外星人：“枪决的执行中监督跟确认工作是由不同的人负责的，这都能掉包，你以为这是在演传奇故事吗？”

关琥不说话，用眼神示意他继续。

小柯只好乖乖转回头，继续他的调查工作，嘴里也不闲着：“不过昨天我无聊，顺便又查了下专惠，发现他这人还挺厉害的。”

“哦？怎么个厉害法？”

关琥本想让小柯专心查情报，但是在发现张燕铎对专惠感兴趣后，他把制止的话咽了回去，就听小柯说：“他不是姓专嘛，这个姓挺少见的，我就好奇去查了下他的档案，发现他还真是专诸的后人。而且他有一身外家功夫，可以一掌轻易把石板拍碎，年轻时还做过武打替身，所以当初检控官起诉他杀人的依据就是他有这个能力，并且没有去加以控制，属于故意杀人。”

“你去查专惠的案子了？”

“嘿嘿，稍微看了一下，然后我觉得案子判得很离奇，物证严重不足，要不是专惠自己承认杀人，他应该不会被判那么重的。”

“如果有人用家人或是鱼藏剑等事情威胁他，他会承认也不奇怪。”听着小柯噼里啪啦敲键盘的声音，关琥随口说道。

小柯点头附和，过了一会儿，敲键盘声突然停下来，小柯盯着屏幕说：“等等，怎么这里数据对不上去？”

关琥跟张燕铎顺着小柯的指点一起看去，就见小柯看的是死亡证明数据，看时间是专惠的家人遭遇火灾的那晚，医院提供的文件上是火烧致死，是个叫陈小雨的五岁女孩，她的父母姓名也跟专惠毫无关系，但是她在民政所的档案上却变成了专惠的女儿。

“专惠当时被关在监狱里，他家人死亡后的注销手续应该是村里人办的，刚好那晚也有女孩出事故过世，所以可能是在手续中造成了差错。”张燕铎解释道。

“这不太可能吧？这也差得太大了。”小柯连连摇头，一副难以置信的表情。

关琥也觉得很难相信，但事实摆在眼前，当初一定是因为某些原因造成了失误,也间接影响到了他们的查案。还好刚才苏绣媛的一句话提醒了他——正因为她是孕妇，才决定动手，因为这样不容易引起怀疑。

不会是杨雪妍吧？因为从陈铭启、冯三山还有蛇王被杀的状况来判断，她是完全符合条件的一个——陈铭启被杀那天，伪装成维修工出入公寓的是个瘦小男人，以她的身高扮成男人，刚好合适；冯三山被杀时她是新娘，衣服由内到外都是红色，杀人时将外衣脱下，即使不小心溅上血滴，再穿上外衣就行了，没人会把身体虚弱的孕妇跟杀人凶犯联想到一起；还有在俱乐部，她穿着陪酒女郎的衣服找借口带蛇王离开，蛇王对她也绝对不会有防备；而昨晚许善陵被攻击，她也是最有嫌疑却不会被注意到的人，因为她是受害者，孩子流产了，大家都对她抱有同情心，在追查线索中首先就把她排除在外了。

“帮我查一下这个人的档案，越详细越好。”他写下杨雪妍的名字，递给小柯。

“每次你说到‘越详细越好’，我就觉得这是对我精神的摧残。”牢骚归牢骚，小柯还是立马投入到认真搜索中。

在等待过程中，舒清滟从外面进来，看到关琥，她打了招呼，说：“你给我的泥土我化验过了，跟剑鞘上的土质成分完全一样。”

抓到线索了，而且是很糟糕的线索，如果真与杨雪妍有关，现在她跟许善陵正住在同一家医院里，她要杀许善陵，随时都有机会！

关琥跟舒清滟道了谢，对张燕铎说：“你在这里等结果，拿到资料后去重案组找我。”说完，不等张燕铎回应，他掉头跑了出去。

舒清滟看向张燕铎：“他怎么了？”

“没什么，我想他只是找到了整个案子的主线了。”

只是抓到主线跟真正解决案件还差一步距离，这一点不知道关琥是否有注意到。

9.

关琥冲回重案组，萧白夜还在处理苏绣媛的案子，看到他，正要提醒他写报告，还没开口，就被关琥抢了先。

“杨雪妍可能有问题，马上联络李元丰，让他多加注意。”一瞬间，萧白夜没有反应过来杨雪妍是谁，关琥又说，“就是刚跟许善陵的小儿子结婚的女人，也许她是整个案子的主谋。”

“那个刚流产的女人？你确定？”

“还在调查中，总之她很可疑，许善陵很可能会再次遭受攻击。”

关琥说到一半时，萧白夜已经开始打电话了，他开了外放功能，电话通了，却始终不见有人接听。他看看关琥，两人都有了不安的感觉。

关琥看看外面，天已经很黑了，许善陵的家人劳累了一天一夜，这时候精神上恐怕已经松懈了，假如凶手要对付许善陵的话，现在该是最佳时机。

还好萧白夜联系到了护士台，在他的提醒下，值班护士去许善陵的病房做了检查，说许善陵睡着了，一切正常；杨雪妍的病房在隔壁楼里，她答应在确认好情况后马上跟萧白夜联络。

“看来暂时还是安全的。”放下电话，萧白夜说。

关琥还是不放心，决定亲自去一趟，他伸手刚拉开门，外面就有人跑进来，差点跟他撞到一起。

等关琥站稳，张燕铎将手上拿的纸递到他面前，说：“杨雪妍的资料查到了，她是被认领的，原居住地跟身份不详。”

关琥把纸接过来，迅速看了一遍。资料上显示，杨雪妍在幼年时以失踪儿童的身份住在福利机构里，有关她被收容之前的经历，由于她本人也不记得，所以资料上没有记载。后来她被在福利机构工作的杨女士收养。杨雪妍护校毕业后，就一直在医院工作，三年前杨女士患了老年痴呆症，一年前过世，从时间上来推算，刚好是许善陵的母亲住院后发生的事。

“看来这个女人有重大嫌疑。”关琥看完后，把纸推给萧白夜，“我马上去医院。”

“她跟整起案件有什么关系？”

“回头详细汇报。”关琥说完就冲了出去。

萧白夜及时叫住张燕铎：“你看着他，别让那个愣头青又闹出什么事来。”

张燕铎给他做了个放心的手势，跟了出去。关琥抢着要开车，张燕铎没跟他争，把钥匙给了他，自己坐到旁边，照萧白夜提供的手机号给李元丰打电话。

“一直不接听，看来他凶多吉少。”在拨打数次都没有接通后，张燕铎说。

关琥加快了车速，问：“依你看，杨雪妍会是滥杀无辜的人吗？”

“不是，但对于妨碍到她的人，她也会毫不留情地干掉。”

关琥想起杨雪妍，发现自己居然记不清她的长相，除了记得她个头颇高、说话柔弱外，几乎没什么引人注意的地方。关琥甚至觉得可以把她归为胆小怕事的那类人，可正是这个女人做了这么多残忍的事情，甚至连自己的亲生骨肉都利用上了。

手机响了起来，关琥没心思接听，掏出来直接丢给张燕铎，张燕铎看了眼屏幕，说：“是叶菲菲。”

“哦，那准没好事。”

张燕铎接听后，果然就听叶菲菲在那边压低声音说：“关王虎关王虎，出事了。”

“这次又是什么事？”

“咦，这是你的电话吗老板？为什么每次都是你接？”

“关琥在开车，出了什么事？”

“是这样的，我遇到了一件很麻烦的事情，我不知道该怎么解决才好。”

张燕铎还没回答，关琥就抢先说：“感情纠纷吗？让她去打电台热线咨询。”

“关琥让你打电话去电台咨询感情纠纷。”

“感情？不是感情，是性命攸关的大事……”叶菲菲的声音很低，让他们听到除了她的声音外还有个奇怪的呜呜声，叶菲菲又说，“我眼前有个被绑成粽子的家伙，嘴巴还被堵着，看起来不像是好人，我在考虑要不要帮他松绑。”

“你现在在哪里？”

“医院啊，就是许善陵那个坏人住的医院，我现在就在他的病床前。”

“许善陵呢？”

“不知道，我只看到了这只粽子。”

张燕铎有点明白了，有人带走了许善陵，将保护他的警察绑在床上，蒙骗了护士的查房。

“问他是不是叫李元丰。”

“把毛巾拿出来的话，他一定会大叫，到时我就穿帮了。”

“你可以再打晕他。”

“好的。”

关琥在旁边听着他们的对话，觉得脑袋有点晕，同时为那个不知名的“粽子”默哀了一下，就听叶菲菲在一阵警告后把毛巾拿出来，手机对着那人，让他自报家门。

“救……命，我是李元丰，我被人偷袭了。”

“是谁做的？”

“没看到，他是从后面打晕我的，等我醒来时就发现自己被绑在床上了。”

连着两晚被打晕两次，面对这样的运气，关琥都不知道该说什么才好。张燕铎也有同感，问：“在你被袭击之前，杨雪妍有没有来过？”

“有啊，她说要见许善陵，我就带她进房间了，然后一转头，我就被打晕了……难道是她做的？可她还是病号啊，看上去随时都会晕倒的架势。”

但结果先晕倒的是你，关琥吐着槽，再次加快了车速。照李元丰的描述，一切都是杨雪妍做的没错了，她现在冒着身体的不适去攻击许善陵，看来对杀许善陵势在必得。搞不好，医院里某个地方随时都会变成凶案现场。

张燕铎却依旧保持冷静的状态，问：“你的手枪呢？”

“我被绑着，不知道，你让这位护士小姐看看。”

“护士？”

“就是我啦，”话筒那边换成叶菲菲，小声说，“现在不是探访时间，为了混进来，我跟在这里工作的护士朋友借了两套护士装……手枪？我找一下……没有，如果我是凶手，在袭警后一定夺走枪了。”

混进来不需要两套衣服吧？

关琥有种不好的预感："问她是不是跟谢凌云一起混进去的。"

张燕铎转述了关琥的提问，叶菲菲承认了："本来就是帮凌云啊，要不我也不会三更半夜闲着没事做，跑医院里来冒险。"

听到这里，关琥狠狠地捶了下方向盘，他知道谢凌云这样做不是为了抢第一手资料，而是在追查有关她父亲的下落。

张燕铎扫了他一眼，冷静地问那头："那谢凌云呢？"

"她刚才看到这种情况就跑出去了，让我暂时别报警，盯着粽子就好。我也不知道粽子是好人还是坏人，想想要是耽误了案情，一定会被关琥骂的，所以就给他打电话了。"

看来在关键时刻，叶菲菲还是很懂分寸的。

张燕铎问："知不知道谢凌云去了哪里？"

"不知道，不过一定是去找许善陵了。说了半天，粽子怎么办啊？我不想待在这里陪他。"

"我不是粽子，我是警察，快给我松绑，我要去找回枪。"

警枪被抢对警察来说是很大的失职，所以李元丰表现得很着急。但他的请求被叶菲菲无视了，担心地问张燕铎："如果凶手那里有枪，会不会伤害凌云啊，老板你猜凶手会去哪里？"

张燕铎无法猜到，因为他现在还不了解杨雪妍真正的目的，她要杀许善陵，有的是机会，为什么要等到现在？如果一定要等到现在才动手，那一定有她的理由，现在他能确定的只有一点——杨雪妍要杀许善陵，绝对不会用枪的。

"你马上去医院的总服务台，查看谢凌云去了哪里，我们马上就到了，有消息再联络。"

为了在病人出状况时及时得到救护，医院的各个角落都安有摄像头，所以通过服务中心的屏幕，可以随时了解到情报——这也是短时间内张燕铎唯一能想到的追踪凶手的办法。

叶菲菲答应后马上跑了出去。张燕铎听到那头传来李元丰的喊叫声，看来叶菲菲完全忘了他的存在，接着电话就挂断了，无法知道那位倒霉警察的后续故事了。

没多久，关琥和张燕铎也到达了医院，他们跑进病房楼里。关琥在跟保安解释情况的时候，叶菲菲的电话打了进来，说她查到了谢凌云去了顶楼天台。至于杨雪妍的行踪，现在还在查找中。

“有谢凌云的消息就行了，她一定是追着许善陵的行踪去的。”

关琥让保安马上报警，然后冲进了电梯里，等张燕铎进来后，他按了去顶楼的键按钮，叹道：“为什么嫌犯作案都喜欢选择天台？是为了计划失败后就地一跳，不成功则成仁吗？”

“也可能是因为场地大，方便大家围观吧。”

关琥瞅了张燕铎一眼，见他脸色平淡，像是在聊闲话的样子，可是话的内容却严重影响到了关琥的心情。

到了顶楼天台，隔着虚掩的门，可以隐约听到里面的对话声。关琥拔出枪，抢先一步将门推开，天台上居然很明亮，他首先看到的是站在对面的两个人，许善陵在前，杨雪妍稍微靠后，不同于他想象中的持枪要挟状态，两人的反应都很冷静，至少在他看来，暂时还不会发生暴力冲突。

但这种状况更糟糕，以杨雪妍站立的位置，她此刻很可能将枪口指在许善陵的后背上，让他不敢乱动。不仅如此，天台上除了他们以外，还有许善陵的两个儿子跟大儿媳，三个人站在左侧，而谢凌云则站在他们的前方。

天台上会有这么多人，这出乎关琥的预料，但他马上就明白了杨雪妍的目的：天台上有不相干的人，而杨雪妍背后又是齐人高的平台，让警方很难派遣狙击手突击，看来她选择这里是经过周密计划的。

谢凌云此刻正将相机镜头对准许善陵，他们进来时许善陵在说话。看到关琥，许善陵马上停止了说话，脸上露出求救的神色，再配上他现在颓废的表情，关琥很怀疑他随时会昏厥过去。

如果说许善陵的状态是颓废，那杨雪妍的脸色就是惨白了。她穿了件白色长袍，随着风吹过，长袍下摆上下翻飞，她的短发随风扬起时，露出被遮住的眼瞳，她的眼睛瞪得很大，射出冷静偏执的光芒。

白色长袍的边角沾了些血滴，宽大的衣服让她的身躯显得越发瘦削，她现在一定很难受，因为其他的都可以作假，但昨晚她流产的事却是真的。关琥想她现在一定是想跟许善陵同归于尽，否则不会做出这种孤注一掷的事情。

“为什么不说了？”杨雪妍站在许善陵身后，看不到他的表情变化，见他停下来，马上喝问，“你不敢说了吗？”

“对不起……对不起……”

“我要的不是对不起，是真相！”

杨雪妍挥拳顶在许善陵的后心上，把他打得哇哇大叫，顿时眼泪鼻涕一起流。许枫想上前劝阻，还没迈步，就被杨雪妍的眼神瞪了回去，她整个人最有光彩的就数眼眸了，最令人心寒的也是那对眼眸。

“我是警察。”关键时刻关琥亮出了他的警证，同时不动声色地往前挪着步子，试图向前靠近，“有话慢慢说，先把枪放下。”

“先把你的枪放下，”杨雪妍的眼神顺着关琥手的移动落在他的腰间，平静地说，“一把枪换他一条腿。”

关琥看看许善陵不断打颤的双腿，为了不激怒凶手，他掏出枪，将枪丢去了一边。

杨雪妍满意地点头，又接着说：“既然你发现了我的秘密，那应该对当年的事有了大概的了解，那你不知道的部分就让许善陵来告诉你。”

“雪妍你到底是怎么了？”许枫实在忍不住了，叫道，“这到底是怎么回事？他是我的父亲，也是你的亲人，什么报仇杀人，你是不是搞错了？”

“我从来没像现在这样清醒过，”杨雪妍冷冷答道，“专诸的后人不会做不明事理就乱杀人的事。”

“什么专诸？什么杀人？”

趁他们对话，张燕铎小声问旁边的许家夫妻：“你们是被她特意叫来的？”

“是是，她说父亲找我们有话要谈，没想到上来后……”凌厉的目光射来，许家长子立刻吓得闭上了嘴。

张燕铎看向杨雪妍，她几乎完全站在许善陵的身后，无法看清手里是否拿了鱼藏剑，但她绝对拿了警枪，否则许善陵不会这么老实。

她这次如果没有拿每次行凶必带的短剑，是不是另有打算？看到谢凌云举着的相机镜头，张燕铎的眉头皱了起来。

远处刺耳的警车鸣笛声打破了寂静的夜空，呼啸着向他们逼近，杨雪妍置若罔闻，冷静地对许善陵说：“把剩下的说完。”

“说……我都说了……你是专惠的孩子吧？当年是专惠误杀了我的助手，

所以他被判了死刑。我很后悔，假如当时我不执意逼他的话……”

“你撒谎！”

砰的枪响声中，许善陵大叫着跌倒在地，他的右小腿被击中，鲜血直流，其他人想上前救助，却在杨雪妍无形的威吓下不得不忍住。

接下来杨雪妍也跟许善陵一起蹲了下来，并将枪口对准他的后心，她的表情依旧平静，平静得带给人绝望的感觉。

“告诉大家真相，”她凑近许善陵，一字一顿地说道，“告诉他们我父亲是专诸的后人，我们家世代收藏着那柄刺客舍生取义的鱼藏剑，根本不需要偷盗你的东西！告诉他们为了得到这柄剑，你是怎么跟陈铭启、冯三山，还有蛇王等人勾结害死我全家的，快当着这里所有人的面说出来！”

“别杀我别杀我！”许善陵中了枪，吓得双手乱摆，大叫，“我说，我全都说！”

杨雪妍笑了，抬头看向站在对面的人，许善陵的两个儿子还完全不在状况中，眼睛紧紧地盯着父亲，不知他要说的到底是什么。

天台上的门再次被推开，叶菲菲从外面悄悄地走进来，看到眼下的状况，她没敢出声，咽了口唾沫，站到了大家身后。

“其实不关我的事，是冯三山先说起他在你们家看到了鱼藏剑，他说你们是专诸的后人，那柄剑经他鉴定确实是真品，他想要，但不管出多少钱，专惠都不卖，所以他求我用制作仿制品的借口把专惠邀出来。我们的出价很高，专惠相信了，为了证明仿制品的精确度，他还拿了他家传的真品鱼藏剑一起来。但是在聊天过程中他发觉了我们的意图，带了剑要走，我让助理帮忙拦他，却不料在争执中助理被专惠杀了，专惠也跑了，不过他在慌乱中拿走了赝品，而将真的鱼藏剑落在了现场……”

“砰！”

又一声枪响，许善陵吓得哇哇直叫，但这一枪没有打在他身上，杨雪妍只是在开枪警告，冷冷地说：“你撒谎，那天我父亲曾给我母亲打电话，说助理不是他杀的，是你错手杀的，用那柄赝品。”

“我……我也不知道，那天现场太混乱，等我们注意到的时候，助理已经死了……”许善陵哆哆嗦嗦的话都说不清，但又不敢中途断掉，结巴着继续往下讲，“可人是在我的公司被杀的，不管怎样，我都撇不清关系。我们合计了一下，最后说既然真品的鱼藏剑都在这里了，不如一不做二不休……”

杨雪妍听得全身发抖，情不自禁地加重了抓在许善陵臂上的手劲。许善陵如惊弓之鸟，吓得再次大叫起来：“这都是陈铭启出的主意，我只是一时鬼迷心窍……啊对，我是被鱼藏剑上的怨气迷了心窍，所以才会答应他说谎，说是专惠见财起意，在偷盗途中杀了人。陈铭启又怂恿专惠认罪，说会轻判，又抬出了金蛇帮来吓唬他，说如果他坚持不认罪，那些黑道的人会对他的家人不利，专惠就信了。这些都是他们做的，我不知道，真的不知道啊……”

“可是最后鱼藏剑却留在了你的手里，不是吗？”面对杨雪妍冷静的质问，许善陵不说话了，他说的话半真半假，把罪责都推到了死者身上，但杨雪妍没打算去追究这个问题，看着对面的镜头，再问，“那我哥被撞死，我们家被烧，又是谁做的？”

“是蛇王做的……啊不，是陈铭启让蛇王做的，因为陈铭启跟我还有冯三山在一起谈事时，被你哥看到了，陈铭启说你哥不能留，就让蛇王处理掉。我被专诸的鬼魂迷住了，听他们的话付了一大笔钱，就……可是专诸的亡灵还是不肯放过我们，整天出现在我们面前，那段时间我们都像着了魔似的，生怕真相传到你们的耳朵里，为了斩草除根，蛇王让人去你家放了火……最后都死了，事情就结束了……”

天台上传来哭声，一半是许善陵，另一半是杨雪妍发出来的。许枫在对面听得清清楚楚，难以置信地连连摇头，喃喃道：“不会的，我们是普通的商人，这种伤天害理的事……”

“看这个！”随着杨雪妍的甩手，一沓照片抛到了地上，夜风将照片吹起，让画面清晰地映入众人的眼帘。

有一些照片关琥很熟悉，比如专惠儿子车祸现场的，还有一些是被火烧得看不出原样的房子、烧伤致死的女人、被判死刑登报的男人。看到血肉模糊的画面，叶菲菲发出轻呼，把头撇开了；谢凌云也露出不忍直视的表情，但出于工作的原因，又不得不去看。

杨雪妍又亮出另一张照片，由于距离较远，只能看到画面里有四个靠在一起的人，那应该是她的全家福。

无视许善陵的痛呼哀叫，杨雪妍平静地说：“父亲被判了死刑，我们都不相信那是真的，我哥到处找人寻求帮助。那天他突然打电话回家，说陈铭启跟那帮人是一伙的，父亲是被他们陷害的，他说回来后跟母亲一起去报社揭发那些人，可是他再也没回来。我们找了几天，最后只找到这些车祸照片。我哥那时才十一岁，可是从这些照片里，你们能看到他原来的模样吗？”

“对不起对不起，我是被亡灵诱惑的，我不该想要那剑，它根本就是祸害……”

救援的警察陆续赶到了，萧白夜带人冲进天台，看到现场状况，他挥手暗示手下迂回围攻，但不要马上出击——现场围观的人太多，凶手跟被劫持者的情绪都相当激动，在还没有掌控现场之前，他选择了静观其变。

许善陵被那些照片刺激到了，趴在地上大哭，叫道：“它害死了你全家，也害得我这些年来寝食难安，我的家人一个个都死了，我的事业也一路下滑，我想丢掉那剑，可是不管怎么丢弃，它都会重新回到我的身边，剑上的亡灵缠着我，让我这辈子……不，我的全家都逃不脱鱼藏剑的诅咒！”

杨雪妍将他从地上提了起来，冷笑道：“不是剑的诅咒，是专诸对他子孙的庇佑。我们专氏一族流着同样的血，你们费尽心机想要鱼藏剑，专诸就借我的手给你们，让你们知道鱼藏剑入腹到底是什么滋味，你一定不知道我们家后院埋了多少剑吧？那些都是我父亲在打造仿制品时留下来的废品，他说有客商出很高的价钱要仿制品，他一定要做好才行，他不知道你要的不是仿制剑，而是想夺取我们专氏一族的灵魂。所以你一定要死，你不死的话，专诸会一直缠着你。你看，他就在这里，手里拿着剑，把剑刺进你的肚子里，就像他曾经刺杀王僚时的狠戾……要试试吗？哈哈……”

她越说越疯狂，越说越语无伦次，袍子下摆的血慢慢渗出来，带着惊悚又苍凉的气息。大家已经听不懂她在讲什么了，许善陵的眼神却随着她手的指点四下张望，像是真看到了鬼魂，大叫着不断往后躲，甚至想爬上天台躲避，却被杨雪妍拉下来，将枪口顶在他的后腰上，喝道：“专诸让我杀掉你，你听到了吗？”

“我有罪，都是我的错，别杀我，不要杀我！”

许善陵双手在眼前激烈地摇摆，杨雪妍用枪柄狠狠击在他的脑袋上，喝道：“不是我杀你，是专诸大人让我杀人，觊觎鱼藏剑的人都该死，杀我一门者，死有余辜！”

她的喝声引来许善陵的尖叫，凄惨的求救声响彻整个天台。这时，警察们已经慢慢包抄过去了，只等萧白夜一声令下就一齐抢攻，但她的枪口抵在许善陵身上，大家都不敢轻举妄动。

萧白夜给关琥使了个眼色，想用声东击西的战术，但马上被杨雪妍发现了，冷冷道："我没想活着，如果你们想他马上死的话，就过来吧！"

"我说……"关琥双手平举，以示自己没有敌意，他向前稍微挪了两步，对杨雪妍说，"该死的人都死了，许善陵如果真有罪，法律会给你一个公正的判决，如果你想报仇，可以说已经报了，你还年轻，没必要为了复仇把自己的幸福也搭进去。"

"幸福？"杨雪妍恍惚了一下，冷笑道，"我有吗？"

"将来一定会有的，但现在你必须放下屠刀，不要一错再错。"

关琥把手伸过来，做出相邀的动作。杨雪妍无视了他，冷冷地说："别犯蠢了，杀人的不是我，是专诸大人的亡灵，天下恶人太多，需要他来惩罚。"

"现在恶人已经遭到了惩罚，如果你能看到祖先的亡灵，那就让他走吧。"关琥不知道杨雪妍在说什么，但现在只要能稳住她，让他怎么配合都无所谓。

听了他的话，杨雪妍陷入沉思，又对着空中喃喃自语，像是真在跟谁对话似的，表情不再像最初那么激动。

看到有劝服的希望，关琥暗中松了口气。谁知听他们提到亡灵，许善陵突然又紧张地大叫起来，尖叫引发了杨雪妍的恼怒，她扬起枪，再次用枪柄狠狠击打他的脑袋。

关琥这时已经站在了他们面前，趁杨雪妍不备，冲上前扣住她的手腕，谁知她的力量竟然出奇的大，关琥没有如期地将她制伏，只觉得额头传来剧痛。原来杨雪妍在挣扎中把她的脑袋当武器，用力撞击他，同时口中大叫，状如癫狂。

疼痛让关琥的眼泪不由自主地流出来，模糊了视线，但他的手却紧紧抓住杨雪妍的手腕，努力将枪口举向天空，扳机在推搡中被扣下，就听连续几声枪响，关琥感觉到对方的力量突然消失，他听到耳边一个熟悉的声音在说："放手，没事了。"

是张燕铎。

关琥照他说的松开了手，借着他的力站起来，抹掉眼泪，就见杨雪妍已经被冲上来的警察们按住了，却仍旧在激烈挣扎，几个人合力才能勉强制住她。

没多久她放弃了反抗，任由警察将自己拉起来，眼神却死死地盯住另一边：许善陵站在那边，他得救了，由两个儿子扶住，医护人员跑过去帮他查看伤口，他腿上的伤不重，但受了刺激，精神状况很糟糕，不断地挣扎叫喊，看上去比杨雪妍还要疯狂。

看到他那副模样，杨雪妍笑了，任由警察给自己戴上手铐。那张全家福照片在刚才的搏斗中落在了地上，谢凌云过去捡起来，递给杨雪妍。

杨雪妍接到手中，低声道了声谢，谢凌云踌躇了一下，问："你一直提到专诸的亡灵，他现在还在这里吗？"

"他在啊，"杨雪妍向她微笑，又抬手摸摸自己的心口，柔声说，"他一直在我这里，他告诉我该怎么做，该恨谁该杀谁，该用怎样的手段让对方生不如死。"

她笑得淡然，天台灯光在她脸上打出一层光晕，柔和却又诡异，充满了矛盾的感觉，让人不寒而栗。谢凌云不由自主地一抖，眼眸飞快地扫向四周，又看向杨雪妍，想弄清她是疯了还是真的可以看到这里有什么东西。

警察绕开谢凌云，带杨雪妍离开，但他们没走几步就被叫住了。许枫在一连串的变故和震惊中回过神，冲过来拦住他们，面对杨雪妍，质问："你接近我，对我母亲照顾得无微不至，都只是为了报复？"

杨雪妍看了他一眼，木然点头。

"你说喜欢我，跟我结婚，怀了我的孩子，也只是为了给报复铺路吗？"

杨雪妍再次点头。

许枫的拳头握紧了，气愤和激动让他全身发颤，叫道："那我妹妹的死，我母亲的死，是不是都是你做的？"

这次杨雪妍笑了，抬头看他，表情里充满嘲讽："那都是我的先人做的，你忘了我是专诸的后人了吗？我手里有着这世上怨气最重的宝剑，专诸大人的怨气跟灵气不会漠视他的子孙被诬蔑，他的亡灵会为我达成所愿，所以你们家才会不断遭受灾难，至死不休，根本不需要我亲自动手！"

许枫听不下去了，冲过去抓住她的双肩，两旁警察上前阻拦，以免他动粗，但他什么都没做，只是带着哭腔质问："你怎么可以这样子？就算我父亲有罪，你也不该怨恨到别人身上，你可以杀了他，甚至杀了我来报复，但为什么你连自己的孩子都不放过？”

听到这里，杨雪妍的表情微微动容，像是想说什么，却最终没有开口。她被警察带离现场，许枫还是无法面对眼前的事实，在她身后低声问：“你做这么多事，杀了这么多的人，如果都是出于报复之心的话，那你的心里是否还有一点爱？”

杨雪妍听到了，脚步微顿，然后回答了他：“没有……我不懂什么叫爱，因为我的人生里只有仇恨。”

听到这里，许枫再也忍不住，放声大哭起来。杨雪妍被警察带走了，她一直没有回头，仿佛许枫这个人在她心中，从来不曾存在过。

关琥在一边默默地看着这一切，现场状况很混乱，捉拿凶犯的，救护被劫持者的，还有勘查现场的鉴证人员以及闻讯赶来的记者们，嘈杂的状态让他心里很不舒服。案子破了，他却一点开心的感觉都没有，假如杨雪妍所说的一切都是真的，那她的命运堪称悲惨，但即使这样，也不能无视她滥杀的罪名，甚至因为她的报复，还连累了许多无辜的人。肩膀被拍了一下，看出他心情不好，萧白夜示意他可以先离开。

为了不妨碍其他警察的工作，关琥收好先前丢在天台上的手枪，去了外面的走廊上。周围聚集了不少人，谢凌云不知什么时候离开了，连一贯对各种事件抱有好奇心的叶菲菲也不在。不过不管怎么说，案子总算是破了，今晚可以睡个好觉了。站在寂静的楼梯一隅里，关琥自我安慰，他摸摸口袋，本想掏支烟来抽，摸了半天却没摸到。

难道是刚才在混乱中弄掉了？

张燕铎走过来，伸出手，手指在烟盒下方轻弹，一支烟被弹出来，递到关琥的眼前。

关琥抽出了那支烟，再看看香烟盒，狐疑地问：“你的烟盒看起来挺眼熟的，前不久它应该还姓关？”

“现在姓张了。”张燕铎面不改色地回道，又熟练地帮关琥打着火。关琥借火点上烟，吸着烟心想，不知从什么时候开始，他的东西都陆续开始姓张了。

张燕铎自己也抽出了一支烟，却没点着，只是将烟叼在嘴边，做出跟关琥一起抽烟的姿势。

“刚才谢谢你。”

“举手之劳。”

“你是怎么制住她的？那女人的力量大得惊人。”关琥掸着烟灰，叹道，“再加上她那些神神叨叨的说辞，真让人怀疑刚才有幽灵在附近转悠了。”

“说不定有呢。”张燕铎眯起细长的眼眸，故意在关琥身边打量。

“别故弄玄虚，老子不吃这套的。”

“我没开玩笑，既然你相信这世上有飞天，那为什么不信有恶鬼？”

“我更信恶鬼在心里。”

烟抽完了，关琥将烟蒂摁灭丢进垃圾箱，看着张燕铎学自己的样子，将叼了半天的香烟扔掉，他很想说这样做太浪费，但最后还是没说出口。

两人绕开还围在现场的人群，乘电梯下楼，电梯里只有他们两个人，显得异常寂静，见关琥难得的一言不发，张燕铎问：“你好像还在在意什么？”

“没什么，只是觉得还有些事情没搞清，心里堵得慌。”

“你怀疑凶手还有其他同党？”

关琥摇头，看看张燕铎，直觉告诉他，红笔男跟这件事没关系，即使有也是跟张燕铎有关，所以让他放不下的是杨雪妍这个人——她杀人的手段跟目的，她念念不忘的复仇计划，还有她的结局。整个复仇行动从凶残狠辣开始，到最后草草结束，这样的变化让他无法释怀。她轻易干掉了其他三人，却最终没杀许善陵，到底是没抓到时机，还是出于对许枫的在意？

“你说，她到底有没有喜欢许枫？”

面对关琥的提问，张燕铎没有直接回答，过了一会儿，才说：“想要了解变态的心理，你首先要把自己变成变态。”

“对不起哥哥，我更想当正常人。”

“那就不要多想了弟弟，回去好好睡一觉，这案子被你成功破获了，等着拿奖金吧。”张燕铎拍拍他的肩膀，微笑着说道。

杨雪妍的审讯工作没能如期进行。

由于身体状况等问题，杨雪妍在当晚被再次送去急救，她是重度危险人物，在就医时警方加派了人手，二十四小时紧密看守。

杨雪妍除了在被警方制伏时有剧烈挣扎外，之后都表现得很平静，没有再做出攻击人的举动。唯一无法解释的是她的一些反常行为，她经常对着墙自言自语，面对一个人都没有的房间，她却像是身边围满了朋友，有时候还聊得热火朝天。这情景最初着实把看守她的警察吓到了，以为是她的同党来救援，结果等冲进病房后，却发现里面只有她一个人，并且表情恍惚地坐在那里发笑。

不过好在审讯时，杨雪妍很配合，在她的健康状况稍微好转后，萧白夜派人给她做了笔录。她在讲述自己的身份跟出身以及对陈铭启等人的报复计划时头脑很清晰，可是一谈到鱼藏剑，思维就开始混乱了，不断念叨专氏家族的荣耀、专诸亡灵的庇佑，还有亡灵附身报仇等荒诞的言论，导致问话无法正常进行下去。

这样的审讯状况反复了多次后，萧白夜放弃了追问那柄神秘短剑的想法，还好杨雪妍将自己的犯罪经过说得很详细，并主动交代了在作案期间，她都跟许枫住在别墅里，许枫喝了她配的安眠药水，对她的离开毫无觉察，在无意中做了她的时间证人。

另外法医也在蛇王被杀的杂物室里，找到了有杨雪妍指纹的裙子。这本来是作为指控她犯罪的最有力的物证，但由于她的自供，物证失去了应有的意义。萧白夜将审讯笔录等资料整理后提交上去，至于接下来怎么进行公诉，那是检控官的工作。

“她最后也没交代那个玩红笔的男人是谁，他们到底是不是同伙。”透过玻璃窗看着在病房里自言自语的女人，关琥说道。

“从目前我们掌握的证据来看，她单独作案的可能性很大。这件案子如果有同伙，那一定是至亲的家人，你跟那男人交过手，觉得他有可能是杨雪妍的大哥吗？”

“看岁数对不上，而且他们也不像是认识的，所以有关那个男人的情报我会再让小柯继续查。”关琥说完，又叹道，“不知她将会被怎样判决。”

萧白夜耸耸肩：“无罪的可能性很大，不过即使这样，今后她也只能在精神病院度过了。”

这几天杨雪妍接受了多次有关精神状态的检查，这方面的专家一致认为她的癔症很严重，这可能跟她早年的经历有关，像这种重度精神病患者不具有刑事责任能力，但也不代表她会得到自由，被关进精神病院后，等着她的同样也是铁镣加身的命运。

“不知为什么，总觉得她有点可怜。”

关琥的感叹换来上司不赞同的目光，他揉揉鼻子，虽然知道对罪犯不该感情用事，但想到她童年的遭遇，还是忍不住会这样想。就为了柄还不知道是不是真品的鱼藏剑，搞得一家人家破人亡，许善陵等人固然罪有应得，但为了复仇将自己的一生都搭进去，她的家人如果地下有知，应该也不会赞同吧。

也许张燕铎说得对，自己不是变态，所以无法了解变态的心理。

“案子倒是明朗了，但真正的鱼藏剑又去了哪里？”

“不晓得，问一次，杨雪妍就疯癫一次。许善陵疯得比她还厉害，根本无从问起。反正这个跟整个案子的主线没关系，就暂时撇开吧。”萧白夜无奈地说。

照杨雪妍的供词所述，当年许善陵在误杀了助理后，由于现场混乱，专惠误将凶器当成是鱼藏剑的真品带走，等他发现不对时已晚。那柄凶器一直没有找到，杨雪妍也说不知去向，她只知道真正的鱼藏剑在许家。

可是当警方询问许家人时，许家人也都表示不知情。唯一知情的只有许善陵，偏偏许善陵在天台被吓到后，就一直精神恍惚，时不时地说看到了亡灵出现。又说那剑害得他后半生凄惨无比，所以他早就丢掉了，至于丢去了哪里，他怎么都想不起来。

虽然无法判断许善陵是否真的出现了记忆断层，但是以他对鱼藏剑的恐惧跟憎恶，早就将它处理掉的可能性很大。关琥反而怀疑真品早就到了杨雪妍的手里，也许真品正是那柄她每次杀人时都必带在身上的短剑。

想起雨夜那晚的搏斗，关琥更坚信自己的推断，可惜杨雪妍不承认，她只交代了自己原来的家里埋了鱼藏剑的仿制品。那些都是专惠打制时废掉的样品，本来专惠是打算事后处理掉的，但还没来得及处理，他就因故意杀人罪被判刑。这件事家里人都不知道，连当年警察来搜查证据都没找到，那些废弃的仿制品就这样被封存在地下十几年，直到杨雪妍被专诸的亡灵引到家里时才发现。

“一共三柄剑，一柄都不少。冥冥之中先人的亡灵在指点我该怎么去做，把剑藏进他们的腹腔里，完成刺杀的仪式，也让他们的同党知道专氏的后人回来了，他们将为曾经的罪孽付出代价。”这是杨雪妍的供词，想起她淡然讲述杀人经过的表情，关琥就不寒而栗。当初家变时杨雪妍才五岁，她是否知道父亲藏有赝品的事无法考证，不过关琥相信比起亡灵引领，杨雪妍把自己的记忆当成是幻想的可能性更大，她已经病入膏肓了，分不清哪是现实哪是虚幻。

“可是当时参与冤案的并不止这三个人，在这几年里陆续有相关的人猝死，是不是都是你做的？”

面对警察的讯问，杨雪妍矢口否认：“当然不是，专诸大人只让我杀那三个人，要不怎么会只留下三柄鱼藏剑？也许是那些人做了坏事，遭报应了吧。我既然承认了这些凶案，又何必在其他事情上瞒你们？”

她的反驳不能说没有道理，但是在看完这份供词后，关琥发现心头的压迫感更强烈了，至少他见过杨雪妍持有第四柄鱼藏剑。但这一点对于整个案件的审判没有太大影响，所以在多次讯问没有结果后，这个问题就被忽略过去了，用萧白夜的话来说就是——如果那柄鱼藏剑是真品的话，她更不会交代出来，她会认为作为专诸的后人，自己有义务守住鱼藏剑的秘密，更不会给外人染指的机会。

看出了他的心思，萧白夜说：“如果你对鱼藏剑的去向有兴趣，可以去问问那个女记者。”

那晚谢凌云拿了父亲跟许善陵聊天的照片去许家质问时，萧白夜也在，所以多少知道一些他们之间的事。可关琥不太明白既然萧白夜知道这条线，为什么不追下去。

“为什么要去追？”萧白夜一本正经地回答他，“我是警察，要查的是案子，现在人证物证还有凶器都掌握了，我的工作就算结束了，那些臆想出来的传说与我何干？”

话是这样说，但这些细节厘不清，关琥怎么都无法释怀。可惜最近谢凌云太忙了，他打了几次电话都没人接，更别说询问内情了，等终于可以联络上，已是有关杨雪妍杀人案的详细报道铺天盖地席卷报纸新闻还有网络之后的事了。

首发撰稿人是谢凌云，她将杨雪妍杀人案与当年专惠的冤案并列报道，并附了大量的资料照片引证。与此同时，各大网站还流出了许善陵在医院天台上的自白录像。

一时间舆论哗然，原本对杨雪妍一案批判的控诉风向一转，竟然变成了一边倒的同情，甚至有些过激言论声称就该以牙还牙，短时间内社会舆论完全站在了杨雪妍的一边，严重影响到了整个刑事案件的正常流程。为了安抚民众情绪，庭审不得不提前进行。

看到这篇报道，关琥快气吐血了，瞬间明白了为什么那晚谢凌云会那么快就知道凶手在天台的原因。那是杨雪妍打电话邀请她去的，她的目的不在于杀许善陵，而是利用谢凌云的身份，将当年的真相公之于众。

在庭审的第二天上午，关琥终于找到了谢凌云，确切地说是张燕铎打电话给他，说谢凌云跟叶菲菲现在都在酒吧里，问他要不要过来聚一下。

放下电话，关琥立刻赶了过去，又顺手拿了那份谢凌云撰写的报道，以便教训谢凌云一顿。

上午的酒吧很冷清，门口挂着休息的牌子。关琥推门进去，就听里面传来说话声，小魏白天不在，招待工作都是张燕铎做的。

看到关琥，张燕铎第一时间就感到了他的怒气，抢先迎上前，将手里的橙汁递给他，警告说："冷静点，别吵架。"

谁要吵架了？他只是要来提醒谢凌云她做了什么蠢事。

胳膊被抓住不放，关琥冲张燕铎翻了个白眼："我讨厌喝甜的。"

"那我去倒茶，你们慢聊。"

张燕铎去吧台里换饮料，关琥走到谢凌云跟叶菲菲坐的座位前，看到桌上放了好几份相同的报纸，他看看自己手里的那份，发现根本没必要特意带过来。

"关王虎你知不知道，刊登凌云报道的报纸卖到连夜再印的程度，这些都是我买的，我家里还有好多份，以示支持。"看到关琥来了，叶菲菲兴致勃勃地说。

她没注意关琥的脸色，谢凌云却看到了，随着他的走近站了起来。

"关琥，我知道你看了报道，一定会认为我在这个敏感时期发布消息，会妨碍司法公正，不过讲出真相是我作为新闻人最应该做的事，希望你能谅解。"

"网上有关许善陵自白的视频也是你放出的？"被张燕铎警告过，关琥尽量让自己的嗓音放柔和些，"你有没有想过不管许善陵当年有没有犯法，你都没有资格这样做，这样侵犯他人的隐私也是一种犯罪。”

“我知道，不过我答应过杨雪妍，会还她一个公道。”

“那交换条件是什么？是不是她告诉你有关你父亲的事情？”

“当然不是，虽然我很想了解父亲的事，但不会公私不分，”被关琥这样指责，谢凌云涨红了脸，“那天我是第一个到达天台的，杨雪妍跟我说让我将经过拍下来报道出去，作为交换，她不杀许善陵，所以我答应了。”

回想当时的状况，关琥隐隐感觉不妙，问：“所以她从一开始就没想要杀许善陵？”

“我不知道，但她履行了她的诺言，所以我也要对她守诺。”

“为了守诺就可以违背自己的原则吗？”

“应该说在了解了所有真相后，我无法无视她的经历，更无法不履行对她的承诺。她是凶手没错，但她同时也是受害者，她的经历需要被更多的人知道。”

“可是你有没有想过在庭审期间将新旧两个案子并列报道，会成为变相的炒作？导致公众舆论影响法官的判断，而造成再一起冤案？”

“一个无权无势又犯下重罪的平民百姓，要将十几年前的旧案翻出来重审，除了依靠民众呼声外，还有其他可行的办法吗？对，杨雪妍是杀了人，她的确要接受法律制裁，但原本冤案里的凶手又怎么处理？不借现在这个时机造势，案子很快又会被遗忘，那些人又可以继续逍遥法外。”

“什么凶手？”

“就是当年参与过专惠凶杀案的那些人啊，我看你根本没有仔细看凌云写的报道，就跑来指责她，真是太过分了。”叶菲菲指着报纸给关琥看，“专惠的案子在这么短时间里就把人判了死刑，一定是里外都疏通过了。还有这个曾经负责专惠案子的检控官陆元盛，新闻还标榜说他情操高尚，这次为了查明真相再度出马。要我说啊，根本就是他担心当年自己办错了案，为了掩盖失误，才坚持要负责杨雪妍一案的，最神奇的是他的自荐居然还通过了，如果没有民众关注，又被他钻空子害人怎么办？”

听着叶菲菲的数落，关琥把报道又重新看了一遍。他对陆元盛有点印象，陆家在司法界很有背景，前不久他在查专惠的案子时，也看过有关陆元盛的报道，不过最近他只顾着关注旧案的追踪，没想到这次负责杨雪妍案子的检控官还是陆元盛。

这不符合正常的法律程序！不知为什么，关琥心头不安的感觉更强烈了。

张燕铎及时走过来，将茶放到他面前，劝道："有话慢慢说，反正案子已经开始审理了，你现在急也没用。"

关琥接过茶杯，仰头喝了一口，谢凌云又说："其实在做这件事之前，我也想过很多，后来我想，不管把真相发表出来会造成怎样的影响，真相就是真相，不可以把它掩盖过去。"

"她有没有跟你说鱼藏剑还有你父亲的事？"

"有，那张我父亲跟许善陵聊天的照片就是她拍下来的，当时她正在跟踪许善陵，搜寻当年血案的证据。偶然发现了他跟我父亲的会谈，她还以为他们是朋友，但是在跟踪后才知道他们只是因为古董的关系认识的，刚好我父亲有柄仿造的短剑，许善陵就说不如用换剑的方式来庆祝相识，这张照片就是他们在换剑时拍的。"

"也就是说当时许善陵对真正的鱼藏剑已经有了恐惧之心，为了自保，就把剑跟你父亲的交换了。"听到这里，叶菲菲忍不住问。

"是的，这人很混蛋吧？只想着自己的利益，别人的死活根本不在意。我父亲是个直肠子，根本没想到许善陵在利用他，或许就是因为他拿了真正的鱼藏剑，才会在荒漠里出事，也因此这柄剑跟我记忆中的那柄不同。"

如果真相真是这样，那他们在敦煌洞窟里看到的干尸就是谢凌云的父亲了，这个结果大家都猜到了，却下意识地没说出来。看到谢凌云从皮包里掏出相同的鱼藏剑，关琥咳嗽了一声，问："所以这是真的古董？"

谢凌云犹豫了一下，不敢肯定地说："嗯……我觉得不太像，它的剑锋好像没那么锋利。"

关琥也有相同的感觉，至少这剑没有杨雪妍跟自己搏斗时用的那柄锋利。

"我觉得杨雪妍还有话没说出来。"叶菲菲举手说。

"我也这样认为，可能她看到了我在论坛上的留言，为了让我报道真相，就将这张照片寄给了我。不过我做这些是因为这是我的工作，就算她不提到我父亲的事，我还是会去做的。"

"你知不知道她在利用你？"关琥冷笑，"她只是不想死，想制造舆论攻势逃脱罪责。"

“不，我觉得她早就死了，在她的家人一个个被害后，她已经没有生存的期待了。”谢凌云肯定地说，“如果一个女人连自己的孩子都可以牺牲掉，你认为这世上还有什么是她在意的呢？”

关琥脸色变了，想起杨雪妍数次果决的杀人手法，再到她在劫持许善陵后跟谢凌云的交易，不由得喃喃地问：“那她这样做，到底是什么目的？”

“当然是为了还原真相啊，让当年的冤案公之于众。”

“不是！”

直觉告诉关琥不是，至少哪里有不对的地方。关琥垂下眼帘，努力思索究竟是哪里出错了，最后目光落在鱼藏剑上，他恍然醒悟——是报复的方式。杨雪妍最后两次都没有携带被看作是护身符的鱼藏剑，这代表着从一开始她就没想用相同的办法对付许善陵，她最后的目标不是许善陵，而是对当初那个案子影响最大的人——检控官陆元盛。

关琥抬起眼帘，刚好跟张燕铎投来的视线对个正着，对方平静的表情跟眼下的状况形成鲜明的对比，让他忍不住气愤地质问：“你是不是早就猜到了？”

“什么？”

“你早就知道杨雪妍真正要对付的人不是许善陵，而是当年的检控官陆元盛，对不对？”

“啊！”听了这话，两个女生同时发出惊呼。

张燕铎却不动声色地扶了扶眼镜，说：“你想多了。”

“这笔账我回头再跟你算！”没时间跟他啰唆，关琥说完后，掉头就冲了出去。

如果杨雪妍的最终目标是陆元盛的话，那她利用谢凌云的目的就很清楚了，她制造舆论迫使陆元盛不得不出席审判，这样她就有了杀人的机会，她要的不仅是陆元盛的死亡，还要让所有的人都看到。

一旦杨雪妍行刺成功，那么当年的冤案丑闻便再也无法掩盖，不仅陆元盛自己，就连整个陆家都无法再在司法界立足，那是比死亡更可怕的结果。

这样想着，关琥的心脏跳动得更为剧烈，一方面抱有侥幸，希望自己想错了；另一方面又感觉这个可怕的想法将会成为现实。他跑到大街上，左右看看，没看到出租车，只好闷头往公寓飞奔，同时又给萧白夜等人打电话，准备汇报自己的发现。

往前跑了没几步，身后传来车辆的引擎声，张燕铎将车开到他身边，放慢车速将车窗打开，说：“我送你去。”

关琥把头移开，当没看到。

“如果你赶时间，就不要赌气。”

这话说得没错，现在晚去一秒，可能就会多一秒的危险。关琥选择了上车，在他将安全带系好的同时，张燕铎加快车速，向法庭赶去。路上关琥打电话给萧白夜，简单说了自己的猜测，萧白夜答应马上通知法警留意杨雪妍的举动，并说他也会带属下尽快赶到，以防意外发生。

电话挂断后，车上有很长一段时间的沉默，关琥不想开口，因为那会增加他的烦躁感，在行动前心浮气躁是大忌，他在心里告诫自己现在需要做的是解除即将面临的危险，而不是跟张燕铎吵架。像是明白他的想法，张燕铎也一直没说话。就在沉默间，前面的丁字路口上突然横着冲过来一辆黑色跑车，要不是张燕铎反应快，及时转方向盘将车拐去丁字路的另一边，可能会被那辆车撞个正着。

不过车尾还是被对方的车头扫到了，一阵颠簸后，被迫停下。关琥还以为是普通的交通肇事，但等他从车上下来，发现那辆车停在他们后面，还保持撞后的状态，车主从敞篷车上站起来，翻身直接站在了车前盖上，然后像是模特走 T 台那样，从相连的两辆车上一步步走过来。

今天天气不错，他手里不断转着的红笔发出耀眼的光，一身银灰西装，头上戴着同色礼帽，打着卷的发丝从礼帽下翘出来，跟他那张明星般俊秀的脸庞相得益彰。

看到他们，男人笑了，但由于笑容太僵硬，导致他的脸型变得古怪，这让关琥越发肯定这个男人的脸动过刀，这不是他原有的模样。

“是你！”在发现是红笔男后，关琥的第一想法是对方跟杨雪妍是一伙的，对方想阻止自己去法庭，以免打乱接下来的计划。

但男人看都没看他，眼睛一直盯在张燕铎身上。张燕铎下了车，脸上失去了一贯温和的表情，金边眼镜后的眼睛微微眯起，这个小动作跟关琥一直说的狐狸不同，更像是原野上伺机伏击敌人的猎豹。

“银鞍照白马，飒沓如流星。”男人发话了，依旧是柔和动听的嗓音，笑嘻嘻地对张燕铎说，“找你可真不容易啊流星，这是你原来的样子吗？挺不错的，老头子果然更关照你。”

关琥看向张燕铎，这一次他敢确定张燕铎就是几次暗中救过自己的人，虽然他没有变装，但身上瞬间凝起的冷峻气息揭示了一切。

“你去法庭，这里我来应付。”张燕铎交代他，眼睛却一直盯住红笔男。

“你……”关琥本来想问他一个人行不行，但是看两人的架势，出口却改为，“你动手归动手，记住别杀人，你要是为了这个进监狱，可别想我去探监。”

听了这话，张燕铎笑了，随手摘下眼镜丢去一边，说：“放心，不会给你惹麻烦的。”

失去了镜片的遮掩，他的眼瞳在阳光下泛出怪异的颜色。

10.

随着车辆引擎声的远去，空地上只剩下他们两人一车，红笔男上下打量张燕铎，笑道：“我还是喜欢你不戴眼镜的样子，因为你的眼睛就像抹布一样，它告诉我，你跟我一样是失败品，流星。”

“目的。”

“哈哈，没什么目的，就是在发现我还活着后，我想知道我的死对头是不是也活着，是不是还像以前那样厉害。”

“那你要失望了，我叫张燕铎。”

“这是你自己起的吗？还是你很久以前的名字？”红笔男跳下车，在张燕铎身边轻佻地踱着步，手指不时转着笔花说，“我还是喜欢叫你流星，因为它名副其实，不过……不知它现在是否还可以同样的名副其实？”

拳风突然射来，以迅雷不及掩耳之势击向男人的太阳穴。

不过张燕铎出拳快，红笔男躲得也快，后者侧身避开，同时将手里的红笔向张燕铎的肋下刺来。张燕铎身后是车，他没有躲避的空间，便直接撑住车身，凌空跃起，飞脚踢向红笔男的手腕，又不给红笔男出招的时机，身子再次一跃，掌刀狠狠劈向他的颈部。

攻势既快又凌厉，红笔男不得不双手撑住车身，在跃起时，身体扭成一个奇怪的弧度，用膝盖撞击张燕铎的肋骨，趁着攻击，让自己的要害部位得以避开掌刀的击打。

张燕铎侧身让开对方的膝盖，闪到一边，红笔男的肩头被劈到，向后栽了个跟头。瞬间两人就过了数招，并且都以抢攻为主，但是从狼狈程度来看，第一回合是红笔男输了。

他站稳后，低头看看肩膀，又看向张燕铎，眼中的戾气一闪而过，随即笑起来，调侃道：“打得挺狠的，不过你别忘了，不管你打得多重，我都不会痛的。”

张燕铎不说话，反手一挥，甩棍从他手中挥出，变成两尺长的兵器，不过这次不同的是他甩出了两柄甩棍，顿时在气势上盖过了红笔男。

“看来你早有准备。”男人不无揶揄地说，“你怕了吗？”

“那要看你吴钩的名字是否也名副其实！”话声未落，张燕铎已经攻击了过来，双手同时出棍，不再给对方躲避的机会。

看他势若猛虎，吴钩也不敢小觑，将红色笔管似的物体拉长，迎接张燕铎的进攻。他的武器拉长后，顶端柔韧尖锐，既可当软剑用，又可随时改换为鞭子来甩，用一柄武器对抗双棍，丝毫不见败势。

没过多久，两人就从车的一边打到了另一边，跑车在双方的攻击下不时被砸出深痕。两人是在同一个地方长大的，在同样的地方习武，又经历了无数次的相互殴斗，对彼此的武功拳脚都了如指掌，所以斗了半天都不见高下。最后张燕铎的左臂被笔尖划伤，而吴钩的头部也被甩棍击到，他的礼帽掉了，张燕铎趁他没站稳，按住他的胸口将他压在了跑车上，顺势用甩棍卡住他的颈部，控制了他的行动。

吴钩拿武器的手被反压在他跟车身之间，无法使上力气，他挣扎了两下，在发现徒劳无功后停止了反抗，他的额头被打得裂开了口子，血顺着他的一边眼角流下来，他眨眨眼，注视着张燕铎慢慢压近的脸庞，笑道：“你打得这么重有什么用？反正我都不会痛。”

张燕铎置若罔闻，盯住他的眼中露出浓浓的杀气，这让他混合着各种颜色的眼眸变得更诡异。吴钩跟他对视，完全没显出惧意，反而笑道：“你要杀我，那就动手喽，只要你不担心给你的朋友惹麻烦。”

张燕铎不说话，手上用劲，将压在对方脖颈上的棍子卡得更重。吴钩开始喘息，脸上却依然挂着笑容，张燕铎漠视着他，两人的互斗唤醒了沉淀在他心中的残忍画面。这个人让他憎恶，因为他的存在提醒着自己，那段往事，无论如何他都是无法抹掉的。

憎恨让张燕铎的双手发出颤抖，他知道只要再往下用几分力，就可以将敌人置于死地，但他偏偏做不到。不是因为他答应过关琥，而是他不想做让关琥困扰的事情。

“你怎么会没死？”他不甘心地发问。

“像我们这种人是不容易死的，可能是手上沾了太多的血，连老天都不敢收。”

“老头子呢？”

“你说呢？”

男人的眼角上挑，充满了挑衅，这让张燕铎的双手颤得更厉害，他知道这句话的含义——吴钩活着，那个老变态当然也活着。

他一直以为噩梦结束了，却没想到黑夜的帷幕才刚刚拉起。

张燕铎狠狠地盯着吴钩，突然一撤手，放开了对他的压迫。随着短棍的收回，吴钩发出大声的喘息，趴在车身上大口呼吸着，还不忘发笑：“想过回普通人的生活……别做梦了，咳咳，只要有老头子一天在……不，只要你还活着，曾经的一切都将跟随着你……”

看到敌人这副模样，张燕铎厌恶地皱起眉，他跟吴钩搏斗过不下百次，却还是第一次看到这个人的脸，跟想象中一样讨厌。他相信对吴钩来说，自己的存在也是讨嫌的，但他们都不得不保持眼下相互瞪视的状态，因为他们有着共同的习惯，那就是绝对不能把后背朝向对方。

看出了他的想法，吴钩在停止了咳嗽后，说：“别担心，我没把你的行踪告诉老头子。”

张燕铎的拳头再次攥紧了：“为什么？”

吴钩脸上露出意味深长的笑：“谁让我们是朋友，我想，你应该很怕被他知道。”

“我可以杀你们一次，就可以杀第二次。”

“那我很期待这一天的到来。”吴钩收起了红笔，捡起落在一边的礼帽，回到车上，一脚油门踩下去，卷起一路尘土。

张燕铎站在路边，默默地看着跑车走远，他不知道吴钩的话里有多少是真实的，但至少有一点他没法撒谎——那个老变态还活着，这是他最不想面对的现实。

总会有办法的，因为他现在不再是一个人了。

张燕铎无视还在轻微发颤的拳头，将甩棍收回。有人听到响声，站在远处好奇地打量他，却怕惹到麻烦，不敢靠得太近。

张燕铎掸去身上的灰尘，再转头去找刚才被自己丢在一边的眼镜，却发现在此前的恶斗中，眼镜已被踩得粉碎，镜框扭曲成诡异的形状，无法再戴了。

看来在去法庭之前，他得先去弄副眼镜才行。

关琥将车开到法院，随便找了个地方停下，就一口气往里面跑去，在门口冲法警亮出警证，叫道："警察。"

法警还没反应过来是怎么回事，关琥已经一阵风地跑远了。等关琥冲到正在开审的刑事法庭门前，就听那里传来嘈杂声，门口挤着很多人，法警正在努力维护秩序。关琥举着警证亮给他们看，问："出了什么事？"

"有人行凶，已经申请协助了……"

在法警的疏通下，关琥推开拥挤的人群冲进法庭。审判长跟陪审员的座席上早已空了，现场很混乱，大家挤成一团，人群中有人在求救，还有人在叫不要开枪，越发加重了紧张感，旁听席前方站着好几位举枪的法警，但由于现场混乱，没人敢乱开枪。

关琥举着警证冲上前，终于看到了里面的状况，一个五十多岁的男人以向后弓腰的状态仰面朝上，他的脖颈上绞着手铐，手铐的那头还铐在疑犯的双手上——不知杨雪妍用了什么手法，用手铐当武器成功地锁住被害人的喉咙，又半弓起身，将对方整个人反背起来，把他当成自己的盾牌，让法警即使有枪在手，也无法开枪。

男人两眼翻白，四肢吊在半空中，周围太吵，关琥完全听不到他的叫声，不过他的状态相当危急！关琥冲上前，举枪瞄准男人与疑犯之间的缝隙，叫道："杨雪妍，快松手！否则我开枪了！"

对方没有任何反应，关琥在下一秒扣下了扳机，疑犯小腿中枪，向前扑倒。关琥趁机冲了上去，将杨雪妍一把按住，其他法警配合着急忙去解被害人脖子上的手铐，但被害人嘴角上布满血沫，四肢不断抽搐，对他们的呼唤毫无反应。

由于手铐勒得太紧，为了救人，法警不得不先把疑犯手上的手铐打开，杨雪妍暂时获得了自由，却一动不动，任由法警将她按在地板上。

为了不妨碍法警做事，关琥向后退开，他看到杨雪妍的脸色跟以往一样苍白，眼神木然，既没有报仇后的喜悦，也没表现出对仇人的憎恶，只是嘴巴不时开合着，关琥隐约听到她在说："专诸大人显灵了，杀掉他们，杀……"

这女人大概真是疯了吧，她已经不算是人了，她只是复仇的工具而已。

眼前闪过光亮，有人竟然在对着杨雪妍跟被害人拍照，而且不止一人，关琥急得转身大叫：“不要拍，快停下来！”

他的阻止不仅没奏效，反而起到了反效果。在事态稍微平息后，更多的人加入了拍摄的队伍，甚至有记者趁机混在人群里偷拍，法警只顾着控制凶手跟救护被害人，根本无法阻止他们。等萧白夜带人赶到时，已经有不少照片跟视频传到了网上。

“真没想到这案子都开庭了，我们还有插手的机会。”萧白夜抹了把脸，无限懊恼地说。

“我也没想到我有再次为这起案件验尸的机会。”舒清滟在做完鉴证后，过来对他们说，“被害人陆元盛的颈部气管断裂，属窒息性死亡，凶手好大的手劲。”

如果不是亲眼所见，关琥也很难想象那么瘦弱的女人是怎么仅凭手铐的力量将人的喉咙勒断的。

刚才给法警做了笔录，大家一致证明杨雪妍在被带出法庭时，先是突然袭击法警，接着用身体撞击陆元盛，趁他向前踉跄时从后面反勒住他的脖子。由于当时两人距离很近，杨雪妍的动作又异常迅猛，法警们营救不及时，最终导致惨案的发生。

这才是杨雪妍的真正目的，不仅要让陆元盛死，还要让整个陆家都为之陪葬。

穿过现场忙碌的人群，关琥走出法庭。法庭外拉了警戒线，外面站了不少刚才参与旁听的观众，很多人还没从慌乱中回过神来，拥在一起，惊疑不定地看向法庭。

关琥看到了站在人群中的许枫，微微一愣，他没想到许枫会来旁听，可见他对杨雪妍是有感情的，但这份感情换来的是更大的打击。对方眼神飘忽，默默地站了一会儿，才转身向外挪去，每一步都挪得那么艰难，跟前不久见面时意气风发的男人判若两人。关琥跟在后面，许枫的状态让他有些担心，但这种状况下他又不知道该说些什么。两人一前一后走出法院，就听吵嚷声传来，法院外围了一大群闻讯赶来的记者们。

案犯在法庭上行凶，这样的恶性事件闻所未闻，再加上那些流到网上的照片跟视频，关琥想接下来不仅杨雪妍的杀人案要重审，就连陆家也会被卷入其中。杨雪妍最终将会被怎么判决他无从得知，但经过这次的事件，陆家以往经手的案子会被好事者全部翻出来讨论，而整个陆家也会陷入危机中。

利用对许善陵的报复引出陆家，杨雪妍将这一切都算计得很巧妙，可是看着许枫的背影消失在人群中，关琥又忍不住想，杨雪妍没有杀许善陵，会不会也有一部分是出于对许枫的在意？

“关琥！”随着叫声传来，叶菲菲跑了过来，她身边还跟着张燕铎。叶菲菲看到关琥，立刻将他拉到角落里，小声问，“出了什么事？又有人被干掉了？”

“姑奶奶我拜托你，你的乌鸦嘴可以有一次不要这么灵验吗？”

这样说就证明自己猜对了，叶菲菲吐吐舌头，又问：“那是谁死了？检控官？法官？”

关琥没理她，转去打量张燕铎，张燕铎的打扮跟刚才不一样，衣服换过了，眼镜也换过了，他问：“你受伤了？”

“老板不是跟你在一起吗？怎么会受伤？”叶菲菲是刚在法院门口跟张燕铎遇到的，她不了解情况，眼神在他们两人之间打转。

张燕铎托托眼镜，微笑道：“没有，我跟那个人聊了一会儿，发现是误会，他只是认错人了，后来他就走了。”

“你认为我会相信这种鬼话吗？”关琥心情正不好，毫不客气地问，“没打架，那你为什么换衣服？”

“有吗？”

“眼镜也换了！”

“有吗？”

“张燕铎你不要逼我打你。”关琥上前抓住张燕铎的衣领。张燕铎也不反抗，笑嘻嘻地任由他揪起来。

叶菲菲在旁边看不过去了，上前踹了关琥一脚：“你不要总欺负老板，他身体不好，你就不能体谅他一下？”

关琥相信，假如叶菲菲看到张燕铎打架时的剽悍模样，一定不会这样说了。

“谢凌云呢？”张燕铎及时把话题岔开了，问叶菲菲，“你们不是一起来的？”

“哦，对，她去停车，我就先过来了。这么久了，她去哪里了？不会是混进去搞消息了吧？真是太不够义气了。”

叶菲菲气呼呼地又踹了关琥一脚，这才转去人群里找谢凌云。关琥在后面捂着被踹痛的腿，不爽地问：“不讲义气的是谢凌云，为什么她踹我？”

“打情骂俏。”

关琥本来握紧拳头想给张燕铎来一下，听了这话，为了避免不必要的误会，他不得不又将拳头缩了回来。他是现代文明人，不会乱打人的。

几分钟后，三人在法院大楼的一侧找到了谢凌云，谢凌云站在路边左右张望，脸上露出焦急又恍惚的神色。

“出了什么事？”问这话时，关琥在心里祈祷千万不要是又发现了什么伤害事件，不要是跟鱼藏剑有关的事件。

还好，他的担心没成为现实。看到他们，谢凌云回过神说：“刚才我在法院门口看到围观的人当中有一个很像我父亲，可是等我追过来时，他就不见了。”

“你确信你没看错？”叶菲菲表示怀疑。最近谢凌云一直在追鱼藏剑跟她父亲的联系，她担心谢凌云是不是想得太多，出现幻觉了。

“这是我刚才拍的，你们看。”谢凌云将相机打开，给他们看自己拍的照片。由于拍得匆忙，第一张模糊了；后面两张被其他人遮住了大半边脸；最后一张勉强照到了背影，但因为逆光，很难确定是谁。

“如果凭个背影就可以确定身份，那我觉得这位先生像是国际通缉犯。”关琥故意用眼神瞥张燕铎。

张燕铎不动如山：“那看你的背影，我可以断定你是国际通缉犯的弟弟。”

谢凌云叉起腰瞪他们：“你们别这样，我现在在很认真地讨论这个可能性。”

“凌云，我觉得你现在应该认真考虑的是怎么追踪杨雪妍一案的后续，”叶菲菲伸手搭住她的肩膀，“事件又有新进展了，你一定要赶在别人前面，做最新的报道。问问这位警官先生，也许可以拿到爆料哦。”

“别打我的主意，我什么都不会说的。”为了防止被纠缠，关琥说完后转身就跑。

叶菲菲跟张燕铎在后面紧追，谢凌云转头看看周围，在没有什么发现后只好选择离开。

等四个人都走远后，一个戴着鸭舌帽的高个男人从树后走出来，他一脸络腮胡子，帽檐压得很低，手里还拿着一个傻瓜相机，相机电源开着，屏幕上是谢凌云微笑的侧脸。看着他们远去的背影，男人将帽檐再次往下压了压，转身朝着相反的方向快步离开。

入夜，下了一天的雨完全没有停歇的迹象，淅淅沥沥地冲打着地面。街道上几乎看不到行人，偶尔有一两辆车匆匆经过，卷起地上的雨水溅向路边，呼啸而去。

今晚关琥难得没有加班，他在回家的途中拐了个弯，来到路边的一栋商业楼前，楼梯口旁边没有像平时那样竖着招牌，让他的脚步一顿。

“不是吧，又休息？”说起这家涅槃酒吧，它休息的次数远比营业时间多，多到关琥都担心它随时会倒闭的程度。酒吧倒了没关系，但关琥今后的晚餐该怎么解决——要知道，要找到一家美味并且时刻为他敞开大门的餐厅可不是件容易的事。

抱着侥幸心理，关琥下了楼梯，来到负一层的酒吧门前，门上挂着休息的牌子，但里面隐约有灯光透出来。他试着推推门，大门里面挂的铜铃响了起来，门被推开了。

酒吧里没有放音乐，只听到女生的说话声，关琥把雨伞插进门口的伞架上，熟门熟路地走进去。坐在吧台附近的两个女生同时看过来，叶菲菲率先跟他打招呼：“嗨！”

关琥举手回应，转头看周围：“老板呢？”

“你是来帮忙的吗？”谢凌云搅动着面前的咖啡杯，“不过不凑巧，老板有事出去了，今天不营业。”

看着两个女生面前放的丰盛的晚餐跟水果拼盘，关琥摸摸肚子，不好意思说自己其实是来蹭饭吃的。

“这么晚了，他没说去哪里？”

“没有，我们来的时候他就不在，还好有小魏。”

“关警官好。”小魏从吧台里抬起头来，面前还放着笔记本电脑，看样子他又在趁着老板离开摸鱼，“你要吃饭吗？老板帮你留了晚餐，说如果你来了，热一下就能吃了。”

“那我要是不来呢？”

“那就便宜我了，可以打包回宿舍。我帮你去热饭。”

小魏跑去厨房没多久，就将烤好的热气腾腾的小牛排跟面包端到了吧台上，另外还搭配了迷你酱肉三明治、浆果饮料跟芝士蛋糕，最后是番茄汤。

“老板太偏心了，我们都没有三明治跟蛋糕。”

叶菲菲在旁边看到了，跑过来，拿了两块三明治，一块给谢凌云，一块塞到自己嘴里。

为了不让最后那块三明治也被抢走，关琥及时拿了起来，说：“你就吃吧，吃成胖妞被航空公司炒鱿鱼。”

叶菲菲冲他努努嘴，又拿了块芝士蛋糕作为回应。

关琥没跟她计较，低头开始吃饭。谢凌云跟叶菲菲在对面聊了一会儿，问他：“你是来跟老板算账的吗？”

“算什么账？”关琥一时间没反应过来。

“就上次你怀疑老板知道杨雪妍的目的，却不告诉你的事。”

“……看在免费晚餐的分儿上，算了。”关琥头也不抬，随口道。

“是嘛，我就说老板是被关琥冤枉的，那女人心理变态，谁能想到她会在法庭上行凶呢？关琥这个人最大的毛病就是——他遇到不顺心的事时，喜欢把问题推到别人身上。”

“这位小姐，我可以以诽谤他人名誉的罪名起诉你的。”

“你去啊，你有钱就去啊。”

“现在再加你一条教唆罪。”

“其实这件事我也有错，”打断两人的斗嘴，谢凌云说，“我真没想到杨雪妍利用我做报道，真正的目的却是为自己继续杀人作铺垫。”

“别想太多了，你的报道又没有问题，做贼心虚的是检控官，杀人的是杨雪妍，跟你一点关系都没有。再说，就算没有你的报道，她想杀人的话，还是会千方百计地去实行的，说不定会连阻止她的人一起杀，所以对于监外执行这一结果，我怎么都无法理解。”

听到这里，关琥心里一动，他隐约明白了张燕铎沉默的原因。鱼藏剑一案已经过去了，案件最终判决也下来了，杨雪妍被证实精神状况有问题，不具备承担刑事责任的能力，之后她会被移交到相关的精神病院重点治疗，不过今后应该没有被放出来的可能。对她来说，这该是最好的结果了吧。

“没办法啊，她脑子有问题，把她放监狱里，她再继续杀杀杀，怎么办？”小魏插话道，“事情都过去了，你们都别往心里去。不过我比较好奇，这个案子里到底有没有真正的鱼藏剑？”

“没有吧，都是杨雪妍为了杀人杜撰出来的，否则那剑可以炒出天价，到时说不定又有人为了剑互相残杀了……小魏，为什么你对鱼藏剑这么感兴趣？”

“老板答应让我把这个案子写到书里，所以我想多了解一些有关它的秘密。”

“那记得一定要多写写我，你看在警花杀人未遂案中，假如关键时刻没有我撒胡椒粉，警察也无法通过这条线索怀疑警花，不怀疑她，就不会找出鱼藏剑一案的凶手，所以归根结底，在这起案件中我立了大功，小魏你要把我写得更聪慧更酷一点。”

“还有，更漂亮一点。”

“我已经很漂亮了，这里就不用再添了，会失真的。对了，还要多写写凌云，要不是她第一个提到鱼藏剑的线索，警察也不会这么快锁定目标。”

“可是这篇小说主要是讲警察办案的。”

“那就随便提一下关琥就行了，他不重要的。”

关琥吃着丰盛的晚餐，听着三人的对话，心想，他的确不重要，重要的是张燕铎，他到底是谁？跟那个红笔男是什么关系？他那么了解变态者的心理，是不是他也曾经历过这种变态事件？而现在他最想知道的是——张燕铎究竟有什么急事，一定要在雨夜里出门？

看守所的墙壁很厚，张燕铎进来后，完全听不到外面的雨声。他坐下没多久，对面传来响声，门被推开，戴着手铐脚镣的女犯被看守带了进来。

许久不见，杨雪妍看上去又瘦了很多，表情木然，唯一吸引人的那双眼睛也失去了光彩，进来后，先是看了他一眼，然后慢慢挪动脚步，走到玻璃隔板的另一边坐了下来。

也许是脚镣太重，导致她行动不便，几步的路她都走得很迟缓，再加上憔悴的面容，让人很难将残忍的杀人犯跟这样一个瘦削柔弱的女子联系到一起。

杨雪妍坐下后眼帘半垂，见她没有先开口的意思，张燕铎拿起电话听筒，跟对面的杨雪妍说："听说许枫来过几次都被拒见了，我以为我也会被拒绝。"

稍微沉默后，僵直的话声打破了寂静，杨雪妍保持垂着眼帘的状态，说："专诸大人说不用理他。"

她说得很缓慢，与其说是在回答，倒不如说是在重复别人说过的话。

"你好像很听专诸亡灵的话？"

理解这句话似乎花了杨雪妍一些时间，然后她默默地点了点头。

"那他为什么要让你见我？"

"不知道，反正听他的就对了。"

"你当然不知道，因为不是他让你来见我，而是你自己想见。"

杨雪妍抬起了眼帘，两人的眼神对上，她微微皱起眉头。

张燕铎将眼镜摘了，看着她，问："下一次，你准备什么时候再动手？"

"专诸大人……"

"从来都没有什么专诸的鬼魂，那只是你杜撰出来的假象，你需要一个假象支撑自己去行凶，就像你每次杀人都一定会带鱼藏剑一样，你并非真的相信这世上有先人的亡灵，而是你必须要让自己相信，这样你才能做得心安理得。"

这次沉默的时间有些久，杨雪妍把眼神瞥去一边，等她再重新看向张燕铎时，她木然的表情不见了，双目炯炯，里面充满了生气。

"你是什么时候发现的？"她问道，语速也变回了正常的状态。

"在你杀许善陵没成功的那次，因为你没带鱼藏剑，对于视鱼藏剑为生命的人来说，你之后几次都没出剑太不寻常，所以我想鱼藏剑这个故事还没完结。你去了精神病院后，或早或晚，还会再出手的。"

杨雪妍低头看自己的手："有没有人对你说，杀人是一种习惯？"

"有。"

"我也有，是专诸大人告诉我的，"她抬头看着张燕铎，"不管你信不信，我真的见到过专诸的亡灵，是他告诉我鱼藏剑的仿制品埋在哪里，告诉我该怎么报仇。还有，该怎么杀才能让他们感受到最大的痛苦。"

说话时，她的眼神投向张燕铎的后方，目光有些缥缈。张燕铎不知道她是真看到了亡灵的存在，还是在做戏，或者只是强迫自己相信，因为信仰本身虽然荒谬，但它却跟幸福紧密相连。至少在当事人的心中，那是一种幸福。

“真正的鱼藏剑在哪里？”

“从来都没有真正的鱼藏剑，只是许善陵那些人的妄想罢了。”

“不，它的确存在，你在杀前三个人的时候随身带的正是鱼藏剑。”张燕铎说，“如果我没有猜错的话，三年前你在跟踪许善陵时，看到了他跟谢凌云的父亲换剑，你将计就计，找机会偷偷用你的仿制品从谢凌云的父亲手中将真品换了下来，所以谢凌云现在拿的是仿制品，并且是当年许善陵杀死助理的那柄。”

“你有什么证据？”

“我感觉得出谢凌云的剑杀过人，但她父亲不会做这种事，而你又知道他们换剑，所以只有一种可能，你用当年陷害你父亲的凶器调换了剑，那时你就开始计划怎么对付他们了，而真正的鱼藏剑最终还是回到了你们专氏一族的手里。”

杨雪妍笑了：“你特意跑来揭穿我的秘密，是想要鱼藏剑？还是为了防止我今后再杀人？”

“都不是，我只是想知道我的猜测对不对。假如我说错了，那证明我还是正常人。”

“但讽刺的是你都说中了，”杨雪妍微笑着看他，“我们是同一类人，都可以为了达到目的，不惜任何手段。”

“不，不一样，我不会为了复仇伤害我的家人，甚至连自己的养母都不放过。”

杨雪妍脸上的笑容消失了，她的反应证明张燕铎又说对了。对于杨雪妍所犯的罪行，张燕铎没有任何证据去证明，但偏偏直觉告诉他杨雪妍会怎样做，这种冷酷的人心跟人性比任何实质证据都更可怕。

许久，杨雪妍轻声问：“你是怎么猜到的？”

“因为她过世的时间跟你和许枫确定感情的时间太接近了，你用一个人的生命去换取另一个人的同情心跟共鸣，然后再利用他接近许善陵。”

“你都说对了，我很感激养母的抚养，正因为感激，我才要杀了她——

她得了老年痴呆，我要复仇，不管会不会成功，今后都无法照顾她了。与其让她过得很辛苦，不如让她开心地死去，所以我这样做了。”杨雪妍说完，坦然地看向张燕铎，“要想成功，就要舍得和放弃，专诸不也是这样吗？他可以为了刺杀不惜牺牲自己的生命，我也一样。很多年前，在我们一家惨遭不幸的时候，我就知道，这世界上根本没有公平可言，法律也无法制裁那些坏人，我只能赌上自己的一条命。赢了固然好，输了，也不过是一条命而已，很合算不是吗？哦，对了，不知道许善陵什么时候会觉察到他中了慢性毒。”

张燕铎一怔。

许善陵在被劫持恐吓后，精神状况急转直下，再加上丑闻视频的流出，他遭受的打击很大。有关鱼藏剑凶杀案的庭审他都没有参加，新闻报道都推测他是在故意装病，以逃避刑事责任，张燕铎没想到原因最终还是出在杨雪妍身上。

见张燕铎皱起眉，杨雪妍又微笑着说：“这就是为什么我一定要做护士的原因。”

“是什么毒？”

“是什么毒呢？我不记得了，不过应该会让他很痛苦，很痛苦却死不了，就像我现在这样。”她笑道，“这次你有猜对吗？也许许枫到现在还以为我不杀许善陵，是因为我爱他，其实我只是要让许善陵更痛苦而已，他的罪孽太深了，只是用鱼藏剑杀死他，根本无法弥补他所犯下的罪行。这就是我不见许枫的原因，因为看到他，我会忍不住把秘密告诉他的，要是许善陵因此得救，那就糟糕了。”

她的目光疯狂而执着，让张燕铎不寒而栗。从某种意义上讲，她被关进精神病院的判决没错，因为她是彻头彻尾的疯子，其程度甚至超出了他理解的范畴。

“不，你不见许枫不是怕说出秘密，而是怕自己会忍不住后悔。你一生凄惨，唯一的一次幸福，也因为报仇而放弃了。”想起那夜在天台她对许枫说过的话，张燕铎忍不住纠正道，“你不是不懂爱，只是你心里的仇恨远远超过了爱。”

杨雪妍的笑容僵住了，低下头，过了好久，才低声说：“这样挺好的，这样的结局是最好的，要说有遗憾，也是对那个孩子，希望他不要怪我……”张燕铎不知道杨雪妍口中的“他”指的是许枫还是孩子，或许连她自己都不清楚自己在想什么。一切疑惑都解释清楚了，他站起来点了下头，准备离开。

杨雪妍示意他先不要挂上电话，继续说：“不要再试图去找鱼藏剑了，没人可以得到它，我不会让任何人得到。”

张燕铎没说话，放下电话走了出去。远远地，走廊那头传来哭声，起先是压抑的低声，后面变成放声痛哭，哭声凄惨，他不忍再听下去，不由得加快了脚步。

他来到看守所外面，雨声盖过了萦绕在耳边的哭声，心情仿佛被雨水洗涤了，变得轻松起来，他重新戴上眼镜，抬步向前走去。对于杨雪妍的想法，他其实不是不理解，只是无法认同。这说明他还算是正常人，虽然他也有过许多不甘心的过往，但他不会像杨雪妍那样，为了过去而葬送将来。

张燕铎回到酒吧时，已经很晚了，在这里聚会的朋友都离开了。张燕铎拿钥匙开了门，摸黑走进去，正要脱掉沾了雨水的外衣，里面的房间突然传来响声，出于本能，他迅速抄起吧台上的一支笔，将笔帽弹开，露出里面突出的笔尖。

这东西虽然不能跟吴钩的红笔相比，但要杀人还是绰绰有余的。谁知就在他做好备战姿势后，里面的门打开了，灯光射出来，照亮了关琥的脸庞。

觉察到张燕铎身上凝起的杀气，再看看他手里握的笔，关琥临时把打招呼改为：“你要干什么？”

“哦，笔掉了，我差点踩到。”看到关琥讶异的表情，张燕铎急忙收起笔，又低头寻找不知被他弹去了哪里的笔帽，敷衍道，“都怪小魏把笔乱扔，做事一向都这么马虎。”

“大哥，我觉得你每次都把问题赖到小魏身上，这样不太好。”

张燕铎差点把刚捡到的笔帽捏碎，不是因为关琥戳穿了他的谎言，而是那声“大哥”。

“你怎么会在这里？”他调整好心绪问。

“等你呗，吃了你的爱心晚餐，我觉得就这样一走了之不太好，所以我帮你把酒吧打扫了，水也烧好了，你要洗澡吗？”

关琥将干毛巾递过来，示意张燕铎擦脸。

普通的对话，寻常的动作，却让张燕铎的心跳再次失去了正常的频率，他想他没有变成杨雪妍那样的人，是因为他仍关心自己的家人，而杨雪妍没有。

他接过毛巾擦着脸，问："你怎么知道我会过来而不是直接回家？"

"这是身为警察的直觉。"关琥敲敲自己的脑袋自夸，又问，"下这么大的雨，你去哪里了？"

"请用你身为警察的直觉猜。"张燕铎说着话，去了里面的小浴室。

关琥跟在后面："什么都能猜中，那就不是警察，是神仙了……你到底去哪里了？"

"所以关王虎，你特意等我回来，是要跟我算账的吗？"

"当然……不是。"

"还是你要跟我共浴？"张燕铎靠在浴室门上，看着关琥那只接下来准备迈进来的脚。

关琥立刻把腿缩了回去，结结巴巴地说："当然……也不是。"

"谢谢。"张燕铎冲他一笑，在关琥要说话之前将门关上了。

隔着毛玻璃，他看到关琥走了，但没多久又走了回来，在门前来回转着，像是在考虑什么问题。张燕铎没开口发问，他知道以关琥的脾气，不会忍很久的。

果然，他刚脱下上衣，关琥就开了口，斟酌着问："你是不是去见杨雪妍了？"

看来他弟弟的智商也没有那么低。

关琥继续道："我不会问你为什么去见杨雪妍，也不会去查你的身份、你帮我查案的目的，还有你跟那个转红笔的男人是什么关系。有关你的秘密，你不想说，我就不会问，我只想告诉你，我知道你没有说出杨雪妍的真正目的是为了保护我，那是个疯子，假如有人妨碍到她，她会想尽办法干掉对方，你担心我会被她算计对吧？"

张燕铎的动作停了下来，关琥说对了。

"我很感谢你的关心，但被害人的好坏不能作为无视犯罪的理由，我希望自己做一名好警察，所以下次请不要这样了。你如果担心我，我允许你的保护，但不希望你对我有所隐瞒……"

忽的一下，张燕铎把门打开了，靠在门框上似笑非笑地问："那你有没有想过如果你拼命查案，挂了的话，谁来帮忙找你大哥？"

"你怎么知……"

"还有，请不要自作多情，'我允许你的保护'？开什么玩笑，你的死活跟我有什么关系？"

"你怎么知道……"又是忽的一下，在关琥把话问出口之前，张燕铎已经把门关上并且反锁了门，关琥只好在外面叫道，"你怎么知道我寻找我大哥的事？张燕铎！"

"你刚才还说我不想说的秘密，你不会问的。"

"这不是你的秘密，是我的！我以警察的身份命令你，坦白从宽，否则……"

"关王虎你很吵，你这样是很难找到老婆的。"

"我找不找得到与你何干？请张先生也不要自作多情……啊对了，那个红笔男叫你流星，是天上飞的流星，还是刘关张的刘星？"

"快九点了，关琥你最爱的综艺节目已经开始了。"

"张燕铎你不要总把话题岔开，你到底是哪个名字？为什么你会知道我大哥的事？你是我大哥吗？你今年多大，还有……"

"关琥你明天早上想吃什么？中餐还是西餐？"

"你到底有没有在听我说话？那个……"

接下来关琥又问了什么，由于水声太大，张燕铎没听清楚，他在浴室里一边冲着澡，一边随口应付着。以他对关琥的了解，没多久关琥就会烦了这个游戏，偃旗息鼓自动撤退。

不过……刘关张这个创意他挺喜欢的，看来不管他是姓刘还是姓张，这辈子都注定了跟关琥是兄弟的命运。所以，那个老混蛋最好不要出现，他不会无视，更不允许任何人再次毁掉他们兄弟的人生！

